Sabine Koch

Bad Angel Kiss

Unter nachtschwarzen Schwingen

http://www.deadsoft.de

Cover: M. Hanke
Covermotiv: CURAphotography – fotolia.com
Bildbearbeitung: Toni Kuklik
Giraffe: Stephi – fotolia.com

1. Auflage 2012
ISBN 978-3-943678-06-2 (print)
ISBN 978-3-943678-09-3 (epub)

Prolog

17. September 1990

Fünfzehn ist Adam heute geworden. Er wäre längst kein Junge mehr, doch auch lange noch kein Mann, hat seine Mom ihm heute Morgen gesagt.

Er ist ein schlaues Kerlchen, weiß genau, dass ein Mensch einen Kopfschuss nicht überleben kann. Und sein Dad hat einen Kopfschuss abbekommen, er hat es genau gesehen. Er sieht, wie Blut und Hirn aus seinem Kopf spritzen, und wie sein Dad zusammensackt. Ohne ein Wort. Hört nur den Schuss, der ihm noch immer in den Ohren dröhnt.

Und die Schreie seiner Mom, die hört er auch. Sie schreit von dem Moment an, als der Typ einfach so die Wagentür aufreißt. Sie schreit so laut, dass man kaum verstehen kann, was der Typ von Dad will.

Sie standen an der roten Ampel und warteten. Dad riss gerade Witze und sie lachten sich fast kaputt. Dad machte tolle Witze, er hatte noch nie eine Pointe versaut.

Und dann … dann ist da auf einmal dieser Typ, Adam sieht, wie er über die Straße läuft, auf ihr Auto zu. Der Kerl reißt die Tür auf und Mom schreit erschrocken auf. Der Kerl erschießt Dad, und sie schreit so mächtig laut, dass er auch ihr in den Kopf schießt. Einfach so. Mitten ins Gesicht.

„Halt endlich deine Fresse!“, brüllt er erst, dann donnert wieder ein Schuss. Moms Gesicht ist plötzlich nicht mehr da. Dort wo eben noch ihr Schrei-Mund war, ist jetzt nichts mehr. Sie kippt gegen die Tür und es ist still.

Totenstill.

Adam sitzt hinten im Wagen. Da sitzt er immer. Gerade kommen sie aus dem Kino, es lief ‚Total Recall‘, mit Arnold Schwarzenegger. Premierenvorstellung. An seinem Geburtstag gehen sie immer erst ins Kino, jetzt sind sie auf dem Weg zu Taco Bell, Burritos essen.

Aber so wie es aussieht, wird daraus heute nichts mehr.

„Warum hast du das getan?“, fragt er den Typen, der jetzt in den Wagen hineinsieht und dann Dads Jacke durchsucht. Denkt nicht daran, dass er besser die Klappe halten, sich kleinmachen und verstecken sollte.

Der Typ zieht die Brieftasche aus der blutigen Jacke des Vaters heraus und nimmt die Dollarscheine an sich. Als er die Stimme des Jungen hört, zuckt er zusammen, so, als hätte er sich furchtbar erschrocken. „Fuck!“, flucht er laut. „Fuck. Fuck! Fuck!“

Der Mörder sieht ihn an, über Dads Schulter hinweg. Das wechselnde Licht der Ampel fällt in den Wagen. Taucht alles in unwirkliche Farben.
Er sieht eigentlich ganz normal aus, denkt Adam, gar nicht wie ein Mörder. „Du siehst gar nicht wie ein Mörder aus", sagt er zu ihm. Da zuckt der Mann wieder zusammen, hebt die Hand, in der er immer noch den Revolver hält.
Als das Innere des Autos in rotes Licht getaucht wird, treffen sich die Blicke des Jungen und die des Mörders. Der Revolver hebt sich, er hört das Klicken des Hahns. Ein Schuss ertönt. Adam spürt den Schlag, und es fegt ihn in die Ecke des Wagens. Mit der Hand tastet er nach seiner Brust, fühlt, wie es nass und klebrig aus ihm herausrinnt. Um ihn herum wird es dunkel, das Licht der Ampel verblasst.
„Werde ich jetzt sterben?", fragt er noch leise, dann verstummt er.

Eins

Sommer 2010

Nolan hockte auf der schmalen Sockelkante, die sich einmal ganz um das Dach des vierzig Stockwerke hohen Princeton-Towers herumzog und starrte wie blind in die Häuserschlucht hinunter.
Es war die Stunde, in der die Stadt noch nicht vollständig schlief, aber auch noch nicht ganz erwacht war. Winzige Lichtpunkte der Laternen säumten die Straßen. Die Scheinwerfer und Rückleuchten der wenigen Fahrzeuge, die unterwegs waren, wirkten von hier oben wie weiß-rote Perlen, die durch die Nacht rollten. In einigen Gebäuden brannte schon Licht, bereiteten sich Menschen auf einen neuen Tag vor.
Würde er die Augen schließen, und sich konzentrieren, könnte er ihre Gedanken lesen, ihren Träumen lauschen, sie dabei beobachten, wie sie liebten, lachten. Glücklich waren. Oder traurig. Einsam. Die Liste ließe sich beliebig fortsetzen.
„He, Ged, ich melde mich ab. Nur für einen Moment, in Ordnung?" Nolan versuchte, den Schmerz, den er empfand, aus seiner Stimme herauszuhalten. Aber es gelang nicht ganz.
Okay. Mach das. Gönn dir eine Pause. Ich weiß, es war schlimm, schlimmer als sonst. Du kannst deinen Bericht später abgeben.
Nolan konnte die Besorgnis in Gedeons Stimme hören. Doch der Administrator der Union Guards versuchte, sich nichts anmerken zu lassen. Dafür war er ihm dankbar.
„Danke, Ged."
Er rieb sich müde durch das Gesicht, erhob sich, legte den Kopf weit in den Nacken und sah nach oben in den Himmel. Diese Nacht war eine schöne silberklare Vollmondnacht gewesen, die jetzt langsam in den Morgen überging.
Inzwischen war der Mond verblasst, wirkte der fahle Himmel wie ein Stück ausgeblichener blauer Samt, auf dem nur noch vereinzelte Diamantensplitter funkelten.
Eigentlich ein schöner Anblick.
Aber das kleine Mädchen, das er gerade hinüber begleiten musste, würde diese Sterne so nie mehr sehen können. Nolan seufzte gequält, als er an den letzten Auftrag zurückdachte, den er vor nicht einmal zehn Minuten beendet hatte.
Ein Scheißjob.

Drei Jahre alt durfte sie werden. Nur drei. Blonde Löckchen, ein scheues Lächeln. Sie war so eine Süße gewesen.
Bis ihr ewig betrunkener Stiefvater meinte, ihr eine Lektion erteilen zu müssen. Weil sie nicht mehr schlafen wollte. Nach ihrer Mommy quengelte. Weswegen er sich das Erstbeste schnappte, um damit auf sie einzuprügeln. Den Gürtel, die Fäuste, einen Baseballschläger …
Gnadenlos.
Nolan schloss die Augen. Versuchte, das entsetzliche Geräusch auszublenden, das entstand, wenn diese Gegenstände auf zarte Kinderknochen trafen. Doch es gelang nicht. Zu oft hatte er es mit ansehen müssen, zu tief hatte es sich in ihm festgesetzt.
Das war für ihn das Schlimmste.
Zusehen zu müssen, wie das letzte Quäntchen Leben aus den zerbrechlichen Körpern wich. Zuhören zu müssen, wie sie leise in sich hineinwimmerten, weil sie zum Schreien keine Kraft mehr hatten. Nach Mommy oder Daddy weinten, nicht verstanden, warum der Mensch, den sie liebten, dem sie vertrauten, ihnen so wehtat.
Und er? Er war machtlos dagegen.
Durfte die Schuldigen nicht strafen. Den Unschuldigen nicht helfen. Nein. Er musste abwarten, bereitstehen, bis es vorbei war. Um dann die Seelen der Toten hinüber zu begleiten.
Nolan trat noch dichter an die Kante heran. Die nackten Zehen stießen ins Leere. Wind war jetzt, gegen Morgen, aufgekommen, der starke Luftzug riss an ihm. Doch das störte ihn nicht. Im Gegenteil.
Er breitete seine Schwingen weit aus und überließ sie dem warmen Nachtwind, der an ihnen zerrte. Er stand nur so da, und ließ sich seine Wut, all seine düsteren Empfindungen aus den Gedanken pusten.
Als der durchlittene Schmerz und die Trauer um das Kind sich auflösten, zog er sich in den Schutz des Gartens zurück, der sich zwischen den Dachaufbauten befand. Die Zweige der kleinen Lorbeerbäume und Oleandersträucher, die hier oben in großen Terrakottakübeln standen, bewegten sich sachte im Wind. Die Wände der Aufbauten fingen die manchmal rauen Böen ab, und wandelten sie in ein laues Lüftchen.
Die Spitzen der weit geöffneten Schwingen streiften den Boden, während er barfuß durch das taufeuchte Gras lief. Ein kleiner japanischer Wasserbrunnen murmelte leise vor sich hin, ein Geräusch, das ihm immer wieder half, sich von allem Ballast zu befreien.
Vor einem blühenden Busch blieb er stehen, und bot seine Flügel dem Sommerwind dar. Die warme, nach Jasmin duftende Brise zauste nun

fast zärtlich durch die seidigen Federn hindurch, ließ sie leise rascheln, als sie sanft aneinander rieben.
Er schloss die Augen und tauchte hinab in eine Erinnerung. Eine menschliche Hand, die eines Schutzbefohlenen, berührte seine Schwinge, hielt sich daran fest, vertrauensvoll, schutzsuchend.
Genau wie diese Sommerbrise so fühlte sie sich an, jene Berührung.
Nolan nahm auf der kleinen steinernen Bank Platz, die inmitten einer üppig blühenden Rabatte stand. Der süße Duft nach Rosen und Lavendel hüllte ihn ein.
Niemals würde er diese Begegnung vergessen können – wie auch. Doch es war eine heimliche Erinnerung, eine, die er sich nur dann und wann gönnen durfte.
Das, was geschehen war, musste ein Geheimnis bleiben. Um jeden Preis. Wenn der Erzengel davon erfuhr – an die furchtbaren Konsequenzen mochte er nicht denken. Allein Gedeon wusste davon, aber das auch nur, weil der damals seinen Arsch hatte retten müssen. Und Gedeon würde schweigen.
Ein Kitzeln zwischen seinen Schulterblättern rief ihn aus seinen Gedanken. Gedeon nahm Kontakt auf.
„Warte."
Schnell erhob er sich und eilte zur Dachkante zurück. Der Garten war sein ganz persönliches Refugium. Wer ihn angelegt hatte, wusste Nolan nicht. Lange hatte er das verwilderte Kleinod beobachtet, doch niemand hatte sich um diese Anlage gekümmert. Und so hatte er das übernommen und alles wieder in Ordnung gebracht. Nun diente ihm dieses kleine Paradies zum Kraft tanken und um seine Seele zu reinigen.
Und hier, in seinem Garten Eden, wollte er nichts von Anweisungen hören, die ihn, einen Engel der Union Guards, betrafen.
„Ein neuer Auftrag?"
Nicht für dich, für Marjan. Eine alte Dame, sie stirbt im Kreise ihrer Angehörigen. Wollte nur wissen, ob du wieder einsatzbereit bist.
„Ja. Es kann weiter gehen. Danke, Ged."
Jetzt hieß es warten, bis Gedeon ihm eine neue Aufgabe übertrug. Eine, in der Gewalt eine Rolle spielte. Fast beneidete er Marjan, denn der durfte sich um die natürlichen Todesfälle kümmern.
Erneut hockte er sich auf die Kante und sah über die Häuserschluchten hinweg. Gleich würde die Sonne ganz aufgehen. Im Osten ließ ein flammend rotes, immer breiter werdendes Band den neuen Tag schon erahnen. Es würde ein schöner, warmer Sommertag werden, der die

Menschen allerdings nicht davon abhalten würde, sich umzubringen. Nichts konnte sie davon abhalten.

Erneut kribbelte es. Der neue Auftrag. „Gedeon, wo muss ich hin?“

Schnell. Drei Blocks von dir aus, nach Süden, der Belvedere-Park. Beeil dich!

Schon bei Gedeons ersten aufgeregten Worten hatte Nolan sich in die Luft erhoben und flog eilig in die angegebene Richtung davon. Unter ihm war noch nicht sehr viel Verkehr, vereinzelte Autos brausten durch die Straßen. Eine U-Bahn kam kreischend aus dem Tunnel, um hinter einer Kurve zu verschwinden. Ein paar Krähen schlossen sich krächzend seinem Flug an, entschieden sich aber, zum Fluss zu fliegen, der sich dunkel und geheimnisvoll durch die Stadt schlängelte.

„Um was handelt es sich? Du bist ja ganz aufgebracht.“

Ich weiß es nicht, das Signal tauchte wie aus dem Nichts auf. Die Signatur ist mir völlig fremd. Eigentlich sind es sogar zwei! Gedeon schrie fast. *Mach schneller, einer der beiden verschwindet schon.*

„In welche Richtung? Wohin verschwindet er?“ Während er den Park aus der Luft erblickte, achtete er auf alles, das sich dort unten bewegte. Doch es war nichts zu sehen.

Auch der Administrator hatte es bemerkt. *Ich weiß es nicht! Was es auch war, es ist weg.*

Nolan hatte das Dach eines der an den Park angrenzenden Häuser erreicht und landete geräuschlos im Schatten einer Wartungshütte für die Aufzugschächte. Er lauschte. Außer dem Brummen des Aufzugs hinter ihm und dem stärker werdenden Verkehrsrauschen war nichts zu hören. Gar nichts. Und das war ungewöhnlich.

Und?

„Niemand da. Ich bin zu spät. Es ist komisch, es gibt keine Ratten, keine streunenden Hunde, kein anderes Lebewesen da unten. Das ist unnormal. Und es gefällt mir nicht.“

Kannst du jemanden ausmachen? Ich sehe noch immer einen Punkt auf meinem Schirm. Unter dir. Er regt sich nicht.

Nolan breitete die Flügel aus und trat über den Mauerabschluss, um einen Wimpernschlag später lautlos auf dem Rasen unter ihm zu landen. Eine einsam flackernde Lampe stand am Rande der Rasenfläche, sollte für Licht sorgen. Gut, dass Nolan nicht darauf angewiesen war. Im Dunkeln konnte er exzellent sehen, aber jetzt war die Sonne schon fast aufgegangen.

Schnell sah er sich um. Von der Rasenfläche, auf der er stand, führten einige Wege sternförmig in die äußeren Bereiche des alten Parks. Unter den hohen alten Bäumen war nichts auszumachen.
Aber beim Denkmal des Stadtgründers. Vor den Stufen, die zur Gedenktafel hinaufführten, lag etwas.
Auf den ersten Blick hätte man es für eine Teppichrolle halten können, doch Nolan wusste genau, dass es keine war. Es war ein menschlicher Körper. Um ihn herum war nur schwarzer Schatten, die Aura erloschen. Nolan fluchte unterdrückt. Dann rief er Gedeon.
„Ged? Ich habe ihn. Er ist kalt. Ist er ein Verlorener?“
Scheint so, denn heute ist kein anderer in diesem Bezirk tätig gewesen, nur du. Nicht mal einer von den verflixten Schutzengeln treibt sich da rum. Alexxiel hat ihre Truppen wohl nicht im Griff!
„Und ich habe ihm auch nicht beigestanden“, antwortete Nolan düster, ohne auf Gedeons Vorwürfe weiter einzugehen. Er hatte keine Ahnung, was er davon halten sollte. Gedeon wusste immer, wen es als Nächstes erwischte, und schickte seine Guards zu den für sie bestimmten Seelen.
Beschreib ihn. Wie sieht er aus?
Nolan trat dicht heran und hockte sich neben den Toten. Vorsichtig untersuchte er ihn. Der Mann war schon mindestens drei Stunden tot. Behutsam tastete er den Körper ab, und sah unter die scheinbar unversehrte Kleidung. Was er fand, ließ ihn frösteln.
„Er ist jung, vollständig bekleidet, am Hals hat er eine riesige Schnittwunde. Und er ist vor seinem Tod schlimm zugerichtet worden. Die Haut von Brustkorb und Bauch ist fein säuberlich in Streifen geschnitten.“
Doch das war nicht alles. Nolan beugte sich dicht an die Kehle des Mannes herunter. Unter dem Geruch von Kupfer war noch etwas anderes. Es kam ihm vage bekannt vor. Leicht süßlich, mit einem Hauch von Orchideen. Er schnüffelte, doch so sehr er auch nachdachte, er konnte sich nicht erinnern. Doch eines konnte er mit ziemlicher Sicherheit sagen.
„Gedeon, der Mann wurde nicht von seinesgleichen getötet. Hier war etwas anderes am Werk.“
Heilige Scheiße! Der kräftige Fluch, den Gedeon losließ, erstaunte ihn. *Wie bei den anderen. Verflucht, was geht hier vor sich?*
Noch andere? Das ließ Nolan aufhorchen. Wieso wusste er nichts davon?
„Was heißt hier wie die anderen? Gibt es noch mehr Verlorene?“

Hoffentlich nicht, denn das war ganz übel. Starb ein Mensch, egal ob gewaltsam oder natürlich, und niemand der Guards war anwesend, um seine Seele in Empfang zu nehmen, dann war sie verloren, wurde zur leichten Beute für die Dämonen. Sie fingen die herumirrenden Seelen ein, und schafften sie hinunter zu Luzifer, der sich dann ihrer annahm. Natürlich nicht im positiven Sinne.
„Sag mir sofort, was hier los ist, gibt es noch mehr?"
Gedeon schwieg, dann antwortete er zögerlich. *Ja. Insgesamt sind es jetzt vier. Und du kannst davon nichts wissen, weil es eine Ermittlung der Guardian ist.*
„Die Guardian ermitteln? Also wissen die schon, wer der Mörder war?"
Keine Ahnung! Sie ziehen Erkundigungen ein, aber du kennst doch diese Typen. Sie lassen sich nicht in ihre Karten schauen.
Allerdings kannte Nolan diese Truppe.
Waren die Todesengel die Elitetruppe, so waren die Guardian die Special Forces des Himmels. Harte Burschen, die sich um die Einhaltung der himmlischen Gesetze kümmerten. Vorrangig achteten sie darauf, dass Nachtgeschöpfe, Dämonen und all die anderen höllischen Kreaturen keinen Unfug trieben. Erwischten sie jemanden dabei, wie er etwas Verbotenes tat – wie zum Beispiel rituelle Morde zu begehen – dann straften sie schnell und ohne lange zu fragen. Sie unterstanden Michael, der ihnen aber meist freie Hand ließ.
Was sagt dir dein Bauchgefühl?, wollte Gedeon jetzt von ihm wissen. *Kannst du vielleicht erkennen, wer es war?*
„Du meinst, ob ich diese Handschrift erkenne?" Nolan überlegte kurz. „Tut mir leid, so spontan nicht. Ich denke, da müsste man in den Archiven forschen." In der Zentrale gab es so etwas wie einen Erkennungsdienst für nichtmenschliche Kreaturen und ihre Verbrechen.
Das kannst du später tun. Bleib so lange, bis er gefunden wird. Ihm wird es nichts mehr nützen, seine Seele ist uns durch die Lappen gegangen. Nun ja. Ich sage jemandem von Calebs Leuten Bescheid. Bis später.
„Okay, bis später." Nolan blieb neben dem Leichnam stehen. Dann rief er noch einmal nach Gedeon. „Hör mal. Kannst du es irgendwie drehen, dass ich bei der Aufklärung der Morde dabei sein kann?"
Wie meinst du das? Willst du zu den Guardian? Die werden dich nicht lassen.
„Nein, ich meine, ich will der Polizei helfen. Schleus mich da ein."
Wenn es ihm gelänge, diesen Fall vor den Guardian zu lösen, dann konnte er damit vielleicht beweisen, was in ihm steckte. Dann stiegen seine Chancen vielleicht, selber einer von ihnen zu werden. Seit knapp

fünfhundert Jahren war er bei den Union Guards, es wurde Zeit, sich zu verändern.

Zwei

„Was habt ihr für mich?“ Ich beugte mich über die Beine der Leiche, die da auf dem Rasen auf mich wartete, und schon als ich sie ansah, hatte ich die Schnauze voll.

Schon wieder einer. Der Vierte.

Männlich. Das konnte ich an seinen Schuhen erkennen. Schicke Ledertreter, das Paar nicht unter hundert Dollar. Jung, das sagte mir mein Instinkt. Blond? Darauf wollte ich Haus und Hof wetten, und diese Wette hätte ich locker gewonnen. Die Streifencops hätten nicht ausdrücklich nach mir verlangt, wenn es anders gewesen wäre.

Der Oberkörper des Toten war unter einer Plane verschwunden, die Cops hatten ihn damit zugedeckt. Ich zog mich wieder zurück, überließ das Feld der Spurensicherung.

Letzte Nacht war Vollmond gewesen. Sämtliche Cops befanden sich in erhöhter Alarmbereitschaft. Alle irgendwie verfügbaren Streifen, fast jeder Detective war letzte Nacht unterwegs gewesen. Auch im Park.

Erfolglos, wie sich zeigte.

Müde wischte ich mir den Schweiß aus dem Gesicht. Ich war ebenfalls die ganze Nacht auf Achse gewesen. Und hatte noch keinen Kaffee, kein Frühstück, nicht mal frische Klamotten. „Hat jemand etwas gesehen? Wer hat ihn überhaupt gefunden?“

Der Streifenpolizist zeigte auf eine zerlumpte Gestalt, die sich mit Müh und Not an einem zerbeulten Einkaufswagen festhielt, der vor Gerümpel überzuquellen schien. Von hier konnte ich einen schwarzen Plastiksack, Kopf und Arme einer Schaufensterpuppe und einen kleinen zusammengerollten Teppich erkennen. Mich schauderte, als ich daran dachte, was sich noch alles in dem Wagen befinden konnte. Tote Ratten. Waffen. Tonnen von gammeligen Lebensmitteln.

Einmal hatten wir ein Kleinkind in so einem Wagen gefunden. Es lachte fröhlich und kaute auf einer kopflosen Gummiente herum.

Während ich mich zu der Gestalt mit dem Einkaufswagen hinüberbegab, sah ich kurz auf meine Uhr. Halb acht, morgens. Es war Dienstag, der siebenundzwanzigste Juli, und mir fiel ein, dass Greg heute Abend ausgehen wollte. Happy Night im Mojo-Club. Dort gab es Blues vom Feinsten.

Eher halbherzig hatte ich ihm versprochen, mitzugehen. Denn genau genommen hatte ich im Moment überhaupt keine Zeit, es gab noch drei weitere John Does, um die ich mich dringend kümmern musste.

Schließlich war ich der zuständige Detective und Freizeit war schon fast ein Fremdwort.
Doch nun, im Angesicht einer weiteren Leiche, verspürte ich plötzlich großes Verlangen danach, das alles für ein, zwei Stunden hinter mir zu lassen. Einfach nur die Gegenwart lebendiger Menschen spüren, einfach nur etwas ganz Banales tun. Wie in einer Bar einen Drink nehmen. Oder Steve Baker lauschen, einem begnadeten Bluesharp-Spieler, der heute mit der Blues Culture Band in der Stadt war.
Ich seufzte lautlos und schüttelte die verlockenden Gedanken ab. Nein, Greg würde alleine losziehen müssen. Wieder einmal.
Als ich der abgerissenen Gestalt näher kam, erkannte ich, dass es sich um eine alte Bekannte handelte. Ihr Name war Mary Jane. Ob sie wirklich so hieß, wusste ich nicht. Alle nannten sie so.
Sie war klein und hutzelig, ihre schokoladenbraune Haut glänzte vor Schweiß. Es war Sommer, wir hatten heute Morgen schon ungefähr dreiundzwanzig Grad im Schatten und sie trug eine dicke grüne Wollmütze, einen grauen, völlig verdreckten Kunstpelzmantel und zwei Stiefel, die nicht zusammenpassten. Einer hatte einen hohen Absatz, deswegen hinkte sie hinter ihrem Wagen her. Sie behauptete immer, was sie am Leibe trug, könne man ihr nicht klauen.
Viel wusste ich nicht von ihr, nur, dass sie nicht ihr ganzes Leben auf der Straße verbracht hatte. In ihrer Stimme und ihrem Ausdruck klang gute Bildung durch. Ich schätzte sie auf Mitte sechzig. Sie selber hielt sich mit Informationen über sich bedeckt.
„Officer, holen Sie der Lady bitte eine Flasche Wasser“, bat ich den Streifenpolizisten, der neben uns stand. Mary Jane sah aus, als bräuchte sie dringend einen Schluck. Die Hitze und der unvermutete Anblick einer Leiche schienen ihr zu zusetzen.
Der Officer lief über den Rasen zu seinem Streifenwagen zurück. Sein Kollege, der in der Zwischenzeit rings um den Fundort alles abgesperrt hatte, wies unterdessen den Coroner und das Spurensicherungsteam ein, das nun auch endlich eingetroffen war.
Mit dem Spurenermittler hatte ich schon des Öfteren zu tun gehabt.
Sein Name war Paul Newman, was oft Gelächter und Spott nach sich zog. Im Gegensatz zu dem echten Paul Newman war unser Paul nämlich klein, rundlich und hatte grau meliertes, krauses Haar. Wir nickten uns kurz zu, ich würde später mit ihm reden. Doch was er zu sagen hatte, wusste ich jetzt schon.

Der Cop kehrte mit dem Gewünschten zurück. „Hier bitte.“ Er überreichte Mary Jane die kleine Flasche.
„Was, ich soll aus der Flasche trinken?“ Sie funkelte den jungen Cop entrüstet an. „Ich bin eine Dame. Auch wenn ich auf der Straße lebe, ich bin eine Dame! Und trinke niemals aus einer Flasche!“ Aus den Tiefen des Einkaufswagens förderte sie einen zerbeulten Emaillebecher zutage und hielt ihn mir hin. Da ich wusste, was sich gehört, nahm ich ihr die Flasche ab und goss etwas Wasser in den Becher.
„Du bist ein guter Junge, Adam Quinlan“. Sie lächelte mich an. Ich erwiderte ihr Lächeln. „Mary Jane, Sie haben uns angerufen. Erzählen Sie mir, was Sie wissen.“
Die Alte trank einen Schluck und zuckte mit den Achseln. „Ich war auf der Suche. Du weißt schon, suchte nach Dingen, mit denen ich mein Heim verschönern kann.“ Mary Janes Heim war unter der alten Willow-Brigde, unten am Fluss. Schon seit Jahren lebte sie dort. Sommer wie Winter. Hatte sich dort so etwas wie ein winziges Wohnzimmer zusammengetragen. Es gab sogar einen zerschlissenen Fernsehsessel, den sie Gott weiß woher hatte.
Sie deutete in Richtung Parkausgang.
„Dahinten, das alte Hotel, da hab ich mal einen Lampenschirm gefunden. Er war noch ganz brauchbar, hat nur einen kleinen Riss … Ich dachte, vielleicht ist wieder was da.“ Sie trank noch einen Schluck und schüttelte sich. „Ich geh immer durch den Park, ist schön hier.“ Mary Jane warf mir einen traurigen Blick zu. „Der arme Mann, so zugerichtet. Ist Nummer vier, richtig?“
„Hmm.“ Ich nickte. „Mary Jane haben Sie oder einer Ihrer Kollegen irgendetwas gesehen, oder aufgeschnappt? Jemanden, der nicht hierhergehört, ein Auto, irgendetwas?“
Sie überlegte. Viel Hoffnung hatte ich nicht. In den anderen Fällen hatte auch keiner etwas wahrgenommen. Die Leichen tauchten einfach so auf. Wie aus dem Nichts.
Die alte Dame schüttelte den Kopf. „Tut mir leid, Junge. Bei dieser Hitze ist kaum einer unterwegs. Sind alle am Fluss, schlafen da. Dort ist es kühler. Der Wind, du weißt schon.“ Sie meinte ihre Kumpels, die anderen Obdachlosen. „Ich kam so gegen halb sieben. Etwas früher. Hab sie sofort gesehen, die Beine, mein ich. Dachte zuerst, es seien Beine für Lilly.“ Sie deutete auf ihren Wagen. „Die Schaufensterpuppe, sie braucht noch Beine.“ Sie stopfte den leeren Becher zurück in den Wagen. „Als ich den Rest daran sah, wusste ich Bescheid. Hab 911 aus

dem Supermarkt angerufen. Der Manager hat mich gelassen, als ich ihm sagte, was ich gefunden habe. Der wurde ganz grün."
Ich machte fleißig Notizen. Mit dem Manager musste ich noch reden, vielleicht war der Tote ein Kunde.
„Mehr weiß ich nicht. Kann ich jetzt gehen? Ich bin mit Elsie unter der Brücke verabredet. Wir wollen rüber, zur Mall. Shoppen." Mary Jane war stolz. Shoppen war ihr Ausdruck für Betteln.
Ich kramte einen Fünfer aus der Hosentasche und steckte ihn zwischen den Müllsack und den Kopf der Schaufensterpuppe. „Ja, Mary Jane, gehen Sie nur. Wenn ich noch Fragen habe, weiß ich, wo ich Sie finden kann."
Mary Jane klammerte sich an ihrem Wagen fest und hinkte langsam über den Rasen davon.
Für einen Moment sah ich ihr noch nach. Dann warf ich einen sehnsüchtigen Blick zum blauen Himmel hinauf. Der Tag versprach schön zu werden, lud dazu ein, spazieren zu gehen, Eis zu essen, zu flirten.
Nicht dazu, sich mit einer Leiche beschäftigen zu müssen.
Ich sah mir das Gelände an, auf dem der Tote Nummer vier auf mich wartete.
Auf der Treppe vor mir lag ein nicht mehr ganz so frischer Kranz. Die Stufen führten zur Gedenktafel hinauf, die zu Ehren der Stadtgründung dort angebracht worden war. Vor ein paar Tagen erst hatten Bürgermeister und Stadtrat den dreihundertsechsundzwanzigsten Gründungstag der Stadt mit jeder Menge Reden, Paraden und allem Brimborium gefeiert. Mein Captain war auch eingeladen gewesen, und musste wegen der ungeklärten Morde eine Menge Schelte einstecken. Inoffiziell. Hinter den Kulissen.

Hinter der Rasenfläche schlossen sich kleine bewaldete Flächen an, sie wechselten sich mit Büschen und Blumenrabatten ab. Der älteste Baum der Stadt, vom Stadtgründer höchstpersönlich angepflanzt, stand in der Mitte der Rasenfläche, ungefähr fünfzig Yards von meinem Standpunkt entfernt. Zwischen all den Beeten, Wäldchen und Lichtungen führten schmale verschlungene Wege hindurch. Sitzecken und Parkbänke im Schatten der Bäume sorgten für angenehme Aufenthalte, es gab einen kleinen Spielplatz, und sogar eine Bühne, auf der jetzt im Sommer Konzerte stattfanden.
Ich konzentrierte mich darauf, wie der Tote hier hergekommen sein könnte, denn die Stelle vor dem Denkmal war nicht der Tatort. An

diesem Ort war er nicht gestorben, nur entsorgt worden. Der Park selber war durch hohe Backsteinmauern abgeschlossen und konnte nur durch jeweils eine schmiedeeiserne Pforte am vorderen und hinteren Ende betreten werden.
Die Pforten im Zaun waren groß genug, um einen kleinen Transporter hindurch zu lassen. Jemand hätte ohne Weiteres in den Park hineinfahren und den Toten abladen können. Man hätte ihn auch zu Fuß abladen können.
Ich sah mir den Weg rings um den Rasen an. Zum Teil bestand er aus Pflastersteinen und bröckeligem Asphalt. Es hatte schon wochenlang nicht mehr geregnet. Es würde kaum verwertbare Spuren geben.
Ein paar Männer in grünen Latzhosen und Shirts standen etwas weiter entfernt neben Rasenmähern und Schubkarren, es waren die Gärtner des Parks. Sie wurden gerade von den Cops befragt.
Mein Blick schweifte an den Häusern hoch, die in unmittelbarer Nachtbarschaft des Parks lagen. Die Klientel, die dort wohnte, war gutbürgerlich, ging meist geregelter Arbeit nach und hatte nicht oft mit der Polizei zu tun. Ein ordentliches Viertel. Ob irgendjemand von dort aus etwas gesehen haben konnte? Und wenn ja, würde er mir auch davon erzählen?
Ich winkte einen Cop zu mir. „He, Officer, ziehen Sie los, nehmen Sie ein paar Ihrer Kollegen mit. Gehen Sie von Haus zu Haus und sprechen Sie mit jedem, der da wohnt oder arbeitet. Besonders interessieren mich die Häuser, deren Fenster zum Park zeigen. Sie wissen schon. Das Übliche."
Die Cops wussten und verschwanden, und ich wandte mich Newman zu. Der untersuchte gerade die Umgebung des Toten mit UV-Licht.
„Sag mir, dass ihr was gefunden habt. Irgendeine Spur!" Vier tote Männer. Mein Captain saß mir im Nacken. Die Zeitungen und Fernsehsender saßen *ihm* im Nacken, ganz zu schweigen vom Commissioner, vom Bürgermeister …
„Ich kann dir sagen, was wir nicht haben. Wir haben keinen Ausweis. Keinen einzigen Hinweis. Nichts, außer dem Üblichen."
Das Übliche. Der Modus Operandi. Das, was die toten Männer miteinander verband, sie zu Opfern von ein und demselben Täter machte.
„Wie lange ist er schon tot?" Mit dieser Frage wandte ich mich an Keith Conelly, den Gerichtsmediziner, der ebenfalls um die Leiche herum kroch. Conelly hasste dieses Nachfragen zu so einem frühen Zeitpunkt. Trotzdem musste ich es wissen. „Ungefähr geschätzt reicht mir schon."

„Puh, ich würde mal ganz vorsichtig schätzen. Also noch nicht so lange, so sechs bis acht Stunden etwa. Unter Vorbehalt natürlich."
Ich rechnete kurz nach. Zum Zeitpunkt, als der Mann den Tod fand, hatte ich mir gerade die Innenstadt vorgeknöpft, in der Hoffnung, dort auf den Vollmond-Killer zu treffen. „Kann ich ihn sehen?"
Keith gab seinem Assistenten ein Zeichen, der hob die Plane, mit der die Leiche bedeckt war, an. Ich unterdrückte ein Seufzen, ging in die Hocke und betrachtete den Toten.
Seine goldblonden kurzen Locken waren zerzaust, sein glattes Gesicht bleich, zu einer entsetzten, angstvollen Fratze erstarrt. Die Augen weit aufgerissen, sah er aus, als hätte er unvorstellbares Grauen erleben müssen. Es waren verhältnismäßig wenige Blutspuren zu sehen, dafür, dass seine Kehle aufklaffte, wie ein aufgeschnittenes Brötchen.
Der Coroner ergriff mit zwei Fingern den Saum des hellen Pullis und hob ihn etwas an. „Willst du den Rest auch noch sehen?", fragte er schon fast gleichgültig.
„Lass man." Ich schüttelte nur den Kopf und erhob mich. Was sich darunter befand, brauchte ich mir nicht ansehen, ich wusste auch so, was er mir zeigen wollte. Üble Schnittverletzungen auf der gesamten Brust.
Hämmernde Kopfschmerzen begannen, mein Hirn zu traktieren.
Dieser Mensch war nicht einfach nur tot. Sondern brutal gefoltert und ermordet von einer Bestie in Menschengestalt.
Und ich – ich kannte das Opfer.

☆

„Der Tote heißt Eric Meyers." Müde ließ ich mich auf den Stuhl vor Moores Schreibtisch sinken und rieb mir die brennenden Augen. Mein Captain, der eben noch zwischen Aktenbergen, zerknautschten und halb vollen Kaffeebechern nach einem Bericht gesucht hatte, sah verwundert auf. Seine Augen waren rot unterlaufen, sein schütterer Haarkranz struppig und auf dem Hemd prangten Kaffeeflecke. Er schien eine genauso schlaflose Nacht wie ich gehabt zu haben. In einem der Becher entdeckte ich eine kalte, ölig-trübe Pfütze und stürzte sie herunter.
Mein Magen protestierte, doch es war besser als gar nichts.
„Wie, Sie kennen den Toten? Woher?" Langsam kam etwas Leben in den Captain.
Bevor ich antworten konnte, musste ich mich erst einmal sammeln. Ich rief mir Eric ins Gedächtnis zurück, so, wie ich ihn das letzte Mal ge-

sehen hatte. Fröhlich, etwas aufgedreht, weil er mir die Liebe seines Lebens vorstellen wollte. Ich glaube, sie hieß Bonnie. Auf der Speicherkarte meines Handys mussten noch einige Bilder von dem letzten Abend in der kleinen lauschigen Bar sein.
„Sein Name ist Eric. Eric Meyers. Er war Reporter in Richmond, Indiana. Wissen Sie noch, wie ich im März dort auf der Fortbildung war? Meyers wollte einen Bericht darüber schreiben, so habe ich ihn kennengelernt. Er war ein netter, aufstrebender junger Reporter, der es noch weit hätte bringen können." Ich schwieg, spielte mit dem leeren Pappbecher in meiner Hand.
Verdammt.
Ich hatte schon unzählige Tote gesehen.
Männer. Frauen. Kinder. Doch nichts nimmt einen mehr mit, als wenn man jemanden so da liegen sieht, denn man kennt. Das lässt den Abstand, den man braucht, um einen Fall zu lösen, drastisch einschrumpfen. Ob man will oder nicht, es wird eine persönliche Sache. Zwischen dir und dem Mörder.
„Wenn Sie den Toten kannten, erleichtert es das Ganze."
Bevor ich noch verstand, was er damit meinte, griff er nach dem Hörer und drückte einen Knopf am Telefon. „Schicken Sie ihn rein", bellte er nur. Dann wandte er sich wieder an mich. „Ich habe eine Neuigkeit. Ob sie gut oder schlecht ist, überlasse ich Ihnen."
Durch die geöffneten Jalousien, die das Büro gegen den Publikumsverkehr abschirmen sollten, sah ich, wie sich ein geschniegelter Typ aus der Besucherecke erhob und auf den Glaskasten, in dem Moores Büro untergebracht war, zu schlenderte.
Sein hellgrauer Sommeranzug saß perfekt, die lakritzschwarzen Haare glänzten im Licht der alten Neonröhren, sein Gang war energiegeladen und federnd – das Wort FBI-Agent war ihm fett auf die Stirn tätowiert.
Je länger ich ihn ansah, umso weniger konnte ich ihn leiden.
Er blieb in der Tür stehen, schaute mich an, und zog die rechte Augenbraue hoch. *Na Freundchen, mach Platz, hier kommt die Elite!*
Moore übernahm die Vorstellung. „Agent Nolan Blake, das ist Detective Quinlan. Er bearbeitet den Vollmond-Fall."
Das ‚bis jetzt' schwang lautlos durch den Raum.
„Nicht sehr erfolgreich, wie mir scheint." Blake trat herein und lächelte überheblich.
Ich zerdrückte den Pappbecher in meiner Hand und wünschte, es wäre Blakes Hals. „Ihr FBI-Fuzzis könnt das natürlich viel besser, richtig?"

Ich wusste, dass vier ungeklärte Morde in vier Monaten nicht gerade von meiner Leistung zeugten. Doch was sollte ich machen? Die Spurensicherung und der Gerichtsmediziner hatten gar nichts, aber auch nicht den allerkleinsten Hinweis gefunden, der uns weiterbrachte. Gut, Newman fand ein fremdes Haar an dem dritten John Doe, doch bislang hatte davon noch keine aussagefähige DNA bestimmt werden können. Das Verfahren dazu war kompliziert und langwierig. Und teuer.
Hinzu kam, dass niemand die Männer zu vermissen schien. In keiner der bekannten Datenbanken gab es einen Treffer. Es war, als hätte der Himmel beschlossen, die Toten, von denen drei noch immer namenlos waren, einfach so aus dem Nichts in meine Stadt fallen zu lassen. Und es war so sicher wie das Amen in der Kirche, dass selbst das FBI mit all seinen modernen Errungenschaften genauso wenig herausgefunden hätte, wie wir.
Das alles lag mir schon auf der Zunge, doch ein nervöser Blick meines Captains hielt mich auf.
„Quinlan, äh … die da oben haben entschieden, den Fall an das FBI abzugeben, denn wie Sie wissen, es sind bald Wahlen und der Bürgermeister … Deswegen.“ Er zuckte verlegen mit der Schulter und versuchte wenigstens betroffen auszusehen.
Doch ich wusste es besser. Es war, weil ich nicht weiterkam, nach vier Monaten immer noch keinen Täter präsentieren konnte. Aber das sagte mein Captain mir nicht.
Jedenfalls nicht mit Worten.
Nein. Mr. FBI-Fuzzi bekam meinen Fall.
„Super, Chef, danke für das Vertrauen“, schnauzte ich los, ich hatte nicht vor, mir schweigend den Fall entziehen zu lassen. „Jetzt, da es endlich einen Fortschritt gibt, wir endlich eine winzige Spur vorweisen können, da mischt sich dieser Streber da ein. Jetzt, da wir einen der Toten identifizieren können, kann selbst ein Blinder mit Krückstock Ergebnisse erzielen.“ Ich sprang auf, warf Moore, der beschwichtigend die Hand erhoben hatte, einen wütenden Blick zu und stürmte aus dem Büro.
„Ich fahr nach Hause“, rief ich meiner Partnerin Tennessee Jaspers zu, die an unserem Schreibtisch saß und Krimskrams in einen Karton packte. Tennessee war groß, schlank, brünett und hatte vor einem halben Jahr geheiratet. Ich war zu der Feier eingeladen gewesen, und hatte ihre riesige Familie kennengelernt. Ihr Vater war ein echter Hallodri, ich wusste, dass er all seinen Töchtern Namen von Bundesstaaten, und

seinen Söhnen Namen von Städten gegeben hatte. Seine Souvenirs, so hatte er seine Kinder genannt, als ich mich während des Empfangs mit ihm unterhielt. Ich mochte den Alten, er war ein charmanter Rumtreiber, der spannende Geschichten erzählen konnte.
„Was? He, nicht so schnell, warte!“ Als ich an ihr vorüberschoss, sprang sie auf und lief mir nach. Auf halber Strecke zum Aufzug holte sie mich ein. „Warte. Ich muss mit dir reden.“
Ohne sie anzusehen, hämmerte ich auf dem Liftknopf herum. Er kam dadurch nicht schneller, doch da ich mir vorstellte, der Knopf sei die geschniegelte Visage von diesem Blake, fühlte ich mich schon etwas besser.
„Was willst du? Wo warst du eigentlich heute Morgen?“
Tennessee war nicht am Tatort eingetrudelt, obwohl ich ihr gleich Bescheid gegeben hatte. „Und warum räumst du deinen Schreibtisch leer?“ Misstrauisch beäugte ich sie. „Den Schreibtisch räumt man nur aus zwei Gründen leer. Man hat gekündigt. Oder man ist tot.“
Tot war sie nicht. Hatte sie gekündigt?
„Quinn. Ich … ich wollte es dir schon lange sagen.“ Nervös leckte sie mit der Zunge über ihre Lippe. Ich spürte, wie sich etwas in mir zusammenzog. Wieder ein Partner, der nicht mit mir arbeiten wollte? In Gedanken ging ich schnell alle Vorfälle durch. Nein, ich hatte mir nichts zuschulden kommen lassen. Jedenfalls nicht ihr gegenüber.
„Ich … ich bin schwanger. Und deswegen lass ich mich in die Verwaltung versetzen. Vorübergehend.“ Tennessees Nervosität wich trotz des Geständnisses nicht. Im Gegenteil. Sie sah mich nicht an, kaute auf ihrer Unterlippe herum. Eindeutig ein schlechtes Gewissen.
„Tennie! Das sind doch gute Neuigkeiten!“ Ich war erleichtert. Schwanger! Das erklärte so einiges. Es erklärte die mysteriösen Anfälle von spontaner Übelkeit, die mich zwangen, innerhalb von Sekundenbruchteilen eine Toilette zu finden. Es erklärte auch die ständigen Hungerattacken, die es verlangten, an jeder Pizzabude haltzumachen, an der wir vorbeikamen. „Du musst kein schlechtes Gewissen haben. So wie ich Moore kenne, wird er mir einen neuen Partner zuteilen.“
Sobald es einen gab. Der mit mir klarkam. Mit dem ich klarkam.
„Irgendeinen Deppen wird es schon geben, der mit mir arbeiten muss, mach dir keine Sorgen.“ Ich gab mich zuversichtlicher, als ich mich fühlte.

Tennie seufzte leise. „Es tut mir …“ Sie brach ab, ich sah, wie sie mit großen Augen auf etwas starrte, das hinter meinem Rücken aufgetaucht sein musste.
„Es gibt schon einen Deppen“, hörte ich es gefährlich leise hinter mir. Langsam drehte ich mich herum – und da stand Blake.
Er stand dicht hinter mir, so dicht, dass ich den würzigen Geruch seines unaufdringlichen Aftershaves riechen konnte. So dicht, dass ich die klirrende Kälte in seinen schon unnatürlich blauen Augen blitzen sah.
Mein erster Impuls war, zurückzutreten. Doch den unterdrückte ich schnell. Das kam ja gar nicht infrage! Ich trat noch einen Schritt auf ihn zu, sodass meine ausgelatschten Sneakers fast auf seinen schicken Tretern standen. Jetzt klebte ich so nah an ihm, dass unsere Körper sich berühren würden, wenn ich mich ein Stück vorlehnte.
Auch er wich nicht zurück. Stand nur so da, eingehüllt in die Art Aura, die Arroganz und Überheblichkeit so mit sich bringen.
Über seine Schulter hinweg sah ich einige Kollegen auf dem Flur stehen. Da war Ballard, der immer in denselben abgewetzten Polyesteranzügen auftauchte, und King, der oft nach Fusel roch und das mit billigem Rasierwasser zu überdecken versuchte. Ich sah auch das hämische Grinsen in ihren Gesichtern. *Ha, ha, das hast du nun von deiner großen Fresse!*
Mit beiden hatte ich schon mal zusammengearbeitet. Ungefähr drei Wochen lang. Dann hatten wir die Schnauze voneinander gestrichen voll. Ich bin ein Einzelgänger, Partner lenken mich nur ab, zu viele Kompromisse, die ich nicht eingehen will. Tennessee war die Einzige, die es drei Jahre mit mir ausgehalten hatte. Aber sie war auch mit fünf Brüdern aufgewachsen, sie wusste, wie sie mich zu nehmen hatte. Doch leider war sie nun schwanger. Verdammt.
„Du willst mein Partner sein?“ Ich hatte die Arme in die Hüfte gestemmt und sah ihm herausfordernd in die Augen. Früher im Heim hatte das auch immer funktioniert. Niemals weichen, wer nachgibt, hat verloren. Ich hatte das auf die harte Tour lernen müssen, und verlor nie wieder. „Ein FBI-Fuzzi lässt sich in die Sphären der normalsterblichen Detectives herab?“
„Falsch. Sie, Detective Quinlan, werden *mein* Partner sein.“ Dabei tippte er mir mit seinem manikürten Zeigefinger gegen die Brust. „Das ist ein gewaltiger Unterschied.“ Wieder beharkten wir uns mit herausfordernden Blicken. Wäre Moore nicht aufgetaucht, wir hätten noch Stunden so weitergemacht.

„Schluss mit diesem Machotheater, alle beide“, brüllte er mit donnernder Stimme quer über den Flur. „Sie haben einen Fall, um den Sie sich kümmern müssen!“
Es war Blake, der den ersten Schritt zurücktrat. In seinen metallisch blauen Augen tauchte ein Ausdruck auf, den ich nicht genau deuten konnte. Dann wandte er sich um und schlenderte gemächlich in das Großraumbüro zurück. Die Hände in den Taschen der gut sitzenden Hose versenkt, meinte ich, ihn leise pfeifen zu hören.
So ein Arschloch!
Ich starrte ihm hinterher, nicht sicher, ob ich dieses Duell nun tatsächlich für mich entschieden hatte. Als ich an Ballard vorbei stapfte, rempelte ich ihm den Ellenbogen in die Rippen und fauchte: „Verpiss dich!“ Mit Sicherheit hatte er den Captain auf uns gehetzt.

Captain Moore, der an der Tür seines Büros auf mich wartete, musterte mich scharf aus zusammengekniffenen Augen. Ihm war mit Sicherheit nicht entgangen, dass ich denselben Aufzug trug wie gestern Morgen. Jeans und ein verschwitztes Hemd. Und dass Bartstoppel mein Gesicht zierten, auch nicht. Er wurde etwas milder.
„Quinlan, ich brauche den Bericht über die vierte Leiche gestern auf meinem Schreibtisch, klar? Heute Mittag muss ich mit dem Bürgermeister und dem Commissioner eine Pressekonferenz geben, und ich wäre Ihnen dankbar, wenn es die beiden dabei nicht auf mich abgesehen hätten, klar?“ Dann wurde sein Ton härter. „Und noch was: Ich will, dass Sie mit Agent Blake zusammenarbeiten. Das FBI gewährt uns Unterstützung, und dafür gibt er den Ton an, verstanden? Vermasseln Sie es nicht!“ Sprachs – und donnerte die Tür hinter sich zu.
„Klar Boss.“ Mit einer Miene, die vermutlich Wein in Essig wandeln konnte, machte ich mich schnurstracks auf den Weg zur Kaffeemaschine, die im hinteren Teil des Großraumbüros stand. Das Gebräu, das dort auf mich wartete, hatte die Farbe und Dichte von Motoröl, es roch auch ein wenig danach, doch für mich war es der Quell des Lebens. Kaffee!
Ich nahm einen Schluck und merkte, wie sich ein Lächeln auf mein Gesicht verirrte.
Kaffee schlürfend trat ich an meinen Schreibtisch, der vor lauter Akten, Fotos und Zetteln fast nicht zu sehen war. In vier Monaten hatte sich ein Haufen Papierkram angesammelt.

„Okay“, begann ich, während ich mich auf meinen ausgeleierten Stuhl setzte, noch einen Schluck Kaffee trank und die eingegangenen Notizen sortierte. Blake, der den zerschrammten Besucherstuhl, den ich ihm zugedacht hatte, ignorierte, sah mir mit regungsloser Miene zu.
„Also, Mister FBI. Was nun?“ Ich hatte beschlossen, mich ganz professionell zu geben. Ich musste mit ihm arbeiten? Kein Problem, no, Sir!
„Nun fahren Sie packen, um eins geht der Flieger nach Richmond. Wir sehen uns am Flughafen.“ Damit zupfte sich Blake die Manschetten seines Hemdes zurecht, warf Tennessee, die weiter ihren Kram sortierte, ein schmelzendes Lächeln zu, und verschwand.
Und wieder blieb ich zurück, irritiert, frustriert, mit dem unbestimmten Gefühl, etwas nicht richtig mitbekommen zu haben.

☆

Während des Fluges studierte ich den nicht gerade sehr ergiebigen Computerausdruck über Eric Meyers. Der vorläufige Obduktionsbericht von Keith, dem Gerichtsmediziner, war mir schon per Mail zugegangen, aber ich hatte ihn noch nicht gelesen.
Mal sehen. Eric war siebenundzwanzig Jahre alt, arbeitete als fest angestellter Reporter bei der ‚Richmond Daily News‘ in der City von Richmond und als Familienangehörige wurde nur noch eine Tante namens Martha Ingram angegeben. Er war noch niemals straffällig geworden, und soweit ich wusste, befand er sich in festen Händen.
Ich las weiter.
Eric lebte in einem kleinen Kaff namens Greens Fork, ungefähr fünfzehn Meilen von Richmond entfernt. Und er war irgendwann nach dem neunzehnten Juli verschwunden, seine Tante hatte ihn vermisst gemeldet. Nicht seine Freundin. Das verblüffte mich.
Wieso war er überhaupt verschwunden? Heute war der Siebenundzwanzigste, wo war er die vergangenen Tage bis zu seinem Tod gewesen? Entführt? Was war mit seiner Freundin, mit Bonnie? Kennengelernt hatte ich sie damals nicht, irgendetwas war ihr dazwischen gekommen, was es war, daran erinnerte ich mich nicht mehr.
Nachdenklich starrte ich auf den Ausdruck.
Wieso war er verschwunden, und dann in meiner Stadt wieder aufgetaucht? Verstümmelt und ermordet. Was hatte er hier gewollt? Und wieso hatte er sich nicht bei mir gemeldet? Ich machte mir eine Notiz an

den Rand, musste nachprüfen lassen, wie lang Eric schon in der Stadt gewesen war, ob er einen Wagen dabei hatte. Ob er eventuell irgendwo ein Hotelzimmer gebucht hatte.
Müde rieb ich mir die brennenden Augen, langsam verkleisterten Spinnweben mein Hirn und hinderten mich am Denken. Deswegen schob ich die Unterlagen zusammen und verstaute sie bei meinem Notebook. Dann schickte ich Greg noch eine SMS, damit der wusste, wo ich abgeblieben war.

Ich reckte mich, was machte Mr. FBI-Blake eigentlich, während ich brav meine Hausaufgaben erledigte?
Der saß drei Reihen vor mir und starrte gelangweilt aus dem Kabinenfenster. Als wir am Flughafen auf den Check-in warteten, hatte er kein Wort mit mir gesprochen. Auch jetzt, an Bord, kein einziges Wort. Nicht, dass ich darüber böse war, ich mochte ihn immer noch nicht besonders. Und nur unter schlimmster Folter hätte ich zugegeben, dass ich ihn durchaus ansehnlich fand.
Die beiden Stewardessen allerdings umschwärmten ihn wie die Motten das Licht, sie hielten ihn wohl für einen Schauspieler oder gar ein Model. Doch Blake ignorierte jeden Flirtversuch, und schließlich gaben sie es auf, ich geriet in das Fadenkreuz ihrer Aufmerksamkeit. Ich bin auch nicht gerade hässlich, und wenn ich ausgeschlafen bin, kann ich sogar ziemlich charmant sein.
So jedenfalls kam ich in den Genuss von Unmengen Kaffee und der Telefonnummer der hübschen Dunkelhaarigen. Als das Flugzeug landete, schenkte sie mir zum Abschied noch ein bedeutungsvolles Lächeln, das ich nur halbherzig erwiderte, dann trennten sich unsere Wege.

Am Terminal der Autovermietung sorgte Blakes FBI-Ausweis dafür, dass er ohne Verzögerung einen Wagen bereitgestellt bekam. Ein Anflug von Neid überkam mich, denn mit meinem Ausweis hätte man mir nicht mal ein Fahrrad geliehen.
Auf dem Parkdeck, in einem schönen schattigen Eckchen, wartete eine elegante, dunkle Limousine auf uns. Bevor Blake mir noch irgendetwas anderes befehlen konnte, schmiss ich mich in den gut gepolsterten Ledersitz auf der Beifahrerseite und schloss die Augen.
Knapp fünfunddreißig Stunden war ich jetzt auf den Beinen. Ich war erledigt. Das Sandpapier unter meinen Lidern kratzte sich mit jedem

Blinzeln tiefer in meine Augäpfel hinein. „Wecken Sie mich, wenn wir da sind“, murmelte ich noch, dann hatte mich der Sandmann mit einem simplen Bodycheck überwältigt. Nicht, dass ich mich groß dagegen gewehrt hätte.

☆

Nolan sah zu dem schlafenden Detective hinüber. Das stoppelige Gesicht war grau vor Erschöpfung, eine seiner viel zu langen Haarsträhnen hing ihm über dem Auge. Er sah gut aus, auf eine herbe, sehr männliche Art, da war nichts Weiches mehr in diesem Gesicht. Die Sommersprossen auf der Nasenwurzel saßen noch da, sieben waren es inzwischen. Auch die winzige Narbe kam noch immer aus seiner Braue gekrochen. Es waren sogar welche hinzugekommen, eine an der Schläfe, die andere direkt unter seinem Kinn. Und seine Nase schien mindestens einmal gebrochen gewesen zu sein.

Doch nach Spuren eines Lachens suchte er vergeblich.

Im Gegenteil. Frustration und Enttäuschung hatten ihre Spuren in seinen Mundwinkeln hinterlassen.

Nolan sah wieder auf die Straße. Die Limousine glitt völlig geräuschlos durch die Hitze, doch dank getönter Scheiben und Klimaanlage war es innen angenehm temperiert. Er hatte beschlossen, direkt bis nach Greens Fork zu fahren. Bis zu dem Motel, welches ihm die Angestellte am AVIS-Schalter empfohlen hatte, waren es knapp zwanzig Meilen. Es lag etwas außerhalb der kleinen Gemeinde.

Die Gegend war ländlich, gelbe Weizenfelder wechselten sich mit riesigen Maisfeldern ab. Hin und wieder fuhren sie auch an kleinen Waldgebieten vorbei. Der Verkehr nahm zu, je näher sie Richmond kamen.

Er musste unbedingt Kontakt mit Gedeon aufnehmen, der Administrator wartete wahrscheinlich schon ganz ungeduldig auf seinen Bericht. Nolan konnte ein leichtes Grinsen nicht unterdrücken. Der alte Engel herrschte wie ein Feldherr über die Zentrale, behandelte die Union Guards wie seine Truppen und hatte trotzdem immer ein offenes Ohr. Er würde den Alten vermissen, wenn er zu den Guardian wechselte. Schnell überprüfte Nolan, wie tief Quinlan wirklich schlief, in dem er in seine Gedanken eintauchte.

Der Ärmste. Er schlief so fest, dass in seinem Kopf nur weißes Rauschen herrschte. Keine Träume, keine Erinnerungen. Nichts. Nur bleischwere Erschöpfung.

„Ged? Kannst du mich hören?"
Na endlich. Das hat ja ewig gedauert! Wo bist du?
„Ich bin auf dem Weg in ein Kaff namens Greens Fork. Es liegt auf halber Strecke zwischen Richmond und New Castle, Indiana. Der Tote von heute Nacht kommt von hier."
Okay. Hab dich wieder auf dem Schirm. Sag, haben sie dir den FBI-Agenten abgekauft? Es war schon etwas kurzfristig, um denen vom Morddezernat klar zu machen, dass das FBI den Fall übernehmen wird. Musste dir auf die Schnelle eine Legende zurechtbasteln, doch einer einfachen Überprüfung wird sie standhalten.
„Keine Sorge, ist alles gut gegangen. Allerdings …" Nolan schwieg. Während er überlegte, wie er Gedeon die Neuigkeiten unterbreiten sollte, ordnete er sich auf der Siebenundzwanzig ein. Der Boulevard führte einmal quer durch die Stadt, vorbei an Wohngebieten, der Universität, verschiedenen Kliniken und jeder Menge Diners. Das erinnerte ihn daran, dass dieser Körper Nahrung zu sich nehmen musste.
Er fuhr unter dem Highway her, bog auf die Achtunddreißig, jetzt war es nicht mehr weit nach Greens Fork. Der Verkehr ebbte ab, und er nahm wieder Kontakt mit Gedeon auf. „Was ich dir jetzt sage, wird dir nicht gefallen."
Oh, Oh. Wieso habe ich das Gefühl, dass jetzt etwas ganz Dickes kommt? Raus mit der Sprache. Was ist es?
„Ich bin nicht alleine hier. Jemand ist bei mir. Ein Detective vom Morddezernat. Sein Name ist … Adam Quinlan."
In der Zentrale herrschte für mehrere Sekunden tiefstes Schweigen, hatte es Gedeon etwa die Sprache verschlagen? Das hatte es seit Jahren nicht gegeben, erinnerte sich Nolan. „Ged? Bist du noch da?"
Du wirst von da verschwinden! Sofort! Hörst du? Ich wusste gleich, dass es eine blöde Idee war, und darum werde ich dir auf keinen Fall erlauben, weiter dort herumzuschnüffeln.
Nolan konnte Gedeon direkt vor sich sehen, die wenigen flaumigen Locken durcheinander gerauft, wie er hektisch vor seinem Überwachungspult auf und ab schwebte. *Sollen die Guardian sich darum kümmern! Caleb wird sowieso stinksauer, wenn er mitkriegt, dass du dich eingemischt hast.*
Mit Caleb, dem Einsatzleiter der Guardian, hatte Nolan schon einige Male zu tun gehabt.

Sein Ruf war legendär, seit er sich einen Schlagabtausch mit zwei Kriegsdämonen gleichzeitig geliefert hatte. Die beiden bis an ihre hässlichen spitzen Zähne bewaffneten Dämonen hatten beschlossen, eine Festtags-Parade anlässlich des vierten Juli zu sprengen. Die Dämonen metzelten gerade das Cheerleader-Team dahin, als Caleb, der zufällig anwesend war, eingriff. Die darüber kursierenden Berichte reichten vom Angriff mit der bloßen Faust, bis hin zum Einsatz einer Panzerabwehrrakete. Doch Nolan wusste, dass Caleb ein altes Breitschwert trug, mit welchem er meisterlich umzugehen verstand. Er hatte den Dämonen kurzerhand die Köpfe abgeschlagen und dann das Chaos mithilfe seines Teams beseitigt.
„Ich werde den Fall nicht abgeben, das kommt gar nicht infrage!", knurrte er, während er mit einem Seitenblick den schlafenden Detective streifte. „Und um Caleb mach dir keine Sorgen, mit dem werde ich schon fertig."
Caleb ist meine geringste Sorge. Was glaubst du, wird Michael mit dir anstellen, wenn er von all dem erfährt? Noch einmal kann ich dich nicht schützen.
„Ich weiß. Doch konnte ich ahnen, dass ich Quinlan dort treffen würde? Er war schon da, als ich auf dem Dezernat auftauchte, bin ihm buchstäblich in die Arme gerannt. Hast du nicht überprüft, wer der verantwortliche Detective ist?
Nein verdammt, es blieb keine Zeit!, schrie Gedeon. Nolan zuckte zusammen. *Du kannst nicht mit Quinlan zusammenarbeiten, das geht einfach nicht!*
Im Grunde wusste Nolan, das Gedeon recht hatte. Und normalerweise würde er auch auf den Administrator hören, doch diesmal – diesmal war es nicht so einfach. Er musste an diesem Fall dranbleiben, unter allen Umständen. Nicht nur wegen Quinlan, redete er sich ein. Auch wegen der Kreatur, der er auf den Fersen war. Sie war sein Schlüssel zum Team der Guardian.
Noch einmal versuchte er Gedeon zu überzeugen, ihm den Fall doch zu überlassen. „Hör zu. Quinlan, er kann … er wird sich nicht an mich entsinnen. Ich habe seine Erinnerung gelöscht und ihm eine andere gegeben." Er griff sich an den Hals, doch seine Finger tasteten vergebens nach dem breiten Halsreif. „Bitte. Lass mich hier."
Der Administrator schwieg schon wieder. Als er endlich antwortete, fiel die Anspannung von Nolan ab. *Okay. Sag aber nicht, ich hätte dich nicht gewarnt!*

☆

„Da wären wir."
Unsanft riss mich eine barsche Stimme aus meinem todesähnlichen Tiefschlaf. Ich wischte mir den letzten Sand aus den Augen und blinzelte nach draußen. Die Limousine fuhr auf ein Häuschen zu, das aus einem Märchen entsprungen schien. Kleine Erker mit spitzen Giebeln, romantische Türmchen, aus denen eine Prinzessin nach dem Prinzen Ausschau halten musste. Es war hellrosa angestrichen, und vor den weißen Fenstern hingen Blumenkästen, aus denen üppige Blütenpracht hervorquoll.
„Das ist ein Motel?", fragte ich verwirrt.
„Nein. Eine Pension, das Motel war ausgebucht."
Ich wartete auf eine weitere Erklärung – doch es kam keine.
Stattdessen parkte Blake den Wagen einfach vor der Einfahrt und stieg aus. Ich schnappte meinen Rucksack und stolperte hinter ihm her.
Fasziniert betrachtete ich das Grundstück.
Das Haus lag eingebettet in ein großes Gartengrundstück. Es gab einen Apfelbaum, der dicht mit Obst behangen war, einen lauschigen Sitzplatz im Schatten einer großen Birke und viele verschiedene Gebilde aus Ton. Kugeln, Vögel, ein paar Zwerge, sie versteckten sich zwischen all den Sträuchern, Blumen und im Gras.
Um das Haus wand sich eine breite hölzerne Veranda, zwei Schaukelstühle standen rechts und links der Eingangstür. Es wirkte gemütlich, behaglich, ein Zuhause.
Ich wollte eben an die Tür klopfen, als diese aufging. Eine ältere Dame streckte den Kopf hinaus und sah die Einfahrt hinunter. Sie war klein und rundlich, hatte weiches, weißes Haar, trug über ihrem geblümten Sommerkleid eine grün karierte Schürze und roch himmlisch nach frischgebackenem Kuchen. Ich schloss die Augen und atmete lächelnd den vertrauten Geruch ein. Sie erinnerte mich an Hazel, meine Pflegemutter.
„Oh. Bitte sagen Sie, dass Sie sich mit einer kaputten Waschmaschine auskennen!", überfiel sie uns, bevor wir auch nur grüßen konnten.
„Eine Waschmaschine, ich denke, wenn es nicht zu kompliziert ist, krieg ich das wieder hin", antwortete ich spontan. Dann deutete ich auf Blake und mich. „Wir hätten dafür gerne zwei Zimmer, Ma' am."
Ihre rosa Apfelbäckchen, die eben noch freudig strahlten, legten sich in bedauernde Fältchen. „Bitte nennen Sie mich doch Maude. Zwei Zimmer wollen Sie? Oh, das tut mir leid. Ich habe nur noch eins."

Blakes Miene bewölkte sich bei ihren Worten. Dann zeigte er auf mich. „Na, dann wird sich Mr. Quinlan hier eben woanders ein Zimmer suchen. Gibt es noch jemanden, der Zimmer vermietet?"
Maude schüttelte nur den Kopf. „Ein anderes Zimmer werden Sie in der ganzen Stadt nicht finden. Es ist Festival. Alle Unterkünfte rings um die Stadt sind schon seit Wochen ausgebucht. Dass ich dieses Zimmer freihabe, ist ein glücklicher Zufall."
Jetzt war ich derjenige, dessen Miene sich immer mehr bewölkte. Hatte ich das richtig verstanden? Dieser FBI-Fuzzi vereinnahmte das Zimmer ganz selbstverständlich für sich? Gerade, als ich ihm die Leviten lesen wollte, legte mir Maude ihre kleine, faltige Hand auf den Arm.
„Bitte … wäre … wäre es wohl zu viel verlangt, wenn ich Sie bitte, trotzdem nach der Waschmaschine zu sehen?" Ihre Hände kneteten die Schürze durch und verlegen sah sie mich an. „Ich würde Sie nicht damit belästigen, doch ich brauch dieses vertrackte Ding unbedingt. Ich bezahle Sie auch dafür."
„Sie brauchen mir nichts zahlen." Hazel hätte mir die Hölle heißgemacht, wenn ich einer Lady in Not Geld abknöpfen würde. „Maude, zeigen Sie mir die Waschmaschine", bat ich, „um alles Weitere kümmere ich mich später." Über einen Schlafplatz würde ich mir dann Gedanken machen, wenn es so weit war. Das hatte früher auch schon gut geklappt.
Hinter Maude betrat ich das Haus. In der großen Diele standen zwei alte Ohrensessel, die ziemlich bequem aussahen. Eine Holztreppe führte nach oben, hinter dem Treppenabsatz war ein Fenster mit einem Ornament aus Buntglas eingelassen. Die Sonne schien hindurch und malte farbige Muster auf dem Boden. Es roch nach Möbelpolitur und Apfelkuchen.
Blake betrat hinter mir die Diele und drängte sich Richtung Treppe an mir vorbei „Wo ist das Zimmer? Oben? Kann ich es mir schon mal ansehen?"
Ich unterbrach die Betrachtungen des schönen alten Hauses und musterte ihn kurz. So ein eiskalter Mistkerl. Kein Wunder, dass Maude mich und nicht Blake um Hilfe gebeten hatte. So wie der rumlief, hatte der sich doch noch nie die Hände schmutzig gemacht. Sein Anzug sah noch immer aus, als käme er geradewegs aus dem Schaufenster. Keine Falte, nicht mal das Oberhemd war zerknittert. Ich dagegen, in alten Jeans und zerknautschtem Hemd sah bestimmt aus, als sei ich geradewegs aus dem Müllcontainer gekrochen. Wahrscheinlich roch ich auch so. Zum Duschen und Umziehen war keine Zeit mehr gewesen. Erst

musste ich noch den Bericht für Moore schreiben, dann war ich Keith Conelly, dem Gerichtsmediziner, auf die Nerven gefallen. Anschließend war ich nach Hause gerast, griff ein paar Klamotten und ab ging's zum Flieger.
Maude, der das Ganze ziemlich peinlich zu sein schien, wollte es noch nicht so ganz dabei belassen. „Kennen Sie sich? Reisen Sie zusammen? Es geht mich ja nichts an, aber …" Sie stockte verlegen. „Das Zimmer hat ein Doppelbett. Sie könnten … wenn … wenn es Ihnen nichts ausmacht …"
„Das Zimmer hat nur ein Doppelbett?" Blake sah angepisst aus.
Ich allerdings verstand nicht, was daran das Problem sein sollte. „Na und?"
„Das Zimmer hat nur *ein* Doppelbett!"
Jetzt verstand ich es. Mr. FBI-Fuzzi bestand auf seiner Privatsphäre. Und sich ein Zimmer mit einem einfachen Detective eines Morddezernates zu teilen, das ging wohl gegen seine berufliche Ehre.
Aber sehr viel wahrscheinlicher war, dass er Erkundigungen über mich eingeholt hatte. Und nun hatte Blake anscheinend moralische Bedenken. Schließlich hatte ich noch niemals einen Hehl aus meiner Homosexualität gemacht. Das war nicht immer einfach und brachte mich oft in unangenehme Situationen, so wie jetzt. Doch verbiegen würde ich mich deswegen nicht. Niemals.
Ich warf ihm bloß einen genervten Blick zu und verdrehte die Augen. „Na und?", wiederholte ich gereizt. „Maude, geben Sie mir ein Kissen, dann penn ich draußen auf der Veranda." Ich hatte schon an schlimmeren Plätzen geschlafen. Unter flussfeuchten Brücken, in zugigen Hauseingängen. Hinter stinkenden Müllcontainern. Oder in ihnen. „Da hinten im Garten habe ich eine Hollywoodschaukel gesehen. Die würde es auch tun."
Maude wollte nichts davon hören. „Sie können doch nicht … im Garten, das geht doch nicht!", rief sie entsetzt. „Sie brauchen doch ein ordentliches Bett!"
Ich legte meinen Arm um ihre Schultern und sah lächelnd auf sie herab. „Hören Sie, ich bin ein großer Junge und kann mir nichts Schöneres vorstellen, als jetzt, im Sommer, draußen zu schlafen." Frische Luft, eine laue Sommerbrise, gab es etwas Besseres?
Maude zuckte nur die Achseln und gab wiederstrebend nach. „Na gut, wenn Sie meinen? Kommen Sie Mr. Blake, ich zeige Ihnen jetzt das

Zimmer. Es liegt ganz oben unter dem Dach. Das Bad ist gleich gegenüber …“ Plappernd stieg sie die Treppe hinauf.
Blake folgte ihr, seinen Trolley unter dem Arm. Ich beneidete ihn nicht, wusste ich doch, wie heiß es unter diesen alten Holzdächern werden konnte.

Ich reparierte die Waschmaschine, wie sich herausstellte, war nicht viel kaputt. Eigentlich gar nichts, nur das Flusensieb war verstopft, deswegen schleuderte die Maschine nicht. Ein Klacks.
Dafür bekam ich bei Maude in der Küche frisch aufgebrühten Kaffee und ein Stück ofenfrischen Apfelkuchen. Der war eigentlich noch zu heiß, um ihn zu essen, doch ich wollte nicht abwarten, bis er sich abgekühlt hatte.
Hungrig schlang ich ihn hinunter, ließ mir den Geschmack von süßem Apfel, Zuckerstreusel und Zimt auf der Zunge zergehen. Erinnerungen stiegen auf, mir wurde ganz schwer ums Herz.
Erst Mom. Und Dad. Dann, vor zwei Jahren Hazel. Schlaganfall.
Unbewusst strich ich über meine Brust.
Ich griff nach meinem Talisman, den ich an einer Kette um den Hals trug, und atmete tief durch. Die Feder unter meinem Hemd gab mir etwas innere Ruhe zurück.
Maude, die nichts davon mitbekam, redete in einer Tour. Vom Festival, von den Musik-Konzerten, die stattfanden, ich hörte kaum zu. Aß noch ein Stück Kuchen, und noch eines, bis ich dachte, gleich platzen zu müssen.
Anschließend stiefelte ich hoch ins Bad, das dem Zimmer, das *ich* nicht haben konnte, gegenüberlag. Ich brauchte dringend eine Dusche. Die Tür stand offen, ich sah Blake, er hatte seine Anzugjacke ausgezogen und war gerade dabei, das Hemd aufzuknöpfen. Schon streifte er es von den Schultern. Darunter war er nackt.
Ich schluckte. Perfekt. Dafür fiel mir einfach kein anderes Wort ein. Ein perfekter Körper. Dass er gut gebaut war, hatte ich ja schon vermutet, doch dass er so aufsehenerregend war …
Marmor in vollendete Formen gebracht. Anders konnte ich es nicht beschreiben. Sein Schultergürtel war breiter als meiner, die Oberarmmuskeln bemerkenswert proportioniert, Brustkorb und Waschbrettbauch ausgeprägt, ohne im Geringsten übertrieben zu wirken. Die graue Anzughose, von einem schmalen Gürtel gehalten, konnte den Rest zwar vor meinen Blicken verbergen, nicht aber vor meiner regen Fantasie.

Blitzartig tauchten Bilder wie in einer Diashow in meinem Kopf auf.
Das breite Bett. Zerwühlte Laken. Zwei Münder, die tiefe, leidenschaftliche Küsse tauschen. Unsere hitzigen splitternackten Leiber, eng miteinander verbunden.
Geräusche kamen hinzu.
Rhythmisch knarzendes Holz. Atemloses Aufstöhnen. Ein Aufschrei tiefster Befriedigung.
Erregung machte sich in mir breit, trieb mir den Schweiß auf die Stirn. Meine schon eng sitzende Jeans wurde noch enger.
Ob ich ein Geräusch von mir gegeben hatte, oder ob es etwas anderes war – auf einmal hob Blake den Kopf, und ehe ich reagieren konnte, trafen unsere Blicke aufeinander. Selbst auf diese Entfernung wirkte seiner wie ein kobaltblauer Magnet. Ich konnte die Augen nicht abwenden, und wenn es mich das Leben gekostet hätte.
Er sagte nichts, hob nur arrogant eine Braue. Meine schweißnassen Finger tasteten nach der Türklinke, sie sprang auf, und ich schob mich rückwärts ins Bad. Dann erst gelang es mir, den Kontakt zu unterbrechen. Schnell schloss ich die Tür und ließ mich dagegen sinken.
Was zur Hölle war das denn? Mein Herz raste, ich bemerkte, dass ich bis eben den Atem angehalten hatte. Hektisch schnappte ich nach Luft. Mein lieber Scholli!
Das war mehr als bloß eine Anwandlung schwanzgesteuerter Lust. Das war … nackte Begierde. Elementar und verheerend!
Kalte Dusche, ich brauchte sofort eine kalte Dusche!
Schon riss ich mir die Klamotten runter und stürzte mich in die Fluten. Mit geschlossenen Augen ließ ich zuerst kaltes Wasser auf mich herunter prasseln. Heftig nach Luft ringend hielt ich es aus. Die Kälte musste helfen, die absurde Vorstellung von Blake und mir aus dem Hirn zu vertreiben. Er war ein arrogantes Arschloch. Ein verdammt gut Aussehendes, ganz ohne Zweifel!
Doch ich würde ihn nicht einmal mit der Kneifzange anfassen! Niemals!
Das kalte Wasser vertrieb jeden erotischen Gedanken und half so leidlich dabei, die bleierne Müdigkeit ein wenig aus meinen Knochen zu jagen. Also stellte ich auf warmes Wasser um, angenehm rieselte es auf meine schmerzenden Schultern herunter. Ich war so müde, das bisschen Schlaf im Wagen hatte bei Weitem nicht ausgereicht. Doch es war nicht nur der Schlafmangel alleine, der mir zu schaffen machte. Auch der Gedanke, mich mit einem Agenten rumschlagen zu müssen, nagte mir. Im Großen und Ganzen hatte ich nichts gegen das FBI. Was mich an diesem

Agenten störte, war die Selbstverständlichkeit, mit der sie Detectives wie mir die Fälle abnahmen. Gut, es gibt Fälle, bei denen ist man froh, wenn man die vom Hals hat. Doch dieser hier gehörte nicht dazu.
Ich traute mir durchaus zu, alleine damit fertig zu werden. Aber das durfte ich ja nicht. Stattdessen musste ich Wasserträger für Blake spielen. Wie das aussähe, konnte ich mir lebhaft vorstellen. Er würde mich die ganze Drecksarbeit machen lassen, und am Ende nur mit den Handschellen wedeln. Sein Name würde durch die Presse gehen, meiner tauchte vielleicht in seinem Bericht auf.
Tolle Aussichten. So würde ich niemals weiter kommen. Schließlich wollte ich nicht auf ewig nur Detective sein.
Als das Wasser langsam merklich kälter wurde, stolperte ich aus der kleinen Kabine und rubbelte mich mit dem Handtuch, das neben der Dusche hing, trocken. Aus meinem Rucksack pflückte ich ein frisches Hemd und eine schwarze Jeans.
Mit den Fingern versuchte ich, so etwas wie eine Frisur hinzubekommen, natürlich hatte ich meinen Kamm zu Hause vergessen. Genauso wie mein Rasierzeug. Ich musterte mich im Spiegel, der über dem Waschbecken hing. Haare und Bart waren zu lang, mit dem geschniegelten Blake konnte ich eindeutig nicht mithalten.
Wollte ich auch nicht. Hatte ich verdammt noch mal gar nicht nötig.
Als ich das Bad endlich verließ, stand die Zimmertür immer noch offen. Blake stand am Fenster, in einer hellen Bundfaltenhose und einem frischen Hemd, diesmal in Hellblau. In Kombination mit seinen schwarzen Haaren, die ihm frech in die Stirn hineinhingen und den blauen Augen sah es umwerfend aus. Als er mich hörte, winkte er mir zu. „Kommen Sie rein."
Vorsichtig trat ich näher, versuchte das breite, unwiderstehlich weiche Bett zu ignorieren, das mich verführerisch anzulächeln schien.
„Was gibt es?"
„Sie haben die Akte Meyers gelesen?"
Ich nickte, verschränkte die Arme vor der Brust und blieb abwartend stehen. „Ja, während des Fluges. Warum?"
„Dann bringen Sie mich auf den neuesten Stand."
Ich fasste kurz zusammen, was ich über Eric gelesen hatte. „Er wurde von seiner Tante als vermisst gemeldet", erklärte ich ihm dann. „Werden Sie als Erstes mit ihr reden?"
„Als Erstes werden *wir* mit den Sheriffs vom Revier reden. Ein Deputy Stoner hat die Vermisstenanzeige aufgenommen. Dann werden *wir* uns

um die Tante und die Freundin kümmern." Blake betonte das ‚wir' so, als wolle er mir damit zu verstehen geben, dass ich in diesem Fall gleichberechtigt sei.
Gleichberechtigt. Das war doch zum Lachen!
Noch niemals hatte mich ein FBI-Agent wie seinesgleichen behandelt.
Diese Brüder wussten doch nicht mal, wie man das schrieb!
Ich schmiss meinen schäbigen Rucksack in die Ecke neben der Tür. „Kann der da stehen bleiben", fragte ich, beißenden Spott in der Stimme. „Oder lässt Ihre FBI-Ehre das etwa nicht zu?"

☆

Der Besuch im Sheriff Department von Greens Fork brachte keine Neuigkeiten. So viel vorweg.
Das Department befand sich am Anfang einer normalen Wohnstraße, auf dem Nachbargrundstück mähte jemand den Rasen, ein paar Kids zischten lachend auf ihren Skateboards vorbei. Friedliche Idylle.
Im Büro selber war es ziemlich ruhig.
Kein Vergleich zu meinem Police-Department, in dem ein ständiges Kommen und Gehen herrschte, wo dauernd irgendwelche Zeugen oder Verdächtige rumhingen, die befragt werden mussten. Ständig Telefone und Faxgeräte lärmten.
Vielleicht sollte ich auch aufs Land ziehen.

Bei Deputy Stoner handelte es sich um einen kleinen, dunkelhaarigen, nicht ganz schlanken, mittelalten Mann in Uniform, der uns schon erwartet hatte. Wir waren von Moore per Fax angekündigt.
Blake stand nur da, mit verschränkten Armen und schwieg, überließ mir die Fragerei. Hatte ich nicht so etwas vermutet?
Stoner zog eine dünne Akte aus einem Stapel anderer dünner Akten hervor, blätterte ein Formular auf und begann monoton seinen Text abzuspulen.
„Vermisst gemeldet von Mrs. Ingram, sie ist die Tante des Opfers. Am neunzehnten Juli das letzte Mal von ihr gesehen worden. Am Dreiundzwanzigsten nicht zum Geburtstag besagter Tante erschienen. Nachfragen bei Kollegen und Freunden bescheinigen sehr ungewöhnliches Verhalten. Meyers hat sich immer um Mrs. Ingram gekümmert."
Ich musste eine Atempause abwarten, um eine Frage einwerfen zu können. „Und was ist mit seiner Freundin, dieser Bonnie? Wieso hat sie

ihn nicht vermisst gemeldet? Sie hätte doch schon viel früher merken müssen, dass da was im Busche war."
Stoner, nun etwas aus dem Takt gebracht, kratzte sich am Kopf. „Äh. Ja. Moment." Er blätterte in der Akte hin und her. „Ah. Die Verlobte Bonnie Davis gibt an, dass Eric Meyers sich kurz vor seinem Verschwinden von ihr getrennt hat. Sie sei völlig überrascht davon gewesen, sie erklärte, dass sie im September heiraten wollten." Er wischte sich fahrig über die Stirn und erschauderte kurz. „Bei der Nachricht seines Todes hat sie einen Nervenzusammenbruch erlitten. War kein schöner Anblick!"
Ich schüttelte nur den Kopf. Wahrscheinlich war er Single, und den Anblick heulender Frauen nicht gewöhnt.
Wir sagten artig Danke und verschwanden wieder. Die Kopie der Anzeige, auf der auch Erics Adresse eingetragen war, hatte ich in meiner Hand.

☆

Nolan nahm das Gas weg, und ließ den Wagen mit dem letzten Schwung vor dem Haus ausrollen. Dann stieg er aus. Während er die Tür schloss, warf er einen neugierigen Blick auf das Grundstück. Dort stand ein kleines, nicht mehr so neues Ein-Familienhaus. Niedrige Büsche vor dem Haus, dahinter gab es wahrscheinlich einen kleinen Pool, Platz für Rutsche, Schaukel, Sandkasten.
Es schien so, als warte dieses Haus nur darauf, mit Leben gefüllt zu werden.
Doch nun würde es wohl niemals dazu kommen.
Quinlan machte keine Anstalten, das Fahrzeug zu verlassen. Er rührte sich nicht, saß nur so da. Schlief er etwa wieder? Durch die getönte Windschutzscheibe konnte Nolan nur die Konturen von ihm erkennen, und so streckte er kurz seine mentalen Fühler nach ihm aus.
Er war wach. So halbwegs. Die Wirkung des Kaffees, den er bei der netten alten Dame getrunken hatte, ließ schon längst wieder nach.
Es war der Duft nach frischem Kaffee und warmem Apfelkuchen gewesen, der ihm Quinlans Gegenwart auf dem Flur vor seinem Zimmer verraten hatte. Dass er dort oben aufgetaucht war, hatte er kaum gehört, er war die Treppe hinauf geschlichen, wie eine große Katze.
Nolan unterdrückte ein Seufzen. Quinlan hielt ihn für einen arroganten FBI-Typen, der ihm nur das Leben schwer machen wollte, und lehnte

ihn deswegen ab. Doch der Blick, mit dem er ihn da vor dem Bad angestarrt hatte, hatte etwas anderes verraten. Ein warmer Schauer kitzelte zwischen seinen Schulterblättern, als er daran zurückdachte.
Dieser Blick. So eindringlich, so intensiv. So deutlich.
Noch niemals war es ihm schwerer gefallen, die unnahbare Maske aufrechtzuerhalten. Gedeon hatte ihn ja gewarnt. Ob er dabei sexuelle Begierden im Sinn hatte? Wohl kaum.
Noch immer rührte Quinlan sich nicht auf seinem Sitz. Nolan lehnte sich gegen den Kotflügel, der dunkle Lack hatte sich aufgeheizt, und die Wärme drang ihm durch die Hosen. Er zögerte, durfte er nachsehen, was ihn beschäftigte?
Es musste etwas Schwerwiegendes sein, denn die Schwingungen, die er auffing, deuteten darauf hin. Ganz behutsam öffnete er seinen Geist und sah in Quinlans Gedanken.
‚Oh Mann, warum ist Tennie bloß nicht hier? Ich hasse dieses Herumschnüffeln in der dreckigen Wäsche Hinterbliebener. Und dieser eiskalte Mistkerl wird mir auch keine Hilfe sein, er wird der armen Bonnie nur Angst einjagen. Wieso stehst du da so blöd rum und glotzt mich an? Na komm doch her, Mr. FBI, und hol mich! Aber pass auf, dass ich dir nicht deine gebügelte Visage poliere! Ein Wort nur, ein einziges Wort, und …‘
Noch während Quinlan diese Gedanken von sich gab, stieg er aus dem Wagen und warf ihm einen herausfordernden Blick zu. Nolan spürte, dass Quinlans Schwingungen sich verändert hatten. Er war nicht mehr niedergeschlagen, sondern vielmehr aufgebracht.
Nolan musste sich auf die Lippe beißen, konnte ein kleines Lächeln nicht unterdrücken. So, so, mit ihm prügeln wollte er sich. Wenn er da mal nicht den Kürzeren zog!
Ohne Quinlan noch eines Blickes zu würdigen, wandte er sich dem Haus zu.
„Na, ausgeruht?“, fragte er sarkastisch über seine Schulter hinweg. „Können wir dann weiter machen? Oder fühlen Sie sich nicht in der Lage, Ihren Job zu tun?“
Das saß! Nolan spürte förmlich, wie der finstere Blick, den Quinlan ihm hinterherwarf, in seinem Rücken brannte.
„Man wird doch mal nachdenken dürfen, oder?“, rief Quinlan laut und kam näher. *‚Das reicht! Ich zeig dir gleich, wie ich meine Arbeit machen kann!‘*, geisterte es gleichzeitig durch seine Gedanken, bevor Nolan die Verbindung kappen konnte. *‚Jetzt trete ich dir in deinen verflucht sexy Arsch, dass du die Engel singen hörst, du verdammter Mistkerl!‘*

Wie war das?
Unwillkürlich drehte er sich rasch herum, und stieß prompt mit Quinlan zusammen, der jetzt dicht hinter ihm stand. Seiner Miene nach zu urteilen, war er ziemlich sauer. Genau das hatte Nolan eigentlich gewollt. Mit einem wütenden Quinlan konnte er umgehen. Mit einem nachdenklichen, verletzlich wirkenden auf keinen Fall. Doch Quinlan war ihm eindeutig zu nahe gekommen. Der große, von der Sonne aufgeheizte Körper, der sich vor ihm aufbaute, strahlte etwas aus, das weit über die reine Konfrontation zweier Alphamännchen hinausging.
Heute Morgen, im Dezernat, hatte er es schon einmal gespürt, doch nun war es noch um einiges intensiver.
Diesmal war es pures Testosteron, das mit jedem Schweißtropfen aus Quinlans Poren quoll, angereichert mit sexueller Erregung und dem festen Willen, den vermeintlichen Rivalen zu unterwerfen.

Nolan straffte sich, bis er ihn um gut zwei Inches überragte, und nahm die Kampfansage an. Er lächelte, eiskalt und überheblich, und der Blick, den er Quinlan zuwarf, hatte die Schärfe eines Laserstrahls. Er fraß sich förmlich in die haselnussbraunen Augen, die ihn provokant anfunkelten. „Treten Sie sofort einen Schritt zurück, Detective Quinlan. Oder ich kriege Sie wegen sexueller Nötigung dran." Das sollte genügen, um ihn in seine Schranken zu verweisen.
Falsch gedacht!
Denn Quinlan wich nicht betreten zurück, stattdessen durchzuckte Nolan heftiger Schmerz, bahnte sich seinen Weg vom Rippenbogen hinauf in sein Hirn, und instinktiv krümmte er sich zusammen.
„Fügen Sie noch ‚Angriff auf einen Bundesbeamten' hinzu!", hörte er ihn durch zusammengebissene Zähne quetschen.
Nolan blinzelte überrascht und richtete sich langsam wieder auf. Mit übereinandergeschlagenen Armen stand Quinlan jetzt an die Hauswand gelehnt und musterte ihn aus schmalen Augen. Er zeigte sich von einer aggressiven, wilden Seite, die Nolan faszinierend fand. Wie von selber drangen Quinlans Gedanken in seine. *‚So Großmaul. Brauchst du noch mehr? Komm doch, wenn du dich traust!'*

Ohne es zu wollen, war Nolan ziemlich beeindruckt von der Aktion.
Auf den Faustschlag, der sich da in sein Fleisch gebohrt hatte, war er überhaupt nicht vorbereit gewesen. Kein Muskel in Quinlans Gesicht

hatte warnend gezuckt, kein Blinzeln der Augen hatte den drohenden Angriff verraten.
Er hatte einfach zugeschlagen. Blitzartig, wie eine wütende Kobra.
Ob Quinlan ihn auch geschlagen hätte, wenn er gewusst hätte, dass er, Nolan, ihn mit einer Hand wie eine Fliege zerquetschen konnte? Wahrscheinlich. Er schien nicht viel Respekt vor ihm zu haben.
Wäre er tatsächlich ein Mensch, hätte er sich jetzt winselnd und heulend auf dem Boden gewunden. So aber konzentrierte er sich kurz und schüttelte das unangenehme Gefühl einfach ab. Trotzdem tat er so, als litte er unter Schmerzen. Er hielt sich die Brust, wand sich leicht und stöhnte. „Verdammt, Sie sind gut!“, ächzte er, richtete sich auf und atmete mehrmals tief durch. „Das hatte ich wohl verdient.“

☆

„Tja, die harte Schule der Straße“, räumte ich ein und unterdrückte das Bedürfnis, mir die schmerzende Hand zu reiben. Ich hatte das Gefühl, gegen eine massive Steinmauer geschlagen zu haben. Die Muskeln des Burschen waren tatsächlich so fest, wie sie aussahen.
Für einen Moment überkam mich so etwas wie ein schlechtes Gewissen, ich hatte ohne Vorwarnung zugeschlagen. Doch schnell schob ich das wieder zur Seite. *Sexuelle Nötigung*. Hatte ich das nötig? Ich doch nicht!
Mit großer Genugtuung hatte ich diesen fiesen Schlag aus meinem Repertoire von nicht ganz korrekten Schlägen gezogen. Meine Spezialität. Ein kurzer, kräftiger Schlag, mit geballter Faust auf den Solar Plexus. Schade, dass Blake meine Faust so gut weggesteckt hatte.
Trotzdem. Dieses Arschloch hatte ich in seine Schranken verwiesen. Eins zu null für mich.
Ohne mich nach ihm umzusehen, wiederholte ich seine sarkastischen Worte. „Haben Sie sich genug ausgeruht, oder sind Sie noch nicht in der Lage, Ihren Job zu machen?“ Gleichzeitig betätigte ich den Türklopfer.

Bonnie Davis öffnete die Tür. Sie war eine zierliche, mädchenhaft wirkende junge Frau, ich schätzte sie auf Mitte zwanzig. Ihr mausbraunes Haar war strähnig, auf ihrem Gesicht zeigten sich Trauer und Spuren intensiven Weinens. Sie trug schwarz, was sie noch zerbrechlicher aussehen ließ.
„Hallo Bonnie, ich bin Adam Quinlan, Morddezernat, und das ist Nolan Blake, FBI.“

Sie sah auf unsere Ausweise und brach in Tränen aus. Dann drehte sie sich um, schniefte und zog ein Taschentuch aus ihrer Hosentasche.
„Bitte treten Sie näher.“ Sie ging voran in einen großen Raum, der sich als Wohn- und Esszimmer entpuppte. Schweigend deutete sie auf das Sofa. Blake blieb stehen, Bonnie hockte sich in einen Sessel. Ich setzte mich auf das Sofa.
„Entschuldigung“, murmelte sie und wischte sich im Gesicht herum. „Ich kann es immer noch nicht glauben, dass er … dass er …“ Leise rannen ihr die Tränen über die Wangen. Vor ihr auf dem Tisch stand ein silberner Fotorahmen. Sie nahm ihn in die Hand und betrachtete ihn schweigend. Ich ließ sie in Ruhe und sah mich um.
Es war ein ganz normales Wohnzimmer.
Halbwegs moderne, helle Schrankmöbel, von durchschnittlicher Qualität. Das Sofa sah relativ neu aus, es war nugatbraun mit mokkafarbenen Kissen. Überall standen kleine Blumen in bunten Töpfen herum, auch auf der breiten Fensterbank. Ein paar billige Kunstdrucke hingen an den Wänden. Familienfotos.
Das Übliche. Solche Einrichtungen hatte ich schon zu Hunderten gesehen. Ich wechselte einen kurzen Blick mit Blake, wollte er die Befragung leiten? Er nickte leicht. Von mir aus, gerne.
„Es tut uns leid, dass wir Sie stören müssen“, begann er. „Wir sind hier, um Ihnen ein paar Fragen zu stellen. Ist das okay für Sie?“
Sie nickte und umklammerte das Foto. „Ja. Fragen Sie nur.“
Blake fiel gleich mit der Tür ins Haus. „Wir haben gehört, dass Eric sich kurz vor seinem Verschwinden von Ihnen getrennt hat. Können Sie uns sagen, wieso?“
Statt einer Antwort kullerten nur noch mehr Tränen. Bonnies Schultern bebten, und ich befürchtete, dass wir nichts Vernünftiges aus ihr herausbekamen.
Blake sah das offenbar ähnlich, denn er hockte sich vor Bonnie, die jetzt haltlos schluchzte. Vorsichtig berührte er sie an der Schulter. „Bonnie hören Sie mir zu. Wenn Sie uns erzählen, war passiert ist, können wir unsere Arbeit besser machen.“ In seiner dunklen Stimme schwangen jetzt so viel Wärme und Anteilnahme, dass es mich ziemlich verblüffte. Was waren das denn für Töne?
„Bitte erzählen Sie uns, was vor seinem Verschwinden vorgefallen ist.“
Bonnie nickte, schnäuzte kräftig in ihr Taschentuch und sah ihn aus verquollenen Augen an. Dann hielt sie ihm den silbernen Rahmen unter die Nase. „Sehen Sie dieses Foto? Es wurde auf der letzten Weihnachtsparty

unserer Firma gemacht. Vera hier, meine Arbeitskollegin und ich, wir waren beide so glücklich. Eric machte mir an dem Abend einen Heiratsantrag. Vera und Phillip waren schon verlobt. Und nun …“ Sie schluckte und vergrub ihr Gesicht in den Händen. „Einen Tag, bevor er verschwand, teilte er mir mit, er liebe mich nicht mehr, er hätte eine andere, eine, mit der er mehr Spaß haben könne, die …“ Ihr versagte die Stimme.
Blake nahm ihr den Rahmen aus den zitternden Händen und legte ihn zur Seite. „Das tut mir leid. Wissen Sie, wie die andere heißt?“
Sie schüttelte nur den Kopf. „Ich weiß nur, dass sie eine Sexbombe sein muss!“ Bonnie wurde wütend. „Er klatschte es mir einfach so um die Ohren. Wie toll die andere im Bett sei, was für eine prächtige Figur sie habe, im Gegensatz zu mir, und dass es mit ihr nicht so langweilig sei. Ich wollte Kinder, eine Familie, er nicht. Nicht mehr. Hatte nur noch seinen Spaß im Kopf. Daher packte er einen Koffer und verschwand. Ich habe ihn nicht wieder gesehen.“ Sie hatte begonnen, ihr Taschentuch in kleine Fetzen zu reißen. „Bei seiner Tante ist er noch gewesen, hat sich verabschiedet, hat ihr gesagt, dass er wegfahren wolle, aber zu ihrem Geburtstag wieder da wäre. Die Ärmste, sie saß die ganze Zeit zu Hause und wartete auf ihren Neffen. Hoffte, betete.“ Ihre Wut verrauchte schon wieder, als sie von Martha Ingram sprach. „Vergeblich, wie wir jetzt wissen.“
Sie erhob sich, trat ans Fenster und starrte hinaus in den kleinen Garten. „Was mach ich denn bloß?“, fragte sie leise, schlang die Arme um sich, umklammerte sich förmlich. Erzitterte trotz der Hitze.
Auf ihre Frage hätte ich ihr durchaus eine Antwort geben können, ich verstand sie, wusste, was sie durchmachte. Doch ich wusste, eigentlich wollte sie keine Antwort haben. Es gab Fragen, auf die gab es auch keine.
Unbewusst griff ich nach meinem Talisman.
Ich war jedenfalls heilfroh, dass Blake die Befragung durchführte.
So etwas lag mir überhaupt nicht. Tennessee war diejenige von uns, die das sonst immer übernahm. Ich wollte die Mörder fangen, nicht in intimen Details der Angehörigen rumkramen. Leider gehörte es aber zu meinem Job.
Während Bonnie schwieg, machte ich mir so meine Gedanken.
Einfach so, Knall auf Fall hatte Eric seinen Koffer gepackt, war der Freiheit und einem sexuellen Abenteuer entgegen gestürmt. Mit im Gepäck eine umwerfende Sexbombe.

So hätte ich ihn niemals eingeschätzt. Damals, im März, als ich ihn während der Fortbildung traf, war jedes zweite Wort ‚Bonnie' gewesen. Bonnie macht dies, Bonnie sagt das. Er war schrecklich verliebt gewesen. Von dem Heiratsantrag zu Weihnachten wusste ich, er hatte es mir erzählt. Eric war sich sicher, genau die Frau gefunden zu haben, mit der er eine Familie gründen wollte.

Doch statt einer Hochzeit im September gab es nun eine Beerdigung.

Hatte die Sexbombe etwas damit zu tun? Wir mussten den Namen der Neuen herausfinden. Unbedingt. Sie hatte ihn als Letztes gesehen. Darauf würde ich wetten.

Ich wandte meine Aufmerksamkeit wieder Bonnie und Blake zu.

Sie rührte sich nicht, und Blake betrachtete jetzt das Foto. Ich wollte es mir ebenfalls ansehen, mir meine eigene Meinung bilden, und hielt auffordernd meine Hand hin. Er reichte es mir rüber.

Es waren zwei Pärchen, Bonnie und Eric, mit roten Weihnachtsmützen, strahlend lächelnd. So strahlend kannte ich ihn. Ein weiteres Pärchen. Vera, mit einem Haarreif, an dem ein Heiligenschein befestigt war, angelehnt an einen Mann – den ich auch schon mal gesehen hatte.

Verdammte Scheiße, dachte ich nur. Das konnte es doch nicht wirklich geben!

Mein Blick flog hoch, zu Blake, der im Zimmer umhergegangen war, jetzt vor der Wand stand und die Familienfotos betrachtete. Als hätte er meine Aufregung gespürt, drehte er sich zu mir um.

Ich machte ihm ein Zeichen. *Nach draußen, sofort.*

„Entschuldigung, Bonnie, bin gleich wieder da." Schon lief ich hinaus, mit dem Foto in der Hand. Blake hatte verstanden, denn er stürmte hinter mir her.

Aufgewühlt hastete ich zum Wagen, warf mich hinein. Schnappte mein Laptop. Anschalten, hochfahren, mein Gott, war diese Kiste schon immer so lahm gewesen?

Endlich. Ich klickte mich durch das Programm, bis ich fand, was ich suchte. Bilder zum Mondscheinmord. John Doe Nummer zwei. Gefunden im Mai, hinter dem Opernhaus.

Blakes Oberkörper schob sich zu mir in den Wagen und er beugte sich mit über den Monitor. Dabei kam er mir so dicht, dass ich seinen warmen Atem auf meiner Haut spürte, seine Haarspitzen mein Gesicht streiften. Sie waren tatsächlich so weich, wie sie aussahen, und lenkten mich erheblich von den grausigen Bildern ab.

„Was ist los?“, fragte er. „Sie sehen aus, als hätten Sie einen Geist gesehen.“
Einen Geist? Schön wäre es! Doch leider befürchtete ich das Schlimmste.
Ich drehte das Notebook weiter zu ihm hin, und meinen Oberkörper von ihm weg. Es fehlte nicht viel, und ich hätte mich gegen ihn gelehnt.
Er schien nicht zu bemerken, was seine Nähe in mir auslöste, denn er beugte sich weiter in den Wagen hinein.
„Hier. Sieh dir das an!“ Dass ich ihn in der Aufregung duzte, bemerkte ich kaum. „Und dann sag mir, ob es sein kann, das der Typ da auf dem Foto, der mit dem Elchgeweih, ob das dieser Tote da sein kann.“ Ich hielt Nolan den Silberrahmen unter die Nase und deutete gleichzeitig auf die Bilder, die ich von unserem Gerichtsmediziner hatte.
Helles Haar, es war nicht so blond wie das von Eric, geschlossene Augen, leichter Bartschatten. Von der durchgeschnittenen Kehle war nur die Naht zu sehen. Keith, der Gerichtsmediziner, hatte sie wieder verschlossen.
Nolan sah sich das Bild genauer an. Mehrere Sekunden lang. „Du könntest recht haben. Eine gewisse Ähnlichkeit ist vorhanden.“ Doch er klang skeptisch.
Ich sah wieder zum Haus. „Was hat Bonnie eben gesagt? Vera und ich, wir *waren* beide so glücklich. Heißt das, dass Vera es jetzt nicht mehr ist? Nolan, ich sage dir was: Ich habe kein gutes Gefühl bei der Sache!“

Wir gingen zurück ins Haus. Diesmal übernahm ich das Reden.
„Bonnie, ist mit Vera und Phillip noch alles in Ordnung?“
Sie saß wieder in ihrem Sessel und hatte die Augen geschlossen. Auf meine Frage hin runzelte sie erst die Stirn, dann schüttelte sie leicht den Kopf. „Phillip, er hat die Verlobung gelöst, im Mai. Auch er hatte jemand Neues kennengelernt. Er wollte nach Seattle ziehen, das war alles, was er Vera mitteilte. Sie hat nie wieder von ihm gehört.“
Blake und ich wechselten bedeutsame Blicke.
Verlobung gelöst, weggezogen. Im Mai. Für immer verschwunden? Oder die unbekannte Leiche Nummer zwei im Leichenschauhaus meiner Stadt?
„Bonnie, wir brauchen Veras vollständigen Namen und ihre Adresse. Und könnte ich das Foto haben? Sie bekommen es wieder, versprochen.“

„Wozu? Was hat das mit Eric zu tun?“, fragte sie misstrauisch und sah mich an.
Ich erklärte es ihr.

Drei

Eher gelangweilt als beeindruckt scrollte Joshua Donovan durch die Flut von Ladys, Mistresses und Contessen, die sich in allen möglichen und unmöglichen Posen auf dem Bildschirm darboten.
Er saß am Schreibtisch in seiner kleinen Dachwohnung und versuchte, für einen Artikel zu recherchieren. Mit einer kleinen Handbewegung rückte er seine Brille zurecht, die ihm immer von der Nase rutschte.
Es war unglaublich, all diese Damen hatten anscheinend das dringende Bedürfnis, ihn mit Dominanz und unerbittlicher Strenge zu einem unterwürfigen Trottel zu machen.
Jedenfalls, wenn man den vollmundigen Texten unter den Fotos Glauben schenken durfte.
Mal sehen. Hier wollte Queen Demonia ihn per Livecam zu absolutem Gehorsam erziehen, und Herrin Noir konnte sich nichts Schöneres vorstellen, als ihn am Telefon bei Sklavenspielen zu erniedrigen. Lady-Doktor Holly versprach, sich im Klinikum um all seine „Wehwehchen" zu kümmern. Sie machte auch Hausbesuche.
Er versuchte, die zumeist vollbusigen, in aufreizendem Lack und Leder bekleideten Frauen auszublenden. Sie konnten ihn nicht reizen, denn persönlich würde er sich lieber einem Dom als einer Domina in die Hände geben. Allerdings konnte er es sich nicht vorstellen, dass der Verleger eines bekannten Hochglanz-Herrenmagazins Interesse an so einem Treffen zeigen könnte. Schließlich war es ein Magazin ausschließlich für Heteros.
Josh seufzte und goss sich ein Glas Cola ein. Es war schon spät, und der Abgabetermin für diesen Artikel rückte immer näher. Er durfte es nicht versauen.
Dieser kleine Auftrag, den er mithilfe eines alten Freundes ergattern konnte, war eine Möglichkeit, sich in journalistischen Kreisen erneut einen Namen zu machen. Endlich aus dem Dunstkreis der Kleinstadtzeitung ausbrechen, und sich wieder mit Themen befassen, die über den langweiligen Kirchenbasar und die Wahl des Bürgermeisters hinausgingen. Auch wenn es sich nur um einen Bericht über den verlockenden Reiz der Unterwerfung handelte. Es war ein Anfang.
Seit sein Chefredakteur ihm einen Maulkorb verpasst hatte, machte das Schreiben keinen Spaß mehr. Jeder Artikel, den er abgab, wurde genauestens unter die Lupe genommen, und sein Inhalt Wort für Wort geprüft. Darauf, dass er ja niemandem auf den Schlips trat. Pah! Er

schnaubte frustriert und gab der Cola einen ordentlichen Schuss Bacardi bei, den er aus den Tiefen seines Schreibtisches geangelt hatte.
Als wenn er mit den nichtssagenden, bedeutungslosen Berichten, die sie ihn schreiben ließen, eine Chance dazu hätte. Dass er über die Mondscheinmorde berichten durfte, lag wohl nur daran, dass er früher als Gerichtsreporter seine Brötchen verdient hatte, und noch immer einen guten Draht zu den Cops hatte.
Mit großen Schlucken kippte er seinen Drink hinunter und mischte sich sogleich einen neuen. Doch ohne ihn sofort anzurühren, stellte er ihn auf einem Untersetzer ab. Er wollte sich nicht betrinken. Diese Zeiten waren vorbei.
Nachdenklich starrte er an die Wand, an der eine längst vergilbte Auszeichnung für einen seiner früheren Artikel hing. Gott war das lange her. Müde griff er nach dem Glas, trank einen Schluck und richtete den Blick wieder auf seinen Laptop. Doch die Vergangenheit ließ sich nicht so einfach abschütteln.
Verantwortlich für seine Misere war ein sehr bekannter, sehr verheirateter Senator. Eines Tages wurden Josh, der damals ein berühmter Stern am Journalisten-Himmel war, ein paar ziemlich kompromittierende Bilder zugespielt, und er ging der Sache nach.
Heraus kam, dass der Senator eine Vorliebe für bizarre Sexspielchen hatte, die sich nicht mit dem Bild des recht schaffenden Familienmenschen vereinbaren ließen, wie Josh fand.
Also verfasste er einen beißenden Artikel darüber. Die Story verkaufte er an eine große Nachrichtenagentur – und der Skandal war perfekt.
Der Senator musste zurücktreten und verschwand daraufhin in der Versenkung – und er gleich mit ihm.
Denn was er nicht wusste, war, dass der Senator um drei Ecken mit einem der größten Verleger Amerikas verschwägert war. Und jener Verleger, der dem Senator noch einen Gefallen schuldig war, gab ihn zum Abschuss frei. Das hatte Josh zwar niemals beweisen können, doch nicht einer wollte mehr seine Artikel kaufen, er konnte froh sein, dass er als Reporter für dieses Käseblatt ‚The Morning News' schreiben durfte. So konnte er wenigstens seinen Lebensunterhalt bestreiten.
Josh lehnte sich zum Fenster und schob es ein Stück weit nach oben. Ein warmer Schwall frischer Luft strömte in das kleine Zimmer. Mit ihm drangen die leisen Geräusche des abendlichen Verkehrs herein.
Er atmete zwei – drei Mal tief durch und versuchte, sich auf seinen Artikel zu konzentrieren. So schwer konnte das doch nicht sein, einer

Domina vorzutäuschen, dass es für ihn nichts Schöneres gab, als sich von ihr disziplinieren zu lassen, oder?

Er beschloss, als Erstes den Chatroom zu besuchen, der an diese Homepage angegliedert war. Mal sehen, wer sich dort so alles rumtrieb. Vielleicht fand er ja schnell, was er suchte.

Nachdem Josh Mitglied geworden war, loggte er sich mit dem Nickname Ed_Ucate ein und versuchte, unter den anderen Usern jemanden auszumachen, mit dem er Kontakt aufnehmen konnte. Er plauderte mit Lady Darkness über den Vorschlag, ihr als Sklave zu dienen, lehnte aber dankend ab. Auf seinem Notizblock vermerkte er den Namen der Domina. Später würde er sich noch einmal bei ihr melden. Sie schien geeignet, ihn für seinen Artikel mit allem Wissenswerten zu versorgen.

Nun unterhielt er sich im Gegenzug mit devoterboy23 über die Vorzüge, als Sklave abgerichtet zu werden. Doch auch dessen Ausführungen konnten Josh nicht überzeugen. Das war nicht seine Welt.

Gerade, als er sich von Contessa Bizarr darüber aufklären lassen wollte, wie bizarr ihre Dienste im Einzelnen waren, da erschien plötzlich eine Nachricht auf dem Schirm. Ein kleiner Button zeigte an, dass die Mitteilung nur für ihn alleine war.

Neugierig geworden las er:

Fallen Angel: „*Hallo Ed_Ucate. Bist du noch auf der Suche? Du hast mich gefunden. Ich werde dir geben, was immer du willst.*“

Josh, der gerade nach seinem Glas hatte greifen wollen, hielt inne. Fallen Angel. Das war mal eine Abwechslung zu all den Ladys und Contessen, die sich hier tummelten. Und sie fiel nicht gleich mit diesem Sklavenkram ins Haus.

Schnell gab er eine Antwort ins Eingabefeld ein.

Ed_Ucate: *Was immer ich will? Was für ein Angebot. Aber ich weiß gerade mal, was ich nicht will.*

Prompt kam die Antwort.

Fallen Angel: *Das ist doch schon mal ein Anfang. Lass mich raten. Dir widerstrebt es, dich bedingungslos erniedrigen zu lassen. Trotzdem … möchtest du schon das Besondere, aber nicht das, was alle wollen, richtig?*

Woher wusste sie das? Für einen Moment war Josh beeindruckt. Doch dann gewann sein gesunder Menschenverstand wieder die Oberhand. Die Gute hatte ihn wohl schon von Anfang an im Visier, und seine Gespräche mit den anderen gelesen.

Ed_Ucate: *Wollen wir das nicht alle? Das Besondere?*

Fallen Angel: *Educate. Erziehung. Ist es das, was du möchtest?*

Ed_Ucate: *Oops! Nein, ich denke nicht. Hab nicht groß darüber nachgedacht, etwas anderes ist mir auf die Schnelle nicht eingefallen. Wollte nicht so was Blödes wie lustobjekt oder devoterboy23.*

Fallen Angel: *Okay, schon verstanden. Willst du vielleicht spielen? Dann spiel ich mit dir. Oder möchtest du, dass ich dir lustvollen Schmerz bereite? Es wird mir ein Vergnügen sein.*

Rollenspiele, das kannte Josh. Seine Lieblingsfantasie war ‚Cop und Dieb'. Er wäre der Dieb, würde eine Straftat begehen und dabei von einem gut gebauten, muskelbepackten Cop auf frischer Tat ertappt. Er lächelte und antwortete.

Ed_Ucate: *Spielen würde ich gerne. Hm … Lady-Cop und Meisterdieb, vielleicht?*

Das war nicht das Thema, über das er den Artikel schreiben sollte. Doch warum sollte er das Ganze zu ernst nehmen? Warum nicht ein wenig spielen? Für den Artikel war morgen noch genug Zeit.

Fallen Angel: *Ja gerne! Siehst du mich vor dir stehen? Ich trage eine enge, knappe Uniform. Meine Bluse ist nicht ganz geschlossen, und mein Rock ist sehr, sehr kurz. Ich habe in einer Hand meine Handschellen und in der anderen meinen Colt. Was tust du?*

Was er tat? Er ersetzte den Lady-Cop umgehend durch ein männliches Pendant, indem er an einen überaus attraktiven Detective der Mordkommission dachte, den er vor einiger Zeit interviewt hatte. Sein Name war Adam Quinlan und hatte bei Josh einen bleibenden Eindruck hinterlassen. Von dem würde er sich gerne verhaften und auch … ein ganz klein wenig bestrafen lassen.

Ed_Ucate: *Ich habe die Hände hoch erhoben, ich ergebe mich.*

Fallen Angel: *Dann fessele ich dich jetzt mit meinen Handschellen. Woran?*

Ed_Ucate: *An einen Baum?*

Fallen Angel: *Ich befehle dir, dich an den Baum dort drüben zu stellen. Hände nach hinten, los. Die Handschellen klicken, spürst du das kalte Metall um deine Gelenke?*

Sie war wirklich gut. Für eine Frau. Josh glaubte bei jedem Wort, das er las, ihre Stimme zu hören. Rauchig klang sie, schon fast verrucht.

Ed_Ucate: *Oh ja. Sie sind ein bisschen fest, und schneiden mir ins Fleisch. Aber ich kann es aushalten. Wirst du mich jetzt kontrollieren? Ich könnte eine Waffe in meiner Hose versteckt haben.*

Josh konnte alles ganz deutlich vor sich sehen. Er konnte sogar die raue Rinde fühlen, die sich in seinen Rücken drückte. Ja, er hatte sogar eine Erektion! Das lag aber wohl mehr an der Vorstellung, dass es Quinlan war, der ihn gleich absuchen würde. Unruhig rutschte er auf seinem Stuhl hin und her.

Fallen Angel: *Du schlimmer Junge! Natürlich werde ich dich durchsuchen. Fühlst du … Oh, Ed_Ucate, es tut mir furchtbar leid, aber ich muss jetzt aufhören. Morgen Abend, sieben Uhr?*

Josh starrte überrascht auf den blinkenden Cursor. Was war das denn? Mittendrin aufhören? Gerade in dem Augenblick, als der riesige Cop ihn gründlich abzutasten begann? Verdammt, das konnte sie doch nicht machen! Josh meinte, die suchenden Hände schon gespürt zu haben. Wie sie über seinen flachen Bauch hinabwanderten, um langsam in den Taschen seiner Jeans zu verschwinden. Verflucht! Der Bulle wäre sogar fündig geworden. Keine Waffe, klar, nur die harte Länge seines Schwanzes.

Frustriert warf Josh seine Brille auf den Schreibtisch.

Das war sehr unprofessionell. War Fallen Angel etwa verheiratet, und ihr Mann gerade heimgekommen? Egal. Er würde morgen garantiert keinen Kontakt mit ihr aufnehmen.

Er schloss die Seite. Eigentlich sollte er aus den Eindrücken, die er bis jetzt gewonnen hatte, einen ersten Vorartikel schreiben. Doch er beschloss, es wegen akuten Notstands auf morgen zu verschieben. Er trank noch einen großzügigen Schluck und tastete dann nach dem Reißverschluss seiner Jeans. Jetzt musste er sich um eine harte Tatsache kümmern.

Vier

Zurück in der Pension wartete Maud schon mit dem Abendessen. Ich hatte die ganze Zeit über noch nicht auf die Uhr gesehen, und war verblüfft. Es war schon weit nach acht. Mein Magen hing langsam in den Kniekehlen, ich hatte Kopfschmerzen und konnte vor Erschöpfung kaum noch aus den Augen sehen.
Sie dirigierte uns in ein kleines Esszimmer, es war nur für uns beide gedeckt. „Alle anderen Gäste haben schon gegessen und besuchen das Festival. Aber ich habe Ihnen etwas warm gehalten." Damit hob sie zwei Teller von ihrem Tablett und setzte sie uns vor. Es gab Hähnchenschenkel, Püree und Erbsen. Zugedeckt von schön viel brauner Soße. Ich liebe braune Soße, und so haute ich ordentlich rein.
Ich nahm das Hühnerbein gleich so in die Hand und machte ihm in Sekundenschnelle den Garaus. Dazu schaufelte ich mir das butterweiche Kartoffelpüree hinein. Die Erbsen ließ ich liegen, ich hasse grünes Gemüse. Blake fing an, den Schenkel mit Messer und Gabel zu zerteilen. Ich schüttelte nur den Kopf. Selbst beim Essen musste er den Agenten raushängen lassen.
Die meiste Zeit versuchte ich, Blake zu ignorieren. War einfach zu kaputt, um mich mit seiner verwirrenden Ausstrahlung auseinanderzusetzen. Als er mit Bonnie sprach, so warm, und beruhigend, war er mir fast wie ein normaler Mann vorgekommen. Und als normaler Mann war er gefährlich beeindruckend. Nein, ich fuhr besser, wenn er seinen arroganten Status behielt.
Wunderbar gesättigt legte ich Messer und Gabel auf den Teller und rieb mir den Bauch. Jetzt musste ich nur noch meinem Captain Bericht erstatten, und dann würde ich mich in die Hollywoodschaukel hauen und endlich schlafen.
Doch bevor ich dazu kam, trat Maude herein und drückte mir einen Teller mit ihrem Apfelkuchen in die Hand. Sie lächelte, und sah dabei aus wie Hazels ältere Schwester. „Hier mein Junge. Ich habe Ihnen ein extragroßes Stück aufgehoben, es hat Ihnen ja so gut geschmeckt."
Für Blake hatte sie nur ein kleines Stück. Er schien nicht viel Hunger zu haben, denn sein Teller war noch fast voll.
„Danke, ich werde ihn draußen essen", sagte ich nur, und machte, dass ich raus kam.

Draußen im Garten war es still. Die Hitze des Tages war etwas abgeklungen. Ich ließ mich auf die bunt gestreifte Schaukel fallen, den Teller stellte ich ins Gras. Ich wollte jetzt keinen Kuchen, wollte mich nicht erinnern. Vielmehr streckte ich mich auf dem schmalen, viel zu kurzen Sitz aus, verschränkte die Arme hinter dem Nacken und sah in den Himmel hinauf.
Eine Brise rauschte leise durch den Apfelbaum, wehte sanft über mein Gesicht. Es roch nach Gras und Blumen, ein Vogel saß auf einem Ast und trällerte sein Abendlied. Die Schaukel schwang sanft hin und her. Ich schloss die Augen und lauschte. Nur fünf Minuten. Dann würde ich telefonieren. Mein Captain wartete, ich musste …

… ich musste meinen Captain anrufen und ihm Bericht erstatten.
Doch es war noch so gemütlich in meinem Bett und so grub ich meinen Kopf noch mal in das Kissen. Als ich das weiche Kissen auf meiner Wange spürte, wurde ich stutzig und öffnete ein Auge.
Blümchen. Rosa Blümchen.
Das war das Erste, das ich sah. Dann folgte ein weiteres Kissen, darauf ein schwarzer Fleck, der sich nach mehrmaligem Blinzeln als schwarzes Haupthaar entpuppte.
Jetzt war ich ziemlich verwirrt. Ich hätte schwören können, draußen auf der Schaukel eingepennt zu sein. Wieso lag ich dann in diesem Bett? Offensichtlich zusammen mit Nolan, der auf der linken Bettseite lag und schlief. Überhaupt, wie war ich hierhergekommen? Ich litt nicht unter nächtlichen Schlafwanderungen. Ich sah an mir herab und stellte fest, dass ich vollständig bekleidet war. Nur die Sneakers fehlten.
Schnell setzte ich mich auf und horchte in mich hinein. So gut hatte ich seit Ewigkeiten nicht mehr geschlafen. Ich fühlte mich frisch, erholt und hatte das Gefühl, Bäume ausreißen zu können. Leise erhob ich mich, wollte gehen, bevor Blake erwachte, doch schon starrten mich zwei unglaublich blaue Augen wachsam an.
Ohne auf einen ätzenden Kommentar zu warten, verschwand ich rüber ins Bad.
Es war etwas feige, ich gebe es zu. Doch ich wusste nicht, wie ich das Ganze einordnen sollte. Würde er mir glauben, wenn ich ihm erklärte, dass ich keine Ahnung hatte, wie ich in dieses Bett gelangt war?
Oder würde er mich wieder der sexuellen Nötigung bezichtigen?

In Rekordzeit duschte ich, um dann, nur mit einem Badehandtuch und meiner Kette um den Hals bekleidet, dazustehen. Hatte ich Idiot doch den Rucksack vergessen.
„Und was nun?“, ranzte ich mir im Spiegel zu. „Du bist so blöd!“
Mir widerstrebte es, noch einmal die gleichen Klamotten anzuziehen. Jetzt würde ich rübergehen und meine böse, abweisende Miene aufsetzen. Mit meiner Faust hatte er ja schon Bekanntschaft geschlossen, vielleicht hielt ihn das von weiteren blöden Sprüchen ab.

Als ich zurück ins Zimmer kam, war Blake schon auf. Er trug einen gut sitzenden Sleep-Shorty, ganz korrekt, in Dunkelrot. Die Farbe stand ihm, stellte ich mit einem schnellen Blick fest. Insgeheim hatte ich aber auf etwas Erotischeres gehofft. Schwarz. Noch enger, wesentlich knapper.
Mehr Haut.
Trotzdem vermied ich, ihn genauer anzusehen, und blieb vor dem Bett stehen. Hielt mich am Knoten im Handtuch fest und warf ihm schon mal einen finsteren Blick zu.
„Hab meinen Rucksack vergessen“, schnauzte ich, bevor er etwas sagen konnte. „Bin schon wieder weg!“
Doch Nolan sah nicht so aus, als wolle er mir wegen meines unschicklichen Auftretens Vorhaltungen machen.
Im Gegenteil. Er starrte mich an, als hätte er noch niemals einen halb nackten, feuchten Männerkörper gesehen.
Das wiederum machte mich nervös. Ich packte den Knoten noch fester, es wäre glatt der Höhepunkt der Show, wenn ich dieses Teil auch noch verlieren würde. Das würde er niemals als Zufall durchgehen lassen.
Ich beugte mich vorsichtig zu meinem Rucksack runter, als Nolan sich auf mich zu bewegte.
„Was … Du …“, krächzte er, und ich dachte, ich sehe nicht richtig. Er sah aus, als stünde er unter schwerem Schock. Jegliche Farbe war aus seinem Gesicht gewichen, fassungslos starrte er mich an.
Bestürzt. Voll Entsetzen.
So kam er auf mich zugewankt, und ich wich vor ihm zurück. Ich kannte ihn nicht wieder. Wo war der eiskalte, arrogante FBI-Fuzzi hin, fragte ich mich unwillkürlich.
War es tatsächlich ein Problem für ihn, dass ich mich quasi unbekleidet im gleichen Raum wie er aufhielt? War er etwa homophob?
Langsam und vorsichtig drückte ich den Rucksack an mich und trat den geordneten Rückzug an. Dachte ich, bis ich gegen den Türpfosten stieß.

Und im selben Moment stand Nolan auch schon vor mir. Alles in mir war angespannt, innerlich bereitete ich mich auf ein Handgemenge vor. Doch er dachte nicht daran, mit mir zu raufen, zeigte nur mit zitternden Händen auf mich. „Wo hast du das her? Rede! Woher hast du das?"
Erstaunt schaute ich an mir herunter, und sah, dass er nicht direkt auf mich deutete, sondern auf meinen Talisman, meine Feder.
„Das? Das ist mein Talisman", erklärte ich ihm, versuchte ganz neutral zu sprechen. Ich wusste nicht, was ihn an dieser Feder so aufregte. „Diese Rabenfeder habe ich schon seit zwanzig Jahren. Warum? Was ist damit?"
Er riss die Augen auf und lachte. Es klang ziemlich gruselig, denn es war ein echt verzweifeltes, schmerzliches Lachen. Es verursachte mir Gänsehaut.
„Du Unglücklicher. Das denkst du? Eine Rabenfeder?"
Er raufte sich durch sein noch vom Schlaf verstrubbeltes Haar. Dann stürzte er an mir vorbei nach draußen. Und ich sah ihm nach, ließ ihn ziehen. So wie der drauf war, würde ich ihm vorläufig nicht folgen.

☆

Er hörte kaum das fröhliche Vogelgezwitscher, spürte nicht das weiche Gras unter den nackten Sohlen, als er durch den Garten stürmte. Auch die Sonne, die gerade dabei war, die Ecke mit der kleinen schmiedeeisernen Bank zu erobern, sah er nicht wirklich.
Nolan hatte sich in den hintersten Winkel des Gartens geflüchtet. Hier, beim Geräteschuppen, hinter den hohen Himbeerstauden würde ihn Quinlan nicht gleich finden. Wenn er ihn denn suchen würde. So wie er sich aufgeführt hatte, glaubte der bestimmt, er habe einen Hirnschaden. Oder etwas Ähnliches.
Rabenfeder! War das denn zu fassen?
Adam Quinlan glaubte tatsächlich, eine *Rabenfeder* um seinen Hals zu tragen.
Verzweifelt griff er sich an die Stirn und begann, ruhelos auf dem schmalen Plattenweg zwischen den Gemüsebeeten hin und her zu tigern.
Er trug *seine* Feder. Er trug diese … Nolan hieb im Vorbeigehen auf einen Busch ein, ein paar Blätter segelten zu Boden. Verdammt! Kein Wunder, dass ihm Quinlan nicht aus dem Sinn ging. Dass er seit zwanzig Jahren nicht von ihm loskam. In der ersten Panik dachte er, Quinlan hätte ihm die Feder ausgerissen, als er ihn gestern Nacht aus dem Garten

hoch ins Zimmer getragen hatte. So tief, wie der geschlafen hatte, hatte er sich nicht die Mühe gemacht, seine Schwingen ordentlich anzulegen.
Doch dann, als er den Talisman genauer betrachtet hatte, hatte er erkannt, dass er in Silber gefasst, und der Glanz verblasst war. „Diese Feder ist schon sehr viel länger in seinem Besitz. Ich muss sie in jener Nacht unbemerkt verloren haben, als Adam seine Hand zwischen meinen Flügel steckte. Kurz bevor er …“, murmelte er leise vor sich hin. Das war die einzig logische Erklärung, die es gab.
Nolan hielt inne, streckte abwesend die Hand nach dem breit gewachsenen Salbeibusch zu seinen Füßen aus und pflückte ein paar Blätter. Tief atmete er den würzigen Duft ein, und sammelte seine Gedanken.
Ohne diese Feder gestand er sich ein, hätte er mit ihm zusammenarbeiten können. Es wäre ihm zwar schwergefallen, vor allem, da Quinlan ihn heftig begehrte. Quinlan selber hatte sich das noch nicht eingestanden, doch Nolan war sich da ganz sicher. Es war nur eine Frage der Zeit.
Doch nun …
Unmöglich.

Gedeon. Der hatte ihm schon einmal den Arsch gerettet, würde er es auch ein zweites Mal tun?
„Gedeon? Ged, hörst du mich, los melde dich, es ist dringend.“
Hey, wo steckst du? Was ist los, du hörst dich schrecklich an.
„Du musst mich abziehen. Sofort. Hörst du? Hol mich sofort hier raus!“ Nolan musste sich zusammenreißen, damit er nicht losbrüllte.
Ruhig, Nolan. Beruhige dich. Was ist denn bloß passiert?, fragte der Administrator alarmiert.
„Was los ist? Ich sage dir, was los ist! Adam Quinlan ist im Besitz einer meiner Federn! Das ist los!“, entgegnete er verzweifelt.
Der alte Engel schwieg. Lange. Leises Rauschen verriet, dass er noch immer online war. Endlich meldete er sich. *Hm. Eine Feder. Ach ja?* Sehr überrascht klang er nicht.
Das machte Nolan stutzig. „Hast du es etwa …? Du hast es gewusst!“, rief er unterdrückt. „Du wusstest es und hast es mir verschwiegen, richtig?“ Alles rutschte an seinen Platz, fügte sich zu einem Ganzen zusammen. „Hast du mich deswegen schwören lassen, niemals Kontakt mit Quinlan aufzunehmen?“

Das war der Deal, Gedeons Bedingung, damit der ihn aus der Bredouille holte. Keine neugierigen Blicke durch nächtliche Fenster, keine heimlichen Besuche. Er machte ihm mit deutlichen Worten klar, dass Angehörige der Union Guards sich nicht um die Lebenden zu kümmern hatten.
Schweren Herzens hatte Nolan sein Gelöbnis gegeben. Und gehalten. „Kannst du mir erklären, warum du das getan hast?"
Ich muss dir eigentlich gar nichts erklären. Du hast mich praktisch auf Knien angefleht, dir zu helfen, und das habe ich getan. Dir ist klar, dass ich dich auch auf direktem Wege der Sonne hätte überantworten können.
Diese Antwort nahm Nolan den Wind aus den Segeln. „Ja. Das weiß ich, und dafür, dass du es nicht getan hast, bin ich dir auch sehr dankbar", gab er leise zu.
Der alte Engel hatte den Bericht geändert, was für ihn nicht sehr schwer war. Drei Seelen wurden erwartet, drei brachte Nolan hinüber. Gedeon tauschte Adam Quinlans Namen gegen den des Mörders Mike Farell aus. Der alte Engel räusperte sich kurz, bevor er erneut sprach. *Können wir uns später in Ruhe darüber unterhalten? Komm heute Nachmittag zurück in die Zentrale, dann werde ich es dir erklären. Jetzt ist kein günstiger Zeitpunkt dafür, an einem College im Bundesstaat Kalifornien wird es um halb neun, also in gut einer Stunde zu einem der schlimmsten Amokläufe kommen, und wir werden alle Hände voll zu tun haben. Es …*
„Brauchst du mich?", unterbrach Nolan ihn rasch, schob alle Gedanken an die Vergangenheit zur Seite. Nun war er wieder ganz Profi. Ein Amoklauf war übel, es ging alles Drunter und Drüber, und schnell konnte ihnen eine Seele durch die Lappen gehen. Luzifers Schergen hatten bei solchen Massakern leichtes Spiel und fingen herumirrende Seelen ein.
Außerdem war es genau das Richtige, um auf andere Gedanken zu kommen. Es hatte nicht viel Zweck, dazusitzen und zu grübeln, solange Gedeon nicht mit allen Fakten herausrückte. „Ich könnte euch behilflich sein. Mit wie vielen Toten werdet ihr rechnen?"
Sicher angekündigt sind zwanzig, dazu kommen noch zehn, deren Schicksal noch nicht ganz entschieden ist. Die zehn Menschen sind Alexxiel und ihrer Schutzengeltruppe zugewiesen, und so wie ich sie kenne, werden sie alle zehn gegen uns verteidigen, und ihre Leben retten.
Nolan überlegte kurz. Eine Stunde, Zeit genug, um zu verschwinden. „Okay. Ich werde direkt zu dem College kommen. Und danach werden

wir uns unterhalten!“ Er kappte die Verbindung zu Gedeon und kehrte langsam zum Haus zurück.
Niedergeschlagen schlich er durch den Garten, an blühenden Beeten vorbei, vor deren Pracht er zu einem anderen Zeitpunkt bewundernd stehen geblieben wäre. Maude, die nette Dame, hängte gerade Wäsche auf. Sie lächelte ihm zu, richtete sich den weißen Haarknoten, und zog einen weiteren Kissenbezug aus ihrer Wanne. An seinem Aufzug störte sie sich nicht. „Oh, guten Morgen, haben Sie Sport gemacht? Frühstück steht im Essraum. Kaffee ist in der Wärmkanne auf dem Tisch. Bedienen Sie sich ruhig. Ihr Kollege ist schon dort.“
Nolan nickte nur. Frühstück war das Letzte, das er jetzt wollte.

Vor der Haustür, in einem der Schaukelstühle auf der Veranda, saß Quinlan und hatte anscheinend gerade telefoniert. Diesmal war die Jeans dunkelblau, das sich über den breiten Schultern straffende Polohemd waldgrün. Unter dem kurzen Ärmel blitzte das schmale Tribal-Tattoo hervor. Auf der linken Brust hatte er auch eines, doch Nolan hätte nicht sagen können, was es darstellen sollte. Sein Blick war nur auf die Feder fixiert gewesen, er hatte ja kaum bemerkt, dass Quinlan nur mit einem Handtuch bekleidet war.
Der klappte das Handy zu, schlürfte einen Schluck Kaffee, und sah zu ihm auf, als er sich die Stufen hoch schleppte.
„Wieder beruhigt?“ Leise Besorgnis, aber noch mehr Misstrauen lag auf seinem Gesicht. „Was ist los?“
„Nichts.“
„Ist es, weil ich in diesem verdammten Bett aufgewacht bin? Ich schwöre, ich habe nicht den leisesten Schimmer, wie ich da hineingelangt bin.“ Quinlans Stimme klang gereizt, er schien angespannt.
Hastig trank er noch einen Schluck, beugte sich rüber und knallte den leeren Becher auf die Holzdielen der Veranda. Der Schaukelstuhl ächzte leise, während er immer schneller vor und zurück schaukelte. Mit einem Mal stoppte er abrupt und sah ihn aus schmalen Augen an. „Was hast du mit meiner Feder zu schaffen?“
Nolan ignorierte diese Frage und ließ sich auf die Stufen sinken. Legte die Arme auf die Knie und dachte an das Bild, das sich ihm gestern Abend im Garten geboten hatte. Der große, kräftige Körper auf der schmalen Liege, ein Arm hing auf der Erde, sein Hintern drohte hinterher zu rutschen.

Lange hatte er mit sich gekämpft, ob er wirklich zu ihm hinaus in den Garten gehen sollte. Doch der Wunsch, Adam dabei zu betrachten, wie er schlief, war übermächtig gewesen. Und so hatte er ihm nachgegeben.
Es war schon sehr spät, Maude und die anderen Gäste längst schlafen gegangen. Also hatte er sich zu ihm ins Gras gesetzt, seine Flügel ausgebreitet und ihn einfach nur angeschaut. Er wollte doch bloß sehen, wie Quinlan aussah, wenn auf seinem Gesicht nicht Angriffslust stand, es weich war, entspannt. Friedlich.
Doch friedlich hatte er nicht gewirkt. Selbst im Tiefschlaf schien er angespannt, wachsam, immer bereit, bei drohender Gefahr sofort hellwach zu sein.
Was war ihm bloß zugestoßen? Nolan hätte es zu gerne gewusst. Niemand legte ohne Grund ein derart misstrauisches und aggressives Verhalten an den Tag. Mit einem Mal bereute er, den Schwur, den Gedeon ihm abverlangt hatte, eingehalten zu haben.
Entschlossen schob er diese Gedanken zur Seite. Ihm bleib nicht mehr viel Zeit, in knapp einer Stunde musste er in San Francisco sein. Also raffte er sich zu einer Antwort auf.
„Ich habe dich hochgeschafft."

☆

Zuerst dachte ich, ich hätte mich verhört.
„Du hast mich …? Wieso? Ich habe da auf der Schaukel ganz gut geschlafen."
„Glaubst du. Als ich rauskam, hingst du mehr neben dem Ding, als darauf, du drohtest jeden Moment abzurutschen."
Ich lachte kurz. „Na und? Es wäre nicht das erste Mal, dass ich auf dem nackten Fußboden schlafe." Ich machte eine Pause und sah auf die zerschrammten Spitzen meiner Sneakers. „Wusstest du das nicht, ich hab 'ne Zeit lang auf der Straße gelebt." Es stand in meiner Personalakte, die sich allerdings unter Verschluss befand, doch einen Einblick zu erlangen, dürfte für das FBI ja wohl kein Problem sein.
Nolan sah mich verblüfft an. „Auf der Straße? Du warst obdachlos?"
Ich zuckte nur die Achseln. „Also kennst du meine Akte nicht? Umso besser." Mehr gab es dazu nicht zu sagen. Ich vermied es nach Möglichkeit, darüber zu reden. Dieses Kapitel meiner Vergangenheit war schon lange abgeschlossen. Dachte ich, denn prompt tauchte die hünenhafte Gestalt von Ben in meinen Gedanken auf.

Noch nicht ganz einundzwanzig war ich, als ich auf Ben O'Brien traf. Die Cops hatten mich einkassiert, als sie die Lagerhalle aushoben, in der Joey Votto einen seiner illegalen Cage-Fights abhielt. Ich weiß noch, es war mitten im Kampf gegen einen wieselflinken Puerto Ricaner, und ich hätte noch höchstens eine Minute gebraucht, um ihn auf die Matte zu legen. Doch statt die Prämie zu kassieren, kam ich in den Knast.
Ben, der sich als Mitarbeiter der Jugendfürsorge ständig vor Gericht aufhielt, bemerkte mich, wie ich vor der Verhandlung mit dem Pflichtverteidiger stritt. Er mischte sich ein, handelte mit dem Richter einen Deal aus, mich in seine Obhut zu geben, und das war es.
Der Richter verdonnerte mich zur Resozialisierung bei den O'Briens.

Ben und Hazel O'Brien hatten dazu eine kleine Gemeinschaft gegründet, in die sie junge Erwachsene aufnahmen, die auf der Straße lebten. Sie halfen ihnen dabei, wieder ein nützliches Mitglied der Gemeinde zu werden. Ben versuchte mich davon zu überzeugen, ein geregeltes Leben zu führen, mir einen Job zu suchen.
Doch ich wollte nicht, richterliche Anordnung hin oder her. So wie es war, lief es gut für mich. Mit den illegalen Kämpfen verdiente ich genug Geld, um Greg, den einzig wichtigen Menschen in meinem Leben, und mich über Wasser zu halten. Wir konnten uns sogar die Miete für eine schäbige Bruchbude leisten. Es gab zwar oft keine Heizung und kaum Strom, aber wir hatten ein trockenes Dach über dem Kopf. Wir besaßen sogar eine Matratze!
Bei mir kam er also nicht zum Zuge, deswegen köderte er Greg.
Ben bot ihm die Möglichkeit, auf der Abendschule seinen Highschool Abschluss nachzuholen. Damit rannte er bei Greg offene Türen ein, denn der hatte ein Ziel, wollte etwas erreichen im Leben. Er träumte von einem kleinen Bistro. Schwärmte mir stundenlang mit strahlenden Augen und sehnsüchtigem Lächeln davon vor, hatte das Bistro schon bis ins Detail geplant.
Das gab den Ausschlag. Wenn es das war, was Greg wollte, dann bekam er es. Punkt. Für Greg tat ich alles.
Wir zogen zu Ben und Hazel. Die beiden wurden so etwas wie Pflegeeltern für uns, setzten alles daran, um aus mir wieder einen anständigen Kerl zu machen. Es war ihnen gelungen, auch wenn es mir am Anfang wahnsinnig schwerfiel, mich an Regeln zu halten, mich Disziplin und Ordnung zu unterwerfen. Ich hasste es, in einem ‚bürgerlichen Leben' eingesperrt zu sein. War aggressiv, aufbrausend und störrisch, ging bei

jedem Anlass unter die Decke. Greg war der Einzige, den ich wirklich an mich heranließ.
Bens Schwager Luke, der als Cop arbeitete, nahm sich deswegen meiner an. Er war früher bei der Navy gewesen und schleifte mich täglich in die Sporthalle, wo er mich lehrte, nach strengen Regeln zu kämpfen. Wehe ich tanzte aus der Reihe! Luke war ein harter Knochen, doch er war loyal, und er hatte Ehre. Das gefiel mir. Er knackte meine harte Schale, ich verpflichtete mich für vier Jahre bei einer Spezialeinheit der US-Army, anschließend ging ich zur Polizei.
Ben hatte es geschafft. Ich war resozialisiert, so wie es der Richter damals von ihm verlangte.

„Wie bist du zu der Feder gekommen? Weißt du das noch?“ Nolans Frage katapultierte mich zurück in die Gegenwart. Er sah zu mir herauf, seine Schultern waren angespannt, er wirkte, als hinge sein Seelenheil von meiner Antwort ab.
„Was ist mit dieser Feder los?“, fragte ich zurück. „Was hast du mit ihr zu schaffen?“
Nolan blieb schweigsam, starrte mich nur aus diesen blauen Augen eindringlich an. Unwillkürlich griff ich an meine Brust, überlegte, ob ich ihm die Geschichte erzählen sollte. Noch zögerte ich, doch in seinem Blick lag etwas, dem ich mich nicht entziehen konnte.
„Diese Feder? Wie ich zu ihr gekommen bin, weiß ich nicht genau. Ich hatte sie in meiner Hand. Nach dem schrecklichen Überfall auf unser Auto.“
„Ein Überfall auf euer Auto? Was ist passiert?“
Ich dachte an die Nacht zurück, in der meine Eltern vor meinen Augen erschossen wurden. Mit wenigen emotionslosen Worten erzählte ich Nolan, woran ich mich noch erinnern konnte. Es war nicht viel. „Der Mörder hatte es auf das Geld meines Dads abgesehen, und beide einfach so erschossen. Mitten auf einer Kreuzung, in unserem Wagen. An meinem fünfzehnten Geburtstag.“
Ich hörte Moms Schreie, die Schüsse, sah einen Mann, der nicht mit mir gerechnet hatte. „Als er mich hinten auf dem Rücksitz entdeckte, war er zuerst geschockt, dann sah er mir in die Augen, und richtete den Revolver auf mich. Der Hahn knackte schon. Für einen Moment dachte ich, jetzt würde auch ich sterben. Doch dann sagte er, es täte ihm leid. Hielt sich die Waffe an die Schläfe, und, ich weiß bis heute nicht wieso, jagte sich eine Kugel in den Kopf. Ende der Geschichte.“

Dann fiel ich in Ohnmacht. Drei Tote in nächster Nähe waren einfach zu viel für mich.
„Als ich wieder zu mir kam, hielt ich die Feder umklammert, und schrie wie am Spieß, weil der Sanitäter sie mir wegnehmen wollte.“ Seit dem schleppte ich sie immer mit mir rum, später ließ ich den Schaft in Silber fassen und hängte sie mir um den Hals.
„Wurdest du verletzt?“ In Nolans Stimme schwang das gleiche warme Mitgefühl, das er schon Bonnie entgegengebracht hatte. Es legte sich um mich und nahm mir den Schrecken, der mich auch nach zwanzig Jahren immer noch packte, wenn ich diese Story erzählte.
„Nein. Ich … war zwar voller Blut, aber es war nicht meines.“
Nur das meiner Eltern. Und das ihres Mörders.

Nolan saß da, hatte sich von mir abgewandt. Er hielt den Kopf gesenkt und starrte auf die von Regen und Sonne verzogene Treppenstufe unter ihm. Doch ich hätte gewettet, er sah sie nicht.
Es war komisch. Wenn ich es nicht genau gewusst hätte, dann hätte ich behauptet, einen zweiten, mir fremden Nolan vor mir sitzen zu haben. Verschwunden jegliche Überheblichkeit. Er wirkte abgelenkt und bedrückt, in Gedanken meilenweit von mir entfernt.

Gerade als ich nachhaken wollte, kratzte er sich zwischen den Schulterblättern, erhob sich und verschwand ohne ein weiteres Wort im Haus.
Ich blieb sitzen, zog die Feder aus meinem Shirt und strich gedankenverloren darüber. Immer wenn ich das tat, überkam mich ein Gefühl von tiefer Geborgenheit. Egal wie schlecht es mir ging, dieses feine und doch so robuste Gebilde brachte mich immer wieder zu mir zurück. Spielerisch ließ ich die Feder zwischen meinen Fingern hindurchgleiten. Sie raschelte, ganz leise. Wie Seide fühlte sie sich an.
Unendlich vertraut.
Wenngleich sie sich auch schon zwanzig Jahre in meinem Besitz befand, sah sie immer noch so aus wie am ersten Tag. Die Fahne, der Kiel, alles noch völlig intakt. Kein Knick, nichts abgebrochen. Nicht ganz handlang, von einem so reinen Schwarz, wie ich es seit dem nie wieder an einer Feder gesehen hatte. Je nach Lichteinfall schillerte das Schwarz mit einem bläulichen Schimmer. Das einzig ähnlich schillernde Tiefschwarz, das ich kannte, war – Nolans Schopf.
Ich seufzte. Allem Anschein nach war es wohl keine Rabenfeder. Nicht wenn ich dem Aufruhr, den Nolan veranstaltete, eine Bedeutung beimaß.

Was hatte er gesagt? *Du Unglücklicher. Das denkst du? Eine Rabenfeder?* Nur … Wenn es keine Rabenfeder war, was war es dann?

Fünf

Im Headquarter of the Angels – dem Hauptquartier der Engel – war es auffallend still.
Es war immer still, wenn die Union Guards von so einem Einsatz wie diesem schrecklichen Massaker zurückkamen. Es war die geballte Ansammlung von zivilen Opfern, die alle sprachlos machte. Bei einem Krieg wussten die Beteiligten, auf was sie sich da einließen, der Tod war Berufsrisiko. Doch bei einem Amoklauf traf es immer Unschuldige.
Das Hauptquartier der Engel war in den obersten zwei Etagen in einem ganz normalen Büroturm, mitten in Los Angeles untergebracht. Der Tower gehörte einer großen US Bank und weder der Bankvorstand, noch deren Angestellten ahnten von der Anwesenheit der himmlischen Untermieter. Selbst der Architekt, der die Baupläne zeichnete, wusste nichts von den beiden besonderen Stockwerken. Ein starker Bann, von Erzengel Michael persönlich gesprochen, bewirkte, dass es auch dabei blieb.

Nolan saß im Computerraum an einem der dortigen Terminals und hatte begonnen, die letzten Angaben zu den von ihm betreuten Opfern des Amoklaufes einzugeben.
Als er damit fertig war, suchte er noch eine Weile in der Verbrechensdatei nach der Kreatur, die für die Mondscheinmorde verantwortlich zu machen war. Er hatte den Verdacht, dass es sich um einen Vampir handeln könnte, und hoffte nun, dass die Art der Schnitte auf der Brust der Opfer ihm einen Hinweis lieferte.
Doch so sehr Nolan auch forschte, er wurde nicht fündig. Es gab keine Aufzeichnungen über solche Verletzungen. Er unterdrückte einen Fluch. Zu wissen, dass es ein Vampir war, nützte nicht viel. Er brauchte einen Namen.
Aus den Augenwinkeln heraus beobachtete Nolan die anderen beiden Todesengel. Sie hatten eine leise Unterhaltung begonnen, und machten keinerlei Anstalten, ihre Plätze zu verlassen. Am liebsten hätte er sie hinausgeworfen, denn er hatte vorgehabt, sich heimlich über die zentrale Datenbank in die Daten der Lebenseinträge einzuloggen. Es interessierte ihn brennend, was Adam Quinlan in den vergangenen Jahren so getrieben hatte. Die Andeutungen, die er von sich gegeben hatte, ließen ihn vermuten, dass es das Leben nicht sehr gut mit ihm gemeint hatte.

Doch solange er den Raum nicht für sich alleine hatte, war das Spionieren unmöglich. Es war besser, niemand erfuhr von seinem Interesse an Quinlan. Er beschloss, später noch einmal zurückzukommen.
Nolan erhob sich, nickte den Kollegen zu, und trat aus dem Computerraum hinaus in den langen, breiten Korridor. Es wurde Zeit für ein ernstes Gespräch.
Er wandte sich nach links. Der weiche Teppich, der den Flur bedeckte, dämpfte seine Schritte. Aus einem der Räume kam ihm Marjan entgegen. Der Engel war von einer schlichten Schönheit, die Nolan immer wieder beeindruckte. Helles, Kinn langes Haar umspielte sein feines Gesicht, seine zartgliedrige Statur wirkte, als könne sie das Gewicht der schmalen, jadefarbigen Flügel nicht tragen. Doch das täuschte. Marjan war ein zäher Bursche.
„Nolan, schön, dich zu sehen. Willst du zu Gedeon?"
„Ja." Er lächelte bedauernd und deutete auf die geschlossene Tür der Zentrale am Ende des Korridors. „Ich muss mit ihm reden. Tut mir leid, ich habe keine Zeit."
Marjan zuckte nur mit der schmalen Schulter. „Macht nichts. Ich muss sowieso an den Computer, habe gerade eine Seele hinüberbegleitet. Wir sehen uns!" Damit schritt er den Flur in die Richtung entlang, aus der Nolan gerade kam.

Die Überwachungszentrale, die sich über die gesamte nördliche Stirnseite zog, war auf dem allerneuesten technischen Stand. Von hier aus befehligte und koordinierte Gedeon die Einsätze der Union Guards. Das Herzstück war eine leistungsstarke Computeranlage, mit deren Hilfe der Administrator in der Lage war, die sich ankündigenden Todesfälle schnell und effizient zu bearbeiten. An der langen Wand hingen Flachbildschirme, auf denen die verschiedenen Bundesstaaten zu sehen waren. Ähnlich wie die Monitore eines Fluglotsens, waren sie übersät mit farbigen Lichtpunkten und Symbolen. Jeder Lichtpunkt zeigte einen Todeskandidaten, jedes Symbol einen Engel. Sie blinkten auf und erloschen, nur um an anderer Stelle wieder aufzutauchen. So war es Tag um Tag, Jahr um Jahr. Der Tod kannte keine Ruhepause.

Nolan drückte die schwere Mahagonitür auf und betrat Gedeons Reich.
Als sich die Tür wieder hinter ihm schloss, sah der junge Engel, der auf Gedeons Drehstuhl saß, kaum von den Monitoren auf. „Bist du Nolan?

Ich bin Dante und soll dir von Gedeon ausrichten, dass er noch mit Alexxiel zu tun hat. Warte hier, er wird gleich wieder zurück sein."
„Geht es um die drei Seelen der Amok-Opfer, die er den Schutzengeln abspenstig gemacht hat?", fragte Nolan neugierig, und trat näher.
„Ja. Sie starben trotz all ihrer Bemühungen, und das will Alexxiel nicht auf sich sitzen lassen." Dante, der die Bildschirme nicht aus den Augen ließ, flatterte mit den Flügeln und sprach dann aufgeregt in das Headset. Ein neuer Auftrag war hereingekommen.
Nolan beobachtete den jungen Engel eine Weile dabei, wie er den Administrator vertrat. Doch dann ließ er ihn seine Arbeit tun, trat dicht an die bodenhohen Fenster und sah hinab auf die Stadt, die winzig klein unter seinen Füßen zu liegen schien.
Nach einer Weile schloss er die Augen, lehnte sich gegen das kühle Glas. Vor seinen Augen tauchten schreckliche Bilder auf, ließen sich nicht verdrängen.
Junge verängstigte Menschen, die schreiend versuchten, sich vor zwei feigen Waffennarren mit Hightech-Präzisionsgewehren in Sicherheit zu bringen. Doch vergebens.
Wie bei der Hasenjagd hatten die beiden Amokläufer, die kaum älter als ihre Opfer waren, Jagd auf alles gemacht, das in wilder Panik über den Campus irrte. Mitten in der Menschenmenge zogen sie die Waffen aus ihren Mänteln und schossen um sich. Dann streunten sie durch die Gebäude. Bis das SWAT-Team vor Ort war, da beging einer der Schützen Selbstmord, der andere wurde kurze Zeit später vom Team erledigt.
Dreiundzwanzig Tote, darunter vier Campus-Polizisten, und sieben Schwerverletzte gab es zu beklagen. Viele waren sofort gestorben, ihre Seelen konnten zügig ins Schattenreich hinüber gebracht werden. Doch bei etlichen dauerte das Sterben lange Minuten. Und jeder der Todesengel hatte bei seinem Schutzbefohlenen verharrt, bis auch der letzte Atemzug verweht war. Wachsam, darauf bedacht, keine Seele unbetreut zu lassen.
Luzifers Dämonen schliefen nicht.

Als er Schritte hörte, drehte er sich wieder um. Doch es war nicht wie erwartet Gedeon, sondern Keegan, der ebenfalls am College seinen Dienst verrichtet hatte.
Keegan war ein noch junger, dunkelblonder, vierschrötiger Engel in schwarzer, uniformartiger Kleidung. Seine Flügel waren von einem hellen sandfarbenen Ton und wirkten immer etwas zerzaust. In der

Hand hielt er ein schmales Computer Pad. Als er Nolan bemerkte, tippte er sich grüßend an die Stirn.
„Alle Seelen eingesammelt, sogar die der beiden Schützen. Der Alte kann zufrieden sein.“ Keegan grinste breit. „Hast du gesehen, ich habe einen von Luzifers Dämonen per Express zurück in die Hölle geschickt!“ Mit dem Zeigefinger der rechten Hand machte er eine Bewegung, als würde er eine Waffe abfeuern. „Hab ihn ordentlich in seinen Dämonenhintern getreten. Der wird so schnell nicht wieder hier oben auftauchen.“
„Du übertreibst mal wieder.“ Nolan blickte demonstrativ aus dem Fenster. Er mochte den sehr viel jüngeren Engel, doch heute ging ihm sein Gerede auf die Nerven. „Leg dein Pad da auf das Pult und verschwinde. Ich habe noch mit Gedeon zu reden.“
Keegan maulte, doch er gehorchte, legte das Pad auf dem Pult ab, und verschwand. Im selben Augenblick erschien der Administrator, Dante erhob sich schweigend aus dem Drehstuhl und zog sich in den hinteren Teil des Raumes zurück.
Der alte Engel hatte sich seit dem letzten Mal ihrer Begegnung kaum verändert, sah immer noch so aus, wie sich Menschen einen typischen Engel vorstellten. Mit goldenen, inzwischen doch eher ergrauten Locken, gerundeter Figur und Pausbacken. Die Flügel waren ziemlich klein, und von einem immer schäbig wirkenden grau-weiß. Auf den ersten Blick glaubte man, einen recht gemütlichen Engel vor sich zu haben, doch der Eindruck täuschte. Gedeon war ein alter Krieger, hatte schon als Todesengel seinen Dienst getan, als die Menschen noch mit Steinäxten aufeinander losgegangen waren.
„Alexxiel, diese lästige Schmeißfliege!“ Ächzend ließ er sich in den Stuhl fallen, und warf als Erstes einen prüfenden Blick auf die Monitorwand. Während er das tat, redete er weiter. „Will sich bei Michael über mich beschweren, darüber, dass ich ihr angeblich drei Seelen gestohlen habe. Pah! Die Drei hatten einfach Pech, Schutzengel hin oder her!“
Es war kein Geheimnis, das Gedeon die Administratorin nicht leiden konnte. Wie oft hatte er sich schon darüber beklagt, dass ihm Alexxiels Schutzengelpatrouillen ins Handwerk pfuschten. Sie ließen die Menschen, die sie beschützten, viel zu oft mit dem Leben davonkommen. Doch die Belange der Schutzengel gingen vor, und das wurmte den alten Engel.
„Du musst noch einen Moment Geduld haben.“ Der Engel steckte sich sein Headset ans Ohr und drückte einen Knopf auf seinem Pult. „Marjan hörst du mich? Ich habe einen neuen Einsatz für dich. Tod in einem

Hospiz, der Mann ist ohne Angehörige, er wird an einem Krebstumor sterben. Geh zu ihm, lass dir ruhig Zeit, erzähl ihm etwas über seine Frau, in Ordnung? Sie wartet schon auf ihn. Du findest alles in der Lebensdatenbank, ich schalte dich frei. Ach, und nimm Dante mit. Er kann dir zusehen." Die Antwort darauf konnte Nolan nicht hören, doch da Gedeon zufrieden brummte, würde wohl alles seinen Gang gehen.
Der alte Engel gab Dante ein Zeichen und wartete, bis der den Raum verlassen hatte, dann wandte er sich zu Nolan um. „So, nun willst du, dass ich es dir erkläre." Er machte sich nicht die Mühe, deutlicher zu werden. „Als ich bemerkte, dass der Junge die Feder in den Händen hielt, war es bereits zu spät. Du hattest es schon getan, Adam Quinlan kehrte gerade in sein Leben zurück."
Nolan war wie vor den Kopf geschlagen.
„Warum um Himmelswillen hast du geschwiegen? Warum hast du nichts gesagt?" Er raufte sich verzweifelt durchs Haar. „Ist dir überhaupt klar, was du mir damit angetan hast? Wie schwer es mir gefallen ist, mich von Adam Quinlan fernzuhalten? Wie oft ich mir diesen Wunsch, ihn zu sehen, ihn dabei zu beobachten, wie er zum Mann heranwuchs, buchstäblich aus dem Kopf schlagen musste?"
Unruhig lief er vor der Monitorwand auf und ab. Manchmal war er sogar drauf und dran gewesen, sich ein neues Einsatzgebiet zuweisen zu lassen. Hatte weggewollt, irgendwohin, wo Krieg herrschte, wo so viele Menschen gewaltsam starben, dass keine Zeit blieb, über Adam nachzudenken. „Die Feder … Adam ist mein Dominium! Mein Schutzbefohlener! Es wäre deine Pflicht gewesen, es mir zu sagen!"
Gedeon antwortete nicht sofort, beobachtete den Monitor und drückte ein paar Knöpfe. Als er es schließlich tat, schwang in seiner Stimme ein kalter Ton mit. „Ich muss gar nichts, klar? Du warst immer mein bester Todesengel. Was glaubst du wohl, warum ich dir den Kontakt zu Adam Quinlan untersagt habe? Damit du es herausfindest und mit wehenden Fahnen zu Alexxiel und ihrer Truppe wechselst? Wegen einer Feder, die Adam Quinlan von dir behalten hat? Niemals! Schutzengel, pah! Das ist in meinen Augen etwas für Weicheier, für diejenigen unter euch, die dem harten Alltag eines Todesengels nicht gewachsen sind."
Und nichts davon traf auf Nolan zu.
Gut, manchmal war es anstrengend und es konnte auch herzzerreißend sein. Freiwillig allerdings wäre er niemals ein Schutzengel geworden.
„Das mag ja sein", bekannte er. „Doch so wie es aussieht, habe ich keine andere Wahl. Adam Quinlan ist nun mal mein Dominium und jetzt, wo

ich das weiß, kann ich es nicht länger ignorieren." Müde rieb er sich das Genick. „Tut mir leid, doch ich fürchte, ich muss mit Alexxiel reden." Und mit Michael, überlegte Nolan düster.
Wie sollte er dem Erzengel das bloß erklären? Ihm erklären, dass einer seiner schwarzen Engel, ein Todesengel, sich zum Schutzengel degradiert hatte.
Und als wäre das noch nicht schlimm genug, wie sollte er ihm erklären, wie es dazu kommen konnte? Der Fall von damals würde wieder aufgerollt, und dann – dann war echt er am Arsch!
Mitten in seine deprimierenden Gedanken hinein begann Gedeon, verblüfft zu lachen. „Du ziehst es tatsächlich ernsthaft in Erwägung? Gerade du, der die härtesten Fälle ohne mit der Wimper zu zucken ausführt? Das kann ich nicht einfach so zulassen." Er sah prüfend auf seinen Monitor. „Ich werde dir sagen, was ich mache. Ich gebe dir fünf Tage Zeit. Fünf Tage, um den zu fassen, den sie den Vollmond-Killer nennen – hast du übrigens schon etwas herausgefunden?"
„Noch nichts Konkretes, habe nur einen vagen Verdacht, aber ich muss erst etwas überprüfen."
„Gut. Tu das. Die Guardian sind auch noch nicht weiter, das hab ich aus Caleb herausgequetscht. Also, wo war ich? Ach ja. Fünf Tage. Für die Vernichtung der Kreatur, und dafür, dass du dich entscheidest, was du willst." Er drehte sich auf seinem Stuhl zu Nolan um, und sah ihm fest in die Augen. „Du wirst von mir für diese Dauer von deinen Pflichten als Todesengel befreit, machst so eine Art Urlaub. In der Zeit solltest du gut nachdenken und zu einer Entscheidung kommen. Wechselst du zu den Guardian, oder wirst du das bleiben, was du bist, nämlich ein verdammt guter Todesengel. Ein Wechsel zu Alexxiels Truppe steht nicht zur Diskussion, das schlag dir aus dem Kopf!"
Nolan blinzelte überrascht. „Urlaub? Einfach so? Was ist, wenn etwas Dringendes ist? Wenn …"
Der Administrator unterbrach ihn und klickte an seinem Pult herum. „Für die nächsten Tage ist nichts Größeres angesagt. Einer der Nachwuchskräfte ist so weit, dass er auch mal eine Zeit lang alleine arbeiten kann. Du bist raus!" Damit deutete er mit dem Daumen auf die Tür hinter sich.
Nolan war schon fast durch die Tür, als Gedeon ihm noch etwas hinterher rief. „Ach ja, eines noch. Egal, wofür du dich entscheidest, es wird dir nicht erlaubt sein, Adam Quinlan nach Aufklärung des Falles jemals

wieder zu sehen. Was geschieht, wenn du dich nicht daran hältst, muss ich wohl nicht extra betonen."

Sechs

Ich sah Nolan nicht wieder. Jedenfalls nicht in Greens Fork.
Als ich nach einer ganzen Weile ins Haus zurückkehrte, steckte Maude ihren Kopf aus der Küche. „Adam, warten Sie", rief sie mir zu. An einem Geschirrtuch trocknete sie sich die Hände, hinter ihr drangen köstliche Gerüche auf die Diele hinaus. Diesmal nach Braten.
„Ich habe eine Nachricht für Sie. Von Ihrem Kollegen. Er lässt Ihnen ausrichten, dass sie umgehend Ihren Vorgesetzten anrufen sollen."
Am Fuße der Treppe blieb ich stehen. „Warum sagt er mir das nicht selber?"
Maude hob die Hände etwas an und sah mich erstaunt an. „Oh, aber das kann er nicht. Er ist abgereist!"
Wie bitte? Abgereist? Das verstand ich nun überhaupt nicht. Als Nolan sich zu mir auf die Treppe setzte, hatte ich gerade mit dem Captain telefoniert. Hatte Moore auf den neuesten Stand gebracht, ihm von Vera und Phillip berichtet. Er wollte gleich jemanden zu Vera schicken und ihre Geschichte überprüfen lassen. Doch er hatte kein Wort davon gesagt, das Nolan abkommandiert werden sollte.
„Danke, Maude." Im Eiltempo stürmte ich die Treppe hinauf.
Es stimmte, das Zimmer war leer, sein Trolley weg. Das war wieder mal typisch FBI, dachte ich sauer. Ließ der mich hier einfach so zurück. Ein Blick aus dem Fenster verriet, das auch das Auto nicht mehr auf dem Parkplatz an der Straße stand. Gut, dass Maude nicht in der Nähe war. Der Fluch, den ich ausstieß, hätte ihr mit Sicherheit nicht gefallen!
Ich schnappte mir mein Handy und rief ein weiteres Mal im Büro an.
„He, Captain, was soll das? Wo ist Blake? Abgezogen? Was wird aus dem Fall?"
„Das verstehe ich auch nicht so ganz. Ich bekam gerade eine Nachricht, dass Agent Blake sich in seinem Hauptquartier zurück melden sollte. Sobald er da alles geklärt hat, was er klären muss, wird er sich mit Ihnen in Verbindung setzen. Das ist alles, was ich weiß." Captain Moore hörte sich ziemlich ratlos an, und das sollte schon was heißen. Ich kratzte mein Kinn und brummelte mir etwas Freches in den Stoppelbart. Dann räusperte ich mich. „Okay Chef. Ich komme heute noch zurück. Bis später."
Auf dem Weg zum Flughafen ließ ich das Taxi kurz bei Bonnie vorbeifahren, wollte nachfragen, ob ihr noch etwas eingefallen war. Sie sah schlechter aus als gestern, aber wenigstens war sie nicht mehr alleine,

eine Freundin war bei ihr. Traurig, mit leerem Blick drückte sie mir ein Notebook in die Hand. „Es gehörte Eric. Vielleicht finden Sie dort etwas."

Vom Flughafen aus fuhr ich schnell nach Hause. Im Taxi hörte ich Sonderberichte über einen Amoklauf, der in Kalifornien stattgefunden hatte. Ich bekam nicht alles mit, nur, dass es eine Menge Tote gab, und dass die Schützen ausgeschaltet worden waren. Der Taxifahrer wollte mit mir eine Grundsatz-Diskussion über die bestehenden Waffengesetze beginnen. Doch ich wusste, wie schnell ein Gespräch über ein so heikles Thema eskalieren konnte, deshalb schwieg ich.

In meiner Wohnung duschte ich, rasierte mich endlich mal, anschließend ging es gleich weiter in Gregs Bistro.

Seit zwei Tagen hatte ich Greg nicht gesehen, und nun musste ich mich davon überzeugen, dass es ihm gut ging. Außerdem hatte ich einen Bärenhunger. Und bei ihm gab es die besten und größten Pastrami-Sandwiches, die ich kannte.

Das Bistro lag Uptown, in einem Viertel nicht weit vom Fluss. Liebevoll restaurierte Häuschen säumten die schmalen Straßen, in denen die besser verdienende Mittelschicht lebte. Es gab eine Anwaltspraxis, verschiedene Ärzte hatten sich hier niedergelassen, es gab kleine Geschäfte, in denen man von Lebensmitteln bis hin zum Trauring alles bekommen konnte. Nur selten verirrten sich Touristen in diese Gegend. Es war eine ruhige, fast schon idyllische Ecke. Ein privater Wachdienst achtete darauf, dass es so blieb.

Gregs Bistro befand sich zwischen einem Reisebüro und einem Blumenladen. Beide Geschäfte wurden von zwei netten älteren Damen geführt, die es sich zur Aufgabe gemacht hatten, Greg zu bemuttern.

Gerade als ich eintreten wollte, kam mir Gracie, die Dame aus dem Blumenladen entgegen. Sie war eine kleine rundliche Frau so um die fünfzig, mit kurzen, aschblonden Haaren. Unter dem Arm trug sie eine kleine Holzkiste.

„Hallo Adam, ich habe Gregory gerade ein Paar frische Gestecke für die Tische gebracht."

Ich lächelte etwas gequält, denn sie war die Einzige, die uns bei unseren richtigen Namen nannte. „Das ist sehr nett, Gracie, ich hoffe, er hat Ihnen dafür ein Stück seines Käsekuchens serviert."

„Oh ja, hat er." Gracie rieb sich stöhnend über den Magen, dann stieß sie die Tür zu ihrem Laden auf. „Und er war wieder einmal viel zu lecker!" Was kein Wunder war, der Käsekuchen war die absolute Spezialität von Gregs Bistro, das Rezept dazu stammte noch von Hazels Mutter. Greg hatte es Hazel entlockt, als wir bei ihr wohnten.

Jetzt, kurz vor drei am Nachmittag, saßen überwiegend ältere Leute im Bistro, gönnten sich eine Tasse Kaffee und ein Stück Kuchen. Ich schlängelte mich an den Tischen vorbei. Das Bistro war nicht sehr groß, es hatte nur fünfunddreißig Sitzplätze, doch die waren die meiste Zeit besetzt. Es war eine gelungene Mischung aus altmodischer Gemütlichkeit und hippem Wohnzimmer. Und Greg war der geborene Gastgeber.
Kaum hatte ich mich auf meinem Stammplatz, an einem kleinen Tischchen in der Nähe des Tresens niedergelassen, eilte Greg heran.
„Das wurde aber auch Zeit, dass du dich wieder blicken lässt!" Er wirbelte um mich herum, ein Derwisch in Narzissengelb und einem hellen Grün, dessen genaue Bezeichnung ich mir nicht merken konnte. Hellgelbes Hemd und grüne Leinenhose. Seine Arbeitsuniform, eigene Kreation.
„Das Konzert von Blues Culture war super, Steve und Abi einfach nur klasse! Schade, dass du nicht mit dabei warst! Ich habe uns die neue CD mitgebracht", sprudelte er begeistert hervor und strahlte mich an.
Ach ja, das Blueskonzert, das gestern stattfinden sollte. Na wenigstens hatte einer von uns beiden seinen Spaß gehabt.
„Ich bin fast auf direktem Wege vom Flughafen hier hergekommen, also beklag dich nicht. Jetzt hab ich Hunger, bringst du mir ein Pastrami-Sandwich? Aber ein Großes! Und eine Kanne Kaffee, ich brauch dringend einen Koffeinschub!"
Greg lächelte mitfühlend und legte seine Hand auf meine Schulter. „Du Armer! Ich werde dir als Erstes einen Espresso bringen, okay?" Er verschwand hinter dem Tresen und hantierte geschickt an der original italienischen Maschine. Ich sah ihm dabei zu, wie er gleichzeitig noch drei andere Kunden bediente. Er lachte und scherzte mit ihnen, kannte die meisten mit ihrem Namen. Die Kunden liebten ihn.
Im Stillen verglich ich ihn mit Nolan Blake.
Gegensätzlicher hätte Greg nicht sein können.
Fröhlich war er, charmant, bildhübsch, mit grünen Augen und gelocktem hellrotem Haar. Er hatte eine knabenhafte Statur, war so dünn, dass er

sich zweimal hinter mir verstecken konnte, und reichte mir allenfalls bis zur Brust.
Er war mein kleiner Bruder, der …
Nein, das stimmte so nicht. Er war nicht wie mein kleiner Bruder, schließlich schlief ich mit ihm. Schon mal in den kleinen Bruder des besten Freundes verknallt gewesen?
So war Greg. Wie der kleine Bruder eines Freundes.
Uns verband mehr als der Sex, den wir hatten, ich liebte ihn, als meinen Freund, meinen Vertrauten, er war alles, was ich hatte.
Kennengelernt hatten wir uns im Heim. Ich war gerade fünfzehn, er schon fast siebzehn. Er war klein, untererernährt, sah eher aus wie dreizehn, und war immer das Opfer der Älteren. Ich war viel größer, viel stärker, footballerprobt.
Ich war gerade eine Woche in dem Heim und kam zufällig dazu, wie er auf dem Klo vergewaltigt werden sollte. Von zwei Kerlen, die in dem Heim eigentlich ihre Sozialstunden abbrummen sollten. Er hielt still, kein Ton kam von seinen bebenden Lippen, doch sein Blick – er flehte mich um Hilfe an. Und ich sah nur noch Rot.
Das war meine erste Prügelei, in die ich wegen Greg geriet, und im Laufe der Jahre sollten noch unzählige folgen. Es gab immer wieder Idioten, die meinten, er sei eine leichte Beute, die man ohne Weiteres herumschubsen konnte.
Wir schlossen uns als Einheit zusammen, meine Kraft und sein Grips, seine Ideen. Ich beschützte ihn damals – und das tat ich noch heute.
Vor fünf Jahren kratzte er alles Geld zusammen, das er bis dahin verdient hatte, um seinen Traum vom eigenen Bistro zu verwirklichen. Es reichte nicht ganz, und so bekam er den Rest von mir. Damit konnte er dieses Bistro eröffnen, und ich wurde sein nicht ganz so stiller Teilhaber.
„Hallo, Chef, lange nicht gesehen!“ Manuel, ein junger Latino und der einzige festangestellte Helfer, setzte einen großen Teller mit einem riesigen Pastrami-Sandwich vor mir ab. Bei dem Anblick lief mir das Wasser im Mund zusammen. Zwei Scheiben frisch gerösteten Toast, dazwischen jede Menge gewürztes und gepökeltes, hauchdünn geschnittenes Rindfleisch, so zart, dass es einem buchstäblich auf der Zunge zerfiel. Dazu gab es eingelegte Gurken.
Mein Magen knurrte zustimmend, während ich begann, mich durch den Berg, der sich vor mir auftürmte, zu arbeiten.
Greg brachte mir einen doppelten Espresso, riss zwei Zuckertütchen auf und ließ den Inhalt sachte in das dampfende Tässchen rieseln. Dann

rührte er vorsichtig, um die Crema nicht zu zerstören. Er wusste, wie ich dieses schwarze Teufelszeug trank. Dankbar lächelte ich ihm zu, während der Rest des Sandwiches in meinem Rachen verschwand.
„Du rettest mir gerade mein Leben!“, seufzte ich, und nippte vorsichtig an dem Tässchen, um mir nicht den Mund zu verbrennen.
„Das tue ich doch gerne!“ Er deutete bedauernd auf die voll besetzten Tische. „Es tut mir leid, ich habe eigentlich gar keine Zeit für dich.“
„Macht nichts. Wollte sowieso nur kurz reinsehen, bin auf dem Weg ins Büro.“ Ich schob einen Schein unter den Teller.
Er trat näher und strich verstohlen ein paar Haarsträhnen aus meinem Kragen. „Geh bloß zum Friseur, ich habe Ben für Sonntag zum Essen eingeladen.“ Damit verschwand er, um am Nebentisch eine Bestellung aufzunehmen.
Ich lachte. „Okay. Aber ich mach es nur für Ben!“, rief ich ihm zu, dann packte ich meinen Aktenkoffer und machte mich auf den Weg zum Department.

☆

Im Büro hatte sich nichts verändert, es wäre auch zu schön gewesen.
Telefone bimmelten schrill, die Luft war stickig und warm, die beiden Deckenventilatoren rührten sehr halbherzig die miefigen Schwaden um. Fenster hatte unser Luxusbüro leider keine.
King, der am Lift herumlungerte, grinste mich höhnisch an. *Wieder keinen Partner, du Versager?*, sagte seine schon leicht angesäuselte Miene. Ich warf ihm einen finsteren Blick zu und stapfte wortlos an ihm vorbei.
Bei Moore im Glaskasten hockte der Sprecher des Bürgermeisters, der Captain war beim Rapport. Gut, dass ich schon einiges herausgefunden hatte, da konnte er dem Schleimbeutel wenigstens etwas Neues erzählen.
Bevor ich zu meinem Schreibtisch abbog, düste ich eine Etage höher, zu Svensson, unserem Computernerd. Für die Untersuchung von Erics Laptop gab es keinen Besseren. Allerdings war er nicht da, also legte ich ihm eine Nachricht hin, dass er sich bei mir melden möge.
Tennessees verwaister Schreibtisch sah aus wie geleckt. Keine Papiere. Keine leeren Kaffeebecher. Blieb mehr Platz für mich, also verteilte ich meine Zettel und Ordner großzügig um. Eine neue Akte lag auf meinem Schreibtisch, somit war bewiesen, John Doe Nummer zwei war tatsächlich Phillip Winston. Vera, seine Ex-Verlobte, hatte ihn anhand der Fotos identifiziert.

Ich überflog ihre Aussage, die sie zwei Beamten gegenüber abgegeben hatte.
Hiernach hatte Phillip Winston seiner Verlobten am vierundzwanzigsten Mai mitgeteilt, dass er sich von ihr trennen wolle. Er hätte den Wunsch, mit seiner neuen Freundin nach Seattle zu ziehen. Phillip Winston nahm am siebenundzwanzigsten Mai nur ein paar persönliche Gegenstände aus der gemeinsamen Wohnung mit, die sich in Richmond, Indiana befand. Von einem Bekannten ließ er sich zum Flughafen bringen.
Ob er das Flugzeug bestieg und in Seattle ankam, konnte bislang nicht zweifelsfrei geklärt werden. Vera Davis löste umgehend die Wohnung auf, und zog im Juni wieder nach Boston. Dort war sie geboren und aufgewachsen. Eine Vermisstenanzeige wurde nicht aufgegeben. Offiziell sollte Phillip in Seattle sein, den Job bei einer Versicherung hatte er gekündigt.
Ich hatte das Gefühl, das meiste davon schon einmal gehört zu haben. Nämlich von Bonnie.
Am vierzwanzigsten Mai trennte Phillip sich, am siebenundzwanzigsten ließ er sich zum Flughafen bringen. Und dann? Dann tauchte er am achtundzwanzigsten Mai in meiner Stadt auf. Tot, ausgeblutet, verstümmelt.
Was zur Hölle war da los?
In was für einen Scheiß-Schlamassel waren diese Männer da bloß hineingeraten?
Ich zog mir die Flipchart heran und begann zu schreiben. Alles, was über die beiden identifizierten Leichen bekannt war, und alles über die beiden noch Unbekannten.
Es war nicht viel, doch ich hatte das unbestimmte Gefühl, dass auch John Doe Nummer eins, der im April ermordet und vor dem Stadion aufgefunden wurde, Freundin oder Familie verlassen hatte. Ebenso wie John Doe Nummer drei, der im Juni ermordet und ausgerechnet auf dem St. Marys Friedhof gefunden wurde. Und dass da irgendwo eine aufregend neue Geliebte mit im Spiel war. Dass es immer dieselbe Frau war, darauf würde ich wetten.
Suchte ich also eine Sexbombe, die Männer in ihre Falle lockte? Sie irgendwo hinlockte und dann? Sie einfach so umbrachte? Ihnen die Kehlen durchschnitt, damit sie ausbluten konnten? Keith, der Rechtsmediziner, hatte nicht einen Tropfen Blut in den Toten gefunden.
Was macht man mit dem ganzen Blut? Satanische Zeremonien abhalten? Darin baden?

Und was hatten die Schnitte auf Brust und Bauch damit zu tun? Ein schändliches Ritual? Keith hatte mir mitgeteilt, dass diese Schnitte mit einer Rasierklinge ausgeführt worden waren. Nur oberflächlich. Als die Männer noch lebten. War die Dame etwa auch pervers veranlagt? Erst die Opfer quälen, dann die Rübe ab?
Ich machte mir eine Notiz, dass ich mit einem Profiler sprechen musste. Vielleicht hatte der eine Idee.
Unzufrieden schmiss ich den Marker hin. Ich war zwar heute endlich einen Schritt vorwärtsgekommen, konnte doch ein zweites Opfer mit Namen versehen werden. Doch das war mir nicht genug. Noch vier Wochen, dann war wieder Vollmond.
Und ich wollte verdammt sein, wenn dann erneut eine Leiche auftauchen würde.
Als die Kollegen von der Nachtschicht das Revier übernahmen, packte ich meinen Kram zusammen. Es war kurz nach acht Uhr abends. Morgen würde ich mir Phillip und Eric noch mal vornehmen, also ihre Akten. Und mit Freunden und Bekannten telefonieren. Vielleicht hatten die beiden ja mal den Namen der Sexbombe ausgeplaudert.

Es war es noch verhältnismäßig hell, als ich aus dem Revier kam. Richtig dunkel würde es auch in dieser Nacht nicht werden, der Mond stand immer noch ziemlich voll am Himmel. Langsam hasste ich das fette Ding.
Mein Auto parkte einen Block weiter um die Ecke, dort hatte ich es vor Ewigkeiten abgestellt, wie es schien. Langsam machte ich mich auf den Weg dorthin.
Ich war nicht allein unterwegs, in den kleinen Cafés und Läden herrschte noch Hochbetrieb. Überall saßen Pärchen, alte wie junge, in kleinen Grüppchen oder großen. Musik lag in der Luft, Liebe und Lachen.
Sie alle genossen den Sommer, die warmen Abende. Manchmal beneidete ich sie. Wann war ich das letzte Mal ausgegangen? Im März. Mit Eric. Scheiße, da war ich wieder bei meinem Job.

Auf der anderen Straßenseite sah ich Mary Jane. Das Quietschen ihres Einkaufswagens hatte mich auf sie aufmerksam gemacht. Die alte Dame humpelte an ihren rostigen Wagen geklammert zwischen den Menschen durch. Wie immer trug sie die Winterkappe und ihren dicken Mantel.

Mary Jane warf mir einen schnellen Seitenblick zu. Dann machte sie kleine Zeichen mit den Fingern der linken Hand. Zigeunerzeichen. Wer sich damit nicht auskannte, würde es nicht erkennen.
Sie wollte mich sehen, unter ihrer Brücke.
Wir würden getrennte Wege gehen, denn sie wollte nicht als Polizeispitzel in Verdacht geraten. Ich konnte das verstehen, Spitzel lebten meist gefährlich.
Ich schlug den längeren Weg zum Fluss ein. Da ich schneller laufen konnte als sie, war ich immer noch vor ihr da. Mary Jane war nicht mehr die Jüngste, und in ihren ungleichen Stiefeln würde sie gut fünfzehn Minuten brauchen, schätzte ich.
Doch zuerst besorgte ich in einem Coffeeshop Kaffee für uns. Und Muffins. Mary Jane liebte Muffins. Das war ihre Bezahlung, wenn sie mir einen Tipp gab. Und fünf Dollar, doch die musste ich ihr unterjubeln. Aus meiner Hand hätte sie das Geld niemals genommen. Sie war wirklich sehr stolz.

Als ich unter der Brücke ankam, war sie noch nicht da. Also ließ ich mich am Ufer nieder und wartete. Dabei trank ich schon mal meinen Kaffee und gönnte mir einen Schokomuffin.
Hier am Fluss war es im Sommer sehr angenehm. Tagsüber war es nicht so heiß, überall standen dicke Weiden, und in der Nacht kühlte es am Wasser auf angenehme Temperaturen ab.
Unser Quartier hatte sich etwas weiter flussaufwärts befunden, unter einer sehr viel kleineren Brücke. Dort hatte ich mir mit Greg, kaum dass wir aus dem Heim abgehauen waren, eine ziemlich solide Unterkunft gebaut. Wir hausten dort, bis ich dem Gangsterboss Joey Votto über den Weg lief. Eigentlich lief ich einem seiner Typen über den Weg. Er war ein drahtiger Schwarzer, Bob hieß er, etwas größer als ich, und meinte, sich über Greg hermachen zu können. Nannte ihn kleine Tunte, schlug ihm ins Gesicht.
Einen Schlag konnte Bob ihm verpassen, dann kam ich und fiel mit der Wucht einer Dampframme über ihn her. Es gab eine Mörderschlägerei, die ich fast für mich entschieden hätte. Doch Bob zog plötzlich einen Schlagring und ich ging zu Boden.
Da saß ich dann, mit blutender Nase und blauen Augen, und Votto, der uns beobachtet hatte, bot mir einen Job an. Als Fighter für seine illegalen Kämpfe. Da war ich gerade siebzehn.

Nach einer Weile hörte ich leises Quietschen, die alte Dame kam nach Hause.
Sie ließ sich in den schäbigen Fernsehsessel fallen und zog ihre Mütze vom Kopf. Auch von ihrem Mantel trennte sie sich jetzt. Mit der Hand fuhr sie sich kurz durch ihr krauses Haar.
„Hallo Mary Jane. Gut sehen Sie aus.“ Ich kam zu ihr rüber, und stellte Kaffee und Gebäck vor sie hin. Dafür strahlte sie mich über das ganze Gesicht an. „Schön, Adam Quinlan, du hast es nicht vergessen.“ Dann verdüsterte sich ihr freundliches Gesicht.
„Höre, Adam Quinlan. Du warst mal einer von uns, und nur deswegen rede ich überhaupt mit dir. Eigentlich habe ich dich gestern schon gesucht.“ Sie nippte am Kaffee. „Du kennst das alte Belvedere-Hotel?“
„Ja, es ist auf der anderen Seite des alten Parks. Es steht leer. Warum?“
„Es steht eben nicht leer.“
„Woher wissen Sie das?“
„Ich war schon fast an der Eingangstür, da habe ich etwas gespürt. Etwas Grauenvolles. Erst vorletzte Nacht“, flüsterte sie ängstlich. „Ich wollte es dir gestern nicht sagen. Zu viele Ohren, du verstehst?“
„Haben Sie auch etwas gehört?“
Mary Jane nickte zaghaft. „Ja. Schreie. Aber es waren keine echten Schreie.“ Sie warf einen schnellen Blick über ihre Schulter und winkte mich zu sich herab. „Sie waren nur in meinem Kopf. Ich habe sie so deutlich gehört, wie ich dich höre. Etwas ganz Schlimmes geht da vor sich!“ Sie nickte bestätigend und fing an, ein Gebet zu murmeln. Dabei bekreuzigte sie sich mehrmals. „Ich spinne nicht, so wahr mir Gott helfe!“
Ich kannte Mary Jane. Schon seit vielen Jahren. Und viele glaubten, sie besäße das Zweite Gesicht. Ich glaubte es auch. Wenn sie mir sagte, etwas Unheilvolles ging in dem alten Kasten vor sich, dann war das so.

Ich trank noch einen Schluck Kaffee und überlegte. Das, was sie da sagte, ließ bei mir die Alarmglocken klingeln. Ein verlassenes Hotel plus Schreie plus eine verstümmelte Leiche – was für einen Schluss ließ das denn wohl zu?
„Warum sind Sie dort gewesen?“ Das Hotel war bis zur vierten Etage mit Brettern vernagelt, sollte eigentlich schon lange abgerissen werden. Doch niemand wollte für die Kosten aufkommen.
„Ich wollte nach Dingen suchen. Du weißt …“, sie machte eine Kopfbewegung in Richtung ihrer Wohnstatt. „Schöne Dinge. Doch dort gibt

es nichts Schönes mehr. Nur das Böse! Glaub mir. Das Böse hat sich dort niedergelassen!“ Wieder bekreuzigte sie sich. Die alte Dame war sichtlich beunruhigt.
„In Ordnung, Mary Jane. Ich werde mich mal dort umsehen. Bleiben Sie bitte von dem Hotel weg, ja? Wenn dort etwas nicht mit rechten Dingen vorgeht, haben Sie dort nichts verloren.“ Ich zog die fünf Dollar aus meiner Hemdtasche und klemmte sie unter ihren Kaffeebecher. „Danke für den Tipp, Mary Jane. Passen Sie auf sich auf.“
Ohne ein festes Ziel schlenderte ich noch eine Weile am Fluss entlang. Er schlängelte sich einmal ganz durch die Stadt. An manchen Stellen des Ufers konnte man auf Bänken sitzen, es gab einen gepflasterten Weg, der sich mit dem Fluss am Ufer entlang zog. Radfahrer, Skater, Jogger, alle nutzten sie diesen Weg für ihr Freizeitvergnügen. Jetzt, gegen neun, waren nicht mehr sehr viele Frischluftanbeter unterwegs.
An einer der Bänke blieb ich einen Moment stehen und beobachtete die beiden Enten, die träge auf dem Wasser paddelten.
Jemand folgte mir.
Ich wusste es hundertprozentig, meine Instinkte hatten mich bei so etwas noch niemals im Stich gelassen. Damals, auf der Straße waren sie meine Lebensversicherung.
Mal sehen, ob ich herausbekam, wer mich da beschattete.
Gemächlich schlenderte ich weiter, bis hin zum kleinen Eisstand. Vor mir waren zwei junge Mädchen, die sich kichernd und quietschend ihr Eis aussuchten. Ich stellte mich so an, dass ich mit einem Blick alles genau im Auge hatte. Und dann sah ich ihn, in nicht allzu weiter Entfernung.
Es war Nolan Blake. Mr. FBI-Agent Blake verfolgte mich.
Hinter einem großen Busch war er stehen geblieben, doch seine breiten Schultern sahen immer wieder dahinter hervor. Wo hatte der Kerl beschatten gelernt? Der konnte sich ja nicht mal ordentlich verstecken.
Als ein lärmender Pulk Halbwüchsiger auftauchte, nutzte ich meine Chance. Ich wartete, bis sie den Eiswagen vor Blakes Blicken abschirmten, dann verschwand ich. Schlug mich ebenfalls seitlich in die Büsche, schlug einen Bogen durch das dichte Unterholz, bewegte mich so leise, dass kein Zweig knackte. Meine Ausbildung bei den Green Berets machte sich noch immer bezahlt.
Nolan stand jetzt vor dem Busch, sah sich nach allen Richtungen um. Seine Lippen bewegten sich, fluchte er?

Leise schlich ich mich an ihn heran, dann steckte ich ihm meinen Finger in die Rippen. „Na Mister FBI, wäre ich der böse Bube, dann wärst du jetzt tot."
Er reagierte gelassen, ganz der coole Agent. Drehte mir nur den Kopf zu und nickte. „Gut, dass du nicht der böse Bube bist."
„Verfolgst du mich?", fragte ich, während ich ihn musterte. Er trug wie ich Jeans und Hemd, meine Ärmel waren aufgerollt, seine kurz. Und im Gegensatz zu heute früh wirkte er wesentlich ausgeglichener.
„Den Teil mit dem Beschatten solltest du aber noch mal üben. Ich gebe dir gerne Nachhilfe."
„Du bist gut, Adam", lenkte er ab. „Ich habe dich erst zum Schluss, auf den letzten zwei Yards gehört. Es gibt nicht viele, die sich so dicht an mich ran schleichen können."
„Nenn mich Quinn", verbesserte ich ihn. „Adam gibt es nicht mehr, der ist mit meinen Eltern gestorben." Dann grinste ich. „Tja, wie schon mal gesagt: gelernt ist gelernt."
Nolan nickte wieder. „Das seh ich. Navy?"
„Army. Was willst du von mir?"
„Wenn ich dir sage, dass ich auf dich aufpasse …", antwortete er leise, es schien ihm ziemlich peinlich zu sein, denn er sah dabei zu Boden.
Ich erstickte fast an einem Lachflash.
„Du … willst … was …?", prustete ich los, mein Gelächter schallte weithin über das Wasser. Der Gedanke, dass Mr. FBI ausgerechnet auf mich aufpassen wollte, war zu verrückt.
Als ich mich endlich beruhigt hatte, schüttelte ich nur den Kopf. „Das war echt komisch! So gelacht habe ich schon lange nicht mehr, ich sollte mich bei dir bedanken!" Keuchend holte ich mehrmals tief Luft und tupfte mir demonstrativ eine Träne aus dem Augenwinkel.
„Schön, dass ich dich amüsieren konnte." Er hatte mich während meines Heiterkeitsausbruches nicht aus den Augen gelassen, nun neigte er den Kopf etwas zur Seite, wartete, bis ich halbwegs wieder zu Atem kam, dann lächelte er mich an.
Heilige Scheiße!
Es war eines dieser Tausend-Watt-Lächeln, das sich direkt in meine Lenden zu bohren schien. Dieses Lächeln veränderte sein Gesicht auf geradezu unheimliche Weise. Seine kobaltblauen Augen blitzten, kleine Fältchen erschienen in den Augenwinkeln. Sein Mund wurde weich, öffnete sich leicht, ein kleines Grübchen zeigte sich in der Wange.

Es war ein Lächeln, das innerhalb von Sekunden meine Firewall durchdrang, meine gesamte Abwehr lahmlegte. Es ließ mich vergessen, dass er ein FBI-Fuzzi war, ich sah nur noch den verführerischen Mann.
Vor meinem geistigen Auge tauchte die Diashow aus Maudes Fremdenzimmer auf.
Das breite Bett, zerwühlte Laken, unsere heißen Leiber, eng aneinander geschmiegt, Arme und Beine ineinander verschlungen, unsere Münder tauschten tiefe, leidenschaftliche Küsse, helles Haar vermischt mit Tiefschwarzem. Und ich war nur noch zu einem einzigen Gedanken fähig.
Ich wollte ihn. Jetzt. Auf der Stelle.
„Kommst du mit zu mir?", hörte ich mich fragen, und Nolan lächelte wieder. Er stand mir jetzt gegenüber, so dicht, dass ich den exotischen Duft, den er verströmte, riechen konnte.
Ich lehnte mich gegen ihn, konnte es nicht verhindern, mein Körper machte, was er wollte. Und er wollte Nolan spüren. Meine Faust hatte die Härte seines Körpers schon zu schmecken bekommen, jetzt wollte der Rest von mir es ebenfalls probieren.
Die Dämmerung war inzwischen fortgeschritten, der Eiswagen längst weitergezogen. Die letzten Jogger waren auf dem Heimweg. Nolan und ich hatten das Uferstück für uns.
Ich war drauf und dran, ihn ins Gras zu ziehen, wollte ihn haben, ich wollte ihn nehmen, er sollte mich nehmen …
Egal wie – nur jetzt musste es sein.
Er legte mir die Hände auf die Schultern, hielt mich ein Stück auf Abstand. Seine kobaltblauen Augen drangen mit der Intensität einer Laserlampe in meine. „Vertraust du mir?"
Vertraute die Fliege der Spinne? Ich nickte, zögerlich, wider besseres Wissen. Bis zu einem bestimmten Punkt vertraute ich ihm schon.
„Schließe deine Augen", raunte er heiser. „Schließe sie und halte sie geschlossen. Du darfst sie nicht aufmachen, hast du verstanden? Vertrau mir." Eindringlich legte er mir diese Worte ans Herz.
Ich gehorchte, schloss die Augen, meine Arme schlangen sich fast von selbst um seinen Hals. Gleichzeitig platzierte er seine unter meinen Achseln, und dann – dann küsste er mich geradezu genießerisch langsam.
Er knibbelte an meiner Unterlippe, sog daran, leicht nur. Doch es war fest genug, dass es in meinen Adern nur so kribbelte. Schon mal an einen Weidezaun gefasst? So fühlte es sich an. Nur lustvoller.

Unsere Lippen trafen sich richtig, und es schien, als sei alles vorherige Geplänkel der Auftakt zu diesem Kuss gewesen. Das Machotheater im Revier, die Rangelei bei Bonnie vor dem Haus.
Nur Vorspiel.
Dieser Kuss wurde so intensiv, dass ich den Boden unter den Füßen verlor. Hilflos schwebte ich auf einer Wolke von Verlangen und Lust davon. Leichter kühler Wind war aufgekommen, strich durch mein Haar, das Hemd war aus meiner Jeans gerutscht, ich erschauerte.
Unsere Körper berührten sich, ich fühlte, wie meine Jeans immer enger wurden, wusste, dass Nolan meine Erektion spürte. So wie ich seine fühlte, die sich an meinen Bauch drängte.
Nolan küsste mich noch immer. Seine Zunge hatte sich um meine geschlungen, tanzte mit ihr, langsam wurde mir der Atem knapp.
Seine Lippen lösten sich von Meinen, ein sanfter Stoß, ich war wieder auf dem Boden angekommen.
„Heiliger …“, keuchte ich, und holte tief Luft. „Heiliger!“, wiederholte ich und öffnete die Augen – um direkt in den Seinen zu versinken. Das Kobaltblau brannte, wechselte zu stürmischem Indigo und setzte mich endgültig in Flammen.
Jetzt gab es keine Zeit mehr zu verschwenden. *Ich will ihn haben*, dachte ich nur. Riss ihm praktisch die Klamotten vom Leib, schneller als ein Kind seine Geschenke auspacken konnte. Und dann stand er da.
Überirdisch.
War ein halb nackter Nolan schon perfekt, so war ein völlig nackter überirdisch. Mir fehlten jegliche Worte, um das annähernd in Worte zu fassen.
„Ich will dich“, entfuhr es mir. Ich konnte meinen Blick nicht von ihm lösen.
„Du wirst mich bekommen“, antwortete Nolan ernst. Dann kam er auf mich zu. Und ehe ich mich versah, lag ich am Boden im weichen Gras. Meine Klamotten verschwanden von Zauberhand, und er zog mich über sich.
Wir sahen uns an, und es war, als würde es um uns herum vibrieren.
Genussvoll knabberte ich mich an seiner Haut herab, zu seinen Brustwarzen. Er schmeckte nach Seeluft und exotischen Gewürzen. Salzig und etwas würzig. Eine verdammt gute Mischung.
Langsam ließ Nolan seine Hände über meine Hüfte hinab zu meinen Schenkeln gleiten. Nichts hatte mich auf dieses Feuer vorbereitet, das

jetzt durch mich hindurchströmte, nur weil seine Finger meine Haut berührten.
Ich beugte mich zu ihm herunter und fuhr mit der Zunge über sein heißes Geschlecht. Streifte an der pulsierenden Ader entlang. Nolan gab einen lustvollen Laut von sich und stemmte sich mir entgegen.
Und nun, da ich einmal von ihm gekostete hatte, wollte ich mehr.
Ich inhalierte seinen Geruch, und dann nahm ich ihn tief in meinen Mund auf.
Es fühlte sich so gut an, so seidenweich und gleichzeitig hart wie Stahl. Ich stöhnte, entließ ihn langsam wieder aus meiner feuchten Höhle und umkreiste seine pralle Spitze mit meiner Zunge, bevor ich ihn leicht mit meinen Zähnen triezte.
Nolan wurde noch härter, er stöhnte, ich grub meine Finger grob in seinen festen Hintern. Die Muskeln unter meinen Händen schwollen an, er bog sich mir entgegen.
Ich spürte, es würde nur noch einen winzigen Augenblick dauern, dann würde Nolan explodieren. Tröpfchen um Tröpfchen kamen schon aus dem kleinen Schlitz, ich war vorbereitet.
Doch Nolan hatte andere Pläne.
Mit einem erstickten Aufschrei entzog er sich mir, ich wirbelte herum, kam auf dem Bauch zu liegen. Ein heißer granitharter Körper schob sich über mich. Aufstöhnend drängte er mit seiner heißen Penisspitze in meinem Pospalt. Ich hob ihm meinen Hintern entgegen, während er mit seinen Lusttropfen meinen Anus bereit machte, ihn aufzunehmen.
Machtvoll drang er in mich ein. Mein Schrei war hemmungslos und laut, reine primitive Wollust. Nolan packte meine Hüften, zog sich langsam aus meiner Enge zurück, um dann umso fester wieder hineinzustoßen. Er kannte kein Erbarmen. Stoß um Stoß trieb er uns dem Abgrund entgegen.
„Nolan“, stöhnte ich und rieb mich gegen das Gras. Er verstand, seine Hand griff unter mich, fand meinen prallen Schwanz, umfasste mich mit hartem Griff, streichelte mich und dann kam ich auch schon. Ich bäumte mich auf, presste mich gegen seinen Bauch, und mit einem Aufschrei entlud sich auch Nolan. Herzschlag um Herzschlag füllte er mich mit seinem heißen Samen.
In den Bäumen am Ufer rauschte der Wind, strich über meine verschwitzte Haut. Nolan lag auf mir, sein Gesicht in meiner Halsgrube, er war immer noch in mir.

Seine Hand hielt meine. Er verteilte kleine Küsse auf meinem Hals und saugte kurz, aber heftig an der Haut unterhalb meines Ohres. Machte er mir etwa einen Knutschfleck? Ich zuckte zusammen.
„Fühlst du dich wohl?“, wisperte es an meiner Kehle.
„Ich fühle mich so gut, wie schon seit Langem nicht mehr“, flüsterte ich zurück, nicht in der Lage, auch nur einen Muskel zu rühren.
Das leise Lachen ließ Nolans Brustkorb vibrieren, es ging mir durch und durch. Dann rutschte er von mir runter und setzte sich auf.
Ich drehte mich herum und sah ihn an.
Wie hatte ich mich so in ihm täuschen können? Da hatte meine Menschenkenntnis mich anscheinend ordentlich im Stich gelassen.
„Wenn ich gewusst hätte, dass du so was mit mir machst, hätte ich dich gestern schon vernascht.“
Als Antwort darauf lachte Nolan nur. Dieses Lachen. Wie flüssige Seide legte es sich um mich.
Er hatte sich inzwischen erhoben und hielt mir die Hand hin. „Komm. Ich möchte dir etwas zeigen.“
Gemeinsam traten wir ein Stück nach vorne, und ich konnte einen erschrockenen Schrei nicht unterdrücken. Das war nicht das Flussufer, an dem wir standen. Das war – ich hatte keine Ahnung. Mir zu Füßen lag ein einziges Lichtermeer.
„Wo zur Hölle sind wir? Und wie sind wir hier hergekommen?“
Nolan kam ein Stück näher. „Mit Hölle hat das nichts zu tun“, antwortete er und deutete mit dem Daumen nach oben. „Eher mit dem Gegenteil.“

Ich folgte seiner Geste und sah hinauf in den Himmel. Tausende von Sternen funkelten, ich konnte die einzelnen Sternbilder erkennen.
„Meinst du … den Himmel?“, fragte ich verwirrt. Ich ließ meinen Blick über das Lichtermeer unter mir schweifen und versuchte heraus zu finden, wo ich mich jetzt befand.
„Princeton-Tower“, flüsterte es an meinem Ohr. Nolan war hinter mir aufgetaucht und hatte seine Arme um mich gelegt. Sein Kinn lag auf meiner Schulter. „Wir sind hoch oben auf dem Princeton-Gebäude. Nur du und ich.“
„Verrätst du mir, wie du das gemacht hast?“ Vom Flussufer bis hier her waren es gut fünf Blocks in östliche Richtung. Zu Fuß. Mit festem Boden unter den Füßen. Dazu kamen dann noch einmal vierzig Stock-

werke. In einem Lift. So sehr hatte sein Kuss mich nicht wegtreten lassen, dass ich das nicht mitbekommen hätte.
„Wenn ich es dir zeige, versprichst du, darüber zu schweigen? Du darfst es niemandem sagen, es ist streng geheim."
„Regierungssache, oder?" Ich glaubte jetzt zu wissen, was Nolan da getan hatte. Er war FBI-Agent, die waren hin und wieder auch für die NASA tätig. Bestimmt hatte er da was zum Ausprobieren mitgekriegt. „Testobjekt für die NASA, stimmt's?"
Nolan lachte leise und strich sanft über meinen Hals. „Nein. Stimmt nicht. Du kannst dich umdrehen, wenn du dir sicher bist, dass du es wirklich wissen willst."
Sicher war ich mir überhaupt nicht. Doch ich war furchtbar neugierig.
Also holte ich noch mal tief Luft, sammelte mich, machte mich bereit.
Langsam drehte ich mich herum – und mein Hirn ließ mich im Stich. Weigerte sich, mir eine logische Erklärung dafür zu liefern, was es da sah.
Eigentlich sollte es nicht so schwer sein.
Da stand Nolan. Er stand mitten auf dem Rasen, den es hier oben auf dem Tower gab. Und noch immer war er nackt.
Soweit war alles in bester Ordnung. Das verstand mein Hirn ohne Probleme. Was es nicht verstehen wollte, war das dunkle Gebilde, das sich hinter Nolan befand.
Zuerst dachte ich, er hätte etwas hinter sich versteckt.
Etwas Großes, Mächtiges. Es bewegte sich, schwebte seitlich neben ihm hervor …
„Heiliger Strohsack!", entfuhr es mir, bevor ich es aufhalten konnte. „Was zur Höl… was ist das?" Nein. Mit Hölle hatte *das* wirklich nichts zu tun. *Eher mit dem Gegenteil.* Jetzt verstand ich seine bedeutsamen Worte.
Nolan stand da, mit nacktem Körper, dessen perfekt modulierte Formen im Mondlicht silbern schimmerten. Hoch über seinen Schultern konnte ich zwei elegante schwarze Schwingenbögen sehen, die sich zu beiden Seiten zu mächtigen Flügeln eröffneten. Sie waren ganz entfaltet und ich schätzte ihre Spannweite auf gut vier Yards.
Die Enden der geschwungenen Spitzen schleiften etwas über den Boden. Sein Haar, die Federn, alles glänzte im tiefsten Schwarz. Und immer, wenn ein Lufthauch damit spielte, dann schimmerte es bläulich, wechselte hinüber ins Violett. Es war ein so … so unfassbarer Anblick, dass mir das Herz wehtun konnte.

Ich stand nur da und glotzte entgeistert, während er sich vom Mondlicht umschmeicheln ließ.
„Du bist ein Engel“, stellte ich endlich verblüfft fest und klammerte mich an meinen Talisman. Er schien zum Leben erwacht, pulsierte zart in meiner Faust. Und ich dachte wirklich, es sei eine Rabenfeder, schoss es mir durch den Kopf. Meine Feder – hatte einst zu ihm gehört. Das wusste ich intuitiv. Eine andere Erklärung kam gar nicht infrage.
„Ja“, antwortet er schlicht.
„Bist du ein … du bist *mein* Schutzengel?“, fragte ich zaghaft. Bislang hatte ich nicht an Schutzengel geglaubt. Glaubte nicht wirklich an diesen esoterischen Kram wie Engel und Geister, wie es meine Mom tat. Doch anscheinend musste ich das ändern.

☆

Nolan fühlte, wie ihm diese simple Frage den Boden unter den Füßen wegriss, ihn hinwegkatapultierte, an einen anderen Ort, in eine andere Zeit. Zurück zu dem Punkt, an dem er willentlich in das Schicksal eines Schutzbefohlenen eingriff.
Wieder sah er den braunen Kombi an der Kreuzung stehen, wieder schaute er ungerührt zu, wie ein Mensch dabei war, eine Familie auszulöschen. Einfach so, ohne mir der Wimper zu zucken.
Er hatte das schon Tausende Male erlebt, es war nichts Neues. Und doch – diesmal sollte es seine Existenz völlig auf den Kopf stellen.

„Werde ich jetzt sterben?“
Das ist die einzige Frage, auf die du noch unbedingt eine Antwort haben willst.
Du fragst das niemand Bestimmten, fragst einfach so in die undurchdringliche Dunkelheit hinein. Es ist dir etwas unheimlich zumute, und du wirst frieren. Schmerzen dürftest du nicht verspüren, möglicherweise ist da ein leichtes Pochen in deiner Brust. So schlimm, wie du es dir vorgestellt hast, ist es nicht. Das würde ich nicht zulassen.
Stille umgibt uns.
Jemand nannte es einmal Stille, die man fühlen kann. Ein passender Begriff.
Trotz der Stille und Dunkelheit weißt du, dass du nicht alleine bist. Du fühlst, dass du nicht alleine bist. Ich umhülle dich, wie etwas Weiches, Warmes. Wie eine kuschelige, gemütliche Bettdecke umgebe ich dich damit.
Wenn du die Hand danach ausstreckst, kannst du es anfassen, es spüren – und doch wieder nicht. Es ist dasselbe wohlige Gefühl von Geborgenheit, das du hast, wenn du

abends vom Football nach Hause kommst. Mom ist in der Küche, sie singt. Sie macht dir gerade was zu essen. Und Dad ist in der Garage und bastelt am Wagen. Du siehst sie beide nicht, doch du weißt, dass sie da sind.
„Werde ich jetzt sterben?", fragst du noch einmal. Eindringlicher. Nicht ängstlich.
Ich tauche aus deinen Erinnerungen und stelle eine Gegenfrage. „Kannst du mich sehen?" Meine Stimme klingt sanft, sie soll dir keine Angst machen.
Jetzt überlegst du.
Du dachtest, du hättest die Augen geschlossen, jetzt bemerkst du, dass sie doch geöffnet sind. Du starrst angestrengt in die Finsternis. „Nein. Es ist zu dunkel."
„Du könntest mich sehen, würdest du sterben." Meine Worte sind voll Gelassenheit und du wirst es mir glauben.
Während du über das Gehörte nachdenkst, bewege ich meine Schwingen etwas, lasse so einen federleichten Lufthauch über dich hinweg streichen. Kitzele Haarsträhnen aus deinem Gesicht, streife deine Wangen. Spende dir Trost.
Dass du auf der engen, unbequemen Rückbank des Wagens liegst, habe ich dich vergessen lassen. Bette deinen schlanken, vom Football gestärkten Körper auf weichen sonnenwarmen Sand, in der Luft liegt ein Hauch von salzigem Meeresgeruch. Möwen kreischen.
Urlaubserinnerungen.
Dir fällt eine zweite Frage ein, auf die du noch eine Antwort haben willst. „Du bist ein Engel?"
Das ist gewissermaßen keine Frage, mehr eine fragende Feststellung. Eigentlich glaubst du nicht wirklich an Engel. Deine Mom tat das. Glaubte fest an Schutzengel, die über jeden wachen.
„Ja", antworte ich.
„Bist du mein Schutzengel?"
„Nein."
Wir schweigen.
Du willst zu einer weiteren Frage ansetzen, doch da spreche ich weiter. „Ein schwarzer Engel, ein Engel des Todes, das bin ich. Warte auf die Seelen der Toten und nehme sie mit hinüber in die Ewigkeit."
„Ein schwarzer Engel." Erneut musst du über das Gehörte nachdenken. „Dann … dann haben Mom und Dad dich gesehen?", fragst du leise. „Sie haben dich wirklich gesehen?"
Leichter Zweifel klingt in deiner Stimme. Du scheinst etwas besorgt, dass ich dir etwas vormachen könnte.
„Ja. Das haben sie. Sie lassen dich zurück in der Hoffnung, dich am Ende deiner Zeit wiederzusehen."
Du nickst zufrieden. „Gut."

Ich weiß, du findest es wirklich gut. Zu wissen, dass da jemand ist, der mit ihnen hinüberging, dieser Gedanke wird dich für einen Augenblick trösten.
Wo dieses ‚Hinüber' wohl sein mag?, fragst du dich gerade. Wahrscheinlich ist ‚Hinüber' nur ein anderes Wort für Tod, denkst du dir.
Denn deine Mom und dein Dad sind tot.
Der Gedanke lässt dich erschauern. Die Strandidylle verblasst. Die Kälte, die dich durchdringt, wird stärker, ich fühle dein Frösteln.
„Bist du noch da?", fragst du in einem Anflug von Panik, voller Angst, dass du jetzt, in diesem Moment allein sein könntest. Deine suchende Hand krallt sich an mir fest. „Lass mich nicht alleine."
„Ich bin hier", beruhige ich dich und hocke mich zu dir. Meine Schwingen umschließen dich jetzt völlig, sind dir wärmender, schützender Hort. Deine suchende Hand findet zwischen den seidig weichen Federn meiner Flügel ihren Platz und verharrt dort. „Natürlich bin ich bei dir." Deine Angst legt sich, Ruhe breitet sich in dir aus. Ich schenke dir eine letzte schmerzlindernde Umarmung. „Ich werde dich nicht verlassen."
Vertrauensvoll lässt du dich hineinfallen in diese absolute Geborgenheit, mit der ich dich umgebe. Jetzt ist es soweit. Ich höre einen letzten leisen Atemzug, dann ist es still.

Mit einer sanften Berührung streiche ich dir die schweißnassen Haare aus dem bleichen Gesicht, schließe deine haselnussbraunen Augen, die jetzt ins Unendliche blicken.
Vorsichtig hebe ich dich auf meine Arme, dein noch warmer Seelenkörper schmiegt sich an mich, den verwundeten Leib hast du hinter dir gelassen. Wir sind bereit, um hinüber ins Schattenreich zu treten.
Das ist meine Aufgabe. Die Seelen der Toten ins Reich der Schatten zu geleiten. Auch dich.
Doch etwas lässt mich zögern. Ich kann – nein, ich will es nicht. Zum ersten Mal in meinem Dasein möchte ich mich meiner Aufgabe widersetzen.

Genauso schnell, wie es auf Nolan einstürzte, so schnell war es auch schon wieder vorbei. Er war zurück im Hier und Jetzt.
Dank Gedeon hatte er jetzt die Erklärung für sein damaliges Handeln. Schutzengelinstinkte.
Sie setzten ein, als Adam die Schwingen berührte, und wurden durch den Verbleib der einzelnen Feder in seiner Hand verstärkt. Die emotionale Bindung, die dadurch entstand, weckte den irrationalen Wunsch, diesen

Jungen über den Tod hinaus zu beschützen. Er hatte gar nicht anders gekonnt, als eben diesen Instinkten nachzugeben.
Ob Michael das wohl als Entschuldigung gelten ließe, fragte er sich voll Spott.
Quinn, der von seinem Ausflug in die Vergangenheit nichts mitbekommen hatte, kam langsam auf ihn zu. Den Blick fest auf die Schwingen gerichtet, lag nichts als Neugierde in seinem Gesicht.
„Ich gehe mal davon aus, dass diese Flügel nicht zur Grundausstattung eines FBI-Agenten gehören, richtig?“, flachste er beeindruckt.
„Stimmt. Sie gehören zur Grundausstattung eines Mitglieds der Union Guards.“
„Union Guards?“ Quinn blieb zwei Schritte vor ihm stehen.
„So etwas wie … das himmlische FBI“, legte Nolan seine Aufgabe großzügig aus. Ihm die wahre Bedeutung seiner Tätigkeit darzulegen war riskant. Nolan glaubte zwar nicht, dass Quinn sich an die Begegnung vor zwanzig Jahren erinnerte, das war einfach nicht möglich, doch er wollte keine schlafenden Hunde wecken.
„Deine Flügel. Kann ich sie anfassen? Sie sehen so … so cool …“, er stockte, kam wieder einen Schritt näher und streckte die Hand über Nolans Schulter hinweg aus. Noch zögerte er, doch kam er den Schwingen schon bedrohlich nah.
Nolan schrak instinktiv zurück. Seine Flügel berühren? Ginge das nicht zu weit?
Doch. Das tat es auf jeden Fall, gestand er sich ein.
Mit einem Mal verspürte er leise Furcht vor den intensiven Gefühlen, die er Quinn entgegenbrachte. Sie reichten weit über den Drang hinaus, sich nur in seiner Nähe aufhalten zu wollen, oder ihn zu beschützen.
Wann war es umgeschlagen? Wie konnte es passieren, fragte er sich, dass er für diesen Menschen so viel empfand?
Längst bereute er, ihn mit hier hinaufgebracht zu haben, ihm sein Geheimnis verraten zu haben. Was um alles in der Welt hatte er sich bloß dabei gedacht?
Gerade noch konnte er ein verächtliches Schnauben unterdrücken. Als ob er überhaupt nachgedacht hätte. Wenn, dann jedenfalls nicht mit seinem Hirn. Vorhin, unten im Park, als Quinn so unvermutet hinter ihm aufgetaucht war, siegessicher grinsend, da war es förmlich auf ihn eingestürzt.
Er hatte ihn gewollt. Mehr als alles andere.

Und ohne an die folgenschweren Konsequenzen zu denken, hatte er dem Verlangen, seinen heimlichen Sehnsüchten nachgegeben. Ihn mit einem einzigen Lächeln regelrecht verführt, Quinn hatte gar keine Wahl, als sich ihm an den Hals zu werfen. Nicht, dass er noch viel Aufforderung benötigt hätte.
Doch wenn er jetzt zuließe, dass Quinn seine Flügel berührte, dann gab es keine Rettung mehr für ihn. Immer tiefer würde er sich in diesem Netz aus Begierde und Leidenschaft verstricken. Bis es ihn mit Haut und Haaren verschlang. Das durfte er um seiner Selbst willen nicht riskieren.
Nein. So wie es aussah, gab es nur einen einzigen Weg, um dieser verfahrenen Situation zu entkommen.
Distanz.
Er musste dringend Abstand zwischen sich und Quinlan schaffen, auch auf die Gefahr hin, dass es ihn erneut gegen ihn, Nolan, aufbrachte. Doch hatte er eine andere Wahl?
Nolan richtete sich zu seiner vollen Größe auf, straffte seine Gestalt.
Die Entscheidung war getroffen.
Verächtlich schaute er auf Quinn herab. „Stopp!“, befahl er. „Niemand darf eines Engels Flügel berühren.“ Klirrende Kälte lag in seiner Stimme. „Du, Sterblicher, du bist nicht würdig, auch nur den Saum meiner Schwingen anzufassen.“ Damit schlug er die Flügel fest zusammen und verschränkte seine Arme vor der Brust.
Quinn zuckte zurück, für einen Moment sah er verwirrt aus. Ungläubig. Verletzlich.
Doch dann schlug es um.
In seinen Augen blitzte es gefährlich. Drohend kam er einen Schritt näher und ballte angriffslustig die Fäuste.
Nolan konnte den Blick nicht abwenden.
Diese kämpferische Seite, da war sie wieder. Die unterschwellige, immer spürbare Aggression, die von ihm ausging. Sie schlummerte dicht unter seiner Oberfläche, bereit, beim geringsten Anlass hervorzubrechen.
Ein tief verinnerlichter Schutzmechanismus.
Ob Quinn ahnte, wie attraktiv er dabei aussah?
Das Mondlicht warf tanzende Reflexe auf sein viel zu langes hellbraunes Haar, wild und ungebändigt hing es ihm ins Gesicht. Seine gebräunte Haut schimmerte, die feinen Härchen, die sich vom Bauchnabel bis hinunter zum Geschlecht zogen, zeichneten sich im Licht deutlich ab.

Jeder einzelne Muskel Quinns war angespannt und trat klar hervor. Selbst das Tattoo auf der Brust war gut zu sehen. Nolan schluckte, als er es erkannte, denn es zeigte einen stilisierten Engel im Tribal-Look.
Hatte er doch Erinnerungen an jene schicksalhafte Nacht? War das möglich?
Seine Blicke wanderten weiter, musterten jede einzelne Narbe, die diesen herrlichen, kampferprobten Körper zierte. Und es waren nicht wenige.
Sie zeugten von Kämpfen und Schlägereien, waren Überbleibsel aus einem Krieg, der sich Leben nannte. Sie alle erzählten die Geschichte eines Kämpfers, der nicht gewillt war, sich unterkriegen zu lassen. Stolz und selbstbewusst, bereit, es mit jedem aufzunehmen. Auch mit ihm, obwohl Quinn doch wissen musste, dass er ihm gegenüber absolut chancenlos war.
Wieder fragte sich Nolan, was aus dem sanftmütigen Jungen wurde, der Adam einst gewesen war. Und unwillkürlich fragte er sich, wie groß sein Anteil an der Veränderung war. Nachdenklich schlug er die Augen nieder, als ihm die Schuld bewusst wurde, die sein impulsives Handeln mit sich gebracht hatte.
„So. Ich bin also nicht würdig? Aber ich war würdig genug, dein … dein Lustknabe zu sein“, unterbrach Quinn seine Grübeleien mit ätzender Verachtung in der Stimme. Er hatte sich vor ihm aufgebaut und zeigte drohend mit dem Finger auf ihn. Nur mühsam schien er sich noch zu beherrschen. „Ich will dir was sagen, *du* bist es nicht wert, mir den Arsch zu küssen!“ Damit ließ er ihn stehen, und schritt mit hoch erhobenem Haupt zu seiner Kleidung, die auf dem Rasen lag. Nichts ließ darauf schließen, wie sehr er sich gedemütigt fühlte.
„So ein Arsch!“, hörte er ihn leise knurren, während er sich hastig anzog. „Arrogantes, kaltes Miststück.“ *Ich hasse ihn! Ein Engel? Ein Arschloch! Seiner nicht wert! Jeden anderen würde ich dafür in Stücke reißen … ich wusste es, ich wusste es ganz genau, dass er nur ein mieses Arschloch ist. Auf meine Menschenkenntnis ist also doch immer noch Verlass! Hätte ich besser darauf gehört!*

Nolan sah ihm regungslos zu und lauschte den bitteren Vorwürfen, die Quinn sich machte. Zu Recht fühlte er sich gedemütigt und zutiefst verletzt. Schlimmer, er brannte regelrecht vor Hass und Zorn.
Das Herz wurde ihm schwer. Es war ihm nicht leicht gefallen, diesen stolzen Mann so zu behandeln. Aber es hatte funktioniert, die Distanz war wieder hergestellt.
Das war alles, was für ihn zählen durfte.

„Ich werde dich wieder herunterbringen“, bot er ihm kühl an.
„Spar dir die Mühe, ich nehme den Aufzug!“, bellte Quinn, und stürmte durch den Garten davon.

Sieben

Es war kurz nach sieben, Frühstückszeit. Kaffeeduft und leises Gemurmel empfing mich. Im Bistro war schon ordentlich zu tun. Müde Geister versuchten, sich mithilfe einer großen Dosis Koffein in halbwegs funktionierende Menschen zu verwandeln.

Mühsam und leise ächzend humpelte ich zum Tresen und sank auf dem Hocker nieder, der davor stand. Es war der einzige freie Sitzplatz.

Greg, der gerade einige Tische abwischte, ließ alles fallen und kam heran gestürzt. „Ist alles in Ordnung mit dir?"

„Geht schon. Bloß den Fuß verstaucht, ist nicht so schlimm", entgegnete ich tapfer und verzog das Gesicht.

„Schätzchen, soll ich dir einen Arzt besorgen, einen kalten Umschlag, Heilerde …" Aus seegrünen Augen sah er mich so besorgt an, dass ich ihm das ‚Schätzchen' durchgehen ließ. Er war übrigens der Einzige, der es sich traute, mich in der Öffentlichkeit so zu nennen.

„Kaffee. Und Rührei mit Speck. Das darfst du mir bringen." Ich lächelte beschwichtigend. „Es ist wirklich nicht schlimm."

Greg warf mir noch einige zweifelnde Blicke zu, doch langsam beruhigte er sich wieder. Gab meine Bestellung an Manuel weiter und setzte sich zu mir. „Und mir bring einen großen Donut. Mit Schokofüllung", rief er Manuel noch zu. Mit Schokocreme gefüllte Donuts liebte Greg am meisten. Danach kamen die mit Zuckerguss.

„Ahnt dein Chef, dass du einen seiner Donuts aufisst, während du eine nicht genehmigte Pause einlegst?", zog ich ihn auf.

Greg zwinkerte mir übermütig zu. „Der Chef ist ein seeehr netter Mann, gut aussehend, charmant … Und er kennt mich schon so lange, er weiß es."

Vorsichtig strich ich ihm eine Locke aus der Stirn, doch sofort schnellte sie an ihren Platz zurück. „Ich gönne dir jeden einzelnen Donut. Iss sie ruhig alle auf." Früher, als wir noch im Heim waren, hatte ich sie ihm gestohlen, wenn er vor dem Bäckerladen stand und sehnsüchtig hineinstarrte. Gesagt hatte er nie etwas, doch ich konnte es nicht mit ansehen. Gut, dass sie mich nicht dabei erwischt hatten!

Ich schob die Vergangenheit zur Seite, und griff mir die Zeitung, die auf dem Tresen bereitlag. Mal sehen, was die Presseheinis wussten. Auf der ersten Seite fand ich nur einen kurzen Hinweis.

Vollmond-Killer schlägt wieder zu.
Lesen Sie den ausführlichen Bericht von Joshua Donovan
auf Seite zwei!

Die Mondscheinmorde waren von der Titelseite verbannt, das Amok-Massaker in einem College in San Francisco, das über zwanzig Tote gefordert hatte, war heute Schlagzeile Nummer eins. Schnell überflog ich die Seite. Zwei Studenten, ein riesen Arsenal an Waffen, sie zogen über den Campus, hatten auf alles geschossen, was sich bewegte. Warum sie das taten, war noch nicht klar, einer vom SWAT-Team erschossen, der andere beging Selbstmord.
Ich mochte mir nicht wirklich vorstellen, was da los gewesen sein musste. So viel Leid. So viel junges Leben sinnlos vergeudet.
Ich blätterte um. Da war es.

Polizei machtlos!
Vierter John Doe in vier Monaten

Schnell überflog ich den Bericht, den Donovan, einer unserer örtlichen Presseschmierfinken verzapft hatte. Frustriert schmiss ich das Käseblatt auf den Tresen zurück.
Donovan war nicht auf dem Laufenden. Wir hatten zwei Tote identifiziert, waren schon einen Schritt weiter. Und wir hatten sehr wohl eine Spur, nämlich die Sexbombe, doch diese Spur war sehr vage, und außer mir wusste es niemand.
Und wenn es nach mir ginge, würde das auch erst einmal so bleiben.
Mein Frühstück kam, Manuel schob mir Becher und Kaffeekanne zu.
„He Chef, guten Morgen."
Ich nickte nur und begann zu essen. Ein Schwung junger Leute stürmte das Bistro, und Greg erhob sich seufzend. „Die Arbeit ruft. Sehen wir uns heute Abend noch?"
Schweigend zuckte ich die Achseln, mit Rührei zwischen den Zähnen ließ es sich schlecht reden. Und versprechen wollte ich ihm nichts.
Während ich aß, sah ich ihm zu, wie er die Meute an den Tischen bediente. Greg kehrte zurück und legte den Bestellzettel hinter den Tresen. Manuel begann, fertig belegte Brötchen und Sandwiches auf kleine Teller zu verteilen, und nebenbei den Kaffeeautomaten zu bedienen.
„Puh. Diese jungen Dinger können sich immer nicht entscheiden." Greg stand wieder neben mir und wartete darauf, dass Manuel ihm die

Tabletts rüberreichte. „Erzählst du mir jetzt, was mit deinem Fuß passiert ist?"
„Umgeknickt, beim Treppe runterlaufen." Mein barscher Tonfall musste ihm verraten, dass da noch mehr war, doch mehr würde er nicht aus mir herausbekommen, und das wusste er auch.
Auf meiner Flucht von dem verdammten Tower musste ich zu Fuß die Treppen herunter. Der Fahrstuhl war außer Betrieb. Und ich war so sauer, so stinkig, dass ich nicht darauf achtete, wohin ich trat. Also fand ich mich schnell am Fuße eines Treppenabsatzes wieder – mit verknackstem Knöchel.
Der restliche Abstieg war die Hölle.
Über Gregs Gesicht huschte ein Schatten, doch er beugte sich herunter, küsste mich auf die Wange und flüsterte etwas in mein Ohr. „Komm heute Abend bitte zu mir, ja? Du fehlst mir."
Dann war er wieder weg, winkte mir auf dem Weg in die Küche noch mal zu. Ich lächelte leise in mich hinein. Er war schon so ein Herzchen.
Mit dem letzten Kanten Brot wischte ich den Rest Ei auf meinem Teller zusammen. Langsam kam ich wieder runter, konnte das, was sich da letzte Nacht abgespielt hatte, etwas besser hinter mir lassen. Ein paar Worte mit Greg brachten mich meistens wieder auf den Boden zurück, in seiner Gegenwart konnte ich mich entspannen.
Ich legte die Hand auf meine Brust, doch meine Feder, die Verräterin, wollte mir ihren Frieden nicht geben. Wie konnte sie das auch, war es doch ihr Ex-Besitzer, der mich die ganze Nacht beschäftigt hielt.
Ringsherum klapperten Tassen, Zeitungen raschelten, ein Handy bimmelte. Der Typ, der neben mir auftauchte, bestellte drei Kaffee to go, ich sah im dabei zu, wie er mit seinem Portemonnaie, dem Handy am Ohr und dem Kaffeetablett jonglierte, als mich ein merkwürdiges Gefühl innehalten ließ.
Nolan beschäftigte mich anscheinend nicht nur die Nacht über, denn wie es aussah, hatte er gerade das Bistro betreten. Ich musste nicht hinsehen, um das zu wissen. Mein Körper verriet es mir noch vor meinen Instinkten. In meinem Rücken kribbelte es wie verrückt, und unwillkürlich spürte ich seinen Körper wieder auf mir liegen, erlebte, wie er mich nahm …
Doch energisch rief ich mich zur Ordnung. Er hatte mich benutzt. Mich überrumpelt und benutzt.
Und das durfte niemand ungestraft. Auch so ein dämlicher Engel nicht.

Dreist setzte er sich auf den Hocker neben mich und sah sich um. „Netter kleiner Laden. Bist du öfter hier?“
Ich nahm die Kaffeekanne und goss mir nach. „Was willst du?“, fragte ich ungnädig, ohne ihn eines Blickes zu würdigen.
„Mmh, mal sehen. Mich nach deinem Fuß erkundigen, mit dir über euren Vollmond-Killer plaudern, noch was? Ach ja. Frühstück.“
Perfektes Timing.
Bevor ich nachhaken konnte, woher Blake das mit meinem Fuß wusste, tauchte Greg wieder auf und nahm sich seiner an. „Hey, ich bin Greg, guten Morgen, was kann ich für Sie tun?“
Mit nur einem halben Ohr hörte ich zu, wie er bestellte, bis Greg seinen Arm um mich legte. „Schätzchen, hörst du, der nette Mann redet schon die ganze Zeit mit dir!“
„Dieser *nette* Mann ist … FBI-Agent.“ So wie ich das sagte, hätte es sich auch um eine ansteckende Krankheit handeln können. Als Antwort darauf lachte Nolan jenes Lachen, das mir prickelnde Schauer über die Haut trieb. Mein Becher landete etwas härter als beabsichtigt auf dem Tresen, der Teller klirrte.
Greg stutzte.
Er war sensibel genug, um die Funken zu sehen, die zwischen mir und Blake sprühten. Mit nur einem Blick hatte er erfasst, dass mit uns etwas passiert war. Sein Lächeln verblasste, doch er stellte keine Fragen. Brauchte er auch nicht.
Er wusste es immer, nach all den Jahren kannte er mich in und auswendig. Was ich mir bei anderen Männern holte, war das, was ich von ihm niemals bekommen würde. Harten, schnellen Sex. Nichts anderes. Ich schaute ihn an und zuckte nur entschuldigend mit den Schultern, von Leugnen und Heimlichkeiten hielt ich nichts.
„Muss … muss in die Küche!“ Er floh, ich sah ihm nach, für einen Moment überlegte ich, ihm nachzulaufen. Doch Blakes Worte hielten mich auf.
„Hübsches Kerlchen, wirklich.“ Nolan nickte anerkennend, schien nicht abgeneigt, Greg ein wenig näher kennenzulernen. „Seid ihr zusammen, oder …?“
Ich reagierte blitzartig. Wirbelte auf dem Hocker herum und ging sofort zum Angriff über. Meine linke Hand krallte sich pfeilschnell in seinem Oberarm fest, und zog ihn dicht zu mir heran. Unsere Nasen berührten sich fast, so dicht holte ich ihn mir.

Der Übergriff hatte ihn wieder einmal überrascht, das sah ich in seinen aquamarin funkelnden Augen. Abermals stieg mir sein verführerischer Duft in die Nase. Ich hatte von ihm genascht – und wollte mehr. Doch ich war ja seiner nicht würdig genug.
Seiner nicht würdig. Ha! Diese riesige Motte hatte doch keine Ahnung. Ich würde es niemals zugeben, aber seine Bemerkung fraß an mir.
„Fass ihn an, und ich bringe dich um. Ist das klar?“, flüsterte ich, die Spitze meines Messers, das ich in der Rechten hatte, bohrte sich in seine Rippen. Das sollte ihm klarmachen, wie tödlich ernst mir das war. „Du lässt ihn in Ruhe! Sonst wirst du es bereuen.“ Damit ließ ich ihn los, das Messer verschwand wieder in seinem Versteck an meinem Körper. Und damit er endgültig kapierte, wie wichtig es mir war, pfiff ich leise.
Pfoten tappten über den Linoleumboden. Es bellte kurz und Greta erschien. Sie war eine große, kräftige Rottweiler Hündin, darauf abgerichtet, Greg zu beschützen, ich konnte schließlich nicht immer auf ihn aufpassen. Die meiste Zeit lag sie hinten im Büro auf ihrer Decke. Scheinbar dösend.
Sie setzte sich vor mich und rieb ihren großen Kopf an meinem Bein. Schmusende, sabbernde Killermaschine.
„Hüte dich vor ihr. Sie beißt erst. Und fragt gar nicht.“
Mit einer kleinen Handbewegung schickte ich Greta wieder weg.
Nolan hob nur arrogant seine Augenbrauen und nickte leicht. Die Botschaft war angekommen.
Äußerlich ganz gelassen nahm ich meinen Becher und trank seelenruhig. Innerlich allerdings brannte ich. Mein Herz raste, mein Atem flog.
So war es immer.
Greg zu beschützen, war mir in Fleisch und Blut übergegangen. Nach der Sache damals auf dem Klo litt er lange Zeit unter Albträumen. Und so schlüpfte ich eines Nachts zu ihm und hielt ihn fest. Weil er heulte und zitterte. Später hielt er mich so, weil ich mal wieder eine wüste Schlägerei hinter mir hatte, und vor Schmerzen nicht schlafen konnte.
Greg war mein Anker. Und ich rastete jedes Mal aus, wenn ich ihn in Gefahr glaubte. Und eine größere Gefahr als Nolan konnte ich mir nicht vorstellen. Im Moment hielt ich ihn sogar für gefährlicher als den Killer.

☆

Im Büro brauchte ich immer noch ein paar Minuten, bis ich mich wieder in meiner Gewalt hatte. Nolan Blake, diese Mistratte!

Ich hockte am Schreibtisch, stierte finster vor mich hin und wünschte mir inständig, ihm meine Faust in seine gut aussehende Visage zu knallen. Es ärgerte mich maßlos, dass Blake mich so aus der Fassung bringen konnte. Ich wusste nicht einmal genau, ob es an der miesen Art lag, mit der er mich da oben auf dem Tower behandelt hatte.
Heißgemacht, durchgefickt. Abserviert.
Oder lag es daran, dass mir der Teil mit dem Heißmachen und Durchficken doch ziemlich gefallen hatte? Das und die gut fünfzehn Minuten danach. Der Rest – in die Tonne damit!

Endlich riss ich mich zusammen und orderte einen Streifenwagen mit Besatzung. Ich musste mir dieses leer stehende Hotel ansehen. Und wenn Mary Jane da drin etwas Böses vermutete, dann wäre es unvernünftig, ohne Verstärkung aufzutauchen.
Doch ich hatte Pech. Der Operator konnte mir frühestens für zehn Uhr ein Team zusagen. Im Moment waren alle unterwegs.
Ich blätterte in Winstons Akte herum. Solange ich warten musste, konnte ich versuchen herauszubekommen, ob Phillip etwas bei Freunden über seine Sexbombe erzählt hatte. Er war ein Kerl. Und Kerle gaben gerne an. Warum nicht auch Phillip?
Also griff ich mir Telefon und Akten und los ging es. Ich sprach mit allen, die auf der Liste standen, und auch mit Typen, deren Telefonnummer ich nun erst von anderen Freunden erhielt. Doch niemand konnte mir etwas über diese neue Freundin erzählen. Es schien so, als hätte sie nur in Phillips Fantasie existiert.
Einzig ein Kumpel wollte wissen, dass die Neue eine Granate im Bett sein sollte. „Phillip hat sich nicht weiter ausgelassen, hat nur angedeutet, dass die Kleine Praktiken kenne, von denen er immer nur geträumt hätte.“ Und dann machte er eine Bemerkung, die mich aufhorchen ließ. „Er sagte, er hätte sie in einem Chatroom kennengelernt. In einem, in dem es um schmutzigen Sex ging. SM. Fesseln, Peitschen. Davon träumte er.“
Na, wenn das keine Spur war. Die Aussicht auf schmutzigen Sex hatte schon manchen in sein Verderben gerissen. Wobei ich SM-Praktiken nicht zum schmutzigen Sex zählte. Schmutzig waren Kinder, Tiere. Snuff. Alles andere war Kleinkram.
Ich rief umgehend Svensson, den Computerspezialisten an. Er sollte sich ja um Erics Notebook kümmern, das Bonnie mir gegeben hatte. Nun bat ich ihn, sich auch mit Vera in Verbindung zu setzen.

Vielleicht bestand die Möglichkeit, Phillips Computer ausfindig zu machen. Und mit ganz viel Glück ergab sich ja eine brauchbare Spur.
Das Telefon klingelte, der Operator.
Mit gleichgültiger Stimme teilte er mir mit, dass auch in den nächsten Stunden keine Streifenwagen abkömmlich wären. Eine Massenkarambolage auf dem Zubringer zur Stadt. Alle Kräfte wurden dort benötigt.
Kurz überlegte ich, doch alleine zum Hotel raus zu fahren. Aber da mein Magen gerade laut und vernehmlich knurrte, beschloss ich, mich zuerst darum zu kümmern.

Als ich gegen zwei ins Headquarter zurückkam, warteten zwei üble Überraschungen auf mich. Nummer eins war ein Reporter, der vor dem Gebäude herumlungerte. Joshua Donovan.
Ich kannte ihn, hatte hin und wieder mal ein Wort mit ihm gewechselt. Einmal hatte er mich sogar zu einem Fall interviewt. In seiner direkten Schusslinie hatte ich mich allerdings noch nie befunden. Doch wenn ich den Fall nicht bald abschließen konnte, würde sich das vermutlich schnell ändern.
Ich eilte die Stufen zur Eingangstür hinauf, in der Hoffnung ihn abschütteln zu können. Er holte mich ein, und hielt mir sein Diktiergerät unter die Nase.
„Detective Quinlan, gibt es etwas Neues im Mondschein-Mord? Was wissen Sie über das Opfer?“
Genervt schob ich das Gerät aus meinem Gesicht. „Die Ermittlungen laufen, und zu diesem Zeitpunkt werde ich keine Einzelheiten bekannt geben.“
„Was ist mit dem Mörder?“, fragte Donovan weiter. „Gibt es schon einen Hinweis darauf?“
„Zu diesem Zeitpunkt werde ich keine Einzelheiten bekannt geben.“
Donovan, dessen schlanke, hochgewachsene Gestalt mich an einen Windhund erinnerte, verlegte sich aufs Bitten. „Mensch, Detective Quinlan, ich mache doch nur meinen Job, kommen Sie, haben Sie ein Herz!“ Er schenkte mir einen treuherzigen Blick aus rauchgrauen Augen, die unter den hellbraunen, zerwuschelten Haaren hervorblitzten. Seine schmale Brille war auf der Nase herabgerutscht. Mit einer ungeduldigen Handbewegung schob er sie wieder hoch. „Lassen Sie unsere Leser teilhaben, Sie wissen doch etwas!“

„Kein Kommentar!“, war alles, was ich dazu sagte. Ich wich ihm aus und strebte der Glastür zu. Als er mir nicht von der Pelle rückte, gab ich zwei Cops, die ebenfalls ins Gebäude wollten, ein Zeichen. Sie stellten sich ihm in den Weg, und ich machte, dass ich hineinkam. Reporter waren lästig.
An meinem Schreibtisch wartete die zweite unerfreuliche Überraschung. Nolan Blake saß dort und hatte doch tatsächlich die Frechheit, in meinen Fall-Akten herumzuschnüffeln.
„Was wird das, wenn es fertig ist?“, schnauzte ich ihn an und riss den Hefter aus seinen Händen. „Verschwinde, bevor ich Moore erzähle, dass du kein FBI-Agent bist.“
Er warf die Fotos, die er noch in der Hand hielt, auf den Tisch, und lehnte sich in meinem Stuhl zurück. „Ich muss dringend mit dir re…“
Ich winkte ab. „Kommt gar nicht infrage. Was du dir da geleistet hast, war unter aller Kanone.“ Damit wollte ich ihn sitzen lassen, musste gleich ein Stockwerk höher zu Svensson.
„Darum geht es nicht. Es geht um euren Vollmond-Killer. Ich weiß, um *was* es sich handelt.“
Ich blieb stehen und wirbelte herum.
„Um was? Wie um was?“ Das verstand ich nicht. „Wenn du die Akten gelesen hast, dann weißt du, dass es sich bei meiner Tatverdächtigen um eine Frau handelt. Nicht um ein Was.“
Nolan sah sich rasch um. „Wo können wir ungestört reden? Das, was ich dir zu sagen habe, ist – brisant.“
Ballard stand am Kaffeeautomaten und starrte nicht gerade unauffällig zu uns herüber. Ich hatte den Verdacht, dass er ständig bei Moore auf dem Schoß hockte, und sich über mich beschwerte. Sein Kumpan King lungerte am Schreibtisch herum, vor sich eine Jumbotasse Kaffee und schob gerade die Schublade wieder zu. Ich wollte wetten, dass er seinen Kaffee gerade mit etwas Hochprozentigem gestreckt hatte.
„Los komm.“ Grob packte ich ihn am Arm und zerrte ihn hinter mir her, durch das Büro. Bis ich bemerkte, was ich da tat. Da zuckte ich zurück, als hätte sich der Arm in eine giftige Schlange verwandelt.
Moore streckte seinen Kopf aus seinem Glaskäfig, rief mir etwas hinter her.
„Später Chef, ich hab ‘ne heiße Spur!“, brüllte ich nur, und stürmte hinaus, die Stufen hinunter. Auf dem Gehsteig blieb ich stehen. Der Asphalt hatte sich aufgeheizt, die Wärme drang durch die Sohlen meiner Sneakers hindurch.

„Also schön. Rede!“ Ich verschränkte die Arme vor der Brust und begann ungeduldig mit der Fußspitze auf dem Boden herumzutippen. „Die Jungs von der Computerabteilung warten auf mich. Ich hab’s eilig!“
„Können wir irgendwo hingehen, und uns wie zivilisierte Menschen benehmen?“, verlangte Blake.
„Zivilisierte Menschen? Ich sehe hier nur einen Menschen. Mich! Und im Moment halte ich mich für ausreichend zivilisiert!“, fauchte ich ihn an. In mir brodelte es, wie in einem Vulkan kurz vor dem Ausbruch. Ich hatte die Schnauze gestrichen voll von diesem Typen. Zivilisiert? Was erlaubte der sich eigentlich? „Du kannst froh sein, das ich dich nicht …“
Meine Faust schoss vor.
Das war es dann auch.
Schon mal von einer Sekunde zur anderen zu Eis erstarrt? Unbeweglich, starr, nicht fähig, auch nur mit der Wimper zu zucken?
Das geschah gerade mit mir.
Meine Faust schoss vor – ein zorniges Funkeln aus azurblauen Augen traf mich – und ich konnte mich nicht mehr rühren.
Stattdessen musste ich mit ansehen, wie Nolan Blake vom Menschen zum Racheengel mutierte. Am hell-lichten Tag. Vor dem Headquarter der City-Police.
Es war wie in einem dieser Computerspiele. Der Avatar nimmt einen Trank zu sich und wandelt sich in einen Dämon. Oder so.
Seine Gestalt schimmerte oder … flirrte kurz hell auf, POFF! Und da waren sie, die schwarzen Schwingen. Am Tage sahen sie noch spektakulärer aus als in der Nacht.
Unsanft warf er mich über seine breite Schulter, faltete die Schwingen auseinander, und es ging aufwärts. Aus dem Stand heraus schraubte er sich förmlich in den Himmel hinauf. Um uns herum herrschte eigenartige Stille, zu hören war nur das leise Rauschen des Flügelschlagens.
Der Boden entfernte sich mit rasendem Tempo, die Autos, die Gebäude, alles blieb mit einem Schlag winzig klein unter mir zurück. Gut, dass ich mich nicht rühren konnte, ansonsten hätte ich lauthals geschrien. Ein paar Tauben kreuzten unseren Weg, ich weiß nicht, wer sich mehr erschrak, die Tauben oder ich. Unter mir sah ich die Hauptstraße, wir folgten ihr ein kurzes Stück nach Norden, dann nahm Nolan Kurs auf den Princeton-Tower.
Es war wie ein Helikopterflug, nur ohne Helikopter.

Der – wie sollte ich das nennen – Fahrtwind biss in meinen Augen, zerrte an den Haaren und ich spürte, wie mir eiskalte Schauer über den Rücken rannen.
Ich war Nolan Blake auf Gedeih und Verderb ausgeliefert.
In mir brodelte es immer heftiger. Meine Wut stieg ins Unendliche. Was bildete der Typ sich eigentlich ein? Kidnappte mich am hell-lichten Tag, direkt unter den Augen der Polizei.
Wenn ich jemals wieder festen Boden unter den Füßen spüren sollte, konnte der sich auf eine Tracht Prügel gefasst machen!

☆

Zwei Flügelschläge später landeten Nolan mit seiner gebannten Fracht auf dem Dach des Princeton-Towers. Kaum dass seine Füße den Boden berührten, schmiss er Quinn auch schon von der Schulter. Ziemlich unsanft landete der auf dem Rasen und rollte dabei mehrmals herum.
Dieser Flug, sozusagen unter den Augen der Stadt, sollte ihm seine Macht demonstrieren. Ihn erkennen lassen, mit welch mächtigem Wesen er es zu tun hatte. Aber allem Anschein nach wollte er diese Lektion nicht begreifen. Denn anstatt in Ehrfurcht erstarrt liegen zu bleiben, sprang er auf und raste mit geballten Fäusten auf ihn zu. „Bist du irre? Das ist Kidnapping!“
Nolan schüttelte über so viel Angriffslust den Kopf.
„Glaubst du ernsthaft, mich besiegen zu können?“, fragte er, und ein belustigtes Lächeln glitt über sein Gesicht. Ein Fehler, denn mit einem wütenden Aufschrei warf Quinn sich auf ihn. „Du lachst mich aus, du beschissene Fledermaus?“
Es blieb gerade noch genug Zeit, die Flügel ordentlich anzulegen. Der Aufprall des vor Zorn bebenden Körpers war hart, Nolan wankte, wich drei – vier Schritte zurück, doch er blieb stehen. Quinn musste sich an ihm festhalten, sonst wäre er gestürzt. Das brachte ihn einen Augenblick aus dem Takt, irritiert runzelte er die Stirn – um dann erst richtig los zulegen.
Das Kinn streitsüchtig vorgereckt, die Zähne fest zusammengebissen, blitzte in den jetzt nugatbraunen Augen pure Mordlust.
Nolan begriff schlagartig, dass Quinn nicht eher damit aufhören würde, bis all seine angestaute Wut ein Ventil gefunden hatte.

Er seufzte. Nun gut, dann würde er sich eben mit ihm prügeln. Ganz sanft, natürlich. Sollte er jemals mit voller Kraft zuschlagen, wäre Quinn Geschichte.
„Wenn es dir dann besser geht …“, rief er und wehrte die Fäuste nicht ab, die auf ihn zugeflogen kamen. Er entspannte die Brustmuskeln, es gab ein dumpfes Geräusch, als die Fäuste ungebremst auf seinen Körper trafen. Mehr tat er nicht.
Quinn hielt sich nicht länger mit Feinheiten auf, sondern benutzte ihn umgehend als Punchingball.
Zuerst war sein Stil noch fair, doch dann zauberte er einen miesen Trick nach dem anderen aus dem Hut. Nolan erkannte schnell, dass es sich bei Quinns Stil um einen gefährlichen Freestyle-Mix aus asiatischen Kampfsportarten und einer großen Portion Streetfighting handelte.
Systematisch wurde er mit Fäusten und Tritten attackiert, und Nolan hatte alle Hände voll zu tun, Quinn daran zu hindern, sich an seinem Körper ernsthaft zu verletzten. Er ließ Muskelpartien weicher werden, achtete darauf, dass Quinns ungeschützte Fäuste nicht zu oft auf seine Knochen prallten, sie wären zu Staub zermalmt, wenn er es beabsichtigt hätte. Doch bei aller Vorsicht schaffte er es nicht, jeden Treffer abzumildern. Einige gingen ungebremst durch.
Von all dem bekam Quinn nichts mit.
Gnadenlos hart schlug er zu, auf alle Stellen, die er irgendwie erreichen konnte. Kopf, Brust, Oberschenkel.
Dabei schwieg er. Kein Laut kam über seine fest zusammengepressten Lippen. Sein Gesicht war nur noch eine emotionslose Maske, seine Instinkte hatten vollständig die Kontrolle übernommen. Selbst die sonst so ausdrucksvollen Augen blickten tot und leer.
In seiner ganzen Zeit im Dienst der Union Guards hatte Nolan nicht viele Menschen so kämpfen sehen.
So brutal, so rational. Jeder Schlag darauf abgezielt, den größtmöglichen Schaden anzurichten. Ohne Rücksicht auf eigene Verletzungen, oder auf die Schmerzen, die er mit jedem Schlag, den Nolan nicht mildern konnte, verspüren musste. Ein Killer.
Wäre er ein Mensch, dann hätte Quinn ihn Ruck-Zuck krankenhausreif geprügelt. Oder Schlimmeres.
Nach einer Weile verloren die Schläge ihre Wirkung.
Quinn begann zu keuchen und zu japsen, der Schweiß lief in Strömen über Gesicht und Nacken, sein Hemd war nass geschwitzt, unter den Achseln, und in den Schultern zerrissen. Sein Gesichtsausdruck hatte

jenen emotionslosen Ausdruck verloren, stattdessen machte sich Erschöpfung darauf breit. An den Händen klebte But, die Haut über den Knöcheln war aufgeplatzt.
Nolan beschloss, dass es genug war.
Vorsichtig dosierte er die Kraft in den Muskeln des rechten Armes und schlug jetzt endlich zurück. Zu fest, denn Quinn segelte trotz aller Bemühungen ein gutes Stück über den Rasen. Der Jasmin fing seinen Sturz auf, Zweige brachen, und er verharrte, halb hängend, halb am Boden liegend in dem blühenden Busch.
„Hast du nun genug?"

☆

Ich nickte nur, hatte tatsächlich genug, konnte nicht mehr.
Völlig ausgepowert hing ich in diesem Gebüsch fest, Arme und Beine bleigefüllt, die Knochen weich wie Pudding. Mühsam rollte ich mich zur Seite und ließ mich ächzend auf die aufgeheizte Erde fallen. Die Sonne brannte auf mich herunter und verbreitete wohltuende Wärme.
Dann betrieb ich Schadensanalyse.
In dem verstauchten Knöchel pulsierte es heiß, er protestierte schreiend gegen die erlittene Misshandlung. Die Lungen brannten, jeder Atemzug, den ich keuchend einsog, verwandelte sich in pure Glassplitter. Jeder einzelne Knochen war geschunden, es gab keinen Muskel, der nicht wehtat.
Morgen würde es furchtbar werden. Auf mich wartete ein langer, schmerzvoller Tag. Ich hatte schon viele solcher Tage gehabt, und auch dieser würde irgendwann zu Ende gehen, das wusste ich aus leidvoller Erfahrung.
Erinnerungen an ein ganz bestimmtes Datum stiegen in mir hoch.
Es war vier Tage vor Gregs zwanzigstem Geburtstag, und ich musste gegen einen winzigen koreanischen Fighter antreten. Ich wollte unbedingt gewinnen, die Prämie, die mir winkte, war diesmal hoch. Hoch genug, um Greg ein tolles Geburtstagsgeschenk machen zu können.
In meinem jugendlichen Leichtsinn glaubte ich, diesen Winzling mit links aus dem Käfig zu schmeißen und ließ ihn das auch wissen. Die alte Lagerhalle war zum Bersten voll, Joey Votto prahlte damit, dass er gewinnen würde.
Pustekuchen!

Ich ackerte wie eine Hafendirne, doch der Zwerg blockte all meine Schläge einfach ab, ich kam nicht durch seine Abwehr durch …
Noch niemals zuvor hatte ich so den Arsch versohlt bekommen.
Drei Tage später zeigte mir Gung, den ich mit meiner Kampftechnik doch etwas beeindruckt haben musste, ein paar seiner wirklich guten Tricks. Im darauffolgenden Jahr war ich fast ungeschlagen, und Votto verdiente an mir ein Vermögen, an dem er mich großzügig teilhaben ließ.
Endlich rappelte ich mich auf, riss mir das schweißnasse, zerfetzte Hemd herunter und taumelte zu einem kleinen Brunnen. Hatte keinen zweiten Blick übrig für den wundervoll angelegten Garten, den ich auf dem Weg dorthin durchquerte.
Mit beiden Händen schaufelte ich mir das kalte Wasser ins Gesicht. Am liebsten hätte ich mich in einen eisigen Pool geschmissen. Nach einer Weile hielt ich nur noch meine schmerzenden Hände ins Becken und ließ sie abkühlen.
Nolan tauchte neben mir auf.
Ich mochte ihn nicht ansehen und beendete das kühlende Bad. Schleppte mich zu der steinernen Bank, die etwas abseits im Schatten stand. Darauf ließ ich mich fallen und schloss die Augen. Ich war so fertig, dass ich nicht einmal die Kraft besaß, nach meiner Feder zu greifen.
Jetzt, da ich mir alles an grimmiger Wut, die sich in mir angestaut hatte, aus dem Leib gekloppt hatte, fühlte ich mich leer. Ausgehöhlt.
Allein.
Nur Greg hätte mich jetzt aus diesem Zustand herausholen können. Er hätte mich wie früher in den Arm genommen, mich an sich gezogen und …
Etwas legte sich um meinen Körper.
Es hüllte mich ein, schmiegte sich an mich, schenkte mir Geborgenheit. Es füllte mich wieder auf mit etwas, das mir unendlich vertraut schien. Es war so, als würde ich meine Feder in der Hand halten. Nur viel, viel intensiver.
Die Schmerzen in meinem Körper verblassten erst, dann verschwanden sie. Ruhe breitete sich in mir aus. Ich nahm es dankbar an, und ließ mich einfach fallen.
„Willst du mir jetzt zuhören?“, raunte es dicht an meinem Ohr. „Was ich dir zu sagen habe, ist wichtig.“
Mit einem Schlag war ich wieder da und öffnete die Augen. Ich saß auf der Steinbank, und es ging mir gut. Der Kampf war nur noch eine leise

Erinnerung, jeglicher Schmerz wie weggeblasen. Was immer ich da gerade erlebt hatte, es hatte Wunder gewirkt.
Nolan stand vor mir, in seiner prächtigen Engelsgestalt und sah auf mich herab. Auf seinem Gesicht lag ein völlig neutraler Ausdruck. Er reichte mir sein Hemd, das er über einem weißen Shirt getragen hatte.
Ich schlüpfte hinein, musterte sein Gesicht verstohlen nach Spuren meiner Schläge, doch es war so makellos wie vorher. Keine schillernden Blutergüsse, keine Platzwunden. Nichts.
Dankbar, dass er die Prügelei nicht erwähnen wollte, verkniff ich mir neugierige Fragen und nickte nur.
Seine blauen Augen ruhten voller Ernst auf mir, als er sprach. „Deine vier toten Männer sind von einem Strigoi getötet worden."

☆

Um es vorwegzunehmen: Ich glaubte Nolan kein Wort und lachte ihm mitten ins Gesicht. Strigoi – Vampir! So etwas Bescheuertes hatte ich selten gehört!
Jetzt allerdings, zwei Stunden später, sah es ganz so aus, als müsste ich meine voreilige Meinungsäußerung wohl wieder zurücknehmen.
Wir standen in der Pathologie und beabsichtigten, die Leichen noch einmal zu untersuchen. Es war nicht meine Idee gewesen, Nolan hatte mich dazu bequatscht. Jetzt verstand ich, was mit dem Ausdruck *‚mit Engelszungen reden'* gemeint war.
Hier unten in den weiß gefliesten Räumen war es angenehm kühl, und nur der strenge Geruch, der überall festzuhängen schien, machte klar, wo wir uns befanden.
Keith hatte die Leichen auf meine Veranlassung hin aus ihren Kühlzellen geholt und sie in der Reihenfolge ihres Todes auf den beiden Edelstahl-Tischen und zwei Roll-Liegen verteilt. Noch lagen sie unter den weißen Tüchern verborgen.
Aus dem Spender neben der Tür zog ich die dünnen Latexhandschuhe und streifte sie über. Nolan tat das Gleiche. Dann traten wir zu John Doe Nummer eins. Keith zog das Laken weg.
Der Anblick war nicht sehr schön, lag John Doe Nummer eins doch am längsten hier unten.
Keith hielt ein Klemmbrett in den Händen. „Unbekannter Toter, aufgefunden am achtundzwanzigsten April. Vollmond. Aufgeschlitzte Kehle, linienförmige Schnitte an Brust und Bauch, die ihm beigebracht

wurden, als er noch lebte. Magen leer, bis auf eine ordentliche Portion Rotwein. Todesursache ist verbluten." Er sah mich an. „Was wollt ihr von ihm?"
„Du müsstest die Nähte an den Kehlen noch einmal öffnen", verlangte ich ausweichend. „Agent Blake hat einen Verdacht, was die eigentliche Todesursache angeht." Der Einfachheit halber hatten wir es dabei belassen, dass Nolan als FBI-Agent hier war.
„Die offizielle Todesursache ist ausbluten, aufgrund der durchgeschnittenen Kehle. Steht alles in meinen Berichten. Was gibt es daran zu rütteln?" Keith fühlte sich in seiner Ehre als Chef-Pathologe gekränkt und machte Anstalten, die Leichen wieder wegzuräumen. „Alle Untersuchungen an den Organen bestätigen das. Hast du meinen Bericht nicht gelesen?" Er war sauer und blinzelte mich hinter seiner Brille böse an.
„Keith. Bitte. Natürlich habe ich deinen Bericht gelesen. Agent Blake hat ihn auch gelesen. Und dabei ist es ihm ja aufgefallen, das hier war seine Idee! Du weißt doch, wie die Brüder vom FBI sind, sie meinen, sie haben das Monopol auf Geistesblitze." Während meines kleinen Seitenhiebes hatte ich Blake nicht aus den Augen gelassen. Er verzog keine Miene, nur ein kleines Zucken in seinen Mundwinkeln verriet, das er wusste, was ich von ihm wollte.
„Es wird nicht lange dauern, Dr. Conelly. Öffnen Sie nur die Nähte an den Kehlen. Oder soll ich die Leichen in die FBI-Pathologie verlegen lassen?" Nolan hatte wieder den arroganten Ton eines Bundesagenten drauf.
Keith starrte Nolan einen Moment an, dann zuckte er nur mit den Achseln und gehorchte. Aus einer Schublade holte er eine kleine Schere und eine Pinzette. Wie sauer er über den Befehl war, verriet das heftige Zuknallen des Schubfaches. Wortlos begann er, Naht für Naht zu öffnen.
„Und nun?"
Nolan richtete sich auf und sah Keith fest in die Augen. „Nun werden Sie uns alleine lassen. Das ist eine Anordnung des FBI. Gehen Sie in die Cafeteria und gönnen Sie sich eine Pause. Eine lange Pause!"
Für einen Moment sah der Mediziner ziemlich verwirrt aus, er blinzelte. Dann lächelte er. „Sie kommen ja jetzt allein zurecht. Ich gehe Pause machen." Und weg war er.
Ich starrte bloß hinter her. „Was war das denn? Keith würde niemals eine Pause einlegen, solange sich jemand Lebendiges hier unten in seinen heiligen Hallen aufhält."

„Ich habe seine Gedanken manipuliert." Nolan sagte es, als sei es etwas ganz Alltägliches. Mir dagegen gefiel der Gedanke nicht.
„Meine auch?", fragte ich unbehaglich. „Wenn ja …"
Doch er unterbrach mich. „Keine Angst. Deine Gedanken … ich könnte sie lesen, wenn ich es wollte, aber ich kann sie nicht manipulieren."
Als ich noch etwas erwidern wollte, hob er nur die Hand. „Können wir jetzt anfangen?", bat er und hielt den Blick fest auf die Leiche. Das Thema schien ihm sichtlich unangenehm, ich ahnte, dass er mir etwas verschwieg. „Diese Manipulation hält nicht lange an."
„Darüber reden wir noch", versprach ich ihm. Meine Gedanken lesen? Uh, das konnte peinlich werden. Doch andererseits – was ich dachte, war mein Privatvergnügen. Und wie hieß das alte Sprichwort? Der Lauscher an der Wand …
Wenn er etwas in meinen Gedanken fand, das ihm nicht passte, hatte er Pech gehabt! Ich funkelte ihn noch einmal herausfordernd an, und trat näher an den Seziertisch.
Nolan öffnete seinen kleinen Alukoffer und entnahm ihr ein merkwürdiges Instrument. Es sah aus wie eine Schweißerbrille, doch das Glas, das sich in den Fassungen befand, war silbrig-milchig. Er setzte das Ding auf und sah mich damit an. Es sah futuristisch aus, gleichzeitig aber auch vertraut.
Schon beugte er sich dicht über den blassgrauen Körper. Zoll für Zoll suchte er ab. „Bitte streck den Kopf nach hinten. Ich muss in den Schnitt sehen."
Ich gehorchte, wenn auch widerwillig, und klappte den Kopf nach hinten, die Kehle klaffte auf.
Nolan untersuchte sehr sorgfältig Kehle für Kehle, Leiche für Leiche. Er murmelte vor sich hin, dann kam er zu John Doe Nummer eins zurück.
„Wie ich es mir gedacht hatte." Damit zog er die Brille vom Kopf und drückte sie mir in die Hand. „Hier. Sieh selber."
Es dauerte eine Weile, bis sich meine Augen an das merkwürdige Bild gewöhnten, das sich durch die Brille bot. Um etwas zu erkennen, musste ich mich sehr dicht über den leblosen Körper beugen. Der strenge Geruch war dabei nicht sehr hilfreich.
Das kalte, grau-rötlich schimmernde Fleisch sah einfach nur grau aus. Die Schnitte auf Brust und Bauch wirkten wie schwarze Straßen, unterbrochen durch den großen Y-förmigen Schnitt. Hin und wieder leuchtete etwas schwach Türkis auf. Es waren Flecken, unregelmäßig verteilt.

„Und nun sieh dir den Schnitt am Hals an“, forderte Nolan mich jetzt auf. „Geh direkt zur rechten Seite, dort an den Anfang des Schnittes. Fällt dir was auf?“

Ich folgte seinen Anweisungen – und da sprang es mich auch schon an. Außen am Hals, getarnt vom klaffenden Schnitt, leuchtete mir etwas grünlich entgegen. Zwei Punkte, im Abstand von vielleicht zwei Zoll.

Im Fleisch fand ich zwei ebenso grünliche Stellen, doch sie waren so verblasst, dass ich nicht genau erkennen konnte, was sie bedeuten sollten.

„Sieh dir Eric Meyers an.“

Vorsichtig tastete ich mich zu der Leiche von Eric vor. Da fand ich das Gleiche. Nur, dass die türkisen Flecken grell leuchteten, und auch die Stellen im Hals besser zu erkennen waren. Es waren Einstichkanäle, grellgrün, wie mit einem Textmarker gekennzeichnet.

Sie ragten gut und gerne zweieinhalb Zoll weit ins Fleisch hinein. Die Kanäle verliefen leicht diagonal und hatten die Halsschlagader durchstoßen. Mit der Durchtrennung der Kehlen war es gut getarnt worden. So gut, dass es selbst Keith nicht aufgefallen war.

Ich riss mir die Brille herunter. „Verdammt, was zur Hölle ist das denn?“ Ich hatte genug Vampirfilme gesehen, und es schien ziemlich eindeutig. „Das sind doch keine Abdrücke von Reißzähnen, oder?“

„Glaubst du mir nun?“ Nolan machte sich nicht die Mühe, mir darauf zu antworten.

„Muss ich ja wohl. Was sind das für türkisfarbene Flecke, da auf der Brust?“

Nolan grinste zufrieden. „Fingerabdrücke.“

Ich musste nicht sehr intelligent ausgesehen haben, denn sein Grinsen vertiefte sich. „Auch Vampire hinterlassen Abdrücke. Sie haben sogar eine Art DNA, doch da wird es kompliziert. Wenn Vampire andere Vampire schaffen, also Menschen in Vampire wandeln, dann verändert sich deren DNA, sie wird zu der des Meisters.“

Wandeln, Vampire, Meister, dieses umwerfende Grinsen – mir schwirrte der Kopf. Abwehrend hob ich die Hand.

„Stopp! Davon will ich gar nichts wissen. Kannst du diese Abdrücke irgendwie sichern und identifizieren?“ Mit diesem Thema kannte ich mich aus, alles andere konnte ich nur in kleinen Dosen vertragen.

„Ja. In unserer Zentrale gibt es eine Datenbank für Vampire. Wenn dieser hier darin geführt ist, dürfte es eine Kleinigkeit sein.“

„Also, du willst mir ernsthaft erklären, es gibt eine …“

„Ja. Wir haben eine Datenbank für Vampire und Dämonen", wiederholte er vergnügt lächelnd.
Mir wurden die Knie weich. Nur mühsam konnte ich mich darauf konzentrieren, wo wir uns befanden. In einer Leichenhalle. Umgeben von Toten. Kein geeigneter Ort, um mal schnell die Hosen herunter zu lassen. Ich räusperte mich und trat einen Schritt von Nolan weg. Der lächelte immer noch. Wissend diesmal.
„Und du … kannst du diese Fingerabdrücke nehmen?", fragte ich nur und stopfte meine Hände in die Hosentaschen.
Nolan nickte und entnahm dem Koffer ein Fingerprint-Kit. Es sah aus wie eines von unseren. Dann setzte er die Brille wieder auf und machte sich an die Arbeit.
Er arbeitete schnell und sicher, wusste genau, was er da tat. Von allen vier Körpern nahm er die unsichtbaren Fingerabdrücke.
„So. Die lass ich jetzt durch unsere Datenbank laufen, und schon sollten wir wissen, um wen es sich handelt." Seine Miene verdunkelte sich. „Aber das Wissen um seinen Namen heißt noch nicht, dass wir ihn auch auftreiben. Strigoi leben versteckt, sind kaum aufzuspüren. Es wird schwierig sein, ihn aus seinem Versteck zu jagen."
Als wenn es nur das wäre. Ich sah noch ein ganz anderes Problem auf mich zukommen. „Verdammt noch mal, wie erkläre ich das meinem Captain?", rief ich aus. Käme ich mit dieser Gruselstory zu Moore, würde er mich einweisen lassen, wahrscheinlich froh, dass er mich endlich los war. *Quinlan, hier ist eine schöne kuschelige Zwangsjacke, gönnen Sie sich mal einen schönen langen Urlaub!* Na danke!
Mir fiel noch etwas ein. „Was hat es mit dieser Frau, dieser mysteriösen Sexbombe auf sich? Was für eine Rolle spielt sie? Hat sie überhaupt etwas damit zu tun?"
„Geh mal davon aus, dass sie den Lockvogel für unseren Vampir spielt. Aber das muss ich erst noch überprüfen."

Acht

Vorsichtig, um Greg nicht zu stören, glitt ich aus dem Bett heraus. Ein Blick auf den Radiowecker verriet, dass es erst halb drei in der Nacht war. Für eine Weile bleibe ich einfach nur am Bett stehen, und betrachtete ihn. Wie immer brannte ein winziges Nachtlicht in der Steckdose an seinem Bett, Greg hatte Angst im Dunkeln.
Jetzt schlief er tief und fest, befriedigt und ermattet. Zusammengerollt, ein Knäuel aus dünnen Armen und Beinen. Unser Liebesspiel war so gewesen, wie er es mochte. Sanft, zärtlich. Für etwas anderes war er viel zu zerbrechlich. Niemals würde ich ihn so hart nehmen können, wie Nolan es mit mir getan hatte.
Nein, undenkbar.
Mit Greg war es anders. Von ihm bekam ich nicht animalischen Sex, von ihm bekam ich Wärme. Nähe. Mit ihm verwandelte ich mich in einen sanften Teddybären. In seinen Händen wurde ich wachsweich. Er war mein einziger Schwachpunkt.
Wenn ihm jemals etwas zustoßen würde …
Ich wäre verloren.

Nackt, wie ich war, trat ich ans große Blumenfenster und sah in die Nacht hinaus. Geistesabwesend spielte ich an der Feder herum. Schlafen würde ich in dieser Nacht nicht mehr können, zu viel spukte mir im Kopf herum.
Nachdem Nolan und ich in der Pathologie fertig gewesen waren, machte ich Feierabend, und verließ das Revier. Ich hatte den Weg zu Gregs Wohnung schon eingeschlagen, da hielt Nolan mich noch einmal zurück.
„Solange wie wir diesen Vampir noch nicht sicher vernichtet haben, solltest du dich von deinen Freunden fernhalten. Und ganz besonders von Greg“, sagte er.
Bei diesen warnenden Worten lief es mir eiskalt den Rücken herunter. Und auch jetzt konnte ich ein Schaudern nicht unterdrücken. Ich spürte, wie die alte Angst mich wieder einholte. Sie griff nach mir mit ihrer eisigen Hand, legte sich um mein Herz, und quetschte es gnadenlos zusammen.
Mein allerschlimmster Albtraum stürzte auf mich ein.
Jemand könnte Greg wehtun, ihn umbringen, und ich – ich könnte es wieder nicht verhindern. Müsste dabei zusehen, wie er starb.

Nolan war mit seiner Warnung noch nicht am Ende gewesen. „Geh immer davon aus, dass der Vampir dich überwachen lassen könnte. Er ist nicht dumm, wird sich mit menschlichen Gepflogenheiten auskennen. Er wird wissen, dass sein Tun nicht ohne Konsequenzen bleibt. Du bist sein Gegner, zwar nur ein kleiner Gegner", räumte er ein, „doch all das, was er über dich weiß, könnte ihm von Nutzen sein. Und rückst du ihm tatsächlich auf die Pelle …"
Den Rest hörte ich schon nicht mehr, weil ich kopflos davonstürzte. Auf Umwegen raste ich quer durch die Stadt. Fuhr Bus, Taxi, ließ mich nur von meinen Instinkten leiten, die mir verrieten, dass niemand mir folgte. Dann erst suchte ich Gregs Wohnung auf. Er wartete schon auf mich. Mit selbst gekochtem Abendessen, einer Massage, mit Lachen und viel Zärtlichkeit. Den Seitensprung hatte er mir verziehen. So wie immer.
Mit einer verzweifelten Geste strich ich mir die Haare aus der Stirn.
Ich würde ihn in den Urlaub schicken. Basta! Auf eine Kreuzfahrt, auf die Bahamas, oder nach Europa. Egal wohin, nur weit, weit aus dieser Stadt hinaus.

Leises Klopfen an der Scheibe ließ mich erschrocken zusammenzucken, im nächsten Moment hatte ich meine Waffe, die immer griffbereit lag, in der Hand. Pfoten tappten über den Teppich, ein großer warmer Körper drängte sich neben mich. Greta. Sie knurrte nicht, doch ihr gesträubtes Nackenfell, die angespannten Muskeln, alles an ihr zeigte deutliche Alarmbereitschaft.
Wachsam spähte ich durch die Scheibe – nichts. Wie auch. Wir befanden uns im fünfzehnten Stockwerk eines Hochhauses, über uns gab es noch fünf weitere Etagen. Und Gregs Wohnung hatte keinen direkten Zugang zur Feuerleiter. Riskant, doch ich war Mord-Ermittler. Wie viele Mörder, Vergewaltiger, Einbrecher waren schon über Feuerleitern gekommen? Hunderte!
Es klopfte noch einmal und ein Gesicht presste sich an das Sicherheitsglas. Nolan.
Die Riegel, die das große Fenster fest verschlossen hielten, klackten leise, es quietschte ein wenig, dann öffnete es sich. Greta legte sofort die Vorderpfoten auf den Sims, fletschte ihre scharfen Zähne und gab ganz klar zu verstehen, das Nolan an ihr niemals vorbei käme.
Nolan hielt ihr die Hand hin, sie sollte seinen Geruch prüfen. „Braver Hund", flüsterte er, doch sie ignorierte es. Mit einem Handzeichen be-

fahl ich ihr, sich zu Greg ins Bett zu legen. Sie schnaufte und gehorchte. Doch sie ließ uns nicht aus den Augen.
„Was willst du?“, fragte ich leise.
„Ich habe Neuigkeiten.“ Die kobaltblauen Augen funkelten aufgeregt, während die trägen Bewegungen seiner Schwingen ihn dicht am Fenster schweben ließen. Sein Blick fiel auf meinen nackten Körper, und ich sah, wie in seinen Augen etwas aufflammte. Kobalt wurde zu stürmischem Indigo, sein Flügelschlag kam kurz ins Stocken. Um dann eine Spur hektischer zu werden.
Es war interessant, in wie vielen verschiedenen Blautönen diese Augen funkeln konnten. Allmählich bekam ich Übung darin, seine Stimmung zu erkennen. Kobalt bedeutete Aufregung.
Und stürmisches Indigo bedeutete – Begierde. Lust. Das Versprechen auf heißen, hemmungslosen Sex.
Eindeutig. Dieser riesige Nachtfalter da draußen wollte mich. Prickelnde Erregung breitete sich in mir aus.

☆

Du großer Nachtfalter willst mich? Unabsichtlich fing Nolan Quinns Gedanken auf. *Aber dafür wirst du zu Kreuze kriechen müssen!*
Nolans Flügelschlag geriet prompt ein zweites Mal aus dem Takt, als er das hörte. Nur mit Mühe konnte er verhindern, dass er etliche Yards tief hinunterstürzte.
„Was ist, stimmt die Thermik nicht?“ Quinn lachte spöttisch. Er lachte ihn aus, wieder einmal, Nolan war sich da ganz sicher. Quinn schien genau zu wissen, was ihn ins Taumeln brachte. Schnell stieg er auf, bis er wieder auf Augenhöhe war.
„Ich habe Neuigkeiten“, wiederholte er mit finsterer Miene. „Komm auf das Dach hoch.“ Er schoss pfeilschnell nach oben, um schon einen Wimpernschlag später abrupt auf dem Kiesbett des Daches zu landen. Hier oben war es längst nicht so schön wie auf dem Princeton-Tower. Kein Garten, keine lieblich duftenden Büsche, dafür riesige, brummende Klimaanlagen und graue Fahrstuhlschächte. Nur der Mond, der nicht mehr ganz so voll am Himmel hing, verlieh diesem trostlosen Ort etwas Geheimnisvolles.

Nolan ballte die Fäuste. Zu Kreuze kriechen?

Wusste Quinn eigentlich, was er da verlangte? Er war ein Engel, ein mächtiges Wesen. Niemals würde er vor einem Sterblichen kriechen. „Eher schneit es in der Hölle!“, knurrte er wütend.
Seine scharfen Ohren hörten das Klappen einer Tür und er warf sich herum. Nolan musste ein Stöhnen unterdrücken, denn Quinn trug nur Shorts. Tief auf den Hüften.
Geschmeidig wie ein großes Raubtier kam er langsam auf ihn zu, die nackten Füße machten kaum Geräusche auf dem Kies. Der Wind wehte seinen Geruch zu ihm herüber.
Quinn roch nach Schweiß, nach Sex, überall auf seinem Körper prangten die für ihn unübersehbaren Spuren seiner nächtlichen Liaison.
Zarte Liebesbisse leuchteten wie Stempel auf der glatten Haut. Er sah die Spuren erotischer Züngeleien, die sich wie strahlende Pfade von Brustwarze zu Brustwarze schlängelten. Sich den harten Bauch hinabstreckten wie die ineinander verschlungenen Ranken einer exotischen Pflanze, den Bauchnabel einbetteten, um dann Besitz von etwas zu ergreifen, das jetzt gut versteckt in den Shorts ruhte.
Er wirkte befriedigt. Satt. *Zufrieden.*
Nolan fühlte, wie nie gekannte Eifersucht sich seiner bemächtigte.
Es war Eifersucht auf einen Sterblichen, der sich Quinns ganzer Zuneigung sicher sein konnte. Dabei wollte *er* ihm dieses Gefühl von Zufriedenheit schenken, es sollten nur *seine* Berührungen, *sein* Liebesspiel sein, die das bewirkten.
Grimmig ließ er den Blick hinauf zu Quinns Hals wandern. Eines der Zeichen dort zwischen den anderen war sein Mal. Es war der schwache Abdruck wie von einem Siegel und befand sich unterhalb des Ohres. Damit hatte er ihn gezeichnet, letzte Nacht auf dem Princeton-Tower.
Adam Quinlan war sein!
Daran konnte auch ein sterblicher Rivale nichts ändern. Waren dessen Spuren der Liebesnacht längst abgewaschen, seines aber – war für die Ewigkeit.
Quinn war fast heran. Und je näher er kam, umso mehr schmolz sie dahin, seine Zufriedenheit. Wurde verdrängt von etwas, dass nur er, Nolan, ihm geben konnte.
Mochte Quinn auch gerade aus dem Bett eines anderen gekrochen kommen – jetzt war er hier. Bei ihm.

☆

Der Engel stand nur so da und wartete. Den finsteren Blick auf mich gerichtet, tobte es in seinen Augen. Indigo. Azur. Kobalt. Ein Feuerwerk in Blau.
In der Rechten hielt er ein kleines Computerpad, das er vergessen zu haben schien, denn seine Fäuste ballten sich fester, je näher ich kam. Als er sie wieder öffnete, war das Pad nur noch ein Haufen Schrott. Achtlos ließ er es in den Kies fallen.
Mein gesunder Menschenverstand sagte mir, dass ich ihn nicht noch mehr reizen sollte, er schien über irgendetwas stinkwütend.
Doch hatte ich schon jemals auf meinen gesunden Menschenverstand gehört? Nein. Es war wie früher, wenn ich zu einem Gegner in den Käfig stieg. Die Tür schlug zu, der Gong ertönte, der Kampf begann.
Schon mal eine Überdosis reinen Zucker im Blut gehabt? So war mir gerade. Ich fühlte mich zappelig. Aufgedreht. Ein Adrenalinflash kreiselte durch meine Adern. Ich spürte endlich wieder, dass ich lebte.
Nolan wollte mich? Gut. Ich ihn auch. Also Schluss mit lustig!
„So, hier bin ich. Und nun? Wolltest du mir das da zeigen?“ Ich deutete auf das unbrauchbar gewordene Pad zu seinen Füßen. „Und jetzt? Was wirst du jetzt als Nächstes machen? Wieder gehen? Oder das tun, was du eigentlich mit mir tun willst?“, reizte ich ihn. Wedelte verbal mit einem roten Tuch vor ihm herum, wie vor einem wütenden Stier. Dann, um dem Ganzen noch die Krone aufzusetzen, steckte ich meine Daumen in das schon ausgeleierte Bündchen der Shorts. Prompt geriet das alte Ding ins Rutschen. Ich grinste ihm frech entgegen – und das Feuerwerk erreichte seinen Höhepunkt. Er atmete immer schneller, seine Brust hob und senkte sich, seine Beherrschung hing am sprichwörtlich seidenen Faden.
„Du willst mich? Dann tu was dafür!“, forderte ich unmissverständlich. „Vielleicht entpuppst du dich ja doch als würdig genug, meinen Arsch küssen zu dürfen!“ Damit schlug ich ihm die verächtliche Bemerkung von neulich Nacht um die Ohren.
Der Faden zerfetzte regelrecht.
Mit einem unterdrückten Aufschrei riss er mich an sich, küsste mich, grob, biss fest zu. Seine Finger verkrallten sich in meinen nackten Schulterm, kneteten, zerrten an meinem Fleisch. Doch ich fühlte keinen Schmerz – nur Lust. Begierig klammerte ich mich an ihn. Seine Küsse, seine Berührungen raubten mir förmlich den Verstand. Es war wie eine Sturmflut, haushohe Wellen der Leidenschaft schlugen über uns zusammen, rissen uns davon.

„Flieg mit mir!“, verlangte ich rau und schob ihn etwas von mir weg. Im selben Augenblick stürzte ich kopfüber in den Abgrund.
Wörtlich gemeint. Im freien Fall rauschten wir der Straße entgegen. Bungee-Jumping. Ohne Seil.
Seine Arme umschlossen mich mit der Kraft eines Schraubstockes und pressten mir die Luft aus den Lungen. Mit aller Kraft klammerte ich mich an Nolan fest, während das helle Band des Asphalts in Sekundenschnelle näher raste. Meine Gedärme schlangen sich um meine Lungen, wobei ich das Filet Mignon, welches Greg für uns zubereitet hatte, anflehte, bei mir zu bleiben. Alles, was ich von mir geben konnte, war ein entsetztes Aufkeuchen. Zu mehr war ich nicht fähig. Ein Teil von mir hätte am liebsten wie ein Mädchen laut gekreischt, der andere vertraute instinktiv darauf, dass Nolan mich nicht am Boden zerschmettern ließ. Trotzdem rollte vor meinen Augen jener letzte Film ab, den man kurz vor seinem Tod noch zu sehen glaubte. Greg, Mom, Dad, alle schienen versammelt, um mich für meine große Klappe in den Hintern zu treten.
„Verdient hättest du es.“
Abrupt bremste er, schlug einmal kräftig mit den Flügeln, um sich dann mit einer eleganten Drehung aufzurichten. „Das hast du davon, weil du mich immer wieder herausforderst.“ Der Luftzug wirbelte den Straßenstaub auf, im Licht der Laterne konnte ich ihn davon wehen sehen. Auf der anderen Straßenseite tauchte ein kleiner Köter auf, er stromerte einsam durch die Nacht. An der Hauswand schnüffelte er und hob das Bein. Dann lief er weiter, ohne sich für uns zu interessieren. Ein Stück Normalität in einer Welt, die gerade noch auf dem Kopf gestanden hatte. Über Nolans Schulter linste ich nach unten. Viel fehlte nicht, und man hätte mich mit einem Schäufelchen zusammenkratzen können. Nur knapp ein halbes Yard über dem harten Asphalt hatte er den Sturz abgefangen. Erleichtert holte ich endlich tief Luft.
„Du wolltest mich bestrafen?“, krächzte ich und räusperte mich. „Wofür? Dafür, dass du die Beherrschung verloren hast? Gib doch zu, dass du mich willst!“
Darauf ging Nolan nicht ein.
Er lockerte seinen Schraubstockgriff und ließ mich langsam an seinem Körper heruntergleiten, bis ich wieder festen Boden unter den Füßen hatte. Mit jeder Faser spürte ich seine harten Muskeln, ich blieb gegen ihn gelehnt, wollte den engen Kontakt zwischen uns nicht lösen. Auch Nolan schien sich nicht trennen zu wollen, denn er ließ mich ebenfalls nicht los.

Ein heißer, provozierender Blick traf mich, bevor er sich zu einer Antwort herabließ. „Strafen? Ich doch nicht. Ich bin ein Engel, mir ist so etwas völlig fremd."
Allein diese sarkastische Bemerkung stachelte mich abermals an. „Pah", machte ich abfällig. „Was sollte das eigentlich sein? Fliegen? Das war doch nicht mehr als ein *Fliegenschiss*!" Obwohl mir der Schreck noch in den Gliedern saß, konnte ich es einfach nicht lassen, ihn zu ärgern.
Über sein Gesicht glitt ein Ausdruck von jener kühlen Arroganz, die mir nur zu bekannt war, dann lachte er zu meiner Überraschung leise auf. Meine Arme waren noch immer um seinen Hals geschlungen, bei seinem Lachen vergruben sich meine Finger wie von selbst in seinem weichen Nackenhaar. Ich fühlte sein Erschauern unter meinen Fingerspitzen. Seiner würdig oder nicht. Darum ging es schon längst nicht mehr.
Einen Moment lang sahen wir uns nur stumm in die Augen. Mit meinen versuchte ich ihm mitzuteilen, wie sehr ich ihn begehrte. Nach ihm hungerte. Das brennende Verlangen nach Nolan peitschte mein Innerstes.
Als Antwort darauf strichen seine Hände quälend langsam an meinem nackten Rücken herunter, rutschten in die Shorts und blieben auf meinem Hintern liegen. Kribbelnde Elektrizität floss über meine Haut, sickerte tief in jedes Nervenende. Ich konnte ein Aufstöhnen nicht verhindern, versuchte mit aller Macht, nicht die Beherrschung zu verlieren, denn allein von der Berührung glaubte ich, vor Lust zu vergehen.
Im selben Augenblick schienen sich in seinen Augen helle, silbrig schimmernde Flammen zu entzünden. Sie loderten mit einer Intensität, die mich schwindelig machte, wurden zum unverhohlenen Spiegelbild meiner eigenen Sehnsüchte.
Besitzergreifend presste er mich an sich, ohne den Augenkontakt zu unterbrechen. Einige schwarze Strähnen waren ihm in die Stirn gefallen, gaben seinem vollkommenen Gesicht etwas Rebellisches. „Du gehörst mir!", stieß er fast zornig hervor. „Und ich werde mehr tun, als deinen Arsch nur zu *küssen*!"

Neun

Aus dem kleinen Radio drang jetzt leise Musik. Der Nachrichtensprecher hatte vor ein paar Minuten die Meldungen des vergangenen Tages verlesen, doch Josh hatte kaum zugehört. Er arbeitete konzentriert, tippte die letzten Zeilen seines Artikels in die Tastatur. Es war schon ziemlich spät, oder besser gesagt, früh. Er konnte nicht schlafen, also hatte er sich daran gemacht, die Reportage noch einmal zu überarbeiten. Am Montag war Abgabetermin.

Lady Darkness hatte sich als sehr unterhaltsam erwiesen, und war nach dem Versprechen, ihr ein großzügiges Honorar zu überweisen, auch willig genug, ihn bei seinem Artikel zu unterstützen. Sogar die Erlaubnis, ihre Fotos zu verwenden, hatte sie ihm gegeben. Sie hielt das Ganze für eine kostenlose Möglichkeit, sich Publicity – sprich Kunden – zu verschaffen.

Josh konnte das nur recht sein.

Er speicherte den Artikel und rief noch einmal die Seite auf, unter der er Lady Darkness gefunden hatte. Es war ausgemacht, dass sie zuerst lesen sollte, was er mit ihrer Hilfe verfasst hatte. Er loggte sich ein.

Ed_Ucate: *Hallo, Lady Darkness. Vielen Dank für Ihre Hilfe, ich sende den fertigen Artikel an Ihre E-Mail-Adresse. Sollten sich Fehler bezüglich Praktiken eingeschlichen haben, korrigieren Sie mich. Ed_Ucate.*

Er hängte die Datei als Anhang an, klickte auf Senden, und wollte sich gerade ausloggen, als ein bekannter Name auf dem Bildschirm auftauchte.

Fallen Angel. Wieder meldete ein kleiner Button, dass sie im Flüstermodus mit ihm reden wollte. Josh las den Text.

Fallen Angel: *Hi, Ed_Ucate, ich habe dich schon vermisst. Wo warst du die ganze Zeit, ich habe versucht, Kontakt mit dir aufzunehmen. Bist du mir böse?*

Josh hielt inne, doch er zögerte mit einer Antwort. Beim letzten Mal hatte sie sich mittendrin verabschiedet. Gerade, als er ordentlich in Fahrt geriet. Dazu kam, dass es sich um ein weibliches Wesen handelte. Nicht sein bevorzugtes Objekt der Begierde.

Ed_Ucate: *Ich war nicht online, musste arbeiten. Muss auch jetzt arbeiten, habe keine Zeit, sorry.*

Fallen Angel: *Bitte logg dich noch nicht aus! Lass es mich wieder gut machen. Ich verspreche, dass ich heute nur für dich da sein werde.*

Josh musste schmunzeln. Fallen Angel schien sehr hartnäckig zu sein. Doch er hatte sich entschieden, es würde keine weiteren Spielchen geben. Das wäre ihr gegenüber nicht fair. Außerdem war es schon fast halb vier, um acht musste er wieder in der Redaktion sein.

Ed_Ucate: *Tut mir leid, Fallen Angel. Ich bin dir nicht böse, aber die Unterhaltung mit dir war ein Versehen. Ein Fehler. Weißt du, ich stehe nicht auf Frauen.*

Der Cursor blinkte eine Weile, Fallen Angel musste das Gelesene wohl erst einmal verdauen. Er erhob sich von seinem Schreibtisch und holte eine Flasche Wasser aus dem Kühlschrank. Während er auf Antwort wartete, trank er ein paar Schlucke, und machte sich einen Toast zurecht. Kauend kehrte er an seinen Platz zurück. In der Zwischenzeit hatte sie zurückgeschrieben.

Fallen Angel: *Ich verstehe. Aber … wer hat behauptet, ich sei eine Frau?*

Josh stutzte. Was sollte das denn bedeuten? Er rief sich ihr Gespräch ins Gedächtnis zurück. Fallen Angel behauptete, sie trüge einen kurzen Rock und enge Bluse. Daran konnte er sich ziemlich genau erinnern.

Ed_Ucate: *Jetzt versteh ich nicht. Ich sprach von Lady-Cop und Dieb, und du hast nicht widersprochen.*

Fallen Angel: *Ich sprach davon, dir das zu geben, was du dir wünschst. Und Lady-Cop war dein Vorschlag.*

Da hatte sie recht. Es war sein Vorschlag gewesen.

Ed_Ucate: *Aber doch nur, weil ich dachte, du seist eine Frau. Hier auf der Seite tummeln sich doch nur Frauen.*

Fallen Angel: *Bist du da sicher? Queen Demonia zum Beispiel, ist ein ‚Shemale'. Genauso wie Herrin Victoria und Contessa Desire.*

Josh schluckte. Queen Demonia? Ein Shemale?

Er scrollte sich zu ihrem Bild durch. Blonde üppige Locken, feine zarte Gesichtszüge, roter Schmollmund. Brüste, die ihr eng anliegendes Mieder sprengten. Netzbestrumpfte Beine bis in den Himmel. Hotpants. Nein, niemals. Wenn das ein Kerl war, war er Miss Universum!

Ed_Ucate: *Bist du sicher? Sie sieht wahnsinnig weiblich aus. Diese Brüste. Und ihr Gesicht. Kein Kerl.*

Fallen Angel: *Sie ist aufgepimpt. Nicht viel an ihr ist echt. Die Brüste sind operiert, die Lippen aufgespritzt, ein Haufen Make-up. Unter ihren Hotpants ist sie ein Mann. Es gibt genug Kerle, die auf Titten und einen strammen Schwanz stehen.*

Darüber konnte Josh nur den Kopf schütteln. Als Journalist hatte er schon mit einigen merkwürdigen Typen zu tun gehabt, und deswegen durfte ihn so etwas eigentlich nicht überraschen. Und wie sagte er immer? Jedem das Seine! Für ihn waren solche Vorlieben nun so gar nichts, er wollte nur einen ganz normalen Kerl.

Allerdings erwachte seine Journalisten-Neugier. Wie war das mit Fallen Angel?

Ed_Ucate: *Und du? Was ist mit dir? Bist du auch gepimpt? Beschreib mir, wie du in Wirklichkeit aussiehst.*

Fallen Angel: *Sag mir erst, ob ich noch einmal mit dir spielen soll.*

Ed_Ucate: *Beschreibung!*

Fallen Angel: *Okay, ich mach dir einen Vorschlag. Wie wäre es, wenn wir uns treffen. Ich ertappe dich dann auf frischer Tat, wie du in ein Wochenendhäuschen einsteigen willst. Das Häuschen liegt abgelegen im Grünen. Ich muss dich mit den Handschellen an den Gartenpavillon fesseln, mein Streifenwagen hat eine Panne, es dauert, bis der Reparaturservice kommt. Los, die Hände nach hinten!*

Und jetzt … jetzt durchsuche ich dich nach deinem … Schießeisen. Ich bin größer als du und sehe mit dunklen Augen wachsam auf dich herunter. Du wirst gleich meine großen, starken Hände auf deinem Körper fühlen, jetzt taste ich dich ab, ganz langsam. Ich spüre, wie du dich windest, denn du hast Angst vor mir, mein muskulöser Körper, der in der Uniform geradezu Furcht einflößend aussieht, steht dicht vor dir, streift dich, natürlich ganz unabsichtlich. In der Linken halte ich einen Schlagstock, den lege ich dir unter das Kinn. Du stöhnst und atmest schwer, versuchst mir auszuweichen. Aber es gelingt dir nicht. Meine Hand schwebt knapp über deinem Hosenbund. Soll ich sie hineinstecken und nach deinem … riesigen … Schießeisen suchen?

Josh, der Wort für Wort geradezu verschlang, rückte die Brille wieder zurecht, die ihm vor lauter Aufregung auf die Nasenspitze gerutscht war. Er stöhnte jetzt tatsächlich. Seine Finger waren schweißnass, sein Puls schlug schneller.

Das war es! Das war genauso, wie er es sich schon so oft vorgestellt hatte. Himmel! Vergessen war jede Müdigkeit, warum konnte das nicht jetzt, in dieser Sekunde passieren? Mit zitternden Fingern strich er sich vorsichtig über den Schoß, verharrte über dem Reißverschluss. Das Ziehen in seinen Lenden wurde bereits schmerzhaft.

Fallen Angel: *Ich warte! Soll ich?*

Darauf gab es nur eine Antwort.

Ed_Ucate: *Wann und wo???*

Zehn

Nach einer schlaflosen Nacht saß ich am Freitagmorgen so gegen neun in Lars Svenssons Büro und starrte geistesabwesend auf Eric Meyers Notebook, das Lars mit seinem Hauptrechner verbunden hatte. Der Computerspezialist hatte schon fast gekränkt bei Greg zu Hause angerufen und mich zu sich ins Büro zitiert. Er wollte mir endlich zeigen, was er auf Erics Computer gefunden hatte. Lars war ein eher schüchterner Mensch, ein echter Nerd, zufrieden damit, den Verbrechern in ihre virtuellen Welten zu folgen. Dass er sich privat bei mir meldete, zeigte, dass es etwas Wichtiges sein musste.

Gerade hatte er sich an seinen völlig überladenen Schreibtisch gesetzt und rührte in seinem Teeglas herum. Es roch gut, nach Apfel.

Ich mochte den jungen Schweden, als Kollegen. Mit seinem langen Pferdeschwanz und den paar zotteligen Barthaaren, die sein Kinn zierten, sah er aus wie ein Schuljunge. Das schlabberige schwarze T-Shirt, das an seinem schlaksigen Körper herunterhing, verstärkte diesen Eindruck noch. Allerdings hatte er es faustdick hinter den Ohren. Computertechnisch machte ihm niemand etwas vor.

Keiner von uns beiden gab einen Ton von sich. Svensson rührte weiter geräuschvoll in seinem Glas, ich starrte auf das Poster an der Wand. Es zeigte einen zerlegten Computer, darunter stand etwas in Schwedisch. Keinen Schimmer, was es bedeuten sollte. Überhaupt sah dieses Büro mehr wie eine Werkstatt aus, überall standen Terminals herum. Von einigen gab es nur noch die glänzenden Innereien. Sie lagen fein säuberlich in Regalen, die sich ihren Platz mit Svenssons technischer Ausrüstung, dem Schreibtisch, zwei Stühlen und einem Aktenschrank teilen mussten. Es war beklemmend eng. Da blieb ich lieber bei den Flachpfeifen King und Ballard im Großraumbüro.

Schließlich räusperte sich Svensson. „Nun … sollen … Können wir?“

Ich schrecke aus dem nebulösen Zustand, in dem ich mich seit gestern Nacht befand, und zuckte zusammen. „Tschuldigung, war meilenweit entfernt.“

Energisch rief ich mich zur Ordnung. Ich musste mich zusammenreißen und konzentrieren. Schließlich hatte ich einen Mörder zu fangen. Das war ich Eric und den anderen Opfern schuldig.

Ob es sich dabei um einen durchgeknallten Irren oder einen Vampir handelte, war gleich. Die vier Männer hatten es verdient, dass ich mein Bestes gab. Und das konnte ich nicht, wenn ich nicht in der Lage war,

Privates und Berufliches zu trennen. Also schubste ich Nolan samt seinem Ausbruch aus meinem Kopf und wandte mich Svensson zu.
„Erklär mir genau, was du auf dem Notebook gefunden hast."
„Ich habe sein schon fast beleidigend simples Passwort geknackt und mich in seine Mails gehängt. Zum Glück war Eric ein sehr ordentlicher Mensch. Er hat alle Nachrichten schön in eigenen Ordnern aufbewahrt."
„Was heißt das?"
„Das heißt, ich habe einen Ordner gefunden, den er für seinen Job reserviert hat. Dort drin ist der gesamte E-Mail-Verkehr mit Kollegen, Redakteuren, Fotografen. Darin sind auch ein paar, die du ihm damals geschrieben hattest. Dann gibt es einen Ordner für seine Verlobte Bonnie, einen für verschiedene gemeinsame Freunde, und …" Über Svenssons pickeliges Gesicht breitete sich ein triumphierendes Lächeln aus. „Einen für seinen besonderen Kumpel Phillip Winston."
Ich war gebührend beeindruckt. Das nannte ich mal organisiert. Bei meinen Mails handelte es sich um einen kunterbunten Haufen. Werbung zwischen Nachrichten von Greg und Ben, meist noch nicht einmal gelesen. Oder noch nicht beantwortet. Alle paar Monate räumte ich dann darin auf, in dem ich alles anklickte und in den Papierkorb verschob. Fertig!
Ich zog das Notebook zu mir heran und warf einen Blick auf das Display. „Du meinst …?"
„Ja! Die beiden hatten einen kurzen, aber sehr regen Austausch von Mails. Manchmal gab es an einem Tag gleich mehrere Nachrichten hintereinander. Und alle hatten sie dasselbe Thema. Einen sexy brünetten Seitensprung für Phillip, auch das ‚Sexkätzchen' genannt."
„Sexkätzchen? Steht da, wie er sie kennengelernt hat?", fragte ich neugierig.
„So wie es aussieht, hat Phillip Winston die Dame im Internet aufgetrieben, auf einer dieser Domina-sucht-was-zum-Spielen-Seiten. Davon berichtet hat er Eric zum ersten Mal am zwölften Mai. Konnte seine Klappe nicht länger halten, und musste haarklein damit angeben, was er da Tolles an Land gezogen hatte."
Er klickte den Ordner an, scrollte durch die Mails, und öffnete die entsprechende. Ich überflog den Text nur flüchtig. Phillip schwärmte in einer Tour über die Spielchen, die Sexkätzchen mit ihm veranstaltet hatte. Rollenspiele. Züchtigung und Masturbation per Webcam.
Webcam? Ich schreckte auf. „Per Webcam? Hat Phillip etwa Bilder an Eric gesandt?"

Mir kam es für einen winzigen Augenblick so vor, als bewegte Svensson sehr bedauernd den Kopf hin und her. „Äh, also … irgendwie … schon. Na ja, nicht richtig."
„Irgendwie schon? Was soll das denn sein? Entweder es gibt Bilder oder es gibt keine."
Svensson stellte sein Glas zur Seite, und grapschte nach der Computermouse. „Ich zeige dir, was ich meine."
Drei Klicks später tauchte auf dem kleinen Bildschirm etwas auf, eine dunkle Bewegung. Für mich sah es so aus, als wäre es ein Arm, der die Webcam verdeckte. Als der Monitor wieder frei war, hatte ich Einblicke auf eine üppige, weibliche Oberweite. Gut verpackt in engem, schwarzem Latex, das mit ein paar Nieten verziert war. Sonst nichts. So sehr ich auch hinstarrte. Es gab keinen verwertbaren Hinweis darauf, wer die Dame ohne Kopf und Unterleib war. Der Clip endete, der Bildschirm wurde wieder schwarz.
„Verdammt! Das war's?", fluchte ich. „Soll ich jetzt nach einer Verdächtigen mit Körbchengröße – was meinst du, fünfundsiebzig C? D? – fahnden lassen?"
Svensson lachte laut. „Du kannst es ja mal versuchen! Die Cops werden sich freuen!" Dann wurde er wieder ernst und hielt das Bild an. „Mehr hab ich nicht, tut mir leid. Nur diese winzige Videosequenz. Sollte eine Art Beweis sein, Phillip hatte wohl Angst, dass Eric ihm nicht glaubte." Sein Finger verharrte auf der Tastatur, erwartungsvoll sah er mich an. „Soll ich es dir noch mal vorspielen?"
„Nein danke. Wenn du allerdings den Rest zu der Dame da findest, dann sag mir Bescheid, okay?" Mir fiel noch etwas ein. „Sag, hast du schon herausgefunden, ob die Kollegen Phillips Computer auftreiben konnten? Es wäre doch zu schön, wenn wir den in die Finger bekämen."
An dem Gesicht, das Svensson zog, konnte ich sehen, dass ich mir darauf besser keine Hoffnungen machen sollte. „Tja, also, ich bekam einen Anruf aus Boston. Die Kollegen, die mit Vera Davis sprachen, teilten mir mit, dass sie Phillip Winstons gesamtes Hab und Gut auf die Müllhalde hat schaffen lassen. Sie hat nichts von ihm behalten. Kein Foto, keine persönlichen Gegenstände, keinen Computer."
Hu. Das nannte ich mal rigoros. „Vera war wohl nicht sehr gut auf ihren Ex zu sprechen, oder?
„No." Der Schwede zuckte die Achseln und schloss die Datei.
„Was hat Meyers eigentlich zu dem Ganzen gesagt? War er nicht neidisch?", wollte ich wissen. Als die beiden über Phillips und Sexkätz-

chens Aktivitäten plauderten, war laut Bonnie noch alles in Ordnung gewesen. War das tatsächlich so, oder hatte Eric sich in Gedanken auch schon abgeseilt?
Svensson schüttelte den Kopf. „Nein. Ich weiß, dass Eric nichts davon hören wollte. Zumindest zuerst nicht. Er versuchte, Phillip davon abzubringen, er kannte Vera ja auch, immerhin war sie die Freundin seiner Verlobten. Er schrieb von Bonnie, wie sehr er sie liebe, sie niemals betrügen könne, du kennst diesen Schmus. Phillip hingegen schien da keine Skrupel zu haben, er betrog Vera erst virtuell, und dann, drei Tage vor seinem Verschwinden so richtig. Hotelzimmer, Champagner und stundenlanger Sex, das volle Programm.“ Svensson deutete auf das Notebook. „Steht alles da drin, kannst es nachlesen. Phillip hat alles kommentiert.“
Ich winkte dankend ab. So sehr interessierte mich das Sexleben anderer nun wirklich nicht. „Du machst das schon, gib mir einfach eine Zusammenfassung. Später. Ist sonst noch was?“
„Nur noch eines. Wir haben die letzte Mail gefunden, die Phillip am vierundzwanzigsten Mai an Eric geschrieben hat. Warte.“ Svensson fummelte mit der Mouse herum, und suchte die Nachricht. „Hier.“
Schweigend las ich: *‚Breche heute alle Brücken hinter mir ab, werde mit meinem Sexkätzchen nach Seattle gehen. Melde mich mal, kann aber eine Weile dauern. Mach es gut, Phillip‘*
„Also wusste Eric nichts davon, dass sein Kumpel so etwas plante.“
„Anscheinend nicht. Es gibt noch eine Mail, in der Eric Phillip beschwor, Vera das nicht anzutun. Doch sie wurde nicht mehr beantwortet. Eric hat sich dann nicht wieder bei ihm gemeldet, aber genau wie alle anderen hatte auch er keinen Grund, nach Phillip zu suchen. Offiziell war er ja in Seattle.“
Wo er niemals auftauchte. „Danke, Lars, das hat mir sehr geholfen.“
Nun wusste ich, dass Nolan mit seiner Lockvogel-Theorie richtig lag. Auch wenn mich das nicht wirklich weiterbrachte. Wusste ich doch immer noch nicht, wie sie sich an Eric herangemacht hatte.
Ich hatte mich schon halb von meinem Stuhl erhoben, als Svensson mich zurückhielt.
„Warte! Das ist noch nicht alles! Jetzt wird es erst richtig interessant. Ich habe natürlich auch die Internetverlaufsdaten von Meyers überprüft. Und nach denen hatte Eric irgendwann Anfang Juli dieselbe Domina-sucht-was-zum-Spielen-Seite aufgerufen, wie vorher Phillip schon.“ Svensson zog sich das Notebook wieder heran und schloss den

Mailordner. Dann stellte er eine Internetverbindung her und rief eine der Seiten auf. Halb verpackte Damen jeder Haut- und Haarfarbe präsentierten sich. Mich ließen diese Fotogalerien ziemlich kalt, doch Svensson bekam glatt rote Ohren. Und glänzende Augen.
„Und?"
„Äh, … und nichts." Jetzt lief Svensson tatsächlich rot an. Anscheinend hatte er sich schon sehr genau auf dieser Seite umgesehen. Ich konnte mir ein belustigtes Grinsen nicht verkneifen.
„Es tummeln sich Hunderte von Usern auf dieser Seite. Davon viele aus dem Ausland. Leider konnte ich Erics Nickname noch nicht herausbekommen. Mit diesem Namen hätten wir eventuell die Chance, rauszukriegen, mit wem er gechattet hat. Ich lass gerade ein Programm rüber laufen. Doch das dauert. "
„Was ist mit dem Provider? Hast du den schon bearbeitet?"
„Na klar. Doch der stellt sich natürlich quer, Datenschutz und so, ich musste einen Gerichtsbeschluss beantragen." Er sah auf die Uhr. „Sobald ich den habe, mache ich mich mit einem Spezialisten vom FBI auf den Weg."
„Kannst du mir einen vorläufigen Bericht über das alles hier schreiben?", bat ich Svensson und deutete auf das Notebook. „Vielleicht reicht das ja, und Moore könnte damit veranlassen, dass die Leichen von Eric Meyers und Phillip Winston freigegeben werden. Dann kämen wenigstens diese beiden unter die Erde, und ihre Angehörigen könnten einen Schluss-Strich ziehen."
Ich wusste schließlich aus eigener Erfahrung, wie wichtig das für die Hinterbliebenen war.
Als ich das Revier verließ, trieb mir die schwülwarme Luft den Schweiß aus den Poren. Ich wischte mir über die Stirn und sah auf meine Uhr. Erst halb zwölf. Dann sah ich hoch, zum Tower hinüber.

☆

Nolan stand dicht an der Dachkante und sah auf die Stadt hinunter.
Wo würde er sich verstecken, wenn er ein blutdürstiger Strigoi auf Abwegen wäre? Er bräuchte einen Unterschlupf, an dem er vor der Sonne geschützt wäre, und der abseits menschlichen Lebens lag. Den Opfern war bei lebendigem Leib die Haut in Streifen geschnitten worden, das ließ sich nicht ohne furchtbares Geschrei bewerkstelligen.

Sein Blick schweifte über das Industriegebiet, das hinter dem Fluss lag, dort gab es eine stillgelegte Fabrikanlage. Sie war weitläufig, und abseits von bewohnter Gegend. Allerdings hatte es dort vor Jahren gebrannt, große Teile des Gebäudes waren eingestürzt. Nolan vermochte sich nicht vorzustellen, dass ein Vampir von László Câmpenis Kaliber sich in einer Ruine niederließ.
Seit die Fingerabdrücke identifiziert waren, die er an den Toten gefunden hatte, wusste er zumindest, wen es zu suchen galt. Aber noch immer ahnte er nicht, was für Gründe Câmpeni dazu bewogen hatten, sich als Vollmond-Killer zu versuchen. Das brachte doch nur Scherereien. Und hetzte ihm die Guardian auf den Hals.
Er sah zum Himmel auf. Die Sonne war hinter dunstigen Schleiern verborgen, schwüle, abgasverpestete Luft waberte über der Stadt, ließ alles weich und unscharf erscheinen. Leises Grummeln am Horizont kündete ein Gewitter an. Nicht mehr lange, dann würde es losbrechen.
Der fallende Regen würde die Stadt reinwaschen. Wenigstens äußerlich.
Nolan verharrte. Etwas schob sich in seine Wahrnehmung.
Jemand – Quinn – war auf dem Dach aufgetaucht. Er widerstand dem Impuls, sich zu ihm umzudrehen. Langsam trat er zwei Schritte von der Kante zurück und wartete geduldig. Quinn näherte sich leise, wie es seine Art war.
Wie würde er sich nach seinem besitzergreifenden Ausbruch von gestern Nacht verhalten? Eine weitere wilde Prügelei anzetteln? Er unterdrückte den Wunsch, in seine Gedanken einzudringen. Quinn wäre nicht Quinn, wenn er nicht gleich eine handfeste Meinung zu diesem Thema vorbringen würde.

Du gehörst mir.
Was hatte ihn bloß geritten? Wie hatte er sich zu diesen Worten hinreißen lassen können? Was war aus seinem Bestreben geworden, Distanz zu bewahren? Dahin. Zerbröselt wie ein weicher Keks.
Anscheinend genügte es, dass Quinn ihm ein paar Frechheiten an den Kopf schmiss, ihn bis aufs Blut reizte, um damit primitives männliches Imponiergehabe auszulösen. Kein guter Ansatz, sich jemandem vom Hals halten zu wollen, ganz und gar nicht! Er hatte die enorme Anziehung unterschätzt, die der Sterbliche auf ihn ausübte, gestand er sich ein.
Und dann – anstatt Quinn dafür zu strafen, sich hart und tief in ihm zu versenken und ihm damit seine Dreistigkeiten ein für alle Mal auszu-

treiben, war er wie von Dämonen getrieben, davongeprescht. War regelrecht geflohen, hier hoch in seine Oase auf dem Princeton-Tower. Als wenn das noch irgendetwas helfen konnte. Quinn hatte etwas an sich, das selbst einen Heiligen in Versuchung führen konnte.
Im Laufe der Jahrhunderte hatte er sich hin und wieder mit sterblichen Männern eingelassen. Kurze belanglose Episoden, die niemanden interessierten. Doch niemals zuvor hatte er sich jemandem in seiner wahren Gestalt gezeigt, geschweige denn, sich in einen von ihnen verliebt.
Gequält seufzte er auf, denn tief in seinem Inneren wusste er, war es längst zu spät. Er liebte Quinn. Mit jeder Faser seines Wesens.
Aber er war ein Engel. Und Engel – durften nicht lieben. Nicht auf diese Weise. Niemals.

☆

Ich pirschte mich langsam durch den kleinen Garten. Vorbei an duftenden Rosenbüschen und Terrakottatöpfen, die in Reih und Glied an einer Mauer standen. Sogar ein Baum wuchs hier oben am Rande des Rasens, sein Stamm war fast so dick wie mein Oberarm. Um was für eine Sorte es sich handelte, konnte ich nicht sagen. Ben und auch Hazel hätten es sofort gewusst.
Dieser Garten war faszinierend. Ich lebte schon so lange in dieser Stadt, doch dass es hier oben, vierzig Stockwerke hoch, so etwas gab, hatte ich nicht einmal geahnt.
Ich bog die Äste des Jasmins auseinander, schob mich hindurch und sah Nolan an der Dachkante stehen, mit nichts außer einem Paar schwarzer Jeans bekleidet. Sie saßen wie angegossen an seinem knackigen Hintern und betonten die muskulösen Schenkel. Die imposanten Flügel waren locker hinter seinem Rücken gefaltet. Seine makellose Haut, die sich um perfekte Muskeln schmiegte, schimmerte matt im fahlen Licht der Mittagssonne. Das lakritzschwarze Haar glänzte, und ich kam nicht umhin, ein weiteres Mal zu bemerken, dass er eine verdammt erotische Ausstrahlung besaß. Dafür musste er nicht einmal etwas tun, es reichte, dass er einfach nur so da stand.
Der Wind, der die Gewitterwolken von Westen her vor sich her schob, spielte mit Nolans Gefieder. Es juckte mich in den Fingern, die Schwingen zu berühren, an ihnen entlang zu fahren. Ich hätte zu gerne gewusst, ob die Federn genauso seidig waren, wie die, die ich um den

Hals trug. Ich trat direkt hinter ihn, kam nah genug, um seine Wärme zu spüren, aber nicht so nah, dass ich seine Flügel berührte.
„Fass sie an.“
„Was?“
„Meine Flügel. Berühre sie. Ich erlaube es dir.“
„Du erlaubst es mir. Mhm. Wie gnädig!“, motzte ich und ignorierte diese großzügige Aufforderung. Stattdessen beugte ich mich etwas vor und strich langsam mit meinen Lippen über seine bloße Schulter. Ein kurzes, scharfes Luftholen war die Antwort. Jetzt betastete ich ihn mit meiner Zunge, malte Linien auf die warme Haut. Er schmeckte so, wie ich ihn in Erinnerung hatte. Sommerbrise am Meer, mit einer Prise exotischer Gewürze. Nun war ich es, der scharf Luft holen musste. Mein Mund glitt über die Kuppen seiner Muskeln, bis hinauf zu seinem Ohrläppchen. Saugte es hinein.
„Ich gehöre niemandem“, raunte ich, dann biss ich zu.
Nolan hatte sich nicht gerührt, verharrte regungslos, nur das sichtbare Zittern der Schwingbögen zeigte, dass er nicht immun dagegen war. In mir stieg der Wunsch nach Rache auf, denn gestern Nacht hätte ich ihn beinahe auf Knien angefleht, mich endlich zu nehmen. Doch bevor ich noch ein Wort von mir geben konnte, quetschte er ein zorniges ‚*Du gehörst mir*‘ zwischen den Zähnen hervor – und weg war er. Ließ mich zurück mit einer Erektion, die mich zwang, es mir im Hauseingang selber zu besorgen.
„Ich habe nicht vor, jetzt wegzulaufen“, erwiderte er mit rauer Stimme. „Und du gehörst mir. Glaub es.“
„Bestimmt nicht.“ Spielerisch biss ich ihm in die Schulter. Erst zart, doch dann kräftiger. Grub meine Zähne tief in das feste Fleisch. Ein deutlicher Schauer lief über seine Arme.
„Ich dachte mir schon, dass du meine Gedanken liest“, murmelte ich aufmüpfig und pustete leicht über die sich rötende Stelle. Gänsehaut breitete sich aus. „Beschwer dich aber nicht, wenn ich mir unkeusche Gedanken über deinen Körper mache.“ Nur um ihn zu ärgern, stellte ich mir vor, wie er auf dem Rasen kniete, die Flügel weit ausgebreitet, mich mit seinem verlockenden Mund hemmungslos verwöhnte, während er mit beiden Händen meinen Hintern knetete.
Das Zittern seiner Schwingen verstärkte sich und ich vernahm sein leises Stöhnen.
„Das geschieht dir recht!“

Er ließ den Kopf etwas nach vorne sinken, gab so den Blick auf den starken Nacken frei. Dieser Aufforderung konnte ich nicht widerstehen, und so verlegte ich meinen Wirkungskreis erneut auf seinen Hals. Knibbelte die zarte Haut mit den Zähnen, sah, wie sich die Sehnen anspannten.
„Und? Soll ich dir jetzt erlauben, meinen Arsch zu küssen?", fragte ich unvermittelt.
Blitzschnell wirbelte er herum, sein warnender Blick spießte mich förmlich auf. „Ich werde dir deine Frechheiten austreiben!" Er packte mich am Kragen meines Shirts und schob mich vor sich her, dann versetzte er mir einen leichten Stoß, und ich landete rücklings im Gras. Ich stützte mich auf einen Ellenbogen und grinste ihn von unten her an. „Na dann mal los! Ich warte!" Herausfordernd schob ich meine Hand in die Jeans. Sie saß so eng, dass meine Finger kaum Platz darin hatten.
„Knöpf sie auf. Los. Auf – und runter damit!", forderte Nolan. Er war vor meinen Füßen stehen geblieben und sah herrisch auf mich herab. Ah, Mister Arrogant wollte ein Dominanz-Spielchen spielen. Fein!
Knopf für Knopf sprang auf. Ich sah ihn an. Abwartend. Hob nur meine Augenbraue.
„Weiter", befahl er und stemmte die Arme in seine schmalen Hüften. Mit zwei Fingern ließ ich den Schlitz aufklaffen. Erlaubte ihm, meine Männlichkeit zu bewundern, denn Unterwäsche trug ich praktischerweise heute nicht.
„Hol ihn raus."
Ich gehorchte nur zu gerne und packte meinen Schwanz aus. Der Wind hatte aufgefrischt, streichelte über mich hinweg. Das verstärkte meine Erregung ungemein. Was er sah, schien ihm zu gefallen, denn er ballte die Fäuste, Muskeln spannten sich, seine Kiefer mahlten.
„Fass ihn an." Seine Stimme klang tiefer, heiserer, jagte mir heiße Schauer über den Leib. Wieder gehorchte ich. Legte meine Finger um meinen hoch aufgerichteten Schaft. Wartete nicht auf eine erneute Aufforderung, bewegte sie langsam rauf und runter, ließ Nolan dabei nicht aus den Augen.
„Schneller!"
Abermals folgte ich willig. Mit jeder Bewegung fühlte ich den rasend werdenden Puls in meinen Lenden, und jedes Mal, wenn meine Finger über die Spitze meiner Erektion strichen, strömte die Hitze, die mein Blut kochen ließ, rascher.

„Und? Genießt du die Show?“ Ich lächelte provokant und hielt inne. So wie Nolan mich jetzt ansah, war das eine sehr dumme Frage. Aus seinen Augen schienen indigofarbene Blitze zu schlagen. Jeder Einzelne traf mich mit der Wucht eines kleinen Stromschlages.
„Willst du da stehen bleiben und zusehen? Oder dich auf mich stürzen, ihn tief in deinen Mund nehmen, daran saugen … mich lecken?“, provozierte ich ihn. Rekelte mich genießerisch, legte den Kopf in den Nacken und begann erneut mit der erotischen Folter. Kostete jede Bewegung voll aus.
„Du hättest ihn gestern Nacht sehen müssen, so prall, so hart … Du hast echt was verpasst!“ Mal sehen, wie lange er nur Zuschauer blieb.
Nicht sehr lange. Plötzlich war er über mir, blitzschnell, ich hatte überhaupt keine Bewegung gesehen. Riss meine Jeans mit einem tiefen Aufstöhnen herunter, ich half gerne etwas nach, Sneakers und Shirt flogen in alle Richtungen davon.
Dann warf er sich auf mich, drückte mich mit seinem ganzen Gewicht nieder. Ich liebte dieses Gefühl! Wenn Greg auf meinem Schoß saß, dann war das so, als hielt ich einen knuddeligen Schmusekater im Arm. Doch Nolan? Da war nichts knuddelig. Nur pralle Muskeln und schieres, festes Fleisch. Sein harter muskulöser Leib presste mich ins warme Gras. Durch sein Gewicht drückten kleine Steinchen, ein dünner Ast in meinem Rücken. Ich fühlte die Bedrängnis, die Enge in meinem Brustkorb, die mich hinderte, tief durchzuatmen. Unsere stoßweisen Atemzüge vermischten sich, und am liebsten hätte ich mich auf ihn gestürzt, ihn mir geschnappt, und bis zur Besinnungslosigkeit geküsst. Sein Gesicht verzerrte sich, kehliges Stöhnen verriet mir, dass er wieder mal meine Gedanken las.
„Willst du mich in den Wahnsinn treiben?“, keuchte er rau. Als seine Lippen meine berührten, war es, als würde glimmender Glut Sauerstoff zugeführt. Von einer Sekunde zur anderen entfachte es zu einer alles verzehrenden Feuersbrunst. Und dann tat er es. Eigentlich taten wir es beide. Wir küssten uns, bis ich tatsächlich fast besinnungslos wurde. Alles versank in einem Meer aus Farben, sie explodierten um uns herum – grellrot, quietschgelb, gletscherblau – und dann wurde es langsam immer dunkler, meine angespannten Glieder angenehm schwerelos.
„Atme! Hörst du? Los, atme!“ Wie aus weiter Ferne drang Nolans Stimme an mein Ohr.
Tu ich doch, wollte ich sagen, doch über meine Lippen kam nur ein Krächzen. Ein kräftiger Schlag traf mich zwischen den Schulterblättern,

erleichtert fühlte ich, wie sich meine Lungenflügel wieder mit Luft füllten. Tief atmete ich ein und aus.
„Das … wäre … doch mal … ein schöner Tod“, japste ich. „Zu Tode geküsst. Ob Keith darauf kommen würde?“
Nolan sah mich mit einem ungläubigen Blick an. „Du bist ganz schön makaber.“ Dann ließ er mich wieder ins Gras zurücksinken. Sein feuchter Mund strich über meine Brust, knabberte an den hoch aufgerichteten Brustwarzen, wanderte weiter, immer tiefer herab. Heißer Atem kitzelte meine Scham, dann umschlossen seine hungrigen Lippen meinen pochenden Schwanz. *Engels Zungen* umschmeichelten mich, gaben dem Wort eine völlig neue Bedeutung.
Schockwellen reinster Ekstase ließen meine Nerven explodieren, als er mir mit einem Biss in die Hoden zu verstehen gab, wie machtvoll er mich gleich in Besitz nehmen würde.
Schon löste er sich von mir, versuchte, mich auf den Bauch zu rollen – doch ich sperrte mich dagegen. Diesmal würde ich nicht einfach nur meinen Arsch hinhalten, mich nicht einfach so nehmen lassen. Das hatte ich mir geschworen.
„Wie du willst!“, flüsterte es drohend an meinem Hals. Grobe Fäuste packten mich an den Schultern, rissen mich hoch auf die Füße. Wir standen so dicht zusammen, dass unsere nackten, schweißigen Körper aneinander klebten.
„Sag, dass du mich willst“, stieß ich atemlos hervor. „Sag es!“
Gewitterwolken verdunkelten Nolans Augen, seine Kiefer mahlten aufeinander, doch er schwieg. Ich funkelte genauso erregt zurück. Diesmal gab es kein zurück. Er würde es sagen, oder ich würde gehen.
Doch ich hatte die Rechnung ohne meinen Engel gemacht.
Nolan packte mich, stieß mich gegen den Baum, den ich vorhin noch bewundert hatte, raue Rinde schrammte über meinen nackten Brustkorb. Die Arme landeten hoch über meinem Kopf, etwas schlang sich um die Gelenke, fesselte sie fest an den Stamm. Sofort schossen mir erregende Bilder durch den Kopf.
Eine Bondage-Session. Ich, hilflos gefesselt, während Nolan mich reizte, mich bis aufs Äußerste peinigte, mir gab, was ich so dringend von ihm brauchte.
Mit einem erwartungsvollen Aufstöhnen ließ ich den Kopf auf die Oberarme sinken. Der harzige Geruch der Rinde stieg mir in die Nase. Nolan rieb sich an mir, ich spürte seine wachsende Erregung, die sich fest in

mein Fleisch zu bohren schien. Die harten Muskeln seines Oberkörpers, der gegen meinen Rücken lehnte, spannten sich an.
„Ich werde dich nehmen“, raunte er leise, sein warmer Atem streifte meine erhitzte Haut. Seine Hände strichen über meinen Rücken, wanderten zu meiner Brust, begannen die Brustwarzen sanft zu umkreisen. „Ich werde mich tief in dir versenken, immer und immer wieder.“ Nolan hörte sich an, als sei er schon vom bloßen Gedanken daran in kaum noch bezähmbares Verlangen verfallen.
Seine großen Hände umfassten meine Hüften, betasteten und kneteten meinen Hintern. Seine Daumen glitten über den Pospalt, begierig drängte ich mich ihm entgegen.
„So ungeduldig?“ Nolan lachte spöttisch. Sein Daumen bewegte sich tiefer, streifte den Anus, während seine Finger meine Hoden berührten, sie mal ganz sanft streichelten, um sie im nächsten Augenblick fest zusammen zu quetschen. Ein lustvolles Ächzen entwischte mir. Diese Tortur brachte mich allmählich an den Rand des Wahnsinns.
„Du bist mir ausgeliefert, gefesselt von der Kraft meiner Gedanken. Ich kann mit dir machen, was ich will“, hauchte er und biss mir leicht in den Nacken. Heiße, sehnsuchtsvolle Schauer rauschten über meinen Rücken.
„Und ich bestimme, wann der Zeitpunkt gekommen ist, da ich dich in Besitz nehmen werde.“ Sein exotischer Duft hüllte mich ein. Mit jedem Atemzug, den ich tat, kam es mir vor, als inhalierte ich eine Droge. Sie wandelte mein Blut in kochende Lava, brachte meinen Puls dazu, laut und wie rasend zu schlagen. Sickerte in mich, ließ mich vor ungezügelter Begierde beinahe zerbersten.
Wieder fühlte ich seinen Mund an meinem Ohr. Langsam raunte er mir verführerische Worte zu. „Ich weiß genau, was du ersehnst. Weiß von deinen Wünschen. Und ich kann sie alle wahr werden lassen. Jeden Einzelnen.“
Ich biss mir die Lippen blutig, um mich daran zu hindern, ihn anzuflehen, seinem verlockenden Angebot endlich Taten folgen zu lassen.
Schweißtropfen rannen mir die Stirn herunter, liefen in die zusammengekniffenen Augen, mein Atem kam nur noch stoßweise zwischen fest aufeinander gepressten Kiefern hindurch, in meinem Schwanz pochte es bereits qualvoll, lange konnte ich es nicht mehr aushalten.
Verflucht! Es war mir inzwischen so was von egal, ob er jemals zugeben würde, dass er mich wollte. Ich war inzwischen mehr als bereit, meinen Stolz über Bord zu werfen – und um Erfüllung zu betteln. Hauptsache, er ließ mich nicht länger am ausgestreckten Arm verhungern.

„Ich will dich. Immer nur dich." Leise, fast nur ein Hauch, drang es an mein Ohr. Ein sanfter Kuss streifte über die pochende Ader an meiner Kehle. „Mehr, als du es dir vorstellen kannst."

Überrascht davon, ihn diese Worte tatsächlich sagen zu hören, wandte ich den Kopf und sah ihn an. Seine Schwingen erzitterten, in seinen sturmverhangenen Augen glühte es verheißungsvoll. Doch für einen winzigen Augenblick sah ich noch etwas anderes darin aufblitzen. Liebe. Liebe? Konnte es sein?

Doch bevor ich mir noch lange Gedanken darüber machen konnte, bewegte er sich gemächlich an mir hinunter. Er kniete hinter mir und ich spürte seine Zunge, wie sie über mein Rückgrat strich, sich ihren Weg hinunter zu den Pobacken bahnte. Ein Lufthauch wehte über uns hinweg und auf den feuchten Stellen meiner Haut bildete sich Gänsehaut.

Aufreizend langsam begann Nolan, mit seiner Zunge in dem Spalt auf und ab zu gleiten. Der atemlose Fluch, den ich ausstieß, hielt ihn nicht auf, im Gegenteil, es stachelte ihn nur noch mehr an.

„Bitte", flehte ich heiser. „Nimm mich endlich!" Wie wild zerrte ich an den unsichtbaren Fesseln. Glühender Lustschmerz durchzuckte mich, als mein Schwanz dabei an die Baumrinde stieß. Mit einem aufschluchzenden Laut krümmte ich mich, nicht länger in der Lage, diese himmlische Folter zu ertragen. Zum Glück hatte Nolan Erbarmen mit mir.

Er erhob sich, packte ohne Vorwarnung meinen Oberschenkel, riss ihn hoch, um im selben Augenblick in mich hineinzustoßen.

Ich schrie und bäumte mich auf, hatte das Gefühl, dass es mich fast zerreißen würde, sein Schwanz, noch praller, noch größer als beim ersten Mal, war das Gewaltigste, das ich jemals in mir hatte. Den Kopf fest an den Baumstamm gepresst, rührte ich mich nicht, gab mich nur dem intensiven Gefühl von Schmerz und Lust hin.

Ja! So sollte es sein. Es sollte nicht zart und sanft sein. Nein. Es sollte mich martern, ich wollte kein Teddybär sein, sondern ein Mann, ein Krieger. Wollte erobern. Wollte erobert werden.

Begierig nahm ich seine samtene Härte in mir auf, die Intensität, mit der ich ihn in mir spürte, ließ gleißende Blitze hinter meinen Lidern zucken. Hilflos wand ich mich unter ihm, während er mich ausfüllte, mich dehnte. Schon besiegte emporlodernde Wollust die brennende Pein, fiel es mir leichter, seine ganze Länge in mir aufzunehmen.

Als er anfing, mich mit langsamen, fast sanften Stößen zu quälen, warf ich den Kopf in den Nacken und stöhnte protestierend in den Himmel. „Mehr!“, flehte ich und versuchte ihn anzutreiben. Härter. Schneller. Wollte einfach mehr, immer mehr davon.
Und Nolan gab es mir.
Erbarmungslos versenkte sich sein Schaft wieder und wieder in mir, hämmerte seine Hüfte gegen mich. Die Laute, die hier oben zu hören waren – keuchendes Atemholen, das klatschende Schmatzen von schweißig-nasser Haut, die auf andere verschwitzte Haut traf – das alles steigerte mein Verlangen ins Unermessliche.
Ich kniff die Muskeln zusammen, immer fester, bis ich spürte, wie es heiß in ihm pulsierte.
„Ja!“, keuchte er und schwoll noch weiter an. Seine Hand umschloss meinen Schaft. Erleichtert schrie ich auf, weil ich in seine Faust stoßen konnte, um so auch mir endlich Befriedigung zu verschaffen.
Ein weiterer kraftvoller Stoß brachte uns an den flammenden Abgrund, wir ließen uns hineinfallen, trieben hilflos im Strudel der Ekstase.
„Du. Bist. Mein“, schrie er, dann riss er mich ein letztes Mal in seine Arme und verharrte. Im selben Augenblick, in dem er sich in mir verströmte, spannte sich alles in mir an, meine Erektion pulsierte heiß in seiner Hand – und dann schwemmte mich eine riesige Welle der Erleichterung davon. Minutenlang, so schien es mir, driftete ich in scheinbarer Schwerelosigkeit und kam nur sehr ungern auf den Boden zurück.
Langsam öffnete ich meine Augen. Die Fesseln um meine Handgelenke lösten sich, und nicht länger fähig, aufrecht stehen zu bleiben, rutschte ich völlig erschöpft am Stamm herunter und sank beinahe in die Knie. Nolan, dessen Arme mich noch immer umschlungen hielten, zog mich an seine Brust und hielt mich fest.
Nach Luft ringend lehnte ich an ihn und wischte mir mit zitternden Händen schweißnasse Haarsträhnen aus der Stirn. Dann drehte ich mich zu ihm herum. „Ist das alles, was du zu bieten hast?“

Elf

„Erzähl mir von dir“, bat ich Nolan. „Wer warst du, bevor du … du weißt schon … ein Engel wurdest.“

Wir lagen noch immer oben auf dem Tower im Gras, mein Kopf ruhte auf seinem Schenkel und ich sah den dahin ziehenden Wolken nach. Das drohende Gewitter war längst Richtung Berge weitergezogen, die Sonne traute sich wieder hervor. Heiß brannte sie auf uns herab, morgen würde ich bestimmt einen Sonnenbrand haben. Doch das war im Augenblick ziemlich bedeutungslos, jetzt fühlte ich mich einfach nur wohl.

Nolan ließ sich mit der Antwort Zeit.

„Ich war nichts Besonderes, nur der dritte Sohn eines unbedeutenden Landedelmannes. Geboren wurde ich im Dezember 1493, in Frankreich. Mein Name lautet Noel de Clermont.“

Schnell überschlug ich das Datum. Fünfhundertachtzehn Jahre. Beeindruckt pfiff ich durch die Zähne. „Hui, dafür hast du dich verdammt gut gehalten!“ Dann fiel mir etwas auf. Wie hatte er gesagt, war sein Name?

„Noel? Dein Geburtsname lautet Noel?“, hakte ich nach und lachte los. „Heißt das nicht Weihnachten? Dann bist du ja ein Weihnachtsengel!“

Nolan schien das überhaupt nicht lustig zu finden, denn als ich noch immer lachend zu ihm aufsah, rollte er genervt die Augen. „Und genau aus dem Grund habe ich mich in Nolan umbenannt, als ich in die Staaten versetzt wurde.“

„Wieso? Was ist schlimm an Weihnachtsengel?“

„Wenn du gut zweihundert Jahre lang deswegen aufgezogen worden bist, dir immer und immer wieder dieselben blöden Witze anhören musst, hast du irgendwann die Nase voll, glaub mir!“

„Und das ‚Blake‘?“, wollte ich wissen.

„Diesen Namen habe ich nur für den Mondschein-Fall angenommen. Er ist schlicht und einfach. Unauffällig eben. So wie ich.“

Ich schnaubte kurz und kratzte mich am Oberschenkel. Eine Mücke hatte mich erwischt. „Du und unauffällig! Ein Elefant auf einem Drahtseil fällt weniger auf, als du!“ Schnell zog ich seinen Kopf zu mir herunter und strich mit der Zungenspitze über seine Lippe. „Du siehst viel zu gut aus, um unauffällig zu sein.“

Aus dem Necken wurde ein heißer, leidenschaftlicher Kuss. Als mir die Luft wegblieb, ließ er wieder von mir ab. „Ich bin Franzose. Alle Franzosen sehen gut aus! Du hättest mal meinen Bruder Guillaume sehen sollen. Der sah wirklich gut aus. Na ja, fast so gut wie ich", räumte er ein.

Jetzt war ich es, der die Augen verdrehte. Eines stand fest: An mangelndem Selbstbewusstsein litt er nicht!

Meine Neugier auf Nolans Geschichte war noch nicht ganz befriedigt, doch ich traute mich nicht, ihm diese eine, ziemlich persönliche Frage zu stellen. Wer würde schon gerne darüber reden, wie er gestorben ist?

Ich vergaß, dass Nolan sich in meinen Gedanken wie zu Hause fühlte.

„Du willst wissen, wie ich gestorben bin?" Er richtete sich wieder auf. „Es ist keine große Geschichte, sie ist schnell erzählt. Es war anno 1528. In der Burg meines Bruders brach mitten in der Nacht ein Feuer aus. Ich hatte eine Stunde zuvor die Nachtwache übernommen, und war gerade auf meinem Rundgang durch die Ställe, als die Glocke Alarm schlug. Ich rannte hinüber, alles war in heller Aufregung, es ging drunter und drüber. Die Mägde schrien panisch und zerrten an den Knechten, die versuchten, ein paar Habseligkeiten zusammen zu raffen.

Guillaume kümmerte sich um seine Gemahlin Amelie und den wenige Tage alten Sohn, ich mich um die Mädchen. Die beiden hatten vier süße kleine Töchter, im Alter zwischen fünf und einem Jahr.

Es war Spätherbst, deswegen schliefen die Mädchen hinten in der großen Halle auf Strohlagern. Dort war es wärmer, nicht so klamm." Seine Stimme stockte, und er hielt inne.

Ich tastete nach seiner Hand und drückte sie. „Du musst nicht weiterreden, wenn du nicht willst." Was dann geschehen war, konnte ich mir schon denken.

Doch er winkte ab, holte tief Luft und erzählte weiter. „Drei von ihnen hatte ich schon gefunden, ich drückte sie der Amme und einem Knecht in die Arme, sie liefen nach draußen. Es fehlte noch Mathilde, die Älteste. Sie hatte sich vor Angst irgendwo verkrochen, ich rief nach ihr, doch sie antwortete nicht.

Alles war voller Rauch und Flammen, das Feuer breitete sich schon nach oben, auf die Empore aus, die Balken brannten lichterloh. Ich hätte mich retten können, doch konnte ich Mathilde einfach so den prasselnden Flammen überlassen? Nein. Und dann krachte ein Balken herunter …"

Nolan zuckte die Achseln und schwieg wieder.

Aber ich hatte auch so verstanden. Vom herabstürzenden Balken erschlagen. In den Flammen verloren. Kein schöner Tod.

Für den Moment ließ ich ihn in Ruhe, schloss die Augen und döste ein Weilchen vor mich hin. Um uns herrschte Stille, nur das Murmeln des Brunnens drang an mein Ohr. Der Duft nach Gras kitzelte meine Nase, ein Hauch frischer Kräuter lag in der Luft. Es roch nach Sommer. Fehlten nur noch ein frisches, kaltes Bier und ein Grill.
Schläfrig zupfte ich an meiner Feder, Nolan spielte mit meinen Haarsträhnen, die sich feucht in meinem Nacken ringelten. Eigentlich hätte ich für ewig nur so daliegen mögen, die Nähe von Nolan genießen und mir vorstellen wollen, mich auf unbegrenzte Zeit im Urlaub zu befinden. Doch das ging leider nicht. Captain Moore würde mich mit Anlauf in den Hintern treten, wenn er wüsste, dass ich mich mit dem vermeintlichen FBI-Agenten vergnügte, statt alles daran zu setzen, endlich den Vollmond-Killer dingfest zu machen.
Bedauernd seufzend rückte ich ein Stück von Nolan weg und setzte mich auf. Das hätte ich besser nicht getan. Denn der Engel lag da, wie ein Abbild der leibhaftigen Sünde. Den Oberkörper halb gegen den Baum gelehnt, das schwarze Haar frech zerzaust, sah er mich aus leicht geschlossenen Lidern an. Eine seiner Schwingen lag unter ihm, die andere hatte er seitlich ausgebreitet. Sein rechtes Bein war angestellt, das andere, auf dem ich es mir gerade noch bequem gemacht hatte, ausgestreckt.
Unwillkürlich fiel mein Blick auf sein Geschlecht, das in seinem Schoß ruhte. Ich schluckte hart. Wenn man bei einem voll erigierten Penis von ‚ruhen' sprechen wollte.
In meinen Lenden begann es erwartungsvoll zu prickeln, als Nolan mir mit eindeutig lüsternem Funkeln in den Augen die Hand hinhielt. Es war unglaublich! Wo zum Kuckuck hatte der Kerl dieses enorme Stehvermögen her?
„Ich bin ein himmlisches Wesen", antwortete er mit selbstgefälligem Grinsen. „Das vorhin war doch bloß zum warm werden!"
Zum *warm* werden? Da waren verschiedene Regionen meines Körpers aber ganz anderer Meinung. Denen war inzwischen so warm, dass sie förmlich brannten! Und das kam nicht von zu viel Sonnenbestrahlung!
Die letzten drei Stunden hatten wir nichts anderes getan, als uns quer durch den Garten zu vögeln. Nach dem Baum kam die Steinbank, der Rasen, wieder der Baum, an den Nolan mich erneut festbannte. Nicht einmal den japanischen Brunnen hatten wir ausgelassen.
Jedes seiner Versprechen hatte er wahr gemacht. Er hatte mich genommen, immer und immer wieder, hatte mich dabei in Sphären ge-

trieben, die ich so noch niemals erreicht hatte. Und die ich ohne ihn sicherlich niemals wieder erreichen würde.

„Komm her“, verlangte er, doch ich schüttelte den Kopf und ignorierte das heftige Verlangen, das mich schon wieder durchzuckte.
„Was wolltest du eigentlich gestern Nacht von mir?“, versuchte ich ihn abzulenken, während ich gleichzeitig nach meinem Shirt angelte und es mir überwarf. „Du meintest, du hättest Neuigkeiten. Konntest du etwas über diesen Strigoi herausfinden? Ja oder nein?“
„Ja. Ich habe seinen Namen“, antwortete er, ziemlich widerstrebend, wie ich fand. „Seine Fingerabdrücke befinden sich tatsächlich in unserer Datenbank.“
„Und? Wie heißt der Typ?“
„Sein Name ist László Câmpeni. Er war ursprünglich in Rumänien beheimatet, und treibt nun hier sein Unwesen.“
„Wieso ist er in eurer Datenbank? Hat er vorher schon Menschen auf diese Weise getötet?“
„Nein. Er wurde registriert, als er 1962 in die USA eingereist ist. Mit mindestens einem weiteren Vampir im Gepäck.“ Als er meinen ungläubigen Blick bemerkte, lachte Nolan nur. „Auch als Strigoi kannst du nicht einfach machen, was dir beliebt. Sie leben mitten unter euch, einige gehen sogar einer Arbeit nach, hauptsächlich, weil sie sich langweilen. Natürlich tun sie das nur nachts, denn sie können die Sonne nicht vertragen.“
„Arbeit? Als was?“
„Clubbesitzer, Barmann, Security, du findest sie überall da, wo amüsierfreudige Nachtschwärmer zusammenkommen. Las Vegas, Reno, zum Beispiel. Dort wimmelt es nur so von ihnen. Viele arbeiten auch in medizinischen Berufen, als Krankenpfleger oder Laborpersonal.“
Was er damit andeutete, war klar. Diese Vampire benutzten die Menschen als ihre Blutbank. Allzeit und überall leicht verfügbar. In Clubs, im Hospital. In Spielcasinos. Bei dem Gedanken verzog ich das Gesicht. Wem war ich wohl schon alles begegnet, der nicht das war, was er vorgab zu sein? Eisige Gänsehaut lief mir über den Rücken. In Zukunft würde ich mich nachts mit anderen Augen umsehen.
„Wieso bringt dieser Câmpeni seine Opfer um? Und dann auf so eine brutale Weise. Das wirbelt doch jede Menge Staub auf.“

Nolan seufzte. „Das habe ich nicht herausfinden können. In den Unterlagen stand nur, er habe Rumänien aus gesundheitlichen Gründen verlassen. Das kann alles Mögliche bedeuten."
Ein kranker Vampir. Ich schüttelte den Kopf. Das war echt abgefahren!
„Wie alt ist dieser Vampir?", wollte ich wissen. In einschlägigen Filmen und Büchern waren sie meist ein paar Jahrhunderte alt, etwas, das ich ziemlich faszinierend fand. Gelebte Geschichte. Live dabei sozusagen.
„Sein Alter wird mit achthunderteinundachtzig angegeben. Ungefähr." Nolan schwieg einen Moment. Als er weitersprach, klang er müde. „Und es ist nicht so faszinierend, wenn du selber davon betroffen bist. Zuerst ist es aufregend, du wirst ewig leben, niemals altern. Niemals sterben. Doch irgendwann kommt der Zeitpunkt, an dem es ziemlich langweilig wird. Und dann kommen viele auf dumme Gedanken."
„So wie Câmpeni."
„Genau. Wie Câmpeni."
Ich verstand. Dieser Vampir tötete aus Langeweile, gaukelte mir einen Serienkiller vor und kam damit durch. Und ich war der Blödmann, dessen Kopf am Ende rollen würde.
Oh nein! Nicht mit mir!
„Ich werde diesem Mistkerl das Handwerk legen!", versprach ich mir. „Einen nächsten Mondschein-Toten wird es nicht geben! Wie können wir ihn auftreiben?"
„Ihn aufzutreiben wird schwierig werden. Er könnte sich überall dort verkrochen haben, wo es kaum Sonne gibt, wo er ungestört seinem grausamen Tun nachkommen kann." Nolan deutete träge in die Richtung des Industriegebietes. „So was wie die ausgebrannte Ruine, zum Beispiel."
In meinem Hirn klingelte etwas. Laut und schrill. Ruckartig richtete ich mich auf. Was hatte Mary Jane mir noch gleich erzählt? Im Belvedere-Hotel gingen merkwürdige Dinge vor? Verflucht! Das hatte ich doch total vergessen!
„Könnte es auch so etwas wie ein … ein leer stehendes Hotel sein?"
„Klar." Nolan machte eine zustimmende Geste. „Solange es ausreichend gegen die Sonne geschützt ist."
Schon sprang ich auf, und fuhr in meine restlichen Klamotten. „Los. Komm. Ich glaube, ich habe eine Idee."

Zwölf

Der Strigoi betrat die Suite, die er zu seinem Ruhegemach bestimmt hatte. Zu diesem Zweck stand nichts weiter als ein großes, sehr bequem wirkendes Bett in der Mitte des Raumes. Es verfügte wohl über mehrere seidene Kissen und Laken, aber ansonsten über keinerlei andere Annehmlichkeiten. Câmpeni hielt derlei für Unsinn, denn er fror weder, noch empfand er Hitze.

Ein Blick auf die teure goldene Uhr an seinem Gelenk verriet, dass der Tag schon ziemlich weit fortgeschritten war. In früheren Zeiten hätte er sich jetzt in dunklen, lichtundurchlässigen Kellern oder feuchten Verliesen verkriechen müssen, doch dank modernster Technik war das nicht mehr notwendig.

Vor den Fenstern sämtlicher Suiten gab es jetzt getöntes Spezialglas, das hielt nicht nur die tödlichen UVA-Strahlen draußen, sondern filterte auch die Infrarot-Strahlen heraus. Das machte ein Verkriechen unnötig.

Heimlich wurden die erforderlichen Umbauten ausgeführt, von der Öffentlichkeit gänzlich unbemerkt. Innerhalb einer einzigen Nacht hatten ein Dutzend Arbeiter sämtliche alten Fenster in den oberen beiden Etagen entfernt und die neuen eingebaut. Die Männer gehörten zum Gefolge von Marcus, dem akkreditierten Herrscher dieses Bezirkes. Gegen eine saftige ‚Aufwandsentschädigung', wie er es nannte, hatte Câmpeni über die Arbeiter verfügen können.

Eine Investition, die sich gelohnt hatte.

Er trat in den kleinen Nebenraum, in dem seine Kleidung in hohen Schränken untergebracht war. Heute Abend würde eine kleine intime Party in Marcus' Residenz steigen. Smoking war Pflicht.

Er streifte Hemd und Hosen ab. Nackt trat er vor den hohen, schweren, in Gold gerahmten Spiegel und schaute hinein. Was er sah, ließ ihn bewundernd innehalten.

Seine Haut, bis vor Kurzem noch staubgrau und faltig, war nun porzellanweiß und glatt gestrafft. Über die nackten muskulösen Schultern fiel langes, gesund glänzendes schneeweißes Haar. Er strich über seinen flachen, harten Bauch. Das war schon ein ganz anderer Anblick als der alte klapprige Leib, den er bis vor Kurzem noch besessen hatte.

Als er vor knapp fünfzig Jahren von Rumänien hierher, in das gelobte Land Amerika kam, hatte er gehofft, hier die Lösung für sein Problem zu finden.

Ausgemergelte und degenerierte rumänische Bergbauern, ihr Blut durch jahrhundertelange Inzucht verdorben, hatten nämlich nicht länger dazu getaugt, jemanden mit seinen speziellen Bedürfnissen anständig zu ernähren. Sein Körper verfiel immer mehr. Doch egal, von wie viel gesunden, wohlgenährten Amerikanern er auch trank, an seinem gebrechlichen Zustand änderte sich nicht wirklich etwas. Zwar kam er langsam wieder zu Kräften, war sein Befinden längst nicht mehr lebensbedrohlich, aber sein Körper blieb greisenhaft. Unansehnlich.
Und nun?
Er wandte seinen Kopf langsam hin und her und betrachtete sich gründlich im Spiegel.
Makellos. Perfekt.
Fast.
Um die Lider sah er winzig-kleine Fältchen, auch spielte die Gesichtsfarbe noch ganz leicht ins Gräuliche, statt anmutig bleich zu schimmern. Einzig seine Augen sahen aus wie immer. Eisiges, kristallenes Schwarz.
Etwas auf der zierlichen antiken Kommode, die neben dem Spiegel stand, stach ihm ins Auge. Eines der Stücke lag nicht mehr so, wie er es am Morgen zurückgelassen hatte.
„Serafiné."
„Meister, Ihr verlangt nach mir?" Seine Elevin eilte heran. Sie hielt die Augen brav gesenkt, es war ihr nicht erlaubt, ihn anzusehen.
Câmpeni sah auf Serafiné herab. Sie war nicht gerade von sehr großer Statur, und eher zierlich. Heute trug sie ein smaragdgrünes Samtkleid, deren knappe Korsage ihre milchig weißen Brüste hoch nach oben schoben, und dessen Röckchen kaum breiter war als ein Gürtel. Dazu trug sie eines ihrer heiß geliebten Paar Overknees im passenden Farbton. Darunter war sie wie immer nackt. Er hob witternd das Gesicht und konnte deutlich ihren moschusartigen Geruch wahrnehmen.
Mit den Fingerspitzen strich er ihr über die Wange, folgte der zarten Linie des Halses, hinunter bis zum Dekolleté, streifte die prallen Halbkugeln und ließ seine Finger im Ausschnitt verschwinden. Heftig kniff er ihr in die Brustwarze.
Sie war gezwungen, sich hart auf die roten Lippen zu beißen, musste ein lustvolles Stöhnen unbedingt verhindern. Dazu hatte sie keinerlei Erlaubnis. Sprechen durfte sie nur, weil er es duldete.
Ohne ein Wort ließ er von ihr ab, trat zu dem hohen Schrank, griff nach dem dunkelblauen seidenen Kimono. Er schlüpfte hinein. Nachlässig schnürte er das Band. Dann deutete er auf die Kommode.

„Konntest du wieder nicht von meinem Eigentum lassen?“, fragte er beiläufig.
Sie zuckte zusammen, als hätte er sie mit glühenden Eisen gebrandmarkt. Dann nickte sie kurz. Sie wusste, es zu leugnen hätte keinen Zweck.
Er nahm den Ring hoch. Es war nur ein einfacher Zinnring, besetzt mit einem schwarzen Jadestein. Eigentlich ein sehr schlichtes Schmuckstück, für seinen Geschmack. Allerdings hatte es einer Hexe gehört und verfügte über enorme Zauberkräfte. Kein Wunder also, dass seine Elevin die Finger nicht davon lassen konnte.
„Serafiné, Liebes.“ Der seidenweiche Ton in seiner Stimme ließ sie zu Eis erstarren. Gut. „Komm her.“
Sie gehorchte umgehend. Den Kopf tief gesenkt, die Hände fest hinter dem Rücken verschränkt, so erwartete sie seine Strafe. Dafür, dass sie unerlaubt seine Räume betreten hatte. Dafür, dass sie etwas berührt hatte, das nur ihm allein vorbehalten war. Câmpeni beschloss, sie etwas zappeln zu lassen. „Geh. Bereite mir ein Bad.“
„Gerne, Meister. Wie Ihr befehlt.“ Fast meinte er die Erleichterung darüber, einer Bestrafung entronnen zu sein, mit Händen greifen zu können. Nun, es war noch nicht vorbei.
Blitzschnell entfloh sie, hinüber in sein Bad. Gleich darauf hörte er das sanfte Rauschen von Wasser, das in die Wanne aus schneeweißem Carraramarmor einlief.
Der Ring rollte in seiner Handfläche hin und her. Genießerisch leckte er sich über die Lippen, als er an die Hexe dachte, die ihm dieses Schmuckstück überlassen hatte.
Laetitia war ihm von Marcus zur Verfügung gestellt worden, nach dem sie ihm in dessen Residenz aufgefallen war. Sie war blond, drall und extrem kratzbürstig. Sie schuldete Marcus etwas, und er bestand darauf, ihre Schulden auf diese Art abzuarbeiten.
Serafiné war über die Zusammensetzung der kleinen Ménage á trois nicht sehr erbaut gewesen. Wenn schon, dann hätte sie lieber den knackigen Parkwächter von Marcus’ Anwesen dabei gehabt. Laetitia freilich war über das Arrangement auch nicht begeistert. Doch das hatte wohl mehr an seinem bis dahin unattraktiven Aussehen, als an seinen spektakulären Fähigkeiten als Liebhaber gelegen. Wie hatte das kleine Biest sich gesträubt, ihm zu Willen zu sein.
Und wie schnell hatte sie ihre Meinung geändert und sich ihm freiwillig hingegeben. Er lachte leise in sich hinein. Noch ganz berauscht von un-

gezählten Orgasmen, die er ihr verschafft hatte, verriet sie ihm einen Zauber.
Wie ein klares Bild erschien jene Mondnacht im April vor seinen Augen, als er zum ersten Mal diesen speziellen, für ihn so besonders wertvollen Zauber ausprobiert hatte.

☆

Es war eine der ersten lauen Nächte dieses Frühlings, in der keine Wolken den Himmel bedeckten. Durch die beiden Fenster fiel der helle silberne Schein des Vollmondes.
Serafiné sah zu ihm herüber und rückte das stabile stählerne Gestell um ein gutes Stück nach vorne. Es hatte die Form eines Rahmens, in dessen Mitte ein breites, ebenfalls stählernes Kreuz geschmiedet war. Dicke Ledermanschetten an massiven Ketten baumelten von der oberen Querstange des Rahmens herab, und auch am Fußende gab es ähnliche Fesseln.
„Ist es so besser?" Serafiné, ganz in dunkelrotes Leder gekleidet, sah fragend in seine Richtung. Ihre perfekt geformten Brüste quollen bei jeder Bewegung aus dem offenherzigen Dekolleté der knappen Jacke. Darunter trug sie nichts. Ebenso wie sie nichts unter ihrer eng anliegenden Hose trug. Beides, Hose und Jacke waren Geschenke von ihm, ihrem Meister. Mit einer ungeduldigen Bewegung schleuderte sie das üppige brünette Haar nach hinten.
„Serafiné. Setz dich."
Sie gehorchte, setzte sich langsam auf den hohen Hocker, der neben dem Gestell stand, spreizte dabei ihre Beine in aufreizender Pose weit auseinander. Ihre Overknees aus Lackleder glänzten im Licht eines einzelnen Scheinwerfers. Sie bog die Schultern leicht nach hinten durch, und ihre Brüste hüpften fast aus ihrem einengenden Gefängnis heraus.
„So?", hauchte sie mit rauchiger Stimme und begann sich lasziv zu rekeln. Es war eine Pose, von der sie glaubte, er wolle sie sehen.
„Serafiné, Liebes. Nicht." In seiner Stimme hörte sie den leisen Tadel, sofort setzte sie sich auf und schloss die Knie züchtig zusammen. Sie wusste genau, es war nicht gut, wenn er sie tadeln musste. Beschämt senkte sie den Kopf und ihr langes Haar rutschte über die Schulter nach vorne. Das Licht des Mondes ließ silberne Punkte auf ihrem Schopf tanzen. „Verzeiht, Meister."

Er nickte. Sie war so ungestüm, seine Elevin. Doch immer darauf bedacht, ihm zu Diensten zu sein. Sie auf seine Seite zu holen, war ein kluger Schachzug gewesen.
„Bring ihn hier her."
„Wie Ihr befehlt, Meister." Serafiné sprang auf und eilte davon.
Er sah ihr nach, wie sie mit schnellen, energischen Schritten den Saal durchquerte. Die Absätze ihrer nuttigen Stiefel klackerten auf den glatten Holzdielen. László Câmpeni wusste, sie brannte darauf, die ihr übertragene Aufgabe gut zu erledigen.
Er trat langsam um den bequemen, mit schwarzem Samt bezogenen Sessel herum und ließ sich darauf nieder. Zufrieden legte er die Fingerspitzen aneinander. Perfekt. Von hier aus würde er jeden Augenblick der Darbietung genießen können.
Mit geschlossenen Augen lauschte er in die Dunkelheit.
Serafiné kehrte zurück. Sie lachte, leise und sinnlich. Jemand sprach mit ihr. Sie lachte noch einmal. „Steve, Baby, glaube mir, du wirst voll auf deine Kosten kommen! Im Kerzenschein ist es viel, viel intensiver."
Leise schmatzende Geräusche verrieten ihm, dass sie ihrer Beute einheizte, ihr Opfer so heiß küsste, dass dem Ärmsten Hören und Sehen verging.
Câmpeni lächelte. Serafiné setzte die Gabe der Verführung ein.
Wieder hörte er Gemurmel. Gestöhne.
Licht.
Mit diesem einfachen Gedanken entzündete er die beiden hohen Altarkerzen, die rechts und links neben dem Rahmen aufgebaut waren. Sie waren so positioniert, dass sie ihn nicht blendeten. Die Flammen warfen zuckende Reflexe auf den dunklen Stahl und den polierten Holzboden.
Die Schritte kamen näher, die des Mannes trotz seiner Ungeduld vorsichtig, Serafiné dagegen bewegte sich katzengleich, graziös, wie man es von einer ihrer Art auch erwarten konnte.
„Wo führst du mich hin, Darling?"
„Siehst du das Licht? Dort habe ich meine Spielwiese vorbereitet." In ihrer Stimme lag pure Erotik, sie lachte heiser, lullte das Opfer ein.
Die Schritte des Mannes wurden noch zögerlicher, dann verstummten sie. Câmpeni wusste, sein Opfer hatte das stählerne Gestell entdeckt.
„Darling, stehst du etwa auf Fesselspiele?"
„Du etwa nicht? Ich dachte, du wolltest mal was anderes als immer nur das Gehopse auf der Matratze. Habe ich mich geirrt?"

Ohne dem Mann die Chance auf Widerspruch zu geben, zog Serafiné ihm blitzschnell den einfachen Pullover über den Kopf und Arme, und schob ihn mit dem Rücken gegen das Mittelkreuz. Steve zeigte keine Gegenwehr, im Gegenteil, er hob freiwillig die Hände und ließ sich von ihr die Hände fesseln, dabei umgarnte und reizte sie den Mann.
Sie küsste und leckte ihm über den Mund, biss ihm spielerisch in die Lippen. Dann ging sie vor ihm in die Hocke, band ihm die Fußgelenke fest. „Wir wollen doch nicht, dass du wegläufst", gurrte sie, „das würde mir glatt den Abend verderben."
Der Mann, der die ganze Zeit ungeniert in Serafinés Ausschnitt herunter spähte, grinste lüstern. „Ich laufe nicht weg, Darling, keine Angst. Es ist nur so, dass ich so was noch nie gemacht habe. Meine Frau, sie ist ziemlich altmodisch gewesen."
Ihr geschmeidiger Körper bewegte sich in erotischer Weise an ihrem Opfer hoch. „Bei mir – wirst du ungeahnte Folter erleiden, das verspreche ich dir." Ihr tiefer Blick in seine Augen verhieß nichts außer sexueller Erfüllung.
Câmpeni lehnte sich entspannt in seinem Sessel zurück. Es konnte losgehen. Seine kleine Elevin würde ihre Sache gut machen.

Serafiné griff ins Dunkel, dann ließ sie die Lederriemen einer Katze durch ihre Finger gleiten, bevor sie dem Gefesselten damit ein paar leichte Schläge gegen die nackte Brust verpasste.
„Du warst ein böser Junge, nicht wahr, Steve? Uuh, so böse!" Es klatschte etwas lauter, einzelne Striemen tauchten auf dem Oberkörper auf. Ein leiser Aufschrei vermischte sich mit heiserem Stöhnen. Mit wiegenden Schritten stolzierte sie vor ihrem Opfer auf und ab, hüllte ihn ein mit ihrem lockenden Duft. Sie roch nach Sommer und hemmungslosem Sex. Serafiné leckte sich über die vollen roten Lippen, präsentierte die prallen Brüste und rieb sich selbst fest im Schritt. Sie blinzelte kurz in Richtung seines Sessels. „Sieh her, alles für dich. Willst du es? Willst du mich?"
„Ja! Ja! Ich will dich!" Steve geriet jetzt in Fahrt.
Sie rekelte sich anmutig, lehnte sich an ihn und fuhr mit ihren blutroten Krallen bis zum Bauchnabel hinab. Das hinterließ deutliche Streifen, die sich auf der weißen Haut des Mannes zu eigenwilligen Mustern formten. Dann griff sie nach seinem Geschlecht, rieb ihre Finger daran.
Der Mann bettelte. „Bitte binde mich los. Ich will dich anfassen, dich spüren. Oh Baby, du bist so heiß!"

Doch Serafiné lachte nur. Erregend. Sinnlich.
Sie beugte sich zu ihm und küsste ihn. Ihre Küsse waren heißblütig und stürmisch, versprachen den Himmel auf Erden.
Câmpeni sah, wie sich das Geschlecht des Mannes prall und fest gegen den dünnen Stoff der Hose drückte. Er hörte die leidenschaftlichen Laute, sah, wie sich die Hüften heftig nach vorn schoben, in Gedanken war Steve schon dabei, sich tief in Serafiné zu versenken.
Versetzt einen jungen, aber nicht zu jungen Mann in einer Vollmondnacht in Ekstase.
„Serafiné."
Sie gehorchte sofort. Trat einen Schritt zurück, straffte sich und mit einem Schlag war jegliche erotische Ausstrahlung von ihr abgefallen. Câmpeni lächelte zufrieden. Braves Mädchen.
Durch den vor Erregung gespannten Leib des Mannes ging ein Ruck.
„Wer ist da? Darling?" Er blinzelte erschrocken, versuchte, das Dunkel des Raumes zu durchdringen. Vergeblich. „Was soll das?", fragte er, noch atemlos von Serafinés Küssen. „Wer ist da?"
Câmpeni erhob sich und trat nun aus dem Schatten, hinein ins Licht. „Guten Abend, Verehrtester." Er verneigte sich leicht vor seinem Opfer. „Wer … wer sind sie? Was wollen Sie?" Steve starrte ihn an, Schamesröte stieg ihm ins Gesicht. Dann wandte er sich hilflos und sehr verlegen an die vermeintliche Geliebte. „Serafiné. Du willst … er will … doch nicht etwa zusehen, oder?"
„Zusehen trifft es nicht ganz." Câmpeni war jetzt ganz nah herangetreten. Spielerisch ließ er den schlichten Zinnring, den er die ganze Zeit über schon in den Händen hielt, durch seine Finger tanzen. Im nächsten Augenblick steckte das Schmuckstück bereits am linken Ringfinger seines Opfers. Es knisterte leise, als die Haut mit dem Zinn in Kontakt trat.
Gebt dem Spender den Ring, die schwarze Jade wird den Zauber katalysieren.
„Ich werde mich an dem Schauspiel ergötzen, und daran teilhaben!"
„Darling? Was … was soll das?", verlangte Steve erschrocken zu wissen, während er gleichzeitig versuchte, den Ring wieder abzuschütteln.„Ich will das nicht, binde mich sofort los!"
Doch Serafiné beachtete ihn überhaupt nicht mehr. Hatte nur noch Augen für ihn, ihren Meister.
Mit einer schnellen Bewegung ließ er eine Rasierklinge aus den Falten seines hellen Leinenhemdes erscheinen. Prüfend fuhr er mit dem Daumen über die Klinge, sie war so hauchdünn, so scharf, dass er den

Schmerz kaum spürte. Abwesend betrachtete er den ausgetretenen Blutstropfen, er war von so tief dunklem Rot, dass er fast schwarz wirkte.
Aus einer Laune heraus hielt er Serafiné den Daumen hin. Sie lachte hell auf und schleuderte ihre wilde Mähne nach hinten. Im Licht konnte Câmpeni ihre spitzen Eckzähne aufblitzen sehen.
„Oh mein Meister! Für mich?“ Vorsichtig, nur mit den Fingerspitzen griff sie nach Câmpenis Hand, schon zeigte sich ihre kleine rosa Zungenspitze, und der pralle Blutstropfen verschwand zwischen ihren vollen Lippen. „Habt Dank, Meister.“ Sie knickste artig, in ihren grauen Augen funkelte es jetzt gierig. Sie war auf den Geschmack gekommen.
Der gefesselte Mann, der das Ganze fassungslos beobachtet hatte, schnappte entsetzt nach Luft. „Serafiné, was tust du? Du kannst doch nicht …“
Sie wirbelte zu ihm herum. „Schweig!“ Dann trat sie zu Câmpeni und empfing die Klinge mit ihrem roten Kussmund aus seiner faltigen Hand. Wieder dankte sie ihm. Als sie sich mit der blitzenden Klinge dem Mann näherte und in seine aufgerissenen Augen sah, lächelte sie zufrieden.
„Nein! Bitte … in Gottes Namen … Serafiné, bitte …“, flehte er und versuchte instinktiv sich loszureißen. Vergeblich. Die Manschetten um seine Gelenke hielten ihn erbarmungslos an Ort und Stelle fest.
„Serafiné.“
Mehr brauchte sie nicht. Ohne zu zögern, legte sie Steve die Lippen aufs Schlüsselbein. Küsste ihn leicht. „Adieu, Steve.“
Dann, eine rasche Bewegung des Kopfes, ein Schnitt. Bis hinunter zum Bauchnabel. Sie seufzte wohlig.
Ein gellender Schrei war die Antwort.
Und wieder. Ihre Lippen glitten über heiße Haut, schöne Muskeln, langsamer diesmal. Als sie den Schnitt vollendete, zerbarst Steves Schrei zu einem Kreischen. Die angespannten Muskeln erzitterten, das Gestell bebte.
Serafiné war ein Naturtalent, was den Umgang mit scharfen Klingen anging. Sie achtete peinlichst genau darauf, die Haut nicht zu tief zu verletzen, es sollte bluten, aber nicht zu stark.
Câmpeni war zufrieden. Feine rote Striche ergaben schräg verlaufende Muster, die sich am Bauchnabel trafen. Schnurgerade, wie mit dem Lineal gezogen, jede Einzelne.
Aufschluchzend riss der Mann an seinen Fesseln. Ketten klirrten. Bei jedem Schnitt schrie er lauter. Serafinés spuckte die Klinge in ihre Hand, die Mundwinkel verzogen sich verächtlich nach unten. „So ein Wurm!

Jammernder, elender Wurm!“ Wütend blitzten die grauen Augen auf ihr Opfer herab. Sie stand da, die Fäuste in die köstlich runden Hüften gestemmt, die Beine gespreizt, einer Piratenbraut gleich, die einen ungehorsamen Matrosen am Mast züchtigte.

Der Strigoi seufzte entzückt. Was für ein Temperament.

Er sah es ihr an, sie hätte ihrem Opfer am liebsten fest ins Gesicht geschlagen. Doch ohne seinen direkten Befehl würde sie es nicht wagen.

Er nickte leicht, warum nicht. „Schlag ihn."

Schon klatschte es laut. Einmal. Zweimal. Der Kopf des Mannes flog nach hinten. Knallte mit einem dumpfen Laut gegen die stählerne Strebe hinter ihm. Die Wange zeigte einen knallroten Handabdruck. Tränen liefen daran herunter, Steve schluchzte und heulte.

„Du Memme! Du willst ein Mann sein? Du kannst nicht mal Schmerzen wie ein Mann ertragen!“ Wieder schlug sie zu, ihr Opfer ächzte nur. Ja, Temperament hatte sie, ganz ohne Zweifel.

Abschätzend betrachtete Câmpeni sein Opfer.

Das hellblonde Haar war an den Seiten nass verschwitzt, klebte ihm in der Stirn. Câmpeni schnüffelte leise. Angstschweiß, herb und säuerlich. Am Hals des Mannes konnte er den Puls rasen sehen, das Herz schlug so wild gegen die Rippenbögen, dass diese vibrierten. Câmpeni trat näher heran, streckte seinen Finger aus und fing damit einen Tropfen Blut auf. Genießerisch kostete er, rollte den Geschmack über seine Zunge hin und her.

Oh, es war köstlich, sehr köstlich. Sexuelle Erregung und panische Angst hatten bereits ihr unverwechselbares Aroma in dem Blut hinterlassen. Doch es reichte noch nicht.

Bringt den Spender durch Folter an die Schwelle des Todes, aber auf keinen Fall darüber hinaus.

Serafiné sah in fragend an, doch er schüttelte den Kopf. „Mach weiter. Aber nur ein klein wenig.“ Er deutete mit Daumen und Zeigefinger einen winzigen Abstand an, Serafiné verstand.

Sie hob die schmale Klinge und hielt sie unter die zuckende Kehle des Mannes. Suchte die Stelle direkt unter dem dicken Knorpel des Adamsapfels.

Ein winziger Schnitt.

Zischend entwich die Atemluft aus dem kleinen Loch. Im Schock versuchte der Mann gleichzeitig zu schreien und Luft in seine Kehle zu saugen, doch gelang ihm weder das eine noch das andere. Nur gurgelnde Laute entwichen seinem Mund.

Blutige Bläschen, die aus der Öffnung in der Kehle schäumten, zerplatzten leise, das dabei entstehende Geräusch klang geradezu erheiternd. Die Gesichtsfarbe wechselte von Dunkelrot zu wächsern blau, die Augäpfel quollen hervor, ein Zeichen, das akuter Sauerstoffmangel herrschte. Todesangst flammte aus den weit aufgerissenen braunen Augen, die gefesselte Gestalt bäumte sich auf, scharfer Uringeruch durchtränkte die Luft.

Jetzt war es so weit.

Serafiné trat zurück, die Hände fest auf dem Rücken verschränkt. „Bitte mein Meister, Ihr könnt jetzt speisen.“ Ihre Stimme zitterte leicht. Sie schluckte, wenn sie gedurft hätte, hätte sie sich auf das blutende Bündel gestürzt, sich fest in ihm verbissen. Doch sie war stark, konnte ihren Blutdurst, der sie unerträglich quälen musste, gut unterdrücken. Er betrachtete sie mit einem Anflug von Stolz.

Steves Todeskampf lenkte seine Aufmerksamkeit wieder auf ihn zurück und er trat dichter heran. Wie ein Liebhaber edler Weine, der das feine Bukett seines Lieblingsweines einatmete, so atmete er den Duft des Blutes ein.

Berauschend.

Der intensiv kupfrige Geruch nach Blut, Angst und drohendem Tod ließ seinen Kiefer schmerzen. Die langen Reißzähne, die zwischen dünnen Lippen im Licht des Scheinwerfers gefährlich glänzten, verlangten nun unmissverständlich ihr Recht.

Mit beiden Händen strich er über die nackte, zerschnittene Brust seines Opfers, verschmierte die dünnen Linien zu einem glitschigen Film. Ein Künstler, der einer Leinwand seinen persönlichen Stempel aufdrückte.

Gemächlich leckte er sich die blutbesudelten Finger. Es war wirklich exzellent.

Mit einem Aufstöhnen gab er seinem ungezügelten Verlangen nach, schlug die Zähne in die weiche Haut des Halses und trank gierig. Er hielt kurz inne – ja, dieser Geschmack war unübertrefflich!

Sein Opfer war verstummt, hing zuckend in den Fesseln, allein mit der mentalen Kraft seiner Gedanken verwehrte er ihm das Abdriften in den gnädigen Tod.

Trinkt das kraftvolle Leben, bis das Gefäß geleert ist.

Er trank schnell, immer schneller – viel zu rasch war der Körper des Mannes geleert. Mit dem letzten Tropfen Blut, den er aus den Adern saugte, löste er die mentale Umklammerung, schon verstummte auch der letzte Herzschlag.

Für einen Moment verharrte er, dann wischte er sich mit einer trägen Handbewegung über die blutverschmierten Lippen.
Unglaublich.
Dieser Cocktail aus Endorphinen und purem Adrenalin wirkte wie ein Lebenselixier auf ihn. Ungeheuerliche Kräfte flossen durch ihn hindurch, taten Unvorstellbares mit seinem Körper. Nur mit äußerster Anstrengung konnte er sich auf den Beinen halten, es war, als würden ihn mächtige Stromstöße durchzucken. Ein kaltes Lächeln umspielte seine Mundwinkel. Die Hexe hatte nicht gelogen!
Euer Leib regeneriert sich in der Kürze eines Augenblickes.

„Das Bad ist gerichtet, mein Meister."
Câmpeni blinzelte.
Seit jener Nacht im April hatte er diesen Zauber vier Mal durchgeführt. Mit Steve und Phillip. Mit Chris und Eric.
Sehr sorgfältig hatte Serafiné diese Männer für ihn ausgewählt. Nichts bereitete ihr mehr Freude, als ihre Opfer zu manipulieren, zu verführen, ihnen wilde Leidenschaft vorzugaukeln. Sie gewährte verbotene Lust und Nervenkitzel. Riss die Männer aus den Armen ihrer Familien und in den Abgrund. Dabei bewies sie Einfallsreichtum und Fantasie. Doch diese Art der Spenderbeschaffung war auch langwierig und zeitraubend. Er ließ den dünnen Seidenmantel über die Schultern zu Boden rutschen. Sein prachtvolles Spiegelbild tat es ihm nach.
Aber für diesen Anblick hatte sich all der Aufwand gelohnt.

Dreizehn

Zusammen mit Nolan, der in seiner menschlichen Gestalt neben mir saß, kutschierte ich in meinem schäbigen Dienstwagen zum ehemaligen Hotel Belvedere.
Ich aktivierte den CD-Spieler und schon erklang leiser Blues. Das Livekonzert im Mojo-Club hatte ich ja nun leider verpasst, doch ich hatte immer ein paar Scheiben im Handschuhfach. Musste ich mich halt mit denen trösten.
Während Steve Baker seiner Bluesharp also wahre Wundertöne entlockte, kratzte ich zusammen, was ich über das Hotel wusste.
Bei dem Gebäude, das das Grundstück hinter dem Park verschandelte, handelte es sich um eine hässliche Bausünde aus den späten Fünfziger Jahren. Ein plumper Betonklotz, ohne einen vernünftigen Stil, ohne ein Gesicht. Der Klotz wurde damals hochgezogen, in der Hoffnung, dass unsere Stadt interessant genug sei, um Touristen anzulocken.
War sie aber nicht.
Kaum ein Tourist setzte einen Fuß in die Stadt. Es gab nichts, das einen Besuch hier lohnend machte. Wenn man mal vom Football-Team und dem Zoo absah.
Das Hotel ging schnell wieder pleite, und wenn ich mich richtig erinnerte, dann kaufte es Nico Andretti, ein Buchmacher der sogenannten ehrenwerten Gesellschaft. Er machte ein Bordell und Spielcasino daraus. Gemunkelt wurde, dass die Mafia dick ihre Finger mit im Spiel hatte. Geldwäsche, Mädchenhandel, Drogen, die ganze Palette.
Anfang der neunziger Jahre wurde alles wieder dichtgemacht.
Die Bauaufsichtsbehörde nahm sich mehrerer Beschwerden an, hieß es, und fand wohl etliche Mängel, so sollte in einigen Etagen erhebliche Einsturzgefahr bestehen. Der Beton für die Decken der Hotelzimmer sollte nicht den Vorschriften entsprochen haben. Die Baugesellschaft hatte gepfuscht.
Seit dem stand das Gebäude also leer, es war schon mehrmals verkauft worden, ich vermutete, als Abschreibungsobjekt.
Und jetzt wollte Mary Jane etwas darin gespürt haben.

Vom Tower zum Hotel waren es ungefähr zwanzig Minuten, quer durch die Stadt. Wir fuhren über die Washington Avenue, vorbei am kleinen Kunstmuseum und dem Einkaufcenter. Am Brunnen vor dem Center sah ich Mary Jane mit ihrem Einkaufswagen, sie stand da und ‚shoppte'.

An der Kreuzung Patterson Boulevard und Brown Street gab es einen kleinen Stau, und wir kamen nur im Schritt-Tempo voran. Nolan gab während der Fahrt kein einziges Wort von sich. In Gedanken versunken starrte er aus dem Fenster, er wirkte bedrückt und niedergeschlagen. Ich ließ ihn in Ruhe, lauschte dem Blues und kurvte langsam durch die Straßen.

Schon von Weitem war das leer stehende Gebäude zu sehen. Ich setzte den Blinker, verließ die zweispurige Marshall Road, und bog in die mit Unkraut übersäte Zufahrt zum Hotel ein. Dann hielt ich an.

„Das ist es." Aus meinem Seitenfenster heraus deutete ich auf das hässliche Gebäude. Dann beugte ich mich zu ihm hinüber und zeigte aus seinem Fenster auf die dunkelrote Backsteinmauer. „Siehst du, dort auf der anderen Straßenseite, das ist die Rückseite des Belvedere-Parks. Dort haben wir Eric Meyers gefunden. Das würde doch passen."

Ich überlegte schnell. Auch die Fundorte der anderen Leichen lagen nicht so weit von hier entfernt. So zwischen drei und sechs Meilen, höchstens acht vielleicht. Nur die sanften Hügel des St. Marys Friedhofs befanden sich am weitesten entfernt von hier. Der lag schon fast am Ende der Stadt.

Alles in allem aber waren das keine Entfernungen, die nicht sogar zu Fuß überbrückbar wären.

Immer noch schweigend sah Nolan in die Richtung, in die ich deutete.

„Meine Informantin sagte, etwas Unheimliches ginge hier vor. Sie meinte, ‚das Böse' habe sich hier niedergelassen." In groben Zügen teilte ich Nolan den Inhalt des Gespräches mit, das ich mit Mary Jane geführt hatte.

Jetzt endlich zeigte er etwas Interesse. Er setzte sich auf und schaute hinüber zum Hotel. „Es könnte wirklich passen. Es ist einsam, es steht leer und ist zur Hälfte mit Brettern verrammelt. Ein perfekter Platz für einen Vampir und sein Gefolge, um sich vor der Sonne zu schützen. Lass uns mal aussteigen. Vielleicht kommen wir rein."

Während ich den Wagen verschloss, trat Nolan zu mir, gemeinsam betrachteten wir die Fassade.

Die Vorderfront des Betonbaus war glatt und grau, ohne Schnörkel, nur unterbrochen durch die Reihen der Fenster. Es gab sieben Stockwerke, in denen die Gäste untergebracht worden waren. Ich deutete kurz auf die Bretterwand.

„Hier in der untersten Etage befand sich früher ein großer Ballsaal", erklärte ich ihm. „Er führte nach hinten in den Garten hinaus. Ein paar

kleinere Räume gab es auch, die wohl für Tagungen vorgesehen waren. Als Nico Andretti aus dem Hotel einen Casinobetrieb machte, funktionierte er den Ballsaal zum Spielsaal um, und die Tagungsräume zu privaten Separees, in denen er seine Puppen gegen eine großzügige ‚Spende' tanzen ließ." Ich zeigte nach rechts. Neben dem Gebäude gab es einen flachen, würfelförmigen Anbau aus offenen Glas-Elementen und Betonsäulen. Nun war auch der Anbau mit Brettern verbarrikadiert worden, um das Gebäude vor unbefugtem Eindringen und Vandalismus zu schützen. „Hier drüben waren die Rezeption und ein Restaurant untergebracht. Soll etwas für echte Feinschmecker gewesen sein."
„Sieht aus, wie eine überdimensionale Holzkiste!", war Nolans Kommentar dazu.
Ich musste grinsen. „Ja, der Vergleich drängt sich auf."
Er deutete auf das, was mal eine mit vielen Preisen ausgezeichnete Gartenanlage gewesen war. Das ganze Grünzeug war im Laufe der Jahre zu einem dichten Dschungel mutiert, durch den es ohne Machete und Kettensäge kaum ein Durchkommen gab. „Ich seh mich mal in dem Urwald um", teilte er mir mit und verschwand.
Ich schaute ihm nach und genoss die prachtvolle Ansicht seiner Rückseite.
Junge, Junge. Was für ein Wahnsinns-Kerl!
Für einen Moment ließ ich den Fall Fall und die Nachforschungen Nachforschung sein, und stellte mir vor, wie es sein würde, wenn ich beim nächsten Sex mit Nolan das Sagen hätte. Wenn ich vor ihm kniete, seine langen, kräftigen Beine über meiner Schulter, unsere Blicke miteinander verwoben, seine Lippen feucht und geschwollen von sengenden Küssen, während ich ihn stieß … und stieß, immer fester, tiefer, schneller … bis er schrie, bis ich schrie …
Das Dröhnen und Grollen eines vorbeidonnernden Dreißig-Tonner brachte mich wieder auf den Boden der Tatsache zurück. Ich *hatte* einen Fall, und ich *musste* Nachforschungen anstellen. Besser, ich begann damit.
Um mich von allen lüsternen Gedanken, die mich bei Nolans Anblick ereilt hatten, zu befreien, beschloss ich, mir auch das Gebäude anzusehen. Kalt duschen konnte ich jetzt ja schlecht!
Schon stiefelte ich los, in Richtung des ehemaligen Eingangs. In dem Moment klingelte mein Handy. Ich sah auf das Display. Moore. Also ging ich ran.

Vierzehn

Zaghaftes leises Klopfen riss ihn aus seiner Ruhephase. Câmpeni hatte sich nach dem Bad, bei dem ihm Serafiné ergeben zur Hand gehen musste, etwas erschöpft gefühlt. Sie hatte ihn waschen, ihn abtrocknen, sein Haar kämmen müssen, und war ihm natürlich auch anderweitig zu Diensten gewesen.
Nun, da er einen perfekten Körper besaß, der vor Manneskraft nur so strotzte, da bot sie sich freiwillig an, diese Hure. Er hatte gesehen, wie sich ihre Pupillen weiteten, der Glanz ihrer Locken sich verstärkte, ihr biegsamer Körper deutlich alle Zeichen von Lust zeigte, als sie ihn sanft von Kopf bis Fuß mit dem wohlriechenden Öl einrieb. Natürlich hatte er von ihrem Angebot ausgiebig Gebrauch gemacht.
Ungezügelt, hart, ja geradezu brutal hatte er sie gevögelt. Ihr die Katze zu schmecken gegeben, als ihr ein unerlaubter Laut der Lust entwischte. Ihr wieder und wieder die Erfüllung verweigert. Bis sie sich ihm zu Füßen warf und um Gnade flehte. Ihm ihr sündiges Blut anbot.
Ja, sie hatten jeden einzelnen Augenblick ihrer Unterwerfung genossen.

Wieder klopfte es. „Herr, bitte verzeiht." Es war Toma, einer seiner Wächter, der durch die geschlossene Tür sprach. „Jemand streunt auf dem Gelände herum."
„Ich komme." Er glitt vom Bett und eilte aus dem Zimmer, den Flur entlang, hinein in einen anderen Raum, in dem sich die Überwachungsmonitore für den gesamten Gebäudekomplex befanden.
Toma und Radu sahen bei seinem Hereinkommen kurz auf, bemüht, ihn nicht zu sehr anzustarren. Die beiden, die wie er ursprünglich aus Rumänien stammten, hatten sich noch immer nicht an sein verändertes Aussehen gewöhnt.
„Was geht hier vor, berichtet!"
Toma stand vor einem Monitor und runzelte sein hässliches Gesicht. Einst hatte er Bekanntschaft mit dem Scheiterhaufen gemacht, bevor er von ihm, Câmpeni, gewandelt wurde. Doch nur ein kleiner Teil der schweren Verbrennungen konnte durch die Wandlung geheilt werden. So war sein Gesicht noch immer voller Brandnarben, so wie auch sein ganzer Körper davon gezeichnet war.
„Herr, da sind zwei Männer", antwortete er und rückte eilig vom Bildschirm weg, um ihm Platz zu machen.

Radu, ein vierschrötiger, schweigsamer Geschaffener deutete auf den Monitor. „Sie schnüffeln auf dem Grundstück herum, seht selbst."
Câmpeni beugte sich vor. Die gut verborgenen Kameras zeigten einen hochgewachsenen Mann in eng anliegendem roten Shirt und hellen verwaschenen Jeans. Er stand direkt in der ehemaligen Zufahrt, die Hände in den schmalen Hüften und starrte die vernagelte Hausfront hoch. Im Hintergrund brauste der Verkehr. Hinter der viel befahrenen Straße konnte er die Mauer des Parks ausmachen. Die breiten Kronen der alten Bäume ragten hoch über das Mauerwerk hinweg.
„Was macht der andere?"
Toma tippte auf dem Pult herum, und auf dem nun zweigeteilten Monitor erschien ein weiterer Mann. Er war dunkelhaarig und überaus attraktiv und versuchte, sich durch den Garten hindurch zu kämpfen. Doch bevor Câmpeni ihn sich genauer ansehen konnte, verschwand er hinter einem dicken Baum.
„Zeig mir noch einmal den Ersten", forderte er Toma auf. Eine Sekunde später war der Mann in Jeans wieder auf dem Bildschirm. Er stand mit dem Rücken zur Kamera und hielt ein Mobiltelefon an sein Ohr. Dabei hielt er den Kopf etwas gesenkt. Das Gespräch schien beendet, denn er klappte das Handy zusammen und drehte sich herum. Und in dem Moment, als er sich umwandte, hatte Câmpeni etwas entdeckt.
„Anhalten", befahl er. „Zeig mir das noch einmal." Toma gehorchte. Die Bilder liefen ein Stück zurück.
„Jetzt vorwärts. Schön langsam, Bild für Bild."
Der Fremde wandte ihm wieder den Rücken zu. Câmpeni kam nicht umhin, zu bemerken, dass er über einen ziemlich gut trainierten Körper verfügte. Sein Rücken war stark, die Hände sahen aus, als konnten sie ordentlich zupacken. Er stand da, beide Beine fest am Boden verankert. Dann senkte er das Handy, drehte gleichzeitig den Kopf und wandte sich dann dem Gebäude zu.
„Stopp. Halt an." Er deutete auf den Monitor, auf dem der Fremde als Standbild eingefroren war. „Zoom auf das Gesicht." Dann winkte er Serafiné zu sich heran. Sofort war sie an seiner Seite. Er deutete kurz auf den Monitor. „Ich will alles über diesen Mann erfahren."
Über ihr Gesicht huschte ein Lächeln, und sie nickte. „Wie Ihr befehlt, Meister."
Die hellbraunen Augen des Mannes waren das Ausdrucksvollste an seinem Gesicht. In ihnen sah er Willensstärke, Beharrlichkeit, Unbeugsamkeit – er konnte darin lesen, wie in einem Buch.

Und noch etwas war ihm aufgefallen. Dieses kleine Mal. Hoch am Hals. Für menschliche Augen war es unsichtbar. Nur Vampire und Dämonen konnten ihn sehen. Dieser Fremde befand sich in der Obhut eines Engels, das Mal diente als Zeichen, sollte diesen Mann tabu für ihn und seinesgleichen machen.
Doch so etwas hatte ihn noch niemals aufgehalten.
Im Gegenteil. Es stachelte ihn erst recht dazu an, im fremden Revier zu wildern. Nachdenklich rieb er sich das Kinn. War der andere, der sich noch immer im Gebüsch herumdrückte, etwa der Engel? Er hatte keine Flügel gesehen, doch Câmpeni wusste natürlich, dass Engel auch in menschlicher Gestalt auftreten konnten. Und dass sich ihr Äußeres in nichts von echten Menschen unterschied. Er fasste umgehend den Entschluss, Nachforschungen über die Identität des dunkelhaarigen Mannes anstellen zu lassen und hatte die Hand schon erhoben, um Serafiné erneut heranzuwinken. Doch dann beschloss er, sich selbst um diese Informationen zu kümmern.
Wenn das tatsächlich ein Engel wäre …
Erregung durchflutete ihn, je länger er darüber nachdachte.
Mit einem Engel um das Leben eines Sterblichen zu fighten – das wäre ein ganz besonderes Vergnügen!
Doch dann verdüsterte sich seine Miene, und geistesabwesend begann er, den jadebesetzten Ring an seinem Finger zu drehen.
Um dafür ausreichend gerüstet zu sein, musste er im Vollbesitz all seiner Kräfte sein.

Fünfzehn

Langsam schob ich den Einkaufswagen durch den kleinen ‚Shop 'n save' Supermarkt. Es war nicht mehr sehr viel los, es war Samstagabend. Die Kundschaft bestand hauptsächlich aus vergnügungswütigen Junggesellen, die so lebensnotwendige Dinge wie Energydrinks, Alkohol und Tiefkühlpizza benötigten, um die bevorstehende Nacht zu überstehen. Zwei Familienväter trieben sich vor dem Windelregal herum und diskutierten ernsthaft über Nässeschutz und Saugkraft.

Ich war nur hier, weil Greg mich hergeschickt hatte, er brauchte für unser Essen mit Ben noch ein paar Zutaten. Stirnrunzelnd las ich den Einkaufszettel. Eier standen darauf. Und Mascarpone. Greg wollte Tiramisu als Dessert zubereiten. Zielstrebig steuerte ich den Gang mit den Milchprodukten an.

Greg. Der Gedanke an ihn verursachte mir heftigste Gewissensbisse. Hatte ich ihn doch innerhalb kürzester Zeit erneut betrogen. Das Schlimme daran war nicht, dass ich es getan hatte, sondern, dass ich es immer wieder tun würde. Nolan Blake war wie Rauschgift, das Verlangen nach ihm hatte sich in mir, in meinem Blut festgesetzt. Ich war schwer angefixt.

Ganz in Gedanken fischte ich mein Handy aus der Hosentasche. Nichts. Kein entgangener Anruf, keine SMS.

Ich wartete auf den Gerichtsbeschluss, um mir das Belvedere-Hotel vornehmen zu können. Ich hatte Moore gestern darum gebeten, und er wollte mich anklingeln, sobald dieser vorläge. Ich verstand nicht, wieso das so lange dauerte. Wahrscheinlich war der zuständige Richter gerade 'ne Runde Golfspielen oder mit seiner Segeljacht unterwegs. Oder auf einer schicken Party. Schließlich war Wochenende. Nolan hatte zwar den Vorschlag gemacht, sich ohne Beschluss dort umzusehen, doch das ließ ich lieber bleiben. Moore wartete nur darauf, dass ich eine Dummheit begehen würde. Ich hatte mir schon zwei Einträge wegen disziplinlosen Verhaltens gegenüber Vorgesetzten eingefangen, einen Dritten konnte ich nicht riskieren, so sehr es mich auch in den Fingern juckte. Nein. Ich würde das Hotel nicht eher betreten, bis ich einen gültigen Beschluss hatte.

Bei den Nudeln bog ich um die Ecke und stieß prompt gegen einen anderen Wagen. Eine junge Frau schob ihn, ich hatte sie schon an der Gemüsetheke gesehen. Sie war schlank, trug eine hochgeschlossene Bluse mit kurzen Ärmeln zu einer kirschroten Caprihose. Ihre brünetten

Locken hatte sie zu einem lockeren Knoten hochgeschlungen und mit einer knallig roten Spange festgesteckt. Durch den Zusammenprall geriet sie auf ihren hohen, schmalen Riemchensandaletten einen Augenblick lang ins Taumeln, und ich griff ihren Ellenbogen, um sie zu halten.
„Danke, es geht schon“, flüsterte sie und trat einen Schritt von mir weg, dabei sah sie schnell über ihre Schulter zurück.
„Wirklich?“ Ich lächelte, um sie zu beruhigen, sie lächelte zurück. Zumindest versuchte sie es. Ihre Lippen zitterten, und in ihren grauen Augen lag etwas, das kannte ich nur zu gut. Angst. Die Lady hatte mächtig viel Angst.
Wieder warf sie einen schnellen Blick über ihre Schulter zurück, und ich ließ meinen Blick dem ihren folgen. Was ich da zwischen einem Stapel Dosenerbsen und Saftflaschen sah, machte mir auf der Stelle klar, wieso.
Ein bulliger Kerl in verwaschenem Kapuzenshirt und schmuddeligen Baggy Pants stürmte auf sie zu, der zur Billardkugel frisierte Schädel glänzte im Licht der Beleuchtung. Die Stirn zornig gerunzelt, kamen aus seinem Mund unflätige Worte. „Du! Schlampe! Ich habe dir gesagt, ich schlag dich windelweich, wenn ich dich erwische, wie du fremde Kerle anbaggerst!“ Mit einem Satz war er heran, und griff die kleine Lady grob am Oberarm, dann zerrte er sie zu sich herum. Sie duckte sich, den Arm leicht erhoben, wie um einen drohenden Schlag abzuwehren. „Nein, ich … du verstehst nicht … es war doch nur ein Unfall.“ Ihre leisen Worte gingen im zornigen Gebrüll des Widerlings unter.
„Schnauze! Ich hab' dich gewarnt!“ Schon sauste die flache Hand auf das Gesicht der Frau zu.
Das war genau das Richtige für mich. Ein Typ wie ein Panzer, der auf wehrlose Ladys losging. Mit der Rechten knallte ich ihm die Faust auf den Oberarm, das lenkte ihn von der Frau weg, mit der Linken packte ich ihn an der Kehle und drückte zu. Schob ihn vor mir her und nagelte ihn ans nächste Regal. Plastikverpackte Nudelpakete prasselten auf die Fliesen, platzten auf. Nudeln verteilten sich auf dem Fußboden wie Konfetti.
„Stopp! Polizei! Sofort runter auf die Knie!“, brüllte ich ihm ins hochrote Gesicht.
Natürlich wollte der Kerl nicht hören. Im Gegenteil. Seine Rechte krallte sich in mein Hemd, und sein Knie zuckte hoch, wollte in meine sowieso schon arg mitgenommenen Kronjuwelen stoßen. Er knurrte und keuchte frustriert, als ich mich geschickt wegdrehte, und er nur meinen Oberschenkel traf. Wir rangelten einen Moment, der Marktleiter, ein kleines,

aufgeregtes Männchen im grünen Kittel kreischte und hüpfte hin und her. „Aufhören! Ich habe die Cops gerufen! Aufhören! Ich habe die Cops gerufen!“
„Ich bin Cop“, knirschte ich, dann krachte meine Faust kräftig auf das speckige Kinn. Weil es so schön war, wiederholte ich das Ganze, und die Billardkugel verdrehte seine kleinen Schweinsäugelein.
Als er zwischen die Nudelpakete fiel, klatschten die Umstehenden laut Beifall. Ich zückte meine Handschellen und fesselte den Bewusstlosen an das Regal. Dann strich ich mir eine Strähne aus den Augen und sah zum Marktleiter auf. „Wenn die Cops kommen, sagen Sie ihnen einen schönen Gruß von Detective Quinlan.“
Die junge Dame stand noch immer wie angenagelt auf der Stelle und hielt sich mit beiden Händen die Augen zu.
„Sie können wieder hinsehen. Ihr Freund ist jetzt friedlich und wird gleich zum nächsten Revier gebracht. Wollen Sie Anzeige erstatten?“
Die Lady sah angestrengt zu Boden und schüttelte den Kopf. „Das … das kann ich nicht“, flüsterte sie leise. „Wir haben drei kleine Kinder, er sorgt für uns. Nein. Ich kann ihn nicht anzeigen.“ Damit wandte sie sich ab, hockte sich neben den Klotz und tätschelte seine Wangen.
Ich sah ihr fassungslos dabei zu.
Schon mal das Gefühl gehabt, jemanden sehenden Auges in sein Unglück laufen zu lassen? Eines schönen Tages, in nicht allzu ferner Zukunft würde ich an einen Tatort gerufen werden, und müsste mich mit ihrer zu Tode geprügelten Leiche beschäftigen. Das war so klar, wie Nolans Augen blau waren.
Aus meiner Hosentasche zog ich die Brieftasche, entnahm ihr meine Visitenkarte und hielt sie der Frau unter die Nase. Sie nahm sie, ohne mich anzusehen. „Hier. Meine Nummer. Rufen Sie mich an, wenn es wieder eskaliert. Ich bin Tag und Nacht zu erreichen.“ Damit drehte ich mich um und schüttelte resignierend den Kopf. Was sollte ich machen? Ich konnte sie nicht zwingen, ihren Mann anzuzeigen. Wenn sie es nicht wollte, waren uns Cops die Hände gebunden. Leider. Ich hätte ihm eine Anzeige verpassen können, doch mehr als einen Klaps auf die Finger würde er nicht bekommen.
Mit einem lautlosen Fluch auf den Lippen schnappte ich mir den Einkaufswagen und setzte mich in Bewegung. Manchmal hasste ich meinen Job.

Sechzehn

Greg beförderte die Schale mit dem restlichen Tiramisu zurück in den kleinen Kühlschrank. Dabei streifte mich sein schneller Blick. Den ganzen Sonntagvormittag tat er das schon, er hatte etwas auf dem Herzen, das sah ich ihm an. Ich wusste auch, was es war.
Nolan Blake.
Solange wir drei beim Essen saßen, ließ er sich nichts anmerken, unterhielt sich angeregt mit Ben und mir, lachte und zauberte wie nebenbei ein tolles Essen aus dem Hut. Doch nun, nachdem sich Ben mit Greta zu einem Verdauungsnickerchen auf dem Sofa im angrenzenden Wohnzimmer niedergelassen hatte, hielt er die Maskerade nicht länger aufrecht. Er knallte die Kühlschranktür zu, sagte aber noch immer keinen Ton. Genauso schweigend räumte er die leeren Teller vom Tisch ab und blieb damit vor dem Geschirrspüler stehen. Sein ganzer Körper war angespannt, die Locken hingen ihm wirr ins Gesicht. In seinen Augen glomm ein wütender Funke.
„Dieser FBI-Agent und du …“, er stockte und holte tief Luft. „Ist es was …?“
Schnell stellte ich mein Bier zur Seite und nahm ihm die Teller ab, ehe sie aus den zitternden Händen fallen konnten.
„Was Ernstes? Nein. Ist es nicht“, beantwortete ich den Satz und beförderte das Geschirr zwischen die schmutzigen Töpfe und Pfannen. Es war meine Aufgabe, nach dem Essen für Ordnung zu sorgen. Greg kochte, ich übernahm das Aufräumen. Um Zeit zu schinden, begann ich, Wasser ins Spülbecken laufen zu lassen.
Ich fragte ihn nicht, woher er wusste, dass Nolan mich beschäftigte. Greg ließ mir meine Freiheiten, doch das hieß nicht, dass es ihm egal war. Im Gegenteil, er litt jedes Mal höllisch darunter. Und dieses Wissen tat mir in der Seele weh. Trotzdem, ich konnte einfach nicht aus meiner Haut.
„Es ist … keine einmalige Sache, das gebe ich zu, doch etwas Ernsthaftes ist es nicht. Wirklich nicht“, beteuerte ich, nachdem ich die Pfanne im Wasser versenkt hatte. Ich streckte die Hand nach ihm aus, und zog ihn in meine Arme. Zuerst sträubte er sich etwas, doch dann gab er nach.
„Du musst keine Angst haben. Ich werde dich niemals im Stich lassen“, versuchte ich ihn zu beruhigen. Als ich die Erleichterung über sein Gesicht huschen sah, fühlte ich mich mehr als mies.

Direkt angelogen hatte ich ihn nicht, das nicht, doch die Wahrheit hatte ich ihm auch nicht gesagt. Die Sache mit Nolan war ernst. Ernst genug, dass ich mir wünschte, ihn in meiner Nähe zu haben.
„Aber du gibst zu, dass er dir etwas bedeutet?", fragte Greg leise, als hätte er meine Gedanken gelesen und lehnte sich an mich. Sein Körper passte perfekt in meine Arme, sein Gesicht schmiegte sich an meine Brust. Ich spürte den fliegenden Atem auf meiner Haut. Greg war immer noch sehr aufgebracht, was sollte ich ihm sagen?
„Ich kenne dich, ich weiß, dass ich dir nicht das geben kann, was du anscheinend bei ihm gefunden hast", stieß er hervor. Er hob den Kopf und sah mich sekundenlang an. Tränen standen in seinen Augen, sie ließen das sonst so strahlende Grün trübe wirken. Doch er blinzelte heftig und bezwang sie so. „Möchtest … möchtest du … frei sein?"
Panische Angst durchzuckte mich. „Nein! Niemals!", entfuhr es mir, während ich ihn erschrocken an den Schultern packte. Dachte Greg etwa daran, zu gehen? Wollte er diese … diese … Affäre nicht länger erdulden? Ich überlegte fieberhaft. Eine Affäre hatte ich nie zuvor gehabt, die vergangenen Seitensprünge waren so unbedeutend, dass man nicht mal von einem One-*Night*- sondern höchstens von einem One-*Hour*-Stand sprechen konnte.
„Du kannst mich nicht verlassen!" Nun war ich es, der sich an ihn klammerte. „Bitte nicht", flehte ich rau und presste meine Stirn gegen seine. Der schuldbewusste Blick, mit dem er mich jetzt ansah, verriet, dass er zumindest darüber nachgedacht hatte.
Ich legte meine Hände um sein schmales Gesicht und sah ihm verzweifelt in die Augen. „Ich verspreche dir, dass ich Nolan Blake nicht wiedersehen werde, wenn der Mondschein-Fall abgeschlossen ist, okay? Nur noch ein paar Tage, versprochen."
Während ich das sagte, schien siedender Schmerz meine Brust zu versengen. Es fühlte sich an, als brenne sich mir Nolans Feder tief in die Haut hinein.
Lügner!, schrie sie. *Leere Worte! Du gehörst mir!* Diese Worte dröhnten förmlich durch meine Gedanken. Pulsierten laut im Takt meines Herzschlages. Fast hatte ich Angst, dass auch Greg sie hören konnte.
Du. Bist. Mein!
Besitzergreifende Worte, herausgestoßen auf dem Höhepunkt unserer Leidenschaft.

Wie konnte ich behaupten, Nolan nach Beendigung des Falles nicht wieder zu sehen? Wie konnte ich etwas versprechen, von dem ich genau wusste, dass ich es nicht würde halten können?
Uns beide verband etwas Mächtiges, etwas, das ich so noch nie zuvor gespürt hatte. Nicht einmal bei Greg, und den liebte ich mehr als mein Leben.
Doch Nolan – liebte ich auch. Anders.
Aber wohin sollte uns das führen?
Das schrille Klingeln meines Handys ersparte es mir, weiter darüber nachzugrübeln. Manchmal wünschte ich mir einen langweiligen Bürojob, Arbeitszeit von acht bis fünf und sonntags frei. Doch in diesem Augenblick war ich wirklich froh, dass ich ein Detective des Morddezernates war, der sich immer in Bereitschaft befand.
Noch einmal drückte ich Greg fest an mich und küsste ihn flüchtig Richtung Wange, während ich gleichzeitig das Handy aus meiner Hosentasche angelte. „Es tut mir leid, ich muss rangehen, aber wir reden später noch einmal darüber. Versprochen."
Dass Greg mit hängenden Ohren zur Spüle zurück schlich, signalisierte mir, dass er mit dem Ausgang dieses Gespräches nicht zufrieden war. Ich war es auch nicht, doch jetzt konnte ich nichts daran ändern.
Jetzt war Arbeit angesagt.
„Detective Quinlan."
Schweigen, aber im Hintergrund rumorte und polterte es. Ziemlich laut. Dann hörte ich es krachen, irgendwer brüllte. Mir stellten sich die Nackenhaare auf. „Hallo? Ist da jemand? Reden Sie!"
„Ich kann nicht, er …" Eine leise weibliche Stimme. Tränenverschwommen.
„Wer ist da?" Unruhig begann ich, hin und her zu tigern. Greg warf mir einen besorgten Blick zu. „Sagen Sie, wer Sie sind!"
„Er demoliert die Wohnung, hat die Kinder geschlagen … Bitte!"
„Wer ist da? Bitte sagen Sie mir Ihren Namen, Ihre Adresse!" Verdammt! Wie sollte ich ihr helfen, wenn ich nicht wusste, wer sie war?
„Yasemin Turner, die Frau aus dem Supermarkt. Kommen Sie schnell. Zur Fuller Street. Nummer eins zwei fünf null." Es klickte. Aufgelegt.
Yasemin Turner. Mit dem Namen konnte ich nichts anfangen. Die Frau aus dem Supermarkt – damit schon. Die kleine Lady mit der Billardkugel – sprich dem renitenten Ehemann.
So wie es aussah, wollte sie doch nicht warten, bis er sie zu Tode vermöbelte. Ich schnappte mir mein Schulterhalfter, meine goldene Marke

und rief Greg noch ein: „Ich muss los, ein Notfall!“ zu. Dann war ich auch schon zu meinem Wagen unterwegs. Während ich die fünfzehn Stockwerke runterpreschte, versuchte ich, per Handy von der Zentrale Hilfe anzufordern. Aber es hieß nur: „Bitte haben Sie Geduld. Hilfe ist gleich möglich.“

Von Gregs Wohnung bis zur Fuller Street war es ein ganzes Stück zu fahren. Die Fuller Street lag in einem ziemlich heruntergekommenen Viertel, das die ehrbaren Bürger dieser Stadt auch gerne den „Sündenpfuhl“ nannten. Hier fand man Drogen und Junkies, Prostituierte und Freier, Hehler und Diebe – es gab alles, was das kriminelle Herz begehrte.

Langsam tuckerte ich die mit Schlaglöchern übersäte Straße entlang. Stinkender Müll, achtlos entsorgte Möbel, rostige oder ausgebrannte Autowracks zierten die Gehwege, die Stadtreinigung kam nur alle Jubeljahre hierher.

Vor dem Haus mit der Nummer zwölffünfzehn hielt ich an.

Es war zweigeschossig. Baufällig. Ein rattenverseuchtes Drecksnest. Bevor ich ausstieg, rief ich noch die Zentrale an, und versuchte, einen 10-67 – Person ruft um Hilfe – zu melden. Doch ausgerechnet in dieser finsteren Gegend gab es keinen Empfang. Auf gut Glück versuchte ich es noch einmal und schickte eine 11-99 – Officer benötigt Verstärkung – hinterher. Manchmal rutschte ein Gespräch durch ein Funkloch hindurch und vielleicht konnten sie mich ja orten.

Mit einem Blick auf die Uhr verließ ich das Auto. Kurz vor halb drei. Stickige heiße Smogluft hing wie eine Glocke über der Gegend. Ich fühlte unsichtbare Blicke, die sich in meinen Rücken zu bohren schienen. Alle würden wissen, dass ich ein Bulle war. Schnell sah ich mich um, prüfte die Umgebung. Es gab immer jemanden, für den war ein Bullenmord die goldene Eintrittskarte in eine Gang.

Deutlich für alle sichtbar zog ich meine Waffe aus dem Schulterholster, hängte mir die Marke um den Hals. Vorsichtig bewegte ich mich auf die Bruchbude zu. In meinem Genick kribbelte es wie verrückt, meine Instinkte brüllten mir gerade zu, auf Verstärkung zu warten – doch ein gellender Hilfeschrei verlangte sofortiges Handeln. Ich lauschte, es musste aus dem oberen Stockwerk gekommen sein.

Im halbdunklen Flur hinter der Eingangstür lag eine reglose Gestalt, ich beugte mich kurz zu ihr herunter, doch der Gestank nach Urin und Fusel trieb mich weiter.

Mit zwei, drei Sätzen erklomm ich die Treppe, Scherben knirschten unter meinen Füßen. Ich trat in etwas, das ich nicht näher definieren wollte, dann stand ich vor einem dunklen, muffig riechenden Flur, von dem aus je drei Türen abzweigten. Ich registrierte die abgeplatzte Farbe an den Eingängen, die Löcher im Putz und eine uralte Kinderkarre ohne Räder, die mir im Weg stand. Schnell schob ich sie beiseite.
Wieder ertönte ein Schrei.
„Yasemin? Verdammt, wo sind Sie?", rief ich, und eine der Türen flog auf. „Hier! Hier bin ich." Eine Hand erschien in einem Spalt, ich hörte es krachen, dann ertönte ein weiterer Laut. Die Hand verschwand abrupt, die Tür schlug ins Schloss. „Nein, nein … Tu das nicht!", hörte ich, Schläge klatschten. Eine raue Männerstimme brüllte zornige Worte, die ich nicht verstand.
Mit der Waffe im Anschlag trat ich gegen das Türblatt, sie flog auf, donnerte nach innen, gegen die Wand.
„Alles auf den Boden!", brüllte ich und schob mich in den Raum hinein, wich nach rechts aus. Zu sehen war niemand. Mit einem Blick durchkämmte ich das Zimmer.
Das Kribbeln in meinem Nacken verstärkte sich, warnte mich, irgendetwas war hier gewaltig faul. Hier sollte eine Familie mit drei Kindern leben? Niemals. Das war eine Falle! Der Rest eines abgefackelten Sofas, Müllberge, schimmeliger Gestank, zerschmetterte Scheiben – das alles gab mir die Bestätigung. Ich Idiot war in eine scheiß Falle getappt!
Schnell trat ich den Rückzug an.
Doch ehe ich mich noch ganz aus der Gefahrenzone herausbewegen konnte, sah ich einen Schatten, unscharf zuerst. Anfänglich hielt ich es für eine Sinnestäuschung. Ich befand mich fast gegenüber der leeren Fensterhöhle, und die Sonne blendete etwas. Doch plötzlich – wie aus dem Nichts – tauchte eine zierliche Gestalt daraus auf. Yasemin.
Sie war es. Und doch irgendwie nicht. Statt hochgeschlossener Bluse und Caprihose trug sie eng anliegendes, offenherziges schwarzes Leder. Es war so eine Art Korsage mit dazu passenden, an den Seiten geschnürten Hosen. Auch ihre Haare trug sie jetzt offen, eine wallende Mähne in Kastanienbraun. Überrascht starrte ich sie an, sie wirkte total verändert, und auf gar keinen Fall so, als sei sie eben noch von ihrem Mann verprügelt worden.
Sie lachte, weidete sich an meinem Erstaunen, umrundete das verkohlte Skelett des Sofas und bewegte sich tänzelnd auf mich zu. „Hallo Detective. Schön, dass Sie meiner Einladung so schnell gefolgt sind."

Drei Schritte vor mir blieb sie stehen, lächelte mir unbekümmert zu, ganz so, als seien wir für ein Date verabredet gewesen.
„Was ist hier los? Warum dieses Theater?" Noch immer hielt ich die Waffe auf sie gerichtet. Das schien sie nicht zu stören, denn sie kam noch einen Schritt auf mich zu, streckte die Hand danach aus, und nahm mir einfach die Pistole weg. „Die brauchen Sie nicht. Ich will Ihnen nichts tun."
Es war merkwürdig. Da stand ich, ein eins achtundachtzig großer Kerl, im Vollbesitz all meiner körperlichen und geistigen Fähigkeiten – und ließ mich von einer zierlichen, höchstens hundert Pfund schweren Frau entwaffnen.
„Was ist hier los, Yasemin?", fragte ich ein zweites Mal, während ich versuchte herauszufinden, was zum Teufel hier abging. Wieso gab ich ihr freiwillig meine Waffe? Wo war der Mann, der offensichtlich nicht ihr angetrauter Gatte war? Der Raum maß gut fünf mal fünf Yards, die Tür, die wohl zum ehemaligen Bad führte, befand sich rechts hinter der Frau. Hatte er sich da drin versteckt?
„Mein Name ist Serafiné. Und mein Meister ist brennend daran interessiert, Sie kennenzulernen."
Meister? Welcher Meister? Meine Gedanken rasten. Das hatte ich doch schon mal gehört. Hatte Nolan nicht dieses Wort gebraucht? Wann? Und in welchem Zusammenhang? Ich kramte in meinem Gedächtnis, und schon fiel es mir wieder ein. Es war unten in der Pathologie gewesen und er sagte: *Wenn Vampire andere Vampire schaffen, dann verändert sich deren DNA, sie wird zu der des Meisters.*
Serafinés Meister. Der Vampir! László Câmpeni.
Verflucht. Mir ging nicht nur ein Licht auf, sondern gleich ein ganzer Christbaum. *Sie* war der Lockvogel.
Der Streit im Supermarkt. Inszeniert. Die Schlägerei. Gespielt.
Hut ab vor so viel schauspielerischem Talent! Fast hätte ich applaudiert. Doch am liebsten hätte ich mich selber ordentlich in den Hintern getreten. Wie ein Anfänger hatte ich mich angestellt. Kaum benötigte jemand meine Hilfe, schmiss ich jegliche Vorsicht über Bord. Mit welchem Ergebnis – das sah man ja!
„Ihr Meister? Der Hausmeister dieser netten Bruchbude hier?", fragte ich cooler, als mir eigentlich zumute war. Ich musste Zeit schinden, vielleicht war ja doch Hilfe unterwegs. „Warum will er mich kennenlernen? Braucht er einen Kammerjäger?"

Als Antwort darauf schlug sie mir den Handrücken fest ins Gesicht. Mein Kopf flog nach hinten. Mit der Zunge leckte ich über den kleinen Riss in meiner Lippe, schmeckte Blut.
Ihre Reaktion darauf war bemerkenswert. Erst fauchte sie mich an, dann bleckte sie ihre Zähne. Kleine, spitze Eckzähne, die zwischen ihren vollen roten Lippen hervorblitzten. Vampirzähne!
Jetzt wurde mir doch ziemlich mulmig. Ich stand hier, buchstäblich mit dem Rücken zu Wand, in dieser abbruchreifen Bude, ohne jede Hilfe, und unterhielt mich mit einem hungrigen, weiblichen Vampir. Ob Nolan das meinte, als er mir einen vergnüglichen Sonntag wünschte?
Wie sich herausstellte, brauchte ich mir um Serafinés Absichten keine Gedanken machen. Etwas stach in meinen Hals, furchtbares Brennen schoss mir durch die Adern, hässliches Gelächter ertönte an meiner linken Seite. Ich fuhr herum. Die Billardkugel. Da war er ja!
Aber anstatt mich darüber zu freuen, dass ich ihn gefunden hatte, verdrehte ich nur die Augen, und klappte einfach weg. Aus die Maus!

Siebzehn

Auf der polierten Platte eines antiken Schrankes lag ein dunkelrotes Samtbündel. Vorsichtig schlug Câmpeni es auf und betrachtete den funkelnden Schatz, der darin verborgen war.
Ein Dolch. Sehr alt. Sehr kostbar. Sehr tödlich.
Ein Geschenk an seine Elevin. Dolche und Klingen waren Serafinés Spezialität, sie verstand es geradezu meisterlich, damit umzugehen. Bislang hatte sie ihre Sache sehr gut gemacht, es wurde Zeit für eine Belohnung. Ehrfürchtig strich er über die gezackte Klinge, die älter war, als er selbst. Wenn sie von ihrem neuesten Beutezug zurückkehrte, würde er ihr diesen Dolch überreichen. Und gemeinsam würden sie ihn benutzen. Ein Schauer der Vorfreude durchströmte ihn, als er an den Engel dachte, den er in seine Falle zu locken gedachte. Genießerisch schloss er die Augen.
Und der Köder dafür war schon unterwegs.
Doch zuerst war der andere an der Reihe. Es wurde langsam Zeit, auch wenn er in diesem Fall auf die Unterstützung seiner Schülerin verzichten musste. Er brauchte diese Blutmahlzeit, um alles an Kräften zu mobilisieren, die noch in ihm schlummerten.
Genauso vorsichtig, wie er den Dolch ausgepackt hatte, bedeckte er ihn auch wieder.
Zeit, das Spiel zu beginnen.
Câmpeni betrat die ehemalige Suite und lenkte seine Schritte auf die zusammengesunkene Gestalt zu, die Toma auf sein Geheiß an den stählernen Rahmen gefesselt hatte. Sein fünftes Opfer.
Serafiné hatte es tatsächlich geschafft, ihm in der kurzen Zeit einen halbwegs geeigneten Kandidaten zu besorgen. Er musterte den Leblosen, griff in das hellbraune Haar und zog den Kopf hoch.
„Sieh an, Joshua Donovan", murmelte Câmpeni erfreut. „Der Journalist. Der, der diese Artikel über mich geschrieben hat."
Nicht über ihn, den Strigoi, sondern über den Vollmond-Killer, verbesserte er sich. Es hatte ihn sehr erheitert, zu lesen, wie die Polizei Monat für Monat im Dunkeln tappte, keinerlei Spuren finden konnte. Doch zu lesen, dass er für einen irren Serienkiller gehalten wurde, das hatte ihn ziemlich erbost.
Zeit, endlich einiges klarzustellen!
Mit einem mentalen Befehl weckte er den Reporter.

Sofort schlug Donovan die Augen auf, stöhnte leise und blinzelte verwirrt. „Wo … wo bin ich? Angel?“ Sein Blick kreiselte orientierungslos umher, um dann an Câmpeni hängen zu bleiben. „Wer sind Sie? Wo ist Angel?“
Inzwischen hatte Donovan festgestellt, dass etwas ganz und gar nicht in Ordnung war. Er runzelte die Stirn, betrachtete seine gefesselten Hände und begann, an den Ledermanschetten zu reißen. Zuerst noch zaghaft, doch dann immer heftiger. „Was soll das?“, krächzte er. „Binden Sie mich los!“
Schweigend trat Câmpeni einen Schritt näher. Gleichzeitig rollte er die Ärmel seines Hemdes auf. Dabei betrachtete er amüsiert, wie sein Opfer sich jetzt gegen die Fesseln stemmte, vor Anstrengung keuchte und zu schwitzen begann.
„Bemühen Sie sich nicht, mein Lieber. Diese Fesseln sind so konzipiert, dass sie sich auf keinen Fall lösen lassen. Sie können also damit aufhören, am Ende verletzen Sie sich noch.“
Der Reporter unterbrach sein Tun und starrte ihn an. „Was wollen Sie von mir? Wo ist Angel? Ist er auch hier?“
Der Strigoi lächelte höhnisch auf sein Opfer herab. „Oh. Sie suchen Ihren Lover? Es tut mir leid, Ihnen sagen zu müssen, dass aus dem Schäferstündchen mit Ihrem Cop wohl nichts werden wird. Stattdessen werden Sie ein Rendezvous mit dem Tod haben.“
„Was? Wer zur Hölle sind sie?“
Der erschrockene Aufschrei Donovans entlockte Câmpeni ein weiteres Lächeln. „Wie unhöflich von mir. Darf ich mich Ihnen vorstellen? László Câmpeni. Sie nennen mich den Vollmond-Killer. Zu Ihren Diensten.“ Er verbeugte sich galant. „Heute ist Ihr Glückstag, denn Sie bekommen ein Exklusiv-Interview mit einem Vampir.“ Aus dem dünnen Lächeln wurde das Blecken der rasiermesserscharfen Fangzähne, die kalten schwarzen Augen verengten sich zu schmalen Schlitzen. „Dass sie mich in Ihren Artikeln als Irren bezeichnen, nehme ich Ihnen sehr übel. Deswegen habe ich beschlossen, Sie sozusagen aus erster Hand miterleben zu lassen, was wirklich mit Ihren Vorgängern geschehen ist. Schade nur, dass Sie dieses einmalige Erlebnis Ihrer geschätzten Leserschaft vorenthalten werden.“
Der Reporter sah über diese Ankündigung nicht gerade erfreut aus. Im Gegenteil. Erneut versuchte er, seine Hände aus den breiten Lederfesseln zu reißen. Câmpeni konnte die aufflammende Angst riechen, die Donovan aus allen Poren strömte. „Sie sind doch völlig verrückt! Völlig

irre!“ In seinen rauchgrauen Augen stand nackte Furcht, als er begann, lauthals um Hilfe zu schreien.
Der Vampir sah eine Zeit lang dabei zu, wie der Mann sich immer mehr in seine Angst hineinsteigerte. „Schrei so laut, wie du kannst. Niemand wird dich hören!“, flüsterte er beinahe sanft, als Donovans Stimme sich mit lautem Kreischen überschlug und er nach Luft schnappend verstummte. „Niemand wird dir helfen. Du bist so gut wie tot. Ich verspreche dir jedoch, dass du nicht sehr lange zu leiden haben wirst.“
Bei diesen Worten wurde der Journalist kreidebleich und erstarrte mitten in der zappelnden Bewegung. Schweißtropfen rannen über seine Stirn. Câmpeni konnte jenen winzigen Moment in seinen Augen aufflackern sehen, als er begriff, dass es kein Entrinnen für ihn gab. Er sank in sich zusammen, sein Kopf sackte auf die Brust, aus seiner Kehle kam nur mehr unterdrücktes Keuchen.
Câmpeni nickte zufrieden.
Donovan hatte sich in sein Schicksal ergeben. Jetzt brauchte er ihn nur noch vorzubereiten. Schnell zog er den Ring von seinem Finger und steckte ihn dem Reporter an den Mittelfinger der rechten Hand. Laetitia hatte ihm zugesichert, dass der Zauber auf diese Weise hauptsächlich sein Kraftpotenzial auffüllen würde. Dafür sei die Mondphase nicht von Belang, hatte die Hexe beteuert.
Nun, ob das stimmte, würde sich jetzt gleich überprüfen lassen.
Er verschränkte die Arme vor der Brust und stellte sich in Position. Dann konzentrierte er sich und drang mit geschlossenen Augen in die Gedanken seines Opfers ein. Dieser hier suchte also ein harmloses homoerotisches Abenteuer.
So ein Narr, er war genauso leicht ins Netz gegangen, wie seine Vorgänger. Blinde Lust und die Aussicht auf die Erfüllung ihrer verklemmten Träume hatten sie alle in die Arme seines gefallenen Engels getrieben. Ihn hier aus der kleinen verschwiegenen Bar zu locken, war geradezu lächerlich einfach gewesen. Radu hatte den Part des Lockvogels übernommen, nachdem Serafiné alles in die Wege geleitet hatte.
Und der Reporter? Bedenkenlos, geradezu sträflich unvorsichtig hatte der sich auf die Verführungskünste Radus eingelassen, kaum dass dieser sich als Angel zu erkennen gab. Die Hoffnung auf die Verwirklichung seiner sexuellen Fantasien hatte ihn zu einer willenlosen Kreatur gemacht.
Câmpeni schnaubte verächtlich.
Menschen. So dumm, so schwach, so leicht zu durchschauen.

Gib ihnen, was sie glauben, haben zu wollen, und sie geben dir, was du willst. Nein. Auch dieser hier verdiente es nicht anders.
Er würde ihm gewähren, wonach Donovan begehrte. Und sich nehmen, wonach er selbst verlangte. Sein Blut. Sein Leben.
Schon streckte er ihm eine mentale Hand entgegen, strich damit an dem schlanken Körper des Mannes entlang. Streifte den offenen Hemdkragen, dann die nackte warme Haut, unter der das verlockende Blut pochte. Diese Verführung hätte er auch selber, mit seinen eigenen Händen durchführen können, doch einen Mann in Ekstase zu versetzen, war noch nie nach seinem Geschmack gewesen. Das überließ er gerne seiner Elevin.
Ohne auch nur einen Finger zu rühren, ließ Câmpeni Knopf für Knopf des Hemdes aufspringen. Unsichtbare Hände schoben den Stoff beiseite, glitten über die leicht behaarte Brust, umspielten die Brustwarzen, reizten und liebkosten sie. Immer und immer wieder. Ein fester Mund begann, an den schon hoch aufgerichteten Nippeln zu saugen, bis sich ein atemlos heiseres Aufstöhnen der wundgeschrienen Kehle entrang.
Der Vampir sah ungerührt zu, wie Donovan erschauerte, und sichtlich erregt den Kopf in den Nacken warf. Verschwunden der panische, angstvolle Gesichtsausdruck, denn jede Berührung, die Câmpeni in Donovans Gedanken pflanzte, fühlte sich für ihn an wie lustvolle, unverfälschte Leidenschaft.
Er lenkte die unsichtbaren Lippen am Bauch hinunter, sie folgten nun dem seidigen Flaum. Leckend. Küssend. Hinterließen dabei eine brennend heiße Spur bis hinunter zum Reißverschluss. Die Hose öffnete sich, um wie von selbst bis auf die Knie hinunter zu rutschen. Der Reporter ächzte, zuerst nur leise, doch dann, als kräftige Hände über das entblößte, sich aufrichtende Geschlecht strichen, lauter. Câmpeni ließ die Finger den Schaft umfassen, sie bewegten sich auf und ab, mal sanft und langsam, dann wieder schnell und ungestüm.
Donovans Hüften fingen an, sich im Takt der drängenden Hände zu bewegen, stießen rhythmisch in die Luft, begleitet von enthemmten Lauten der Lust. Er war jetzt mit jeder Faser seines Körpers in seiner erotischen Traumwelt gefangen, und gab sich ganz der Erfüllung seiner Begierde hin. Câmpeni spürte, dass es nur noch wenige Augenblicke dauern konnte, bis ein Orgasmus seinem Opfer Erleichterung verschaffen würde.
Zeit, die Spielart zu wechseln.
Câmpeni veränderte seine Gedanken.

Statt Lust zu gewähren, sollten sie jetzt das Gefühl von Schmerz und Todesangst auslösen. Die unsichtbaren Finger verließen mit einem letzten aufreizenden Streicheln das heiße Geschlecht. Donovan stöhnte protestierend und seufzte dann tief auf.
Die Hände aber wanderten aufwärts, legten sich auf die bebende Brust. Schon drangen sie durch die Haut, wanden sich um das Herz herum, und drückten zu, ganz sacht nur. Es begann ängstlich zu zittern und zu hüpfen, wie ein kleiner Vogel. Donovan bemerkte es nicht gleich, war noch zu sehr in seiner Lust verstrickt. Câmpeni drückte fester, das Herz stolperte – einmal, zweimal – Donovan riss entsetzt die Augen auf. Angst leuchtete daraus empor. Der Schreck über den plötzlichen Aussetzer stand ihm ins Gesicht geschrieben.
Obwohl der Vampir genau wusste, dass das gewünschte Ergebnis noch nicht völlig erreicht sein konnte, beugte er sich zu seinem Opfer herunter. Er roch an dessen erhitzter Haut, roch den salzigen Schweiß, der den noch immer erregten Körper bedeckte. Er konnte einfach nicht widerstehen und biss leicht in die schnell pochende Ader am Hals. Den angstvoll erstickten Schrei, den Donovan von sich gab, ignorierte er. Tropfen für Tropfen ließ er sich auf der Zunge zergehen.
Beinahe.
Die Zusammensetzung des Blutes war fast perfekt. Zufrieden leckte er sich die Lippen. Ein klein wenig köstliche Todesangst noch, dann stimmte es. Noch einmal sammelte er seine Gedanken und drückte das schlagende Herz brutal zusammen. Es stockte, kämpfte, wollte nicht aufgeben. Donovan quollen die Augen aus den Höhlen, er glaubte an einen Herzinfarkt. Sein Körper bäumte sich auf, ihm blieb der Atem weg. Das sich bläulich verfärbende Gesicht zuckte und bebte. Säuerlicher Schweißgeruch hing in der Luft. Noch einmal probierte Câmpeni einen Schluck.
Ja. Jetzt war es vollbracht. Genüsslich schlug er die Zähne in sein wehrloses Opfer und trank das berauschende, ihn stärkende Blut.

Achtzehn

Lustlos schnitt Nolan eine der verwelkten Rosen ab und ließ sie in den Korb zu seinen Füßen fallen. Blüte um Blüte folgte.

Die Rosen hatten in diesem Jahr besonders prächtig geblüht, doch nun war es damit fast vorbei. Er hielt inne und ließ die Rosenschere sinken. Ihre Zeit war genauso vorbei, wie sich seine Zeit mit Quinn unaufhaltsam dem Ende näherte.

Wieder schweifte sein Blick über den Horizont, dorthin, wo sich Gregs Apartment befand. Quinn war dort, verbrachte einen gemütlichen Sonntag im Kreis seiner kleinen Familie. Statt hier, bei ihm zu sein.

Ob er auch dort wäre, wenn er wüsste, dass ihre gemeinsamen Stunden gezählt waren? Nolan seufzte und wandte sich wieder dem Rosenbusch zu. Für einen Augenblick überkam ihn der törichte Wunsch, Quinn unter irgendeinem Vorwand aus der Wohnung wegzulocken.

Ihn weglocken, ihn hier hinauf bringen und ihn diesen Greg dann ein für alle Mal vergessen lassen. Regelrecht auslöschen würde er ihn! Mit einem Fingerschnippen würde er dafür sorgen, dass in Quinns Gedanken nur noch Platz für ihn, Nolan, sein würde. Für niemanden sonst.

Und anschließend, wenn das erledigt wäre – dann würde er ihn lieben. Bis an den Rand des Wahnsinns würde er ihn treiben, eine Glut in Quinn entfachen, die nur er allein wieder löschen konnte …

Scharfer Schmerz brachte ihn in die Wirklichkeit zurück. Befremdet starrte er auf seine Hand. Seine Faust hatte sich fest um einen Zweig gekrallt, dessen lange Dornen tief durch die Handfläche gedrungen waren.

Eifersucht. Wilde, hässliche, bohrende Eifersucht.

Sie steckte genauso tief in seinem Fleisch, wie die Dornen in seiner Hand. Nolan lachte zynisch. Nun verstand er die Sterblichen, die aus diesem Gefühl heraus jemanden umbrachten. Einfach so, ohne mit der Wimper zu zucken. Es juckte ihn in den Fingern, es ihnen gleich zu tun.

Abermals durchzuckte ihn Schmerz. Seine Finger hatten sich erneut um den dornigen Ast geschlossen. Gleichmütig riss er sich die Rose aus der Hand heraus und zermalmte die zarten Blütenblätter zu Staub. Achtlos ließ er die Überreste in die Rabatte fallen. Dann atmete er tief durch, während er die blutigen Male betrachtete, die die Dornen hinterlassen hatten.

Natürlich würde er so etwas niemals tun. Er war ein Engel. Stand er nicht im Dienste der Menschheit? War er nicht über alle negativen Ge-

fühle erhaben? Empfindungen wie Eifersucht und Missgunst waren ihm doch fremd.
Er beugte sich zu den letzten weit geöffneten Rosenblüten herunter, die sich im sanften Wind bewegten, und atmete deren betäubend süßen Duft ein.
Wenn er es oft genug wiederholte, würde er sich sogar Glauben schenken können.
Um sich abzulenken, schritt er langsam zu dem Regenfass hinüber, das in einer Ecke des Gartens stand. Der angekündigte Regen war ausgeblieben, und die Büsche in den Töpfen mussten dringend gegossen werden. Er hatte die Gießkanne gerade im Fass versenkt, als die Gewissheit eines drohenden Unheils ihn regelrecht aufschrecken ließ. Beunruhigt sah er sich um und ließ seine Sinne schweifen. Doch die Bedrohung befand sich nicht hier oben, und sie betraf auch nicht ihn.
Sie betraf Quinn. Etwas stimmte nicht mit ihm.
Ohne dass er darüber nachdachte, transformierte er zur Engelsgestalt und hetzte an die Dachkante hinüber. Schutzengelinstinkte trieben ihn regelrecht vorwärts, verlangten, dass er sich sofort auf den Weg machte.
Quinn war in Gefahr. In Lebensgefahr.
Im letzten Moment bezwang Nolan den drängenden Impuls, sich in die Lüfte zu werfen, und zu ihm zu eilen. Zuerst musste er wissen, was überhaupt los war. Unverzüglich nahm er Verbindung mit Quinn auf und drang in dessen Gedanken ein. Doch alles, was er dort las, waren unvollständige Gedankenfragmente.
Au verdammt, was soll das? Die Billardkugel, da ... ist er ja … Warum ist … mir … so … Ich …
Und dann herrschte Schweigen. Die Verbindung war unterbrochen. Nervös lief er auf der schmalen Kante hin und her und versuchte, aus den wenigen Worten, die er auffangen konnte, schlau zu werden. Doch so richtig gelang ihm das nicht. Er runzelte die Stirn.
Was für eine Billardkugel hatte Quinn gesehen? Und wieso klang er so, als sei er nicht mehr Herr über seine Sinne? War er betrunken? Oder …
Ein furchtbarer Verdacht schlich sich in seine Gedanken. War er etwa betäubt worden?
Gedeon. Der musste ihm helfen! Für den alten Engel war es ein Klacks, ihm zu sagen, in was für Schwierigkeiten sich Quinn befand. „Gedeon? Ged, los, melde dich!“ Beunruhigt versuchte Nolan Kontakt zu ihm herzustellen. „Gedeon, verdammt, rede mit mir!“
Was willst du? Der Administrator klang ausgesprochen mürrisch.

„Du sagst mir sofort, was mit Quinn los ist! Er ist in Gefahr!", forderte Nolan aufgeregt und sah auf die Stadt herab. Da unten verbrachten die Menschen einen ganz normalen Sonntag, vergnügten sich am Fluss, spielten mit ihren Kindern Baseball im Park oder saßen mit ihren Familien in ihren Gärten und grillten.
Und irgendwo dort war auch Quinn und brauchte dringend seine Hilfe. Gedeons Stimme drang in seine Gedanken.
Adam Quinlan ist nicht länger deine Sache. Ich habe Keegan damit beauftragt, er wird sich um die Angelegenheit kümmern.
„Keegan? Was hat Keegan … Du meinst … Quinn soll sterben?"
Ja. Und du wirst dich nicht wieder einmischen, verstanden? Seine Zeit ist endgültig abgelaufen.
Die Wucht, mit der ihn diese nüchternen Worte trafen, ließ ihn taumeln.
„Nein!", würgte er geschockt hervor. „Das geht nicht! Er untersteht meinem Schutz …"
Nichts da! Gedeon unterbrach ihn rüde. *Es ist zu spät. Das Schicksal hat es so entschieden.*
„Scheiß auf das Schicksal!", schrie Nolan und ballte wütend die Fäuste. „Ich bin sein …" Weiter kam er nicht, denn Gedeon hatte die Verbindung unterbrochen. Er fluchte lästerlich.
Quinn sollte sterben? Nicht, wenn er das verhindern konnte!
Schon schraubte er sich in den Himmel hinauf und stellte umgehend eine Verbindung zu der Feder her, die Quinn um den Hals trug. Sie würde ihn leiten, ihn zu ihm führen, und er würde alles daran setzen, ihn zu retten.
Während er den Schwingungen folgte, versuchte er immer wieder Kontakt mit Quinns Bewusstsein aufzunehmen, doch vergeblich. Es gab nichts als weißes Rauschen. Er war noch immer besinnungslos, oder …
Nolan vermied, auch nur daran zu denken. Nein. Quinn war nicht tot. Auf keinen Fall.
Pfeilschnell schoss er über die Dächer der Stadt, orientierte sich anhand der Straßen und markanten Plätzen. Unter ihm rasten die Washington Avenue und der Patterson Boulevard vorbei, er überflog das Hospital, das Einkaufcenter und kreuzte ein Wohnviertel.
In dem Moment, als er den Belvedere-Park vor sich auftauchen, und gleich dahinter das leer stehende Hotel sah, wusste er, wo er Quinn finden würde. Also hatte Câmpeni, dieser Blutsauger, sich doch hier verkrochen! Als sie gestern auf dem Gelände herumgeschnüffelt hatten,

hatte es keinerlei Hinweise darauf gegeben. Der Vampir hatte den Bau anscheinend gut abgeschottet und seine Signatur maskiert.
Er landete auf dem weitläufigen Flachdach und nahm erneut Verbindung mit Quinns Unterbewusstsein auf.
Nichts. Nur Stille.
Beißende Angst breitete sich in seinem Inneren aus. Das konnte doch nicht sein! Nolan weigerte sich, aufzugeben, weigerte sich, zu glauben, dass er zu spät kam. Er schloss die Augen und konzentrierte sich. Hangelte seine Sinne an der Verbindung entlang, die sie beide fest aneinander kettete.
Und da, ganz am Rande seiner Wahrnehmung, spürte er ihn. Ziemlich schwach, doch er lebte. Erleichtert atmete Nolan durch.
Ein Geräusch ließ ihn herumfahren. Jemand ächzte. Eine zusammengesunkene Gestalt lehnte an den eisernen Streben eines alten Wassertanks.
Es war Keegan. Er hielt sich die Seite, dunkelrotes Blut quoll aus mehreren Wunden, die sandfarbenen Flügel waren zerzaust und rot verklebt. In seinem Gesicht leuchteten schlimme Prellungen, das rechte Auge war zugeschwollen. Vor seinen Füßen lag ein gezacktes, blutverschmiertes Messer.
„Verdammt! Was ist passiert?“, rief Nolan, während er ihm entgegeneilte. Kaum hatte er den jungen Engel erreicht, als dieser in sich zusammensank. Behutsam ließ er ihn auf die spröde Teerpappe gleiten. Schon riss er Keegans Shirt in große Stücke, faltete sie und presste sie auf die größte Wunde.
„Rede! Wer hat dich angegriffen? Was ist mit Quinlan? Ist er auch verletzt?“ Wie eine Salve feuerte er die Worte auf den armen Keegan ab. „Rede!“
„Weiß ... nicht. Glaube … er ist nicht … verletzt. Nur bewusstlos.“
Keegan verstummte, sein Gesicht verzog sich zu einer schmerzverzerrten Grimasse, und er schloss die Augen. Es war deutlich zu sehen, dass es ihm wirklich schlecht ging. In diesem Zustand würde der Union Guard kaum für eine Seele sorgen können. Also auch nicht für Quinns.
Das hieße dann wohl, dass er, Nolan, sich doch um ihn kümmern musste. Allerdings nicht so, wie Gedeon das von einem Todesengel erwartete. Er war fest entschlossen, Quinns Leben unter allen Umständen zu erhalten. Ein grimmiges Lächeln huschte über sein Gesicht.
Gerade wollte Nolan sich aufrichten, als Keegan ihn zurückhielt. Er hob die Hand, deutete damit in eine bestimmte Richtung. „Da unten. Sie hat

… hat mich gesehen und sofort angegriffen. Mit einem Messer. Der andere … hat Quinlan weggebracht, ins Gebäude hinein. Hab … sie fast … besiegt.“ Erschöpft schwieg Keegan und sank in sich zusammen. „Sie ist noch da unten.“
„Sie? Wen hast du besiegt? Kanntest du den Vampir?“
„Es ist … Serafiné.“
„Seraf…?“ Überrascht sah Nolan auf. „Das kann nicht sein! Bist du sicher?“
Keegan nickte nur. „Ganz sicher.“
Nolan überzeugte sich, dass sein Kollege einigermaßen bequem lag, er wusste, dass der Engel an den Verletzungen nicht sterben würde. Dann ließ er sich mit einem Sprung einfach vom Dach fallen. Hart landete er auf den gesprungenen Fliesen der ehemaligen Gartenterrasse. Er verharrte und schaute sich um.
In den Brettern, mit denen die Türen gestern noch vernagelt waren, klafften riesige Löcher. Die Glastüren dahinter waren zum Teil zerschlagen. Alles war mit Scherben und zersplittertem Holz übersät. Auch die ehemals weißen Betonwände hatten ihren Teil abbekommen und sahen aus, als seien sie mit einem Vorschlaghammer bearbeitet worden.
Einige der Bäume, die rund um die Terrasse standen, waren abgeknickt wie Streichhölzer, die dicht mit Unkraut bewachsene Erde umgepflügt. Ein furchtbarer Kampf musste hier stattgefunden haben.
Etwas abseits, fast am Rande der Terrasse, lag etwas und rührte sich nicht. Vorsichtig trat er näher, wollte nicht glauben, was er da sah.
„Serafiné? Gnädiger Gott …“, er stockte. Konnte das denn möglich sein? „Serafiné.“
Stöhnend versuchte sie, den Kopf anzuheben, ihre blutigen Lippen teilten sich, ihre Augen begannen, unruhig zu flackern. Sie probierte, zu sprechen. Schnell ließ Nolan sich auf ein Knie sinken, legte die Hand unter ihren Hinterkopf und hob ihn ein wenig an. „Schsch, nein schweig. Nicht reden.“ Ohne es zu bemerken, strich er mit der Rechten über ihr Gesicht. Schob die dunklen Locken aus ihrer Stirn, und wischte das Blut weg, das aus einer tiefen Wunde an der Schläfe in die Augen zu rinnen drohte.
„Was zum Himmel ist geschehen?“, fragt er verwirrt. „Ich habe dich fallen sehen, sah dich brennen …“
Alle hatten sie vom Himmel stürzen sehen. Ihre schneeweißen Schwingen brannten, verglühten zu Asche, ihr schlanker Leib wurde von

hellen Flammen umschlossen, als sie mit der Wucht eines Meteors zu Boden stürzte. Und ihre Schreie …
Die Erinnerung daran ließ ihm eisige Schauer über den Rücken laufen. Niemand hatte sich dem Anblick der Bestrafung widersetzen dürfen, alle Engel waren gezwungen gewesen, zuzusehen.
Gott ließ einen seiner Engel fallen. Eine der grausamsten Strafen, die der Himmel kannte. Vollstreckt von Erzengel Michael persönlich. Ohne seine Miene zu verziehen, hatte er Serafiné der glühenden Hitze der Sonne überantwortet. Den Grund dafür hatten sie nicht erfahren, Gott brauchte keine Rechtfertigung. Aber es wurde gemunkelt, dass sie sterben musste, weil sie sich verliebte.
Sich in einen Menschen verliebte und nicht von ihm lassen konnte. Für immer bei ihm sein wollte.
Drohte dieses Schicksal auch ihm, wenn er nicht achtgab? Schnell schob er jeden Gedanken daran zur Seite.
„Wie kannst du noch am Leben sein?“, fragte er fassungslos.
Serafiné schlug die Augen etwas auf. Nolan konnte sehen, dass es nur noch Minuten dauern konnte, bis das wenige Leben erlosch, das noch in ihr steckte. Keegan hatte ihr das Rückgrat an mindestens zwei Stellen zerschmettert.
„Meister … Câmpeni“, hauchte sie kaum hörbar. Nolan beugte sich weiter zu ihr herunter, brachte sein Ohr dicht an ihren Mund. „Er … fand … mich. War gerade … vom Himmel … Er … Der Kuss …“ Sie verstummte erneut. Wächserne Blässe legte sich über ihre Züge.
Fassungslos richtete Nolan sich auf. Er zählte eins und eins zusammen. László Câmpeni. Ein Strigoi. „Câmpeni ist ein Vampir. Und er fand dich, als du zerschmettert am Boden lagst, richtig?“
Serafiné blinzelte. „Ja.“
„Und als er erkannte, was du warst, da … da ließ er dir die zweifelhafte Ehre des dunklen Kusses zuteilwerden?“
Wieder blinzelte der gefallene Engel. „Ja.“
Das musste Nolan erst einmal sacken lassen.
Dieser Câmpeni hatte aus einem sterbenden Engel einen Vampir geschaffen? In dem er ihr Blut trank und ihr dann von seinem gab? Damit hatte er sie zu seinem Geschöpf gemacht, zu einem willigen Werkzeug. Er sah auf ihre bleiche Hand, die im Licht der Sonne lag. Die Finger zuckten leicht, so, als wollten sie das letzte Quäntchen Leben unbedingt festhalten. Er stutzte. Sollte die UV-Strahlung der Sonne die Haut eines Vampirs nicht buchstäblich in Flammen aufgehen lassen? Doch hier?

Nichts. Keine Brandblasen, keine entzündeten Wunden. Ob es daran lag, dass sie einst ein Engel war? Es musste so sein, eine andere Erklärung gab es nicht.
Das musste man diesem Strigoi lassen: Er hatte die Gunst der Stunde genutzt, und sich eine perfekte, ergebene Sklavin geschaffen.
Etwas stahl sich in seine Erinnerung. Als er den Toten, Eric Meyers, im Park fand, hatte er einen besonderen Duft an dessen Körper wahrgenommen. Doch er hatte ihn nicht einordnen können. Jetzt stieg ihm dieser Geruch erneut in die Nase. Leichte Süße, mit einem Hauch von Orchideen. Serafinés Signatur.
„Du hast die Männer für ihn in die Falle gelockt!“, stellte er zornig fest. „Und Câmpeni hat sie getötet, richtig?“
Bevor Serafiné ihm darauf antworten konnte, erfüllte leises Rauschen die Luft. Aus dem Augenwinkel sah er dunkel gekleidete Engel herantreten. Guardian. Er hatte sich schon gefragt, wann sie hier auftauchen würden.
Caleb, der Einsatzleiter der Truppe, kam näher. Er war ein großer, ernst dreinblickender Engel, mit dunkelbraunen Haaren und ebensolchen mächtigen Schwingen. Bekleidet war er mit der schlichten schwarzen Kampfkluft und dem langen schwarzen Ledermantel, den alle Guardian trugen. Unter dem geöffneten Mantel blitzte es. Das musste das Breitschwert sein, über das er schon die unglaublichsten Geschichten gehört hatte.
Neben Nolan blieb er stehen und sah auf ihn und Serafiné herunter. „Wir übernehmen jetzt. Tritt zur Seite“, befahl er ruhig.
Doch Nolan dachte nicht daran, zu gehorchen. Erst musste er wissen, was mit Quinlan war. „Noch nicht. Vorher muss sie mir noch eine Frage beantworten. Kümmert euch lieber um Keegan, er hat sich mit Serafiné einen heftigen Kampf geliefert.“ Er zeigte die Hauswand hoch, Richtung Dach. „Ihr findet ihn dort oben, ziemlich übel zugerichtet.“
Caleb gab seinen beiden Begleitern ein Zeichen. „Bringt ihn in die Zentrale der Union Guards. Dort werden sie ihn wieder zusammenflicken.“
Die Engel nickten schweigend und erhoben sich umgehend in die Lüfte. Nolan sah ihnen einen Augenblick lang nach, dann beugte er sich erneut zu Serafiné hinunter. „Hast du Adam Quinlan auch in eine Falle gelockt, soll auch er durch Câmpeni sterben?“
Das leise Aufleuchten, das in ihren sterbenden Augen auftauchte, war Antwort genug. Er erhob sich. Sein Mitleid für sie schwand in Anbetracht dessen, was Serafiné sich alles hatte zuschulden kommen lassen.

Gefallener Engel hin oder her, sie hatte sich an unschuldigen Männern und an seinem Schützling vergriffen. Gut, sagte sich Nolan, es war ihr von ihrem Meister befohlen worden, doch wie hieß es so schön? Mitgefangen – mitgehangen!

Er richtete sich zu seiner vollen Größe auf und trat einen Schritt zurück. Dann wandte er sich Caleb zu, der noch immer abwartend neben ihm stand.

„Gib mir dein Schwert", verlangte er mit grimmiger Kälte in der Stimme und streckte ihm auffordernd die Hand entgegen.

Der Guardian schüttelte den Kopf. „Sie zu töten ist unsere Aufgabe. Und Gedeon will, dass wir dich aufhalten und zurück in die Zentrale bringen. Jetzt."

Gedeon konnte ihm mal im Mondschein begegnen! Nolan straffte sich und trat einen Schritt näher an den Guardian heran. Funkelte ihm mit finster entschlossener Miene ins Gesicht. „Oh, nein. Auf keinen Fall", blaffte er. „Ich werde nicht mit euch gehen. Nicht, bis ich alles erledigt habe."

Caleb musterte ihn. Gründlich. Durchdringend. Sein Blick bohrte sich tief bis in Nolans Innerstes. Er wusste, was das bedeutete. Tief atmete er ein und aus, um der Gedanken-Überprüfung gelassen standhalten zu können. Sich dagegen zu wehren war zwecklos, die Kräfte des Guardian waren den seinen bei Weitem überlegen. Also ließ er es zu, dass Caleb alles, wirklich alles sah. Nichts hielt er vor ihm verborgen. Gar nichts.

Als sich die Pupillen des Guardian vor Überraschung weiteten, wusste Nolan, dass dieser nun bei den Geschehnissen angelangt war, die sich vor zwanzig Jahren abgespielt hatten. Stur, ohne zu blinzeln, erwiderte Nolan den verblüfften Blick seines Gegenübers. „Was?", knurrte er rau. „Genauso würde ich es immer wieder machen!"

„Ich verstehe", antwortete Caleb ruhig und unterbrach den Augenkontakt.

Nolan schwankte leicht, als sich der Guardian aus seinen Gedanken zurückzog. Er widerstand dem Bedürfnis, sich die brennenden Augen zu reiben. Das wäre ein Zeichen von Schwäche, und das kam gar nicht infrage. Auffordernd hielt er ihm die Hand hin. „Was ist? Gibst du mir nun dein Schwert?"

Statt einer Antwort befreite Caleb das mächtige Breitschwert aus dem Wehrgehänge und zog es unter dem Mantel hervor. Es klirrte leise, dann hielt er es ihm entgegen. Nolan war erleichtert. Der Engel hatte seine

Beweggründe verstanden. Und was noch wichtiger war, er hatte sie akzeptiert.

Nolan ergriff das Schwert mit beiden Händen und betrachtete die schwere geschliffene Klinge. Vier Fuß rasiermesserscharfer Stahl, mit einer ebenso scharfen Spitze. Bewundernd fuhr er mit den Fingerspitzen über den dunklen Griff, auf dem sich ein keltischer Knoten befand. Das Schwert war augenscheinlich schon sehr alt, doch es war noch gut in Schuss. Er hob es empor, und hieb damit ein paar Mal probehalber durch die Luft. Es sirrte und summte, beinahe so, als sei es ungeduldig. Als könne es nicht abwarten, seine Aufgabe zu erfüllen.
Nämlich Abtrünnige zu töten.
Er stellte sich in Positur und suchte ein letztes Mal den Blick der Vampirin. „Adam Quinlan ist ein – ist *mein* Dominium", verbesserte er sich, nur mühsam beherrscht. „Und ein Angriff auf ihn ist ein Angriff auf mich. Das kann ich nicht dulden."
Serafiné erwiderte Nolans eisigen Blick beinahe schon trotzig, keinesfalls akzeptierte sie ihre Strafe. Doch was sollte sie dagegen tun? Mit letzter Kraft ließ sie ihren Kopf nach hinten sinken, bot ihm so stolz ihre ungeschützte Kehle dar.
Er schwang das Schwert hoch über seinen Kopf. Ohne zu zögern, schlug er zu. Mit einem hässlichen Geräusch traf die Klinge auf die weiße Kehle, fraß sich durch das Fleisch, Wirbel brachen, Blut spritzte. Serafinés Kopf, nun vom Rumpf getrennt, rollte ein Stück zur Seite und blieb mit abgewandtem Gesicht und ausgebreitetem Haar liegen.
Aufatmend ließ Nolan das Schwert sinken und bekreuzigte sich.
Dass er Serafiné mit der Enthauptung eigentlich einen Gefallen getan hatte, war für ihn nebensächlich. Sie wäre sowieso gestorben, doch indem er ihr den Kopf abgeschlagen hatte, hatte er verhindert, dass ihre verdorbene Seele zu Luzifer zurückkehrte.
Und neu erweckt werden konnte.
Nein. Nie wieder würde sie Unschuldige in ihr Verderben locken. Schweigend traten Nolan und Caleb von Serafinés sterblichem Leib zurück, denn es hatte schon begonnen.
Kleine grelle Funken stieben aus den Wunden, wurden rasch größer. Regungslos sahen sie zu, wie das himmlische Feuer über ihren zerschmetterten Körper kroch, ihn erfasste, ihn förmlich darin einhüllte. Aus den Funken wurden lodernde Flammen, schon brachen sie aus dem

ganzen Leichnam hervor, erfassten ihr Haar, ihre aufreizende Kleidung. In Sekundenschnelle verbrannte alles zu einem Häufchen grauer Asche.
Mit dem Erlöschen der letzten Flamme kam eine starke Böe auf und fuhr mit unheimlichem Heulen in die Überreste hinein. Die Aschewolke wirbelte hoch durch die Luft, tanzte umher, um dann im dichten Gestrüpp des verwilderten Gartens zu verschwinden.
Als der Wind sich legte, war von Serafiné nichts mehr übrig. Der gefallene Engel existierte nicht mehr, war nun endgültig vernichtet. Ihre Seele, wie ihre Asche, in alle Winde zerstreut.
Nachlässig wischte Nolan die blutige Klinge an seiner Hose ab. Jetzt musste er sich Câmpeni vorknöpfen. Viel zu lange hatte er sich hier draußen aufgehalten. Was war inzwischen mit Quinn? Unverzüglich überprüfte er seine Verbindung zu ihm und konnte einen erleichterten Seufzer kaum unterdrücken.
Quinn war inzwischen aus seiner Bewusstlosigkeit erwacht. Und so wie es aussah, ging es ihm gut.
Schnell wandte er sich zu Caleb um. „Danke. Eine sehr effektive Waffe“, bemerkte er, während er ihm das Breitschwert entgegenhielt.
„Ja, das ist es.“ Der Guardian nickte zustimmend, nahm das Schwert jedoch nicht an sich. „Behalt es. Vorläufig. Du wirst es noch brauchen.“ Damit schritt er zum Rande der Terrasse. „Gute Arbeit übrigens!“ Caleb hatte die Flügel schon ausgebreitet, als er sich noch einmal zu ihm herumdrehte und erneut das Wort ergriff. „Du willst zu unserer Truppe? Wenn du den Vampir erledigen kannst, reden wir drüber.“

☆

Meine Gedanken setzten genauso abrupt wieder ein, wie sie geendet hatten.
Oh, die Billardkugel. Da war er ja, durchzuckte es mich. Dann erst registrierte ich, dass mit ihm etwas nicht stimmte.
Dass er auf der Erde lag und den Fußboden voll blutete, okay. Ich konnte mich nicht mehr an alle Einzelheiten des Kampfes mit ihm erinnern. Anscheinend hatte ich ihn ziemlich fertig gemacht. Doch ich war mir zu hundert Prozent sicher, dass ich ihn nicht … angezündet hatte?
Moment mal.
Noch einmal zurück auf Anfang.
Ich ließ den Kopf wieder zu Boden sinken, schloss die Augen und holte tief Luft. Alter Staub kitzelte in meiner Nase.

Also. Teppich. Meine Wange ruhte auf muffigem Teppichboden. Schlingenware. Schlammgrün.
Ich hob den Blick, schaute nach vorn, direkt auf Billardkugels reglosen Körper, der sich circa ein halbes Yard von mir entfernt befand. Meine Position war quer zu ihm und so konnte ich nur seinen Kopf und einen Teil seines Oberkörpers sehen. Doch das reichte mir auch, denn er bot keinen schönen Anblick.
Seine ehemals glänzend polierte Kopfhaut, seine Kleidung, alles dampfte. Dicke gelbliche Brandblasen schienen sich auf der Haut zu bewegen, es sah aus, als kochte das Wasser in ihnen. Ich setzte mich auf, langsam, mein Schädel brummte, und betrachtete sein Gesicht, seine Arme …
Wie eine frische, verflucht heiße Pizza, direkt aus dem Backofen. Der Käse brutzelte noch, die Salamischeiben warfen appetitliche Wellen, die kleinen Cocktailtomaten waren aufgeplatzt und verströmten Gerüche. Und überall Tomatensoße. Ich würgte und sah schnell hoch zur Decke.
In Wahrheit waren die Tomaten kürzlich noch zwei schwarze Augen gewesen, die mich wütend angefunkelt hatten, bei den Salamischeiben handelte es sich um großflächig brandige Löcher, die sich tief in die Haut gefressen hatten. Und die Soße … war Blut.
Ich bin nicht zartbesaitet, in den Jahren beim Morddezernat hatte ich schon so einiges gesehen. Erhängte, denen die Zunge dick geschwollen aus dem Rachen hing. Leichen, denen die blanken Knochen aus dem Leib staken. Erschossen, vergiftet, zu Tode gestürzt. Doch kein Anblick ist so schlimm, so grauenhaft, wie der eines Brandopfers.
Mit zusammengebissenen Zähnen beugte ich mich vor, und versuchte, am Hals des Mannes den Puls zu fühlen.
Vergebens. Tot, aus. Finito.
Endlich riss ich mich von dem grausigen Bild los. Wo zum Kuckuck war ich? Ein schneller Blick über die Schulter verriet, dass hinter mir ein Sarg stand. Ich lehnte mich dagegen, zog die Knie an und schaute mich um.
An der linken Wand lehnte ein Haufen Bretter. Darunter dick gepolsterte Kopfteile mit wildem Muster, Fußenden, Lattenroste. Doppelbetten. Alle zerlegt.
Ein paar dunkle Nachtschränkchen, übereinandergestapelt. Auf einem der gleichfalls schlammgrünen Sessel, er war nur um ein, zwei Nuancen heller als der Teppich, lag etwas, das aussah wie ein monströses Stoffgebirge. Gardinen. Wahrscheinlich. Darunter stapelten sich haufenweise lange, dünne Gardinenstangen aus Metall.

Es schien, als seien der Tote und ich in ein altes Möbelmagazin geraten. Ich schaute genauer hin. Vergilbte Tapete an den Wänden, das Muster seit zwanzig Jahren nicht mehr in Mode. Das war …
Ein Sarg?
Über meine Schulter blicken und erschrocken aufspringen waren eins.
Verdammt! Ich hatte richtig gesehen. Vor mir stand ein Sarg. Eiche rustikal, mit breiten Messinggriffen, der Sargdeckel wies einige üble Schrammen und abgestoßene Kanten auf. Während ich versuchte, meinen holpernden Herzschlag unter Kontrolle zu bekommen, überlegte ich gleichzeitig, was das zu bedeuten hatte.
Was sollte ein offensichtlich gebrauchter Sarg …
Mein Gott, wie blöd war ich denn? In Gedanken verpasste ich mir eine ordentliche Kopfnuss und zählte die Fakten zusammen. Verbrutzelte Leiche plus Tageslicht plus alter Sarg ergab: ein Vampir-Klischee.
Vampir. Mit einem Mal war alles wieder an seinem Platz.
Der Anruf. Die Falle. Diese hungrige Vampirin, Serafiné. Was hatte sie gesagt? *Mein Meister möchte Sie kennenlernen.* Und dann … Blackout.
Scheiße. Meine Hand flog hinauf zum Hals, die Stelle dort schmerzte noch leicht. Bewies, dass ich mir das alles nicht nur eingebildet hatte.
Noch einmal betrachtete ich die abgebauten Möbelteile und wusste plötzlich genau, wo ich mich befand.
Vorsichtig, um nicht in die Blutlache hineinzutreten, stellte ich mich an das kahle Fenster und sah hinaus. Es stimmte. Ich war im Belvedere. Unter mir sah ich die Straße, dahinter die hohen Bäume, die direkt an der Backsteinmauer des Parks standen.
Ich hatte den Unterschlupf des Vollmond-Killers gefunden. Beziehungsweise, er hatte mich gefunden. Finden lassen.
Okay, ich gebe es zu. Die überstürzte Rettungsaktion war nicht meine beste Idee gewesen. Doch konnte ich aus meiner Haut? Nein. Solange noch ein Funken Leben in mir steckte, würde ich immer wieder zu solchen Rettungsmissionen aufbrechen.
Anhand der Sonne, die noch über die Bäume hinweg schien, versuchte ich, die ungefähre Uhrzeit zu schätzen. Doch dafür hatte ich schon früher kein Talent gehabt. Sicher war nur, dass es noch immer Tag war.
Später Nachmittag. Früher Abend? Oder doch schon Montag? Keine Ahnung.
Frustriert seufzend verschwand ich in dem kleinen Bad, das sich links von mir in der Ecke befand, und erleichterte mich. Beim Händewaschen betrachte ich die Stelle an meinem Hals in dem angelaufenen Spiegel. Sie

war leicht gerötet, es sah wie ein winziger Einstich aus. Vor meinem geistigen Auge tauchte der breite Biss in Eric Meyers Hals auf, den Nolan mir gezeigt hatte. So schaute es Gott sei Dank nicht aus. Was immer mich da ausgeknockt hatte, es waren nicht Draculas Ableger gewesen, deren Zähne an mir geknabbert hatten.

Ich trat aus dem Bad, und ohne groß darüber nachzudenken, hockte ich mich wieder neben meine ‚Leiche' und checkte sie ab. Berufsalltag. Routine.
Der Vampir lag ausgestreckt auf dem Boden, der Oberkörper war seitlich verdreht. Die Beine steckten in der weit geöffneten Zimmertür. Vermutlich hatte er es einfach nicht mehr rechtzeitig in seinen Sarg geschafft. Das Blut, das den Teppich versaute, kam aus einer tiefen Stichwunde an seinem Bauch. Seine Haut war großflächig verbrannt, allerdings nicht die Kleidung. Die war nur zerfetzt. Ich sah mich um, konnte aber kein Messer entdecken.
Was war passiert, nachdem er mich hier abgeliefert hatte? Gegen wen hatte er gekämpft? Nicht gegen mich, das stand mal fest. Gegen die Vampirin? Aber warum?
Noch einmal tastete ich nach seinem Puls. War er jetzt wirklich tot, oder befand er sich in einer Art Schockstarre? Wäre er ein Mensch, dann wüsste ich die Antwort, dann nämlich wäre er mausetot. Aber so?
Vorläufig nicht mein Problem, beschloss ich.
Ich tastete meine Jeans ab. Kein Handy. Kein Messer. Ein Griff zum Holster. Keine Waffe. Einzig meine Handschellen hingen hinten am Gürtel.
Keine gute Voraussetzung, sich mit einem Vampir auseinanderzusetzen. Ganz bestimmt nicht.
Nachdem ich eine der Gardinenstangen aus dem Haufen gezogen hatte, um mich wenigstens damit zu bewaffnen, stieg ich über die Leiche hinweg und lauschte. Nichts zu hören.
Ich trat hinaus und fand mich auf einem langen Korridor wieder. Die Lichtverhältnisse hier waren relativ akzeptabel, die meisten Zimmertüren standen offen, und das Tageslicht reichte bis auf den Flur hinaus.
Es herrschte das überladene Flair der achtziger Jahre. Dunkelroter Flauschteppich, helle, mit breitem Stuck verzierte Wände, alles wirkte ziemlich angestaubt. Unter der Decke alle paar Yards ein kitschiger Lüster. Nico Andretti und seine schmierigen Mafiakumpel hatten hier bestimmt hineingepasst wie eine hungrige Maus in eine Vorratskammer.

Neugierig warf ich einen Blick zurück auf die weiß gestrichene Tür. Sechshundertdrei. Bedeutete, ich befand mich im sechsten Stock. Und irgendwo hier, zwischen der siebten Etage und dem Erdgeschoss trieb sich dieser verrückte Vampir herum.
Und er hatte es auf mich abgesehen.
Leise pirschte ich den Gang entlang. Im Vorbeihuschen konnte ich kurze Blicke in die meisten Räume hineinwerfen. Sie standen leer, nur hin und wieder befanden sich ähnlich abgebaute Möbel darin, wie in Nummer sechshundertdrei.
Der Korridor verschwand nach rechts um eine Ecke, ich folgte ihm langsam, nicht ohne ein mulmiges Gefühl in meiner Magengrube. Ich packte meine provisorische Waffe fester. Noch einmal würde ich mich nicht überrumpeln lassen!
Hinter der Biegung stieß ich auf zwei Liftkabinen, die ich allerdings links liegen ließ. Ich konnte mir nicht vorstellen, dass sie nach all den Jahren noch mit Strom versorgt wurden. Vor einer in unauffälligem Creme gestrichenen Eisentür mit der Aufschrift ‚Treppenhaus' blieb ich stehen.
Ich zögerte kurz, legte meine Hand auf die Klinke, drückte sie herunter und stieß die Tür auf. Das laute protestierende Kreischen der Scharniere, das durch die undurchdringliche Schwärze des Treppenhauses lärmte, ließ mich auf der Stelle erstarren. Da hätte ich auch genauso gut klingeln können, um mich bemerkbar zu machen. Langsam schob ich mich durch die Tür, hinein in die warme, abgestandene Luft.
Hinauf oder hinunter?
Sollte ich die Hütte hier so schnell wie möglich verlassen, und die Kavallerie – sprich die Kollegen alarmieren?
Oder sollte ich auf eigene Faust versuchen, meinen Mörder zu fangen?

Neunzehn

Câmpeni machte es sich in den Räumen des ehemaligen ‚Gentlemen's Club' gemütlich. Sie befanden sich am Ende der siebten Etage und boten mit den nach Westen gehenden großen Fenstern eine wunderbare Aussicht auf die Stadt. Besonders bei Nacht.

In einem der ledernen Chesterfield-Sessel, die rund um einen kleinen Rauchtisch aus Mahagoni standen, nahm er Platz.

Er liebte das Flair dieser Räume, die wie ein nobler englischer Club eingerichtet waren. Genoss es, spät am Abend mit Gästen am Kamin zu sitzen und mit ihnen zu plaudern. Marcus und sein illustres Gefolge hielten sich mindestens zwei Mal pro Woche hier auf. Câmpeni stand in dem Ruf, ein überaus amüsanter und großzügiger Gastgeber zu sein. Und jetzt, nach seiner Verwandlung in sein früheres, attraktives Ich, war eine Einladung in seine privaten Clubräume begehrter denn je.

Der Vampir hob den kristallenen Kelch an und hielt ihn gegen das Licht. Rubinrot und satt leuchtete der Barolo, schwappte sacht gegen die kostbar geschliffene Glaswand. Es ging doch nichts über einen guten Tropfen. Er nahm einen tiefen Schluck.

Schade.

Seine gelehrige Schülerin zu verlieren war ein Umstand, den er mehr als bedauerlich empfand. Nun ja. Sein kleiner Heißsporn hatte den Kampf eröffnet, kaum dass sie den Engel erblickt hatte. Zwar hatte sie sich tapfer geschlagen, ihm mit ihrem Messer einige schwere Wunden beigebracht, doch am Ende …

Kalter Zorn stieg in ihm auf, als er sich die Bilder von Serafinés Vernichtung vor Augen führte.

Machtlos, gefangen in seinen Räumen, vom Licht der Sonne zur Untätigkeit verdammt, hatte er am Monitor dabei zugesehen, wie sie von dem jungen Union Guard besiegt wurde.

Als Radu, dieser räudige Bastard, sich endlich erneut nach draußen ins Licht wagte, und sich in den Kampf einmischte, war es schon zu spät gewesen. Serafiné war bezwungen.

Das Bild hatte sich unauslöschlich in seinem Kopf festgesetzt. Wieder sah er, wie der Engel Serafiné hochhob, mit beiden Armen hoch in der Luft hielt, wie er sich hinkniete – und ihren schreckerstarrten Leib mit einem triumphierenden Aufschrei buchstäblich über das Knie brach.

Einmal. Und damit es unwiderruflich keine Hilfe mehr für sie geben konnte, noch ein zweites Mal.

Tief in seinem Inneren hatte er ihre Qual gespürt, als ihr Rückgrat brach. Ihre gepeinigten Schreie, ihr Flehen nach seiner Hilfe hallten noch in ihm wider. Schnell stürzte er einige Schlucke Wein hinunter. *Bitte Meister, helft mir, bitte …*
So zu enden.
Gebrochen. Geköpft. Wie ein tollwütiger Köter, von diesen selbstgerechten Bastarden hingerichtet. Zu Asche verbrannt. Auf ewig verloren.
Seine Linke grub sich in die dickgepolsterte Lehne des Sessels.
Was, bei Lucifers Höllenhunden, hätte er denn tun sollen? Sich etwa persönlich der Sonne aussetzen sollen? Verbrennung und Auslöschung riskieren? Um eine Untergebene zu retten? Niemals! Soweit reichte seine Gunst für sie dann doch nicht.
Câmpeni schüttelte den Kopf und verdrängte schnell den aufkeimenden Gedanken, dass auch ihm jederzeit das Ende seiner Existenz drohte. Allerdings – wenn der Guardian, der Serafinés Vernichtung beigewohnt hatte, etwas gegen ihn in der Hand hätte, dann säße er nicht mehr hier, sondern würde ihr Schicksal längst geteilt haben.
Der Vampir schlug die Beine übereinander und lenkte seine Gedanken auf den schwarzen Engel. Durch seine diskreten Nachforschungen hatte er nicht nur den Namen des Engels herausgefunden, auch die Abteilung, für die er tätig war, war ihm jetzt bekannt.
Noel de Clermont, alias Nolan Blake, Union Guards. Engel des Todes.
Seine Mundwinkel verzogen sich zu einem zynischen Lächeln. Ein Todesengel, der mit einem Menschen verbunden war. Wie bizarr!
Der Strigoi schloss die Augen. Seine Nasenflügel bebten leicht. Fast meinte er, den Menschen schon zu wittern. In seinem Blut konnte er dessen Anwesenheit bereits spüren. Câmpeni lauschte. Der Detective stieg in diesem Hotel herum, ganz so, als sei er hier zu Hause. Es kostete ihn keinerlei Anstrengung, die Geräusche, die der Mensch verursachte, zu hören. Gerade klappte eine Eisentür zu. Schritte waren zu vernehmen.
„Ja. Komm nur herauf“, murmelte er leise. „Ich erwarte dich bereits.“
Wie sein Blut wohl schmecken würde? Eher rauchig, mit einer Spur Zedernholz wie ein klassischer Bordeaux oder samten und vollmundig, wie ein rassiger Spanier? Schon der bloße Gedanke daran ließ die Spitzen seiner Fangzähne durch den Kiefer treten. Doch er bezwang sich. Zum einen war er noch gesättigt von dem, was der Reporter ihm – zugegebenermaßen nicht ganz freiwillig – gespendet hatte, zum anderen, weil

er sich der Rache nicht schon vorher hingeben wollte. Câmpeni zog die Karaffe heran, die auf dem kleinen Tischchen stand, und schenkte sich von dem Barolo nach. Er lehnte sich im Sessel zurück, ließ abwesend den Wein im Glas kreisen.
Der Detective war ein überaus männliches Exemplar. Das musste sich doch auch in seinem Blut niederschlagen. Câmpeni betrachtete den schlichten Jadering an seinem Finger. Vielleicht sollte er ihn sich aufbewahren, für die nächste Vollmondnacht. Ein Versuch wäre es allemal wert.
Sein Blick fiel auf das dunkelrote Samtbündel. Wehmütig lächelnd griff er danach. Serafiné hätte dieser Dolch sehr gefallen.
Er wickelte die Waffe aus seiner schützenden Umhüllung und wog sie in der Hand. Ursprünglich hatte er ja nur mit dem Engel kämpfen wollen. Eine Art sportliches Kräftemessen. An dessen Ende der Mensch als Trophäe winkte.
Doch nun? Nun hatte er andere Pläne für den Engel. Dafür, dass er ihn seines wertvollsten Besitzes beraubt hatte, würde er ihn doppelt und dreifach zahlen lassen.
Stück für Stück würde er ihm die Federn stutzen. Bevor er ihn zu seinem neuesten Werkzeug, seinem willenlosen Sklavenengel machte.
Als Toma sich mit gesenktem Haupt durch die Tür hereinschob, sah er auf. „Ist alles vorbereitet?"
„Ja, Herr."
Câmpeni stellte den halb vollen Kelch zur Seite. Er erhob sich und zupfte die Manschetten seines Hemdes zurecht. Es war so weit. Der Köder war ausgelegt, die Falle für den Engel schon fast zugeschnappt.

Zwanzig

In der siebten Etage sah es fast genauso aus, wie in der darunterliegenden. Der gleiche dunkelrote Flauschteppich, die gleichen hellen Stuckverzierungen. Nur die Lüster unter der Decke waren um einiges üppiger. Auch die einzelnen Zimmerfluchten schienen größer, es gab deutlich weniger Türen, die von dem Flur abzweigten.
Der größte Unterschied zur sechsten Etage allerdings war der Pfad aus Kerzen. Sie steckten in einfachen Haltern und wiesen den Weg zu einer dunklen hohen Doppeltür am Ende des Korridors. Ich schätzte, es handelte sich um eine Strecke, die über den Daumen gepeilt so dreißig Yards betrug.
Die Tür am Ende des Leuchtpfades stand einen Spalt auf, und was immer dahinter verborgen war, es schien auf mich zu lauern.
Langsam schritt ich den Korridor entlang, die Flammen zuckten leise, meine Schritte verursachten auf dem dicken Teppich keinerlei Geräusch. In der Luft lag ein Gemisch aus verschieden Gerüchen. Vorsichtig atmete ich ein.
Etwas Harziges. Weihrauch? Eine Spur Moder. Verfall. Kerzenwachs. Ein Hauch Gefahr. Und etwas fremdes, ungemein Verführerisches.
Wie … wie das erotischste Parfum, das je ein Mensch kreiert hatte. Sexuelles Verlangen, Begierde, der weltbeste Fick, der überwältigendste Orgasmus – die Essenz aus all dem drang mir in die Nase – und mitten in mein Hirn.
Ein merkwürdiges Gefühl bemächtigte sich meiner. Etwas wartete tatsächlich hinter dieser Tür. Ich fühlte, wie es mich rief, mich lockte, etwas griff nach mir, nicht wirklich, nur im übertragenen Sinne. Angst verspürte ich keine, auch keine Panik oder Unbehagen, ich hatte überhaupt nicht das Gefühl, in eine Falle zu laufen – obwohl ich mir zu einhundert Prozent sicher war, dass ich genau das tat. Nein. Es war kaum auszuhaltende Neugier, die Aussicht auf etwas gänzlich Unbekanntes, etwas wahnsinnig Tolles, das mich dem Ende des Korridors entgegen trieb.
Zuerst schlich ich noch langsam, meine provisorische Waffe fest in der Hand, so setzte ich vorsichtig einen Fuß vor den Nächsten. Doch je näher ich der einen Spalt weit offenen Tür kam, umso eiliger hatte ich es. Konnte es kaum erwarten, endlich an mein Ziel gelangen, was auch immer es sein mochte.
Mein logischer Verstand sagte, dass es nur dieser Vampir sein konnte, der dort auf mich lauerte, und riet mir, mich dringend vom Acker zu

machen. Mein Gefühl aber verlangte, dass ich mich schnurstracks und ohne Verzögerung in diesen Raum begab, der hinter der Doppeltür lag. Ich hastete immer schneller, lief fast, die Kerzenflammen flackerten.
Nichts und niemand würde mich aufhalten können. Schon gar nicht die dunkel gekleidete Gestalt, die jetzt aus einem der Zimmer auf mich zugeschossen kam, und mich grob am Arm packte. Nolan. „Bleib sofort stehen!“, befahl er barsch.
„Warum? Was machst du hier? Suchst du die holde Maid in Nöten?“, pflaumte ich ihn an, während ich versuchte, mich aus seinem harten Griff zu befreien. Dabei deutete ich mit dem Kinn auf das gezückte Mörderschwert, das er in der Rechten trug.
Er antwortete nicht gleich.
Stattdessen baute er sich vor mir auf, eine unerschütterliche, unüberwindliche Wand aus Muskeln und düsterer Energie. Er verstellte mir den Weg, hinderte mich erneut daran, mein angepeiltes Ziel zu erreichen. Für einen Augenblick empfand ich glühende Wut darüber, wollte unbedingt an ihm vorbei, doch er ließ es nicht zu. Er blieb vor mir stehen, und sah mich bloß an, ich spürte, wie sein Blick in mich hineinsickerte, solange, bis sich dieses drängende Verlangen, das mich hin zu der geheimnisvollen Tür getrieben hatte, in Luft auflöste.
„Puh, Mann, was zur Hölle war das?“ Ich blinzelte, um den restlichen Nebel in meinem Hirn zu vertreiben und strich mir die Haare aus der Stirn. Konzentrierte mich auf Nolan, hatte Angst, wieder diesem – was war es gewesen – Psycholockstoff? Drogencocktail? – ausgeliefert zu sein.
„Ein spezielles Pheromon, das Vampire benutzen, um ihr Opfer einzulullen, es beeinflusst direkt das limbische System in deinem Hirn und schaltet da jeden Gedanken an drohende Gefahr aus. Gleichzeitig verstärkt es deine sexuellen Triebe. Teuflisches Zeug“, beantwortete Nolan meine Frage, zuckte kurz mit den Schultern, dann reckte er seinen prächtigen Körper. Das lenkte meine Aufmerksamkeit endgültig auf ihn.
Während meiner Zeit bei der Army hatte mir der Anblick von gut gebauten Kerlen in Kampfbekleidung einige schlaflose Nächte bereitet. Und jetzt, nachdem er auf mich zugestürmt gekommen war, ein Racheengel im hautengen schwarzen Shirt, das von seinen Muskeln fast gesprengt wurde, und in diesen olivgrünen Drillichhosen, die so verflucht gut auf seinen schmalen Hüften saßen, wusste ich auch wieder, wieso.
Aber irgendetwas an ihm hatte sich verändert.

Obwohl er seine Schwingen verborgen hielt, hier in seiner menschlichen Gestalt auftauchte, wirkte er auf mich fremder denn je. Es lag nicht an seinem Aussehen, das war sexy wie immer. Nein. Es lag viel mehr an seiner Ausstrahlung.
Er wirkte härter, unerbittlicher.
Wirkte wie ein Kämpfer, ein wahrer Krieger. Erbarmungslos gegen seine Feinde, doch fürsorglich denen gegenüber, die seine Hilfe benötigten. Die archaisch anmutende Waffe in seiner Hand verstärkte diesen Eindruck noch.
Schon mal die Storys von den Rittern des Mittelalters gelesen? Von Sir Lancelot oder Sir Galahad, Mitgliedern König Artus' Tafelrunde?
So kam er mir gerade vor. Und ich – ich fuhr total darauf ab.
Ich hatte keinerlei Schwierigkeiten, mir Nolan im schweren eisernen Kettenhemd vorzustellen. Darüber den weißen Waffenrock, auf Brust und Rücken ein großes blutrotes Wappen. In der Hand das mächtige Schwert, auf den Lippen den Schwur, jene vor allem Ungemach zu schützen, die ihm am Herzen lagen.
Längst vergessen geglaubte Geschichten von heldenhaften Ritterturnieren und siegreichen Schlachten gegen böse Drachen und fiese Ungeheuer schossen mir durch den Kopf. Meine Mom hatte mir früher, als ich noch ein kleiner Junge war, davon vorgelesen. Unwillkürlich griff meine Hand zur Feder. Damals hatte ich ihr feierlich geschworen, sie vor dem Drachen zu retten. Ich musste hart schlucken, als ich daran zurückdachte.
Vor dem imaginären Drachen hatte ich sie beschützen können. Vor dem Ungeheuer Mike Farell nicht.
„Scheint, als hätte ich die Maid in Not gefunden." Über Nolans angespannte Gesichtszüge huschte ein erleichtertes Lächeln, als er mich mit schnellem Blick musterte.
Die Hand mit dem Schwert sank nieder, und er trat noch näher auf mich zu. Sekundenlang sahen wir uns bloß an. Dann packte seine Linke mein Hemd, stürmisch riss er mich an sich. Das Schwert polterte endgültig zu Boden.
„Geht es dir gut? Hörst du, ich lass es nicht zu, dass er dir etwas antun wird!", flüsterte er aufgewühlt, und hielt mich so fest, als wollte er mich nie wieder loslassen. Seine Lippen streiften über Schläfe und Wange, landeten auf meinem Mund. Sein Kuss war sengend und berauschend gleichermaßen. Viel zu schnell für meinen Geschmack ließ er wieder von mir ab.

„Du hast mir einen verdammten Schreck eingejagt! Was zur Hölle ist passiert? Und was hat eine Billardkugel damit zu tun?"
„Das ist eine lange Geschichte." Ich schloss die Augen, blieb gegen ihn gelehnt, und gab mich kurz dem seltsam anmutenden Gefühl hin, dass *mich* jemand beschützen wollte. Nicht, dass ich Schutz nötig hatte. Bislang war ich ja auch ganz gut ohne ausgekommen. Naja, meistens jedenfalls. Aber ehrlich? Es fühlte sich verdammt gut an.
Besser, ich gewöhnte mich gar nicht erst daran, dachte ich, und wollte mich aus seinen Armen lösen.
„Wie rührend!", klang es plötzlich, jemand klatschte spöttisch Beifall. „Nichts ist so schön wie der Anblick zweier Seelen, vereint in Liebe und Harmonie. Aber nun tretet doch zur Seite, Engel, und lasst mich einen Blick auf meinen überaus interessanten Gast werfen."
Die Stimme, die das äußerte, klang, wie ein Mocca-Frappuccino schmeckte. Aufputschend, köstlich sahnig – und kalt wie ein klarer Wintermorgen.
Ich schaute auf, um zu sehen, wer da sprach, doch konnte ich nichts erkennen, denn blitzartig stand Nolan mit dem Rücken zu mir, und schirmte mich ab. Ich sah nichts weiter als seine weit ausgebreiteten schwarzen Schwingen, die sich von Wand zu Wand über den Korridor spannten. Und das drohend erhobene Schwert in seiner Rechten.
Das Ganze ging so schnell, dass ich kaum eine seiner Bewegungen wahrgenommen hatte.
„Er gehört mir, Câmpeni!", hörte ich Nolan sagen. Wobei es ‚sagen' nicht ganz traf. Er knurrte es. Grollend und sehr Furcht einflößend kam es aus den Tiefen seines Brustkorbes.
Es war besitzergreifend. Kriegerisch. Machomäßig eben.
Kein – das ist mein Partner, oder gar – er ist mein Lover, nein. *Er gehört mir!*

☆

Dass ich über sein Verhalten nicht gerade glücklich sein konnte, wusste Nolan genau. Wenn überhaupt, dann gehörte ich doch bitteschön *zu* jemandem. Genaugenommen wohl eher zu Greg, als zu ihm, wenn ich ehrlich war. „Ich bin kein Besitz …", hub ich an, um ihm erneut meine Meinung über dieses Thema mitzuteilen, doch weiter kam ich nicht.
„Halt sofort die Klappe, und tu einmal, was ich dir sage, okay?", fuhr er mir im selben Moment leise, aber überaus scharf über den Mund. Seine

Flügel bewegten sich etwas schneller, ein deutliches Zeichen, dass er ziemlich beunruhigt war. „Du schweigst, und bleibst genau dort, wo du bist, und rührst dich nicht von der Stelle, klar? Bitte! Tu es mir zuliebe“, setzte er noch hinzu. Anschließend wandte er sich wieder an den Vampir. „Also, noch einmal. Adam Quinlan untersteht meinem Schutz. Ihr werdet ihn nicht manipulieren, ihn nicht anfassen, Ihr werdet nicht noch einmal das Wort an ihn richten!“ Er straffte die Schultern, eine unüberwindliche Mauer aus angespannten Muskeln und Schwingen.
Den Vampir schien das nicht sonderlich zu beeindrucken, denn er lachte nur. Unglaublich erotisch. „Detective Quinlan, ich freue mich, dass Sie meiner Einladung so prompt gefolgt sind.“
„Hatte ich denn eine Wahl?“, grummelte ich leise. „Die haben mich in eine perfekte Falle gelockt.“
„Ich weiß“, gab Nolan ebenso leise zurück. „Ich habe einen der Lockvögel – nun, sagen wir – neutralisiert.“ Laut sprach er: „Câmpeni, ich sagte, dieser Mann ist für Euch tabu.“
Neugierig versuchte ich, einen Blick auf diesen Câmpeni zu erhaschen. Dazu musste ich mich auf die Zehenspitzen stellen, denn Nolans beeindruckende Gestalt verwehrte mir jeglichen Blickkontakt.
Der Vampir stand da, gut zehn Yards von uns entfernt. Er lehnte lässig an der Wand und hatte die Hände leicht in die Hüften gestützt. Er war bestimmt so groß wie Nolan, ebenso athletisch, doch auf eine andere, eher elegante Art. Vollendet proportioniert. Er trug ein schlichtes schwarzes, eng anliegendes Hemd und schwarze Anzughosen.
Ich bin kein Spezialist für Designermode, doch ich hätte meine schäbige Uralt-Wrangler darauf gewettet, dass der Typ etwas von Versace oder Armani trug.
Während ich noch darüber nachdachte, fiel mein Blick auf sein Gesicht und ich schnappte laut nach Luft.
Was genau ich erwartet hatte, konnte ich nicht sagen. Vielleicht eine Mischung aus Tom Cruiz' ‚Lestat de Lioncourt‘ und Carlisle Cullen. Ewig jung geblieben, gut aussehend, geheimnisvoll.
Doch meine Vorstellung traf nicht auch nur annähernd die Wirklichkeit.
Noch niemals, wirklich niemals hatte ich einen schöneren Mann gesehen. Alles an diesem Gesicht passte perfekt zueinander. Hohe, gemeißelte Wangenknochen zur geraden, scharf geschnittenen Nase. Absolut vollkommen geformte Lippen zu dem Grübchen im Kinn, welches gerade groß genug schien, um verflucht betörend, aber dennoch klein genug war, um nicht niedlich zu sein. Makellos. Auserlesen. Der straff zu einem

Pferdeschwanz frisierte schneeweiße Schopf, und die wie gemalt aussehenden dunklen Augenbrauen und Wimpern betonten die aristokratischen Gesichtszüge noch.
Ich musste schlucken. Wären seine Züge etwas natürlicher, lebendiger, und nicht so geisterhaft blass, angesichts dieser Perfektion hätte es mir die Tränen in die Augen getrieben.
Dieser Vampir war bildschön.
Auf eine atemberaubende, unnatürliche, *grausame* Art.
Ich konnte es in seinen tiefschwarzen, eiskalten Augen sehen und in den Mundwinkeln, die mich anzulächeln schienen. Doch in Wahrheit war es Verachtung, die dort zuckte. Verachtung für mich, meine Art, eine niedere Lebensform. Sein kalter Blick taxierte mich, fast kam ich mir vor wie ein Insekt unter dem Mikroskop. Er wollte mich niederringen. Mich auf meinen Platz verweisen.
„Nun Detective, gefällt Ihnen, was Sie sehen? Treten Sie doch näher. Ich bin sicher, wir beide werden einen … interessanten Abend verleben." Câmpeni lächelte maliziös und machte eine einladende Geste in Richtung der Doppeltür. Wieder traf mich eine schwache Wolke seines Duftes. Es roch nach erotischer Verheißung. Nach purer Verführung.
Es ließ mir die Knie weich werden, und schnell hielt ich die Luft an.
„Äh. Nein, äh … Danke", krächzte ich, noch völlig im Bann dieses überaus irritierenden Vampirs und verschwand schleunigst wieder hinter Nolans breitem Rücken. Meine Fresse, mir war der Kerl im selben Maße unheimlich, wie ich ihn reizvoll fand!
Das drohende Knurren, das Nolan von sich gab, und das heftige Erzittern der Schwungfedern verrieten mir, dass ihm dieser Gedanke so gar nicht gefiel.
„Hier. Bevor du noch vor lauter Bewunderung und Verzückung in Ohnmacht fällst, hab ich was für dich." Nolan zog etwas aus der seitlichen Tasche seiner Hose. Er hielt die kleinen Kärtchen so, dass ich sie ihm über seine Schulter hinweg abnehmen konnte. „Ich fand das hier in der Suite da drüben." Mit der Linken deutete er kurz auf die Tür, aus der er vorhin so plötzlich aufgetaucht war.
Ich griff danach. Las den Namen auf der Kreditkarte. Chase Bank. Steve Slaton. Dudleyville, Arizona. Überrascht sah ich mir das zweite Plastikkärtchen an.
Ein Ausweis. Phillip Winston. Richmond, Indiana.
Das dritte Kärtchen. Ein Führerschein. Chris Norman. Rapid City, South Dakota.

Und dann hielt ich einen Presseausweis in den Händen. ‚Richmond Daily News', Eric Meyers, las ich.
Vier Leichen. Vier Kärtchen. Vier Namen. Endlich.
Erleichtert blickte ich auf die Plastikkarten in meiner Hand. Endlich bekamen auch meine letzten beiden John Does ihre Identität zurück. Jetzt konnte ich deren Angehörigen die Wahrheit über das Verschwinden ihrer Söhne, Brüder, Partner mitteilen. Sie konnten beigesetzt werden. Der Mondschein-Fall war aufgeklärt.
Aber noch nicht abgeschlossen.
Dafür blieb mir nur noch eines zu tun. Tief holte ich Luft und schüttelte das beklemmende Gefühl der Trauer ab, das mich angesichts der vier lächelnden jungen Männer auf den Fotos überkommen hatte.
„László Câmpeni, ich verhafte Sie! Sie sind dringend tatverdächtig, vier Morde begangen zu haben."
Nolan, der noch immer beschützend vor mir stand, schnappte entsetzt nach Luft. „Du tust was?", zischte er mir zu, während ich unter seinen Schwingen hervortauchte. „Bist du übergeschnappt? Du kannst keinen Vampir verhaften. Auch nicht für vier Morde!"
„Oh, aber es sind fünf", unterbrach ihn Câmpeni belustigt. „Ich will Ihnen mein letztes Opfer nicht verschweigen. Sein Name ist Joshua Donovan. Er war ein – mmh – ein echter Leckerbissen."
Als ich das hörte, stockte ich kurz. Donovan. Der Reporter. Ich hatte ihn doch – wann? Am Mittwoch? Donnerstag? – noch gesehen. Ziemlich lebendig sogar. Und jetzt sollte er tot sein? Zornig ballte ich die Fäuste. „Dann verhafte ich Sie eben wegen fünffachen Mordes."
Nolan versuchte erneut, mich zurückzuhalten. „Er spielt nur mit dir! Du kannst ihn nicht verhaften!"
„Doch, ich kann. Ich bin Cop. Und hier in meiner Hand halte ich ganz eindeutige Beweise. Nicht zu vergessen das Geständnis. Also werde ich ihn verhaften", erwiderte ich störrisch und hakte meine Handschellen vom Gürtel los. „Umdrehen. Gesicht zur Wand!"
„Und wie willst du der Öffentlichkeit erklären, was er ist? Wer soll ihn vor Gericht bringen? Ihn Bewachen? Du? Ich? In meiner Engelsgestalt? Er ist ein Vampir! Es kostet ihn nur einen Gedanken, dann tanzt alles nach seiner Pfeife! Nein. Für jemanden wie ihn gibt es nur eine akzeptable Strafe, nämlich dieses Schwert hier." Nolan war auf hundertachtzig.

Mir war es egal. In diesem Moment wollte ich nur Gerechtigkeit. Fünf gute Männer hatten ihr Leben auf ziemlich brutale Weise verloren. Und ich stand Auge in Auge mit ihrem Mörder.
Der Vampir meldete sich erneut zu Wort. „Nun lasst ihm doch seinen Spaß, Engel!“ Er stieß sich von der Wand ab, richtete den Sitz seines Hemdes und kam einige Schritte auf uns zu. „Wenn er mich verhaften will, nur zu! Soll er es doch ruhig versuchen. Es wird mir ein Vergnügen sein, ihn zu unterwerfen.“ Der gönnerhafte Spott, mit dem Câmpeni diese nicht gerade ermutigenden Worte von sich gab, verklang, nun wurden seine Worte eiskalt und bedrohlich. „Du wirst mir dabei zusehen, Engel, wie ich deinen Sterblichen zu meinem ergebenen Sklaven mache, ihm den dunklen Kuss verpasse, so, wie ich es mit Serafi…“ Weiter kam der Vampir nicht.
Mit einem wütenden Aufschrei raste Nolan vorwärts, laut krachend kollidierten ihre beiden gestählten Körper miteinander – und das war auch schon alles, was ich erkennen konnte.
Dumpfe Schläge hallten, Metall schlug auf Metall, es klatschte laut und vernehmlich.
Schnitt – rasende Schatten stoben vorbei.
Ich erhielt einen Stoß, der mich quer über den Flur segeln ließ. Hart prallte ich gegen die Wand, Handflächen voran. Ich wirbelte herum, nahm die Fäuste hoch. Noch einmal würde ich mich nicht wegschubsen lassen – doch da rempelte mich schon wieder jemand um, ich landete auf Händen und Knien, gut vier Yards weiter. Mir platzte fast der Kragen!
Mühsam rappelte ich mich auf, einer der Schatten wurde langsamer. „Verschwinde sofort von hier!“, hörte ich Nolan dicht neben mir. „Spiel nicht den Helden, ich erledige das, vertrau mir!“ Fäuste schlugen im Stakkato gegeneinander.
Schnitt – die Schatten flogen fauchend davon.
Der Mittlere der großen Kristall-Lüster wackelte bedrohlich, riss aus seiner Verankerung und schlug mit klirrendem Getöse auf dem Boden auf. Einige der scharf geschliffenen Ornamente sprangen in alle Richtungen davon, einige dicht an meinem Gesicht vorbei. Das war der Zeitpunkt, an dem ich mich mit einem Sprung in eine kleine Nische in Sicherheit brachte. Was gut war, denn wäre ich weiter auf dem Fleck stehen geblieben, sie hätten mich in Grund und Boden gerammt.
Es war Respekt einflößend.
Action in High-Speed.

Egal wie sehr ich mich auch anstrengte, ich war nicht in der Lage, auch nur eine einzige Aktion der beiden Kontrahenten zu verfolgen. Zur Hölle, mir blieb nichts anderes übrig, als die dramatischen Folgen dieses Kampfes zu betrachten.
Gerade zermalmte Stuck zu Staubwolken und rieselte leise zu Boden. Großflächig platzte der Putz von den Wänden, erschienen überall auf dem Korridor armlange Risse. Scheinbar aus dem Nichts. Einer brüllte. Jemand stöhnte. Blutspritzer verteilten sich über der weißen Wand.
Schnitt – verwirbelnde Muster sausten den Korridor auf und ab.
Eine der Zimmertüren zerlegte sich krachend wie von Geisterhand, die Überreste verteilten sich auf dem Flur, nicht mehr als eine Handvoll Brennholz bleib übrig.
Frustriert grub ich mir die Fingernägel tief in die Handflächen, konnte kaum stillhalten. Hier untätig rumzuhocken brachte mich fast um. Was sollte ich tun? Nolan helfen? Wie? Und womit? Ich hatte keinerlei Waffen außer zwei kräftigen Fäusten. Sehr hilfreich. Ich ging keiner anständigen Schlägerei aus dem Weg, im Gegenteil, aber hier waren ungeheuerliche Kräfte am Werk, was konnte ich da ausrichten? Am Ende umklammerte ich nur meinen Talisman und setzte mein Vertrauen auf Nolan. „Klar schaffst du das, Nolan“, murmelte ich immer wieder. „Mach dieses Arschloch fertig! Und hau ihm auch von mir ordentlich auf die Schnauze!“
Nolan musste diese widerliche Mistratte einfach fertigmachen. Punkt. Was Câmpeni mit mir anstellen würde, sollte Nolan unterliegen, vermochte ich mir nicht vorzustellen. Aber dass er etwas Furchtbares mit mir vorhatte, konnte ich in seinen kalten Augen lesen, kurz bevor Nolan ihn angriff. Eisige Schauer ließen mich frösteln. Das Grauen in den Gesichtern der Opfer, die bestialischen Spuren der Folter …
Nein. Ich wollte diesen Gedanken nicht zu Ende denken. Mein Engel würde niemals zulassen, dass mir etwas geschah, das wusste ich hundertprozentig. In dieser Beziehung waren wir uns sehr, sehr ähnlich. Wir beschützten, was uns anvertraut war. Was wir liebten. Mit aller Entschlossenheit.
Du bist mein.
Das war keine Besitzerklärung. Es war ein Versprechen. Ein Schwur.
Ich seufzte leise – und akzeptierte es als das, was es war.
Eine Liebeserklärung.

Ein heftiger Luftzug löschte einen Teil der Kerzen. Einer der Schatten gewann noch einmal an Schnelligkeit. Schlag folgte auf Schlag. Instinktiv wusste ich, dass Nolan das Tempo anzog. Der unbarmherzige Kampf trieb seinem Ende entgegen.
Jemand fluchte, wild und ausdauernd. Nolan. Lautlos flog eine Handvoll Federn zu Boden. Ein wutentbrannter Aufschrei ertönte. Ich zuckte zusammen. Metall krachte auf Metall, Funken stoben. Etwas Schimmerndes flog zischend durch die Luft, blieb zitternd in der Wand gegenüber stecken. Ein Dolch. Ein schmatzendes Geräusch erklang, ein schriller Schrei war die Antwort – dann war es vorbei.

Mit ziemlich großer Erleichterung sah ich, dass mein Engel diesen Fight für sich entschieden hatte und eilte zu ihm.
Auf seinem Shirt zeigten sich mehrere dunkle Flecke, unterhalb des rechten Ärmels klaffte ein tiefer Schnitt. An seinem Hals sah ich etwas, das wie Kratzer von langen Fingernägeln aussah. Seine rechte Schwinge war ziemlich zerrupft und hing schlapp herunter, er atmete schneller, doch ansonsten machte er einen relativ unverletzten Eindruck. Das stolze Funkeln in seinen Augen, das triumphierende Grinsen, mit dem er mich anstrahlte, bestätigte meinen Eindruck.
Den Vampir dagegen hatte es sehr viel schlimmer erwischt, Nolan und das Schwert hatten ganze Arbeit geleistet.
Câmpeni, oder besser das, was von ihm übrig war, lag auf dem Rücken. Es war kein schöner Anblick, und ein sensiblerer Mensch, als ich, hätte jetzt gekotzt. Ich schlug mir den Arm vors Gesicht und versuchte, den Gestank, der sich auf dem Flur verbreitete, nicht zu tief einzuatmen.
Der Leib war halb vom Becken getrennt. Schwarzes, übel riechendes Blut sprudelte hervor. Etwas, das wie verfaulte, modernde Eingeweide aussah, quoll aus dem Schnitt und verteilte sich auf dem Teppich. Auch der Rest des Vampirs sah aus, als sei er ins Hackmesser gefallen. Selbst von seinem makellosen Gesicht war nicht mehr viel übrig. Ein Hieb quer über das Gesicht hatte fast den gesamten Wangenknochen freigelegt, und auch das linke Auge angekratzt. Trübe Flüssigkeit vermischte sich mit seinem dunklen Blut, sickerte in das offene lange Haar. Trotzdem bleckte er seine messerscharfen Fangzähne und fauchte und knurrte vor unbändigem Zorn. Aber all das nützte ihm nichts mehr denn in diesem Zustand konnte der Vampir nicht viel ausrichten. Er war besiegt.
Nolan stand über ihm, sein schwerer Stiefel drückte fest auf die bleiche Kehle und nagelte ihn so auf dem Boden fest.

„Und? Wie war ich?“, wollte er aufgekratzt wissen, er vibrierte förmlich vor angestauter Energie. Oh ja, nur zu gut kannte ich dieses süchtig machende Gefühl. Ein hart erkämpfter Sieg, das Wissen um die eigene, machtvolle, unschlagbare Kraft, dazu pures Adrenalin, das durch die Adern brandet – reines Aphrodisiakum!
Nolan sah das anscheinend genauso, denn sein Kuss war tief, über alle Maße erregend und ein eindeutiges Versprechen auf mehr. Auf sehr viel mehr. Mit weichen Knien und hartem Schwanz brachte ich etwas Abstand zwischen uns.
„Einen Wahnsinns-Kampf hast du da abgeliefert“, gab ich mühsam beherrscht zurück, während ich versuchte, mir den Gedanken an heißen, hemmungslosen Sex mit Nolan aus dem Kopf zu schlagen. Falscher Zeitpunkt. Definitiv! „Aber im Bereich ‚künstlerische Darbietung‘ muss ich dir leider ein paar Punkte abziehen. Der letzte Roundhousekick war nicht gerade sehr fantasievoll. Und sauber ausgeführt war er auch nicht!“ Ich versuchte, die Situation ins Lächerliche zu ziehen.
Er schüttelte darüber nur den Kopf und verdrehte die Augen. „Als wenn du qualifiziert wärst, das zu beurteilen.“
„Qualifiziert wohl schon“, stellte ich richtig. „Allerdings hab ich nicht wirklich etwas erkennen können. Ihr zwei wart wie … wie entfesselte Hurricanes.“
„Ich hatte verdammt viel Glück.“ Leichte Sorge lag in Nolans blauen Augen. „Der Strigoi war ein sehr ernst zu nehmender Gegner, ungemein stark. Für einen Moment glaubte ich, es nicht zu schaffen. Und dann wäre es wirklich übel geworden!“
Besonders für mich.
Ich legte ihm meine Hand auf die Schulter und drückte sie leicht, suchte dabei seinen Blick. Zeigte ihm all mein Vertrauen, das ich in ihn, in seine Fähigkeiten hatte. „Ich wusste, du machst diesen Bastard fertig, du hättest es niemals zugelassen, dass er mich in die Finger kriegt.“ Für einen Atemzug gab es nur uns beide, wurde alles andere unwichtig. „Du gibst wirklich gut Acht auf das, was dein ist, nicht wahr?“, entgegnete ich leise. Dann räusperte ich mich und deutete auf den Vampir. „Und nun? Was jetzt?“
Nolan ließ mir den Themenwechsel durchgehen und wirbelte das Schwert in den Händen herum. „Jetzt ist er fällig! Es wird Zeit, dass ich ihm den Rest gebe!“ Er hielt die Klinge hoch, bereit, damit zuzuschlagen.

„Halt! Warte!" Eilig hielt ihn davon ab. Nicht, um Câmpeni zu verhaften, das ließ ich doch besser sein, hatte eingesehen, dass die weltliche Gerichtsbarkeit dieser Kreatur nicht gewachsen sein würde.
Nein. Bevor Nolan ihn richtete, musste ich zuerst noch etwas wissen.
„Warum?", fragte ich nur und hockte mich zu dem Vampir. Sah ihm fest sein unverletztes Auge. „Warum dieses Theater?" Ich meinte damit Serafiné, diesen sexy Lockvogel, die rituell angehauchte Foltermethode. Den Vollmond. „Und warum Donovan? Warum ihn, warum jetzt, zu diesem Zeitpunkt?"
Câmpeni wusste genau, was ich wollte, nämlich sein Motiv, doch er gab mir keine Antwort. Stattdessen verzog er nur verächtlich die blutigen Mundwinkel.
Nolan fackelte nicht, setzte die Schwertklinge mitten auf seine Brust, stach einfach hinein. Tiefe Stiche entstanden. Der Vampir bäumte sich auf. Biss die blutbesudelten Kiefer zusammen, aber gab nicht einmal einen Schmerzenslaut von sich.
„Antworte!", befahl Nolan zornig. „Oder ich schleppe dich aufs Dach, ziehe dir deine wertlose Haut vom Leib und lass dich von der Sonne zu Schmorfleisch verarbeiten!"
Aber der Vampir tat nichts anderes, als zu schweigen – und uns weiter aus einem Auge bösartig anzufunkeln.
„Lass ihn. Bring es zu Ende." Mir reichte es. Die Morde waren aufgeklärt. Es hatte zwar diesmal etwas länger gedauert, aber ich hatte es geschafft! Das war das Wichtigste.
Jetzt lechzte ich nach einem Bier. Wollte zurück ins Büro, mit den Angehörigen der Männer Kontakt aufnehmen. Mit meinem Captain reden. In dieser Reihenfolge. Wie ich Moore das alles hier erklären wollte, wusste ich zwar immer noch nicht, aber ich war sicher, dass mir bis dahin etwas Plausibles einfallen würde. Zur Not würde ich mir etwas zurechtschustern.
„Den Bericht lass mal meine Sorge sein. Ich werde mit Captain Moore reden." Nolan zwinkerte mir zu. „Wir haben da so unsere Möglichkeiten."
Ich grinste müde. „Gedankenmanipulation? Von mir aus. Mach. Hauptsache, ich kann diese Akten schließen."
„Okay." Nolan nahm den Fuß von Câmpenis Kehle. „Nimm dein Geheimnis mit ins Grab!", gab er ungerührt von sich.
„Geh zur Seite", befahl er mir dann.

Ich gehorchte, wollte mir das Schauspiel um László Câmpenis Hinrichtung aus gebührender Entfernung ansehen. Konnte dann den Angehörigen ruhigen Gewissens mitteilen, dass der Mörder seine gerechte Strafe erhalten hatte, wenngleich es kein Gerichtsurteil geben würde.
Das Schwert schwang in die Luft, es sirrte leise, der Kopf rollte davon, dann war es auch schon vorbei. Ich verspürte so etwas wie Genugtuung und atmete auf – da sah ich aus dem Augenwinkel heraus eine hastige Bewegung. Etwas glänzte matt. Brünierter Stahl.
Jemand stand in einer der Zimmertüren, zielte mit einer Waffe. Auf Nolans Brust.
Wir beschützen die, die wir lieben. Mit aller Konsequenz.
Reflexartig warf ich mich hoch, vorwärts, mitten in die Schusslinie hinein.
„Nein! Tu das nicht!"
Ein Schuss dröhnte.
Jemand schrie – Nolan? Ich?

☆

„Hör auf zu flennen!"
Die Worte klangen harsch, doch Nolan wusste, dass Alexxiel es nicht so meinte. Die Administratorin der Schutzengel hatte eine große Klappe, aber auch ein ebenso großes Herz.
„Ich flenne nicht", gab er rau zurück, obwohl der irrsinnige Schmerz, der in seiner Brust wütete, ihn genau dazu trieb. Heiß rannen die Tränen über sein Gesicht.
Quinn.
Dieser Riesenidiot.
Langsam rieb er sich über die brennende Stelle in seiner Brust. Hier, mitten in sein Herz, hätte ihn die Kugel getroffen. Wenn Quinn sie nicht …
„Warum hast du das getan, du Idiot? Wusstest du nicht, dass diese Kugel mich nicht hätte töten können?", flüsterte er leise. „Wieso musstest du so dumm sein?"
Er sank neben ihm in die Knie und betrachtete sein Gesicht. Zärtlich strich er ihm über die ewig stoppeligen Wangen, rau kratzte es in seiner Handfläche. Dann schob er eine Strähne des immer noch viel zu langen Haares aus der Stirn. Auf den vollen Lippen verharrte er und berührte sie sanft mit dem Daumen. Glaubte noch jenen letzten Kuss zu spüren,

den sie im Rausch des Sieges über Câmpeni tauschten. Verlor sich in den haselnussbraunen Augen, die ihn noch vor wenigen Momenten so lebendig angefunkelt hatten – und nun blicklos ins Nichts starrten.
Er wandte sich ab und biss die Zähne zusammen, während er ihm über die Augen strich und diese so verschloss. Wieder einmal.
Das leise Rascheln von Seide verriet, dass Alexxiel sich ihm genähert hatte. Anmutig hockte sie sich neben ihn, ergriff sein Kinn und hob es an. Musterte ihn aus ihren grünen Mandelaugen.
„Du liebst diesen Sterblichen, nicht wahr!“, sagte sie ihm ohne Umschweife ins Gesicht. Ihr helles Kleid umfloss sie wie ein weicher Wasserfall aus Rüschen und Falten, das honigblonde Haar trug sie zu einem einfachen Knoten gedreht, der nachlässig an ihrem Hinterkopf festgesteckt war.
„Mehr als mein Leben“, entgegnete Nolan, dachte überhaupt nicht daran, es zu leugnen. „Und könnte ich das hier ungeschehen machen, so würde ich es tun.“ Wie schon einmal. Damals.
Vergeblich suchten seine Finger den schweren goldenen Halsreif. Wie blind starrte er in die hellrote Blutlache, die sich langsam auf dem Boden ausbreitete. Seine Gedanken verloren sich, bis hin zu jenem längst vergangenen Abend im September.

Ich sehe noch immer auf den Jungen in meinen Armen herab, betrachte sein bleiches Gesicht. Die Wangen sind noch leicht kindlich gerundet, aber das Kinn ist schon das eines Mannes. Um die weichen Lippen kann ich die Spuren jedes deiner ungezählten Lachen sehen. Drei vorwitzige Sommersprossen thronen unterhalb der Nasenwurzel, eine winzige Narbe taucht aus der weichen Braue auf. Eine Erinnerung an einen Fahrradsturz.
Jetzt verunstalten Blutsprenkel das Gesicht, die hellbraunen Haare.
Dieses junge Leben – so sinnlos vergeudet. Das kann – das werde – ich nicht zulassen.
Mein goldener Halsring. Wie von selber fasst meine Hand nach dem breiten geschmiedeten Band, das sich mir um den Nacken schlingt. Dieser Schmuck ist besonders, mit einzigartiger Kraft ausgestattet.
Ich denke nicht darüber nach. Nicht darüber, ob es richtig ist, oder falsch, ich kann nicht anders handeln. Etwas zwingt mich, etwas Starkes dirigiert das Geschehen. Ich lege dir den Reif einfach um. Und beiße mir selber fest ins Handgelenk. So fest, das Blut herausquillt. Tropfen um Tropfen lasse ich über deine bleichen Lippen rinnen.
Das Blut eines Engels. Das Mächtigste aller Heilmittel.

Minute um Minute verstreicht. Langsam, kaum merklich, schließt sich die Wunde in deiner Brust. Heilt, was durch die Kugel zerfetzt wurde. Gewebe, Knochen. Fleisch. Narben bilden sich, glätten sich, verschwinden.
Deine Brust hebt und senkt sich, Atem strömt in die Lungen.
Du lebst.
Gewissenhaft bette ich dich wieder auf die Rückbank. Lege dir die Hand auf die fiebrige Stirn, wische sanft den Schweiß fort. Gleichzeitig gebe ich dir eine neue Erinnerung.
Dann wende ich mich dem Mörder zu. Der steht noch immer weit in den Wagen gebeugt, die linke Hand nach der Handtasche zu Füßen der Mutter ausgestreckt. Zu Eis erstarrt. Auch das ist mein Werk.
„Es tut mir Leid, Junge", flüstere ich mit einem Blick auf deine schlanke Gestalt dort auf dem Rücksitz, während sich deine haselnussbraunen Augen blinzelnd und flatternd öffnen.
Ich ergreife die Hand des Mannes, die noch immer die Pistole hält. Zwinge sie an den Kopf des Mörders und drücke ab. Tot sackt er über dem Sitz zusammen.
Aus der Ferne ist das Heulen der Sirenen zu hören. Mit einem letzten Blick wende ich mich ab, und schwinge mich in die Lüfte. Die Seele Mike Farrells im Arm, statt deiner.

Die tastende Hand blieb auf seiner Kehle liegen, noch immer meinte er, dort die Wärme des Goldes zu fühlen. Doch der Halsreif war fort.
Gedeon hatte ihn an sich genommen, nachdem er die Berichte geändert hatte. Und ohne den Halsreif half auch sein Blut nichts. Egal, ob einer oder tausend Tropfen – es war ihm unmöglich, Quinn zu helfen.
„Verflucht seist du, Gedeon", fluchte er erbittert. „Fahr zur Hölle! Bist du nun zufrieden?" Doch der alte Engel schwieg. Wütend drosch Nolan auf die Wand neben sich ein, mehr Putz bröckelte, Splitter bohrten sich in seine Haut, aber den Schmerz spürte er kaum.
„Ich würde ihn zurück ins Leben holen. Sofort. Ohne zu zögern! Ich liebe diesen Sterblichen!", wiederholte er zornig. Sollten sie ihn doch für diese ketzerischen Gedanken strafen. Ihm war es egal. Alles war besser, als ohne Quinn zu sein.
Entschlossen erhob er sich, richtete sich zu seiner vollen Größe auf, und straffte die Schultern. „Dann bin ich jetzt wohl in Ungnade gefallen, nicht wahr? Wie Serafiné."
Der Gedanke, zur Sonne katapultiert zu werden, brennend der Erde entgegen zu stürzen, hinein ins ewige Vergessen – das klang für ihn im Moment überaus verlockend.

„Wie kommst du denn darauf?“, fragte Alexxiel verblüfft, richtete sich ebenfalls auf und zupfte die Rüschen an ihrem Halsausschnitt zurecht.„Wieso glaubst du das?“

„Serafiné ist gefallen, weil sie sich verliebte“, behauptete er stur. „Sie verliebte sich in einen Sterblichen. Aber Engel dürfen nicht lieben. So ist es doch, oder?“

„Aber nein, wo denkst du hin!“ Alexxiel schüttelte bestürzt den Kopf. Dabei lösten sich einige feine Strähnen aus ihrem Knoten. Ungeduldig stopfte sie sie wieder an ihren Platz.

„Gott straft doch nicht, weil jemand liebt! Serafiné wurde bestraft, weil sie in ihrer Verliebtheit ihre Pflicht als Schutzengel mehr als einmal vernachlässigte, und deswegen ein ihr Anvertrauter zu Tode kam.“

Das war eine wirklich schwerwiegende Anschuldigung, musste Nolan zugeben. Doch traf dieser Grund nicht ebenso auf ihn zu?

„Umso besser! Denn ich habe ihn auch nicht retten können.“ Er beugte sich erneut zu Quinn hinunter und zog den Talisman aus dem blutverschmierten Hemdkragen. „Sieh her. Siehst du das? Das ist meine Feder, er war mein Dominium! Ich war für ihn verantwortlich. Und weil ich die Gefahr nicht ernst genommen habe, musste er sterben. Also habe auch ich meine Pflichten vernachlässigt.“ Niedergeschlagen rieb er sich die Brust, in der immer noch der Schmerz um den erlittenen Verlust tobte. „Ich habe versagt.“

Alles war so schnell gegangen, er hatte den Vampir, der ein Stück hinter Quinn mit der Waffe auf ihn zielte, gesehen, ihn aber nicht als Bedrohung empfunden. Schließlich brauchte es mehr als eine Kugel, um ihn zu töten. Doch Quinn hatte die Situation anscheinend als unmittelbare Gefahr eingestuft. Und was tat dieser Idiot? Sprang hervor, schnell wie ein Kastenteufel, mitten in die Flugbahn der Kugel hinein.

Wieder hörte er den dumpfen Schlag, als das Projektil in Quinns Fleisch schlug. Hörte den entsetzen Schrei, den er, Nolan, von sich gab. Sah, wie der Geliebte tot zu Boden fiel. Aufstöhnend schloss er die Augen und sank Halt suchend gegen die Wand.

Was hatte Quinn gesagt?

Du gibst wirklich gut Acht auf das, was dein ist, nicht wahr?

Jedes dieser Worte klang wie Spott und Hohn in seinen Ohren, fuhr wie glühende Klingen mitten in sein Herz und es riss ihm den Boden unter den Füßen weg. Hilflos vergrub er den Kopf in seinen Händen, während er neben Quinn kauerte.

Was dein ist. Wie in einer Endlosschleife kreisten diese Worte in seinem Kopf herum. *Was dein ist.*

Drei einfache kleine Worte. Doch in dem Moment, als Quinn sie aussprach, bedeuteten sie alles für ihn. Denn es besagte nichts anderes, als dass dieser stolze und furchtlose Einzelkämpfer ihm endlich sein rückhaltloses Vertrauen geschenkt hatte.

Ich bin dein.

Ich lasse es zu, dass du an meiner Seite bist. Mich beschützt. Weil du mich liebst. So, wie ich dich liebe. Das war es, was Quinn ihm damit sagen wollte.

Und was tat er? Er hatte nichts Besseres zu tun, als dieses gerade geschenkte Vertrauen bitter zu enttäuschen. Denn als es darauf ankam, war er auf ganzer Linie gescheitert. Er war nicht an seiner Seite gewesen. Hatte ihn nicht beschützt. Sondern es zugelassen, dass Quinn sein Leben für ihn gab.

In seinen Augen war das doch wohl ein mehr als triftiger Grund, weswegen er den Flug der Sonne entgegen für angemessen hielt.

„Ich muss sterben“, wiederholte er verzweifelt und sah den Schutzengel, der die ganze Zeit schweigend neben ihm gestanden hatte, aus brennenden Augen an. „Ich habe es nicht anders verdient.“

„Nein“, erwiderte Alexxiel sanft, und strich ihm mit ihrer kleinen kühlen Hand tröstend durchs Gesicht. Dann half sie ihm auf. „Nein. Du hast nicht versagt. Das Schicksal dieses Menschen hat sich genauso erfüllt, wie es ihm vorherbestimmt war. Dich trifft keine Schuld.“

Nolan ballte die Fäuste. Glaubte sie wirklich, das konnte ihn beruhigen? Oder gar trösten?

„Was weißt du schon von meiner Schuld!“, fragte er bitter. „Was tust du überhaupt hier? Quinn ist tot, für einen Schutzengel gibt es hier nichts mehr zu tun.“

Nur noch für ihn. Den Todesengel.

Er sah auf Quinn herab. Jeden Moment konnte es soweit sein. Ihm blieb nur, seinen verdammten Job zu tun. Wieder einmal.

Leise seufzend breitete er seine Schwingen aus und stellte sich in Positur. Bereit, diese Seele sicher hinüber zu begleiten. Wenigstens diesen letzten Dienst konnte er ihm erweisen.

Ohne Quinn aus den Augen zu lassen, rieb er sich die schmerzende Stirn. Er war so unendlich müde. Wollte keinem Menschen mehr beim Sterben zusehen müssen, sich nicht mehr mit ihren Seelen befassen. Auch in den Dienst der Guardian zu wechseln, erschien ihm nicht mehr lohnenswert. Konnten Engel kündigen?

Die Sonne kam ihm immer mehr als die idealste aller Optionen vor.
„Du musst jetzt gehen“, forderte er Alexxiel leise auf. „Ich würde gerne mit ihm allein sein, wenn er … Du weißt schon.“
Doch der Schutzengel dachte nicht daran, zu verschwinden. „Gleich, einen Moment noch.“ Sie tippte sich gedankenvoll an die Oberlippe. „Weißt du, Michael musste mir versprechen, den nächsten geeigneten Kandidaten auf jeden Fall uns zu überlassen. Als Ausgleich für die drei Seelen, die Gedeon uns während des College-Massakers entrissen hat.“
„Und?“ Nolan verstand nicht.
Alexxiel lächelte. „Ich will diesen hier.“

☆

Überrascht sah ich mich um.
Eben noch war alles schwarz und im nächsten Moment befand ich mich … an einem exotischen Strand? Stand knöcheltief in weichem, schneeweißem Sand, sah, wie türkisblaue Wellen träge heranschwappten, und fühlte die heiße Sonne auf meine Haut herabbrennen. Jetzt fehlte nur noch eine Steeldrum-Band, ein bunter Cocktail mit Schirmchen in meiner Hand, und das Urlaubsidyll wäre perfekt.
Irgendetwas stimmte hier doch nicht.
Misstrauisch wollte ich mich gerade zu Nolan herumdrehen, als dieser sich auch schon vor mir aufbaute. Seine Schwingen hielt er hinter dem Rücken, sie waren halb geschlossen, unruhig fächerten sie auf und zu. Das helle Sonnenlicht ließ das schwarze Gefieder metallisch glänzen, wie den 69-er Camaro, den ich mal besaß. Seine Schultern waren extrem angespannt, ein Muskel in seinem Gesicht zuckte und über seiner Nasenwurzel stand eine tiefe V-förmige Falte.
Er war wütend. Wie ein dunkler Schatten waberte seine Wut um ihn herum. Doch in seinen blauen Kriegeraugen, da stand etwas anderes. Dort las ich tiefste Verzweiflung.
Nolan litt. Warum?
„Wie heißt du?“, fragte er, bevor ich ihn darauf ansprechen konnte.
„Äh, Adam Quinlan?“
Er nickte zustimmend. „Weißt du noch, was passiert ist?“, knirschte er dann gefährlich beherrscht durch seine Kiefer.
Ich zögerte. Überlegte. Kurze verschwommene Erinnerungsfetzen jagten durch meine Gedanken. Da war …
Der Lauf einer Waffe.

Zielt durch die geöffnete Wagentür.
Peng. Dad sackt zusammen.
Peng. Mom ist tot.
Peng. Schmerz zerreißt mich. Angst. Dunkelheit. Mehr Angst. Werde ich sterben?
Immer schneller rasen die Erinnerungen. Sind keine Bilder mehr, nur der Nachhall von Eindrücken. Gefühlen.
Der Geruch nach Zimt. Ein Schatten. Schwarz. Nicht unheimlich. Bin geborgen. Trost. Goldenes Licht. In mir drin. Macht alles ganz. Heil. Atme. Lebe.
Vergessen.
Bevor ich es richtig erfassen kann, zerfasert alles wie Rauch im Wind. Verweht. Neues taucht auf.
Nolan. Über den Vampir gebeugt.
Der Lauf einer Waffe.
Nolan! Wir beschützen die, die wir lieben.
Werfe mich hoch, vorwärts. Mit aller Konsequenz.
Mir wurde schwindelig. Ich stolperte vorwärts, als die Kugel meinen Lungenflügel durchbricht, mein Herz zerreißt.
Mit aller Konsequenz …

„Genau!“, brüllte Nolan los, während er mich daran hinderte, in den Sand zu klatschen wie ein nasser Sack. „Die Kugel traf dich, du Idiot! Eine Kugel, die für *mich* bestimmt war! Eine Kugel, die mir nichts anhaben kann, weil *ich* praktisch unsterblich bin!“ Er begann, mit dem Finger auf meine Brust einzustechen. „Ich! Bin! Unsterblich! Du nicht!“
Seine Wut, die ihn gerade noch geschüttelt hatte, fiel ebenso schnell in sich zusammen, wie sie aufgeflammt war. Übrig blieb ein Ausdruck von so abgrundtiefer Traurigkeit und Kummer, dass ich unwillkürlich einen Schritt zurücktrat.
„Es tut mir leid.“ Er wandte sich von mir ab, drehte mir den Rücken zu, doch ich hatte gesehen, was er vor mir verbergen wollte.
Eine einzelne, silbrig glänzende Träne.
Mein Engel weinte.
Ich trat hinter ihn, schmiegte mich dicht an ihn, meine Wange fand die Beuge an seinem Hals, meine Arme legten sich um seinen Brustkorb. So blieb ich stehen, genoss die Stärke, seine Kraft, die unter diesen festen Muskeln schlummerte. Doch eigentlich wollte ich an seiner Hitze teilhaben, die er ausstrahlte wie ein bullernder Ofen im Dezember. Ich presste mich noch dichter an ihn, wollte seine Wärme in mich aufsaugen.

Am liebsten wäre ich in ihn hineingekrochen, denn ich fror. So schlimm, dass ich mich wunderte, dass meine Zähne nicht klapperten.
Es war nicht diese Art von Kälte, die man empfindet, wenn man durch feuchten Schneematsch und Graupelschauer in der Stadt unterwegs ist. Nein. Es war mehr dieses Knochen durchdringende Frösteln, das einen von innen her zermürbt. Jenes Frieren, das man dann verspürt, wenn man sich einen wirklich üblen Grippevirus eingefangen hatte.
Oder angeschossen war.
„Ich stecke in Schwierigkeiten, ja?“
Er erschauerte, wahrscheinlich war meine Kälte schuld. Die Hände tief in den Taschen seiner Drillichhose vergraben, stand er regungslos. Dass er einmal kurz nickte, fühlte ich nur an meiner Wange.
„Wie tief?“
„Dagegen ist der Grand Canyon eine Sandkuhle.“
„Das ist wirklich tief.“ Ich schaute nach links, über Nolans Schulter hinweg, ließ meinen Blick über den flachen, menschenleeren Strand schweifen. Sah den schmalen Palmengürtel, der sich hinter dem Strand befand. Lauschte dem gleichmäßigen Rollen der Wellen, dem Kreischen der Möwen, die über uns ihre Kreise zogen. Sog die warme, exotisch duftende Luft ein, die uns umgab.
Kokos. Ein Hauch Sonnencreme. Der süße Duft nach wilden Orchideen. Salziges Meer. Ein Urlaubsparadies. So unwirklich.
Eine Illusion.
„Und nun? Bin ich … bin ich schwer verwundet und ringe um mein Leben, oder …“ Ich brach ab. Zu erfassen, was dieses ‚oder‘ für mich bedeuten würde, fühlte ich mich außerstande. Deswegen klammerte ich mich an die Hoffnung, dass ich gerade in diesem Moment um mein Leben kämpfte, während ein engagiertes und motiviertes OP-Team mich wieder zusammenflickte. „Nicht wahr, ich werde es schaffen, sie werden mich retten.“
„Nein.“ Nolans knappe Antwort raubte mir jegliche aufkeimende Hoffnung. Den Blick fest auf das offene Meer gerichtet, erklärte er schonungslos, was geschehen war, dass ich den sofortigen Tod gefunden hatte, kaum dass das Geschoss meinen Rücken durchschlug.
Ich holte tief Luft, während Nolan sich jetzt zu mir herumdrehte. Er sah mich an. Wachsam. Ließ mich nicht aus den Augen. Er schien auf etwas zu warten, eine Reaktion auf das, was er mir eben mitgeteilt hatte? Vermutlich.

Ich wusste, ich hätte jetzt etwas fühlen, irgendein Verhalten zeigen sollen. Schock. Panik. Tränen. Möglicherweise einen hysterischen Anfall. Doch wenn er auf so etwas wartete, musste ich ihn enttäuschen.
Ich war tot? Okay. Akzeptiert. Nichts, was ich jetzt tat, konnte diesen Zustand ändern.
Das hatte ich gleich nach dem Tod meiner Eltern gelernt. Die Lektion lautete, dass Heulen und Wehklagen die Dinge auch nicht wieder in Ordnung brachten. Man konnte toben, schreien und mit seinem Schicksal hadern, nichts davon half in irgendeiner Weise. Im Gegenteil. Es kostete Zeit, Energie und unter Umständen klaute eines der Kids – in meinem Fall Jeff Stokes – einem auch noch den letzten, einigermaßen wertvollen Kram, während man flennend in irgendeiner Ecke hockte.
Ich konnte mir ein leichtes Grinsen nicht verkneifen, als ich daran zurückdachte, dass es ausgerechnet Greg war, der mir das Geheule austrieb. Seit dem Vorfall auf dem Klo lief er mir nach, wie ein kleines Hündchen und so fand er mich, wie ich auf meinem Bett dalag, mal wieder tränenüberströmt. Daraufhin setzte er sich einfach neben mich, redete mir gut zu, doch es half nichts. Ich war untröstlich, vermisste meine Eltern, mein altes Leben. Greg wusste genau, dass die anderen Jungs mich fertigmachen würden, wenn ich weiter einen auf Weichei machte. Schließlich war er schon seit drei Jahren in diesem Heim und kannte seine Pappenheimer.
Also beugte er sich zu mir rüber und küsste mich. Mitten auf den Mund. ‚Ich mach das jetzt jedes Mal, wenn du heulst', versprach er mir lachend. Diese Aktion wirkte, ließ mich augenblicklich verstummen. Vor lauter Schreck schubste ich ihn von der Bettkante – nicht ahnend, dass ich einige Zeit später Gefallen daran finden würde, von ihm geküsst zu werden.

Nolans Hände legten sich um meine Oberarme und rissen mich aus der Vergangenheit. Er griff fest zu und schob mich so ein Stück von sich fort. Seine Augen blitzten azurblau, sein Schopf schimmerte lackschwarz, alles wirkte gegen den weißen Strand noch viel intensiver. „Wie konntest du bloß so blöd sein, und dich vor eine Kugel werfen?" Erneut setzte er zu einer Strafpredigt an. „Das war total idiotisch! Völlig überflüssig! Hättest du nicht einfach abwarten können? Jedes Kind weiß, dass Engel unsterblich sind!" Die letzten Worte brüllte er mir entgegen, wieder war die Wut in Nolan aufgeflammt. Ich spürte, dass er sich zurückhalten

musste, um mich nicht wie ein ungezogenes Hündchen durchzuschütteln.
Mit einem heftigen Ruck befreite ich mich aus seinem Griff, stemmte die Hände in die Hüften. „Glaubst du, ich frage danach, ob jemand, der ernsthaft in Gefahr ist, vielleicht unsterblich ist?“, biss ich sarkastisch zurück. „Ich bin Cop, verdammt noch mal! Und es ist mein Job, das zu tun, darauf habe ich einen Eid geschworen.“ Ich hatte nicht nur meinen Diensteid geschworen, nein, es war viel mehr. Auf der Beerdigung meiner Eltern, noch während ihre Särge im Erdreich verschwanden, hatte ich mir selber versprochen, niemals wieder irgendwen im Stich zu lassen. Nie wieder wollte ich mit ansehen, wie jemandem ein Leid zugefügt werden sollte. Besonders nicht jemandem, den ich liebte. Das war es, was ich all die Jahre erfolgreich mit Greg durchgezogen hatte – und das schloss jetzt auch Nolan mit ein.
„Und übrigens“, hieb ich weiter in die Kerbe, und rückte ihm so dicht auf die Pelle, dass sich meine Nase fast in sein Gesicht bohrte. „Misst du nicht mit zweierlei Maß, he? Hast du nicht auch dein Leben riskiert, um diesen Vampir von mir fernzuhalten?“
Ich war nicht blöd. Auch wenn ich mir noch niemals Gedanken um so etwas wie Unsterblichkeit gemacht hatte, so war mir doch klar, dass mein Engel durchaus von so einem starken Geschöpf wie Câmpeni hätte getötet werden können. „Du hast dein Leben genauso aufs Spiel gesetzt!“
Nolan, der meinen Worten bislang mit unbewegter Miene zugehört hatte, zeigte eine interessante Reaktion. In seinen Augen erlosch jegliches Leben, und er wurde unter seiner leichten Sonnenbräune regelrecht bleich, so, als hätte ich ihm mal wieder meinen Spezialschlag auf den Solar Plexus verpasst.
„Das mag sein“, gab er tonlos zurück. „Doch am Ende hab ich … am Ende hat es gar nichts genützt, du bist trotzdem tot.“
Damit drehte er sich um und ließ mich stehen. Sprachlos sah ich zu, wie er davon schlich, mit hängenden Schultern und Schwingen, die durch den Sand schleiften. Ein einziges Bild des Jammers.
Ich hatte Nolan ja schon in so einigen Situationen erlebt.
Fuchsteufelswild. Heißblütig. Sinnlich. Eiskalt.
Doch so? Derart erschüttert, bis in sein Innerstes getroffen, so noch nicht. Und das gefiel mir keineswegs. Ich runzelte die Stirn, während ich über seine Worte nachdachte. Machte er sich etwa Vorwürfe? Warum?
Ich beobachtete Nolan dabei, wie er sich jetzt bückte, und etwas aufklaubte, einige der kleinen schwarzen Steine vermutlich, die hier im

strahlend weißen Sand herumlagen. Geschickt ließ er sie über die träge heranrollenden Wellen tanzen. Immer und immer wieder.
Ich seufzte. Natürlich wusste ich, wieso er sich so benahm. Ich hatte nicht nur die Kugel abgefangen, die für ihn bestimmt war. Nein. Ich war auch noch daran gestorben. Und da er genauso ein Macho war wie ich, konnte er diesen Zwischenfall nicht so einfach akzeptieren, und beiseite wischen. Ich ahnte, dass er sich insgeheim vorwarf, es nicht verhindert zu haben.
Rücklings ließ ich mich in den weichen, warmen Sand fallen, grub meine nackten Zehen hinein und streckte mich aus. Blickte hoch in den blauen Himmel, an dem kein Wölkchen zu sehen war. Die Wärme des Sandes drang durch meine Kleidung und vertrieb so leidlich die grässliche Kälte, die ich immer noch in mir fühlte.
Kalt. Tödliche Kälte. Jetzt wusste ich, was das bedeutete.
Ich war dem Tod schon öfter von der Schippe gehüpft. Einmal hatte mich jemand während eines Cage-Fights feige mit einem Messer zwischen den Rippen gekitzelt, und während meines Dienstes für die Army war ich übel angeschossen worden.
Doch nun war ich gestorben, auf dem schäbigen Korridor eines leer stehenden Hotels. Um einen Unsterblichen zu retten.
So ganz konnte ich mich der Ironie dieser Geschichte doch nicht entziehen.
Nicht, dass wir uns jetzt falsch verstehen, ich bereute nicht, dass ich Nolan vor der Kugel bewahrt hatte. Das hätte ich für jeden anderen, der zwischen die Fronten geraten wäre, genauso getan. Das war nun mal das Berufsrisiko, das ein Cop tagtäglich einging. Und dass Nolan sich nun Vorwürfe machte, weil ich einen Tick schneller war, als er, war nun wirklich nicht nötig. Mich vor ihn zu werfen, war meine Entscheidung gewesen. Nicht eine meiner Besten, jetzt im Nachhinein. Doch genau auf solche Situationen war ich trainiert.
Wie wollte ich das eigentlich Greg erklären, schoss es mir durch den Kopf. Jemand kicherte. Es klang ziemlich rau und gequält, und erst, als es in meiner Kehle kratzte, merkte ich, dass ich derjenige war, der es von sich gegeben hatte.
Aufstöhnend rieb ich mir die Stirn.
Ich würde ihm gar nichts mehr erklären können. Das würde jemand anderes übernehmen. Captain Moore persönlich würde ihm die schlimme Nachricht überbringen. *Mr. Niland, es tut mir leid, Ihnen mitteilen zu müssen, das Detective Adam Quinlan in Ausübung seines Dienstes gefallen ist.*

Mein herzliches Beileid. Dann würde Moore betreten zu Boden sehen, und anbieten, Pater McDowell, den Seelsorger unserer Gemeinde, herzubringen.
Es tut mir leid, Ihnen mitteilen zu müssen …
Diese Worte hatte ich selber schon Hunderte Mal von mir gegeben. Hunderte Male hatte ich den Schmerz und die Wut darüber in den Augen der Angehörigen gesehen. Und nun? Nun hatte das Schicksal gewürfelt und auf Greg gezeigt. *Mein herzlichstes Beileid.*
Mir blieb die Luft weg, mein Herz raste, die Hände begannen zu zittern. Durch meine Blutbahnen zogen Tausende Ameisen, vor meinen Augen begann der Sandstrand, zu flirren. Was war das? Panik? Fühlte sich so Panik an? Ich fuhr auf die Knie, versuchte, durchzuatmen und ruhig zu bleiben. Nicht ganz einfach, wenn die Gedanken wie Gummibälle in meinem Kopf umhersprangen. Greg. Was sollte nun aus ihm werden? Und was aus den Mordermittlungen. Was zur Hölle wurde aus meinem Mondschein-Fall?
Fakt war: Mit meinem Tod ließ ich Greg ganz ohne meinen Schutz zurück, ließ ihn quasi im Stich. Und nicht nur ihn, ich hatte das Gefühl, auch die fünf toten Männer im Stich zu lassen. Niemand wusste, dass ich in dem verdammten Hotel war. Wer also würde dafür sorgen, dass die Beweise, die Nolan gefunden hatte – sprich, die Identitätskärtchen der Männer – in Captain Moores Hände gelangen würden?
Es hielt mich nicht mehr im Sand. Unruhig sprang ich auf und lief los. Eine vorwitzige Möwe hüpfte am Wasser umher und hieb flügelschlagend in die weißen Schaumkrönchen der Wellen.
Nolan war weitergezogen, immer entlang den kleinen Wellen, die auf den Strand rollten. Zurück blieben nur seine Spuren im hart gepressten Sand. Ich sah ihnen nach. Das leichte Auf und Ab der Dünung hatte die Ränder schon verwischt, nicht mehr lange, und die Abdrücke wären fort. Ausgelöscht. Wie mein Leben.
„Dein Leben ist nicht ausgelöscht." Unbemerkt war Nolan von der anderen Seite herangekommen. Ich lief noch ein paar Yard, dann blieb ich stehen und drehte mich herum. Ohne mich anzusehen, setzte er sich in den weichen Sand. Legte den Arm auf sein angezogenes Knie und streckte das Gesicht der Sonne entgegen. Seine Flügel waren verschwunden.
„Was sagst du?"
„Es wird gerade alles in die Wege geleitet, dass du wieder in dein normales Leben zurückgehen kannst."

Hatte ich richtig gehört? „In mein Leben zurück?“
„Ja.“
Für einen Moment verspürte ich nichts als Erleichterung. Ich würde nicht hier, in dieser überdimensionalen Sandkiste bleiben müssen. Nicht länger tot sein. Konnte meinen Fall abschließen. Doch irgendetwas in seinem Tonfall ließ mich aufhorchen. Langsam ging ich zurück, das warme Wasser umspielte meine nackten Knöchel.
Nolan saß regungslos, er trug noch die gleichen Klamotten, wie in dem Hotel, nur dass sein Shirt jetzt sauber und ordentlich war. Die Stichwunde an seinem Arm war gut verheilt, das dichte Haar lag perfekt frisiert – ganz der geschniegelte Agent. In seinem Gesicht stand genau derselbe kühle, unnahbare, *nichtssagende* Ausdruck, den ich nur zu gut von ihm kannte. Nichts an ihm deutete darauf hin, dass wir uns in jeder Beziehung näher gekommen waren, es gab keinen Hinweis darauf, dass wir uns erst gestern stundenlang auf dem Princeton-Tower miteinander vergnügt hatten.
Er hatte sich weit von mir entfernt, nicht körperlich, schließlich saß hier neben mir. Ich bräuchte nur die Hand ausstrecken, dann könnte ich seine Schultern berühren. Nein. Er hatte sich emotional von mir zurückgezogen, so weit, dass er sich auch am anderen Ende der Galaxie hätte befinden können. Mich schauderte. Was war los?
Im Grunde wusste ich die Antwort ja schon, doch alles in mir weigerte sich, diese auch wahr haben zu wollen.
„Und dann?“, fragte ich trotzdem leise und setzte mich ihm gegenüber. Nervös grub sich meine Hand in den Sand, und ich begann, die feinen Körnchen durch die Finger rinnen zu lassen. „Was ist dann? Werden wir uns wieder sehen?“

☆

„Nein. Das werden wir nicht“, antwortete Nolan endlich und starrte weiter aufs Wasser hinaus. Die Sonne hing inzwischen tief über dem Horizont. Nicht mehr lange, dann würde sie flammend rot im Meer versinken. Und dann käme Alexxiel zurück. „Wenn du wieder unter den Lebenden weilst, ist mein Auftrag beendet. Wir werden uns niemals wiedersehen. Nolan Blake wird aufhören zu existieren.“
Bei diesen Worten verharrte Quinn mitten in der Bewegung und starrte ihn fassungslos an. Seine Hand klammerte sich an dem Talisman fest.

„Du wirst mich verlassen?", würgte er hervor und sprang auf. „Das kannst du nicht machen."
„Doch. Das muss ich sogar. Es geht nicht anders. Mir war es nur erlaubt, bis zur Aufklärung der Mondschein-Morde mit dir zusammenzuarbeiten. Die Fälle sind aufgeklärt – also ist es vorbei. Ich werde gehen, und du wirst mich vergessen."
Seine Hand ballte sich zur Faust. Glücklicher Quinn.
„Sie werden dir eine Amnesie verpassen und du kannst nichts dagegen unternehmen", erklärte er gelassener, als er sich fühlte. Es war ausgeschlossen, dass ein Mensch von der Existenz der Engel oder der Vampire wusste. Also würde der Erzengel dafür sorgen, dass Quinn die Erinnerungen an die gemeinsamen Tage verlor. Jede einzelne Minute, die sie zusammen verbracht hatten, wäre ausradiert.
Er dagegen – er konnte nicht entfliehen, war gezwungen, sich ewig zu erinnern. An Quinns Lippen, wie sie sich unter den seinen anfühlten. Hart und voll, doch gleichzeitig so sensibel.
An seinen Körper, wie er sich bewegte, wenn er sich mit ihm vereinte. Fordernd. Stürmisch. Hingebend.
An das mutwillige Funkeln in Quinns Augen, wenn er ihn herausforderte, seine Grenzen zu überschreiten.
Diese Erinnerungen würden seine ganz private Hölle sein, grausamer als alles, das Luzifers Höllendämonen jemals für ihn ersinnen könnten. Doch das brauchte Quinn nicht zu wissen.
„Du lebst weiter wie bisher, fängst deine Mörder und kümmerst dich um Greg. Von Nolan Blake bleibt nur die vage Erinnerung an einen arroganten FBI-Agent, der ein kurzes Gastspiel im Dezernat gegeben hat. Mehr nicht. Das mit uns – hat niemals stattgefunden."
Ein glatter, sauberer Schnitt, also. Für sie beide das Beste.
Doch natürlich hatte er die Rechnung wieder einmal ohne Quinn gemacht.
„Was quatschst du da für Scheiße? Du gehst? Das wollen wir doch mal sehen!", schleuderte Quinn ihm entgegen und rannte zornig im weichen Sand auf und ab. „Was ist mit deinem Gerede von wegen ‚ich bin dein'? Dein was? Dein Zeitvertreib?" Er wirbelte herum, ihre Blicke trafen sich. „Wie oft willst du mich noch abservieren?"
Nolan spürte Quinns ohnmächtige Wut, brennend heiß und stechend, wie ein Fremdkörper pochte sie tief in seinem Innersten.
„Und wieso sollte ich dich vergessen *wollen*?"

Weil es für dich einfacher wird, hätte Nolan ihm sagen mögen. Weil es leichter ist, ohne diese Erinnerungen zu leben, als sich nach etwas zu sehnen, das niemals wieder geschehen würde. Doch er schwieg. Trat bloß zu ihm, und umfasste Quinns Gesicht mit beiden Händen. Zwang ihn, ihm in die Augen zu sehen, und drang in das Gewirr seiner Gedanken. Für einen Moment schien ihn die Flut der Worte zu überwältigen, Quinn war so aufgebracht, so aufgewühlt, dass es keine zusammenhängenden Sätze gab.

Wie kannst du … so kalt … arrogantes Arschloch! Wir beide … gehören doch zusammen … kann dich nicht gehen lassen … niemals … süchtig nach dir … deinen Küssen … all das vergessen? Oh nein! … ich lass es nicht zu … Erst um mich kämpfen … tat noch niemand für mich … Tritt in den Arsch … bin für dich gestorben … alles umsonst! … Es soll vorbei sein? Niemals!

Nolan legte die Stirn gegen Quinns und schob all die zornigen Worte einfach beiseite. Schuf eine Ruheinsel inmitten des Chaos.

„Schsch. Nicht." Leicht strich er mit den Lippen über seine. So leicht, dass es mehr ein Hauch als eine Berührung war. „Bitte. Du sollst jetzt nicht wütend sein", bat er leise und küsste ihn behutsam. „Die Zeit läuft, und ich wüsste etwas Besseres damit anzufangen, als zu streiten." Damit zog er Quinn in den Sand herunter, schob ihn über sich. Mit beiden Händen fuhr er unter sein Hemd. Aufreizend langsam ließ er sie durch die seidig weichen Härchen auf seinem Bauch gleiten. Geschickt öffnete er Knopf um Knopf der Jeans. Seine Finger umfassten die Wurzel seines Schaftes. Mit einer Hand hielt er ihn umfangen, reizte und liebkoste ihn, mit der anderen knibbelte er die hochaufgerichteten Brustwaren zwischen seinen Fingerspitzen. Beides verfehlte seine Wirkung nicht.

Quinn stöhnte auf, wand sich hin und her, krallte die Finger in seine Schultern. „Mehr! Ich will dich überall spüren", verlangte er mit heiserer Stimme. „Ich will mich erinnern … an alles, will nicht vergessen."

Er stemmte sich von Nolan herunter, um sich mit zitternden Händen die Kleider vom Leib zu reißen. Dabei ließ er ihn nicht aus den Augen. Nolan setzte sich auf und tat es ihm nach. In Sekundenschnelle waren sie nackt. Quinn kniete im weichen Sand, sein Atem ging schneller, plötzlich lag in seinem Blick etwas Wildes, Ungezähmtes. Seine aggressive Seite gewann die Oberhand.

Ohne dass Nolan Zeit zum Reagieren hatte, warf er sich mit einem hitzigen Knurren auf ihn. „Wenn du glaubst, du kannst einfach so verschwinden, dann hast du dich geschnitten!"

Es brauchte nur zwei schnelle Handgriffe, schon schob Quinn sich über ihn. Mit einem Arm drückte er ihn bäuchlings in den heißen Sand, mit der anderen Hand tastete er nach seinem Po. Ein feuchter Finger suchte Einlass. Schob sich ungeduldig in ihn, dehnte und weitete seinen Anus. Nolan schrie überrascht auf – und im selben Moment fuhr Quinn mit einer schnellen Bewegung in ihn hinein. Ohne Rücksicht darauf, ob Nolan schon bereit dafür war, oder nicht.
„Du servierst mich kein zweites Mal ab! Du nicht“, brüllte Quinn laut, während er sich aus ihm zurückzog, um erneut zuzustoßen. Immer und immer wieder, rasend vor Wut. Nolan ächzte unter dem unerbittlichen Ansturm. Mit Lust und Leidenschaft hatte das nicht viel zu tun, schon gar nichts mit Liebe. Nein. Was Quinn antrieb, war nichts anderes als entfesselte Verzweiflung, gepaart mit dem drängenden Wunsch, ihn erbarmungslos zu strafen. Ihn zu verletzen. Unbewusst reagierte er auf die einzige Art, die ihm zur Verfügung stand. Mit Gewalt.
„Wie fühlt sich das an, wenn man wie ein Stück Fleisch benutzt wird?“ Keuchend und stöhnend wühlte Quinn sich erneut tief in ihn hinein, seine Bewegungen wurden noch härter, noch schneller. Stoß folgte auf Stoß, unerbittlich pflügte er sich vorwärts, fickte ihn einfach durch den Sand. Ohne Rücksicht auf Verluste.
Es wäre für ihn ein Leichtes gewesen, sich dieser Tortur zu widersetzen, Quinn einfach so von seinem Rücken zu wischen. Es hätte nur ein Schulterzucken gebraucht. Doch er ließ zu, dass er ihn, seinen Körper benutzte, denn er wusste, dass Quinn in diesem Moment nicht anders konnte. Er brauchte die Gewalttätigkeit, um mit jener vernichtenden Qual fertig zu werden, die der Gedanke an ihre bevorstehende Trennung ausgelöst hatte. So wie er, Nolan, genau diesen Schmerz brauchte, um damit Quinn aus seinem Herzen zu reißen.
Er presste seinen Kopf auf den Unterarm, wölbte sich ihm entgegen, passte sich dem rasenden Tempo an. Sandkörnchen scheuerten auf der Haut, etwas Scharfkantiges schnitt in sein Fleisch, doch das störte nicht. Nicht in diesem Augenblick.
Lust durchströmte ihn, brandete in jede Faser seines Körpers. Mochte dieser Akt auch brutal und grausam anmuten, so war er doch gleichzeitig überaus erotisch. Auf eine primitive Art und Weise, wie Nolan es so noch nicht erlebt hatte. Er bog den Rücken weiter durch, um ihn noch tiefer in sich aufzunehmen. Sie keuchten und stöhnten, bewegten sich im völligen Gleichklang. „Ja! Mehr!“, rief er aus und schnappte gierig nach

Luft. Sein Körper stand in Flammen, innerlich, wie äußerlich. „Hör nicht auf!"
Für einen Augenblick verlor Quinn die Kontrolle, bahnten sich seine Instinkte ihren Weg. Hände gruben sich brutal in sein Fleisch, alles in Quinn spannte sich an, Muskeln wurden zu Drahtseilen, sein Körper schien kurz vor der Explosion zu stehen. *Du bist mein!,* hämmerte es im Rhythmus seiner Stöße durch Nolans Gedanken. *Mein. Mein. Mein.*
Erneut schrie er seinen Namen, bäumte sich hoch auf, als der Orgasmus ihn durchfuhr. Heiß ergoss sich sein Samen tief in seinem Innersten. Völlig außer Atem brach er zusammen, presste das verschwitzte Gesicht fest an seinen Rücken. Einige der langen Haarsträhnen kitzelten ihn genau an der sensiblen Stelle, an der seine Flügel, wenn sie sichtbar waren, in die Schulterknochen übergingen. Eine höchst erotische Berührung, die ihm direkt in die Lenden hinein zu fahren schien. Er stöhnte leise und versuchte, seine Lage etwas zu verändern.
Quinn zuckte bei diesem Geräusch zusammen. „Es tut mir leid", flüsterte er erstickt. „So leid."
Nolan griff hinter sich, strich ihm tröstend über die Seite. Suchte seine Hand, und verflocht sie mit seiner. Zog sie an seine Brust, an sein Herz. „Schon gut", gab er leise zurück. „Alles ist gut."
Es traf ihn bis in seine Seele, als er die warmen Tropfen spürte, die lautlos auf seine nackte Haut fielen.

☆

Nolan rutschte unter mir hervor und zog mich an seine Brust. Ohne ein weiteres Wort hielt er mich einfach nur fest.
In mir brannten Scham und Reue, sie lösten das Gefühl der Trauer über den drohenden Abschied ab.
Was zum Henker hatte ich da getan? Wie konnte ich mich so gehen lassen? Noch niemals, in meinem ganzen Leben nicht, hatte ich einen meiner Sexual-Partner so mies behandelt. Ich mochte es ja hart, gerne auch mit Schmerz. Doch das hier? Das war eine Vergewaltigung gewesen. Ich war über mich selbst zutiefst entsetzt.
Nolan rollte sich herum, sodass ich mich jetzt halb unter ihm befand. Sein schwerer, muskulöser Oberschenkel lag dabei über meinem. Er stützte sich auf seinen Ellenbogen und sah mir ins Gesicht. „Hab ich mich beschwert?"

Nein, musste ich zugeben. Das hatte er nicht. Er hatte sich auch nicht dagegen gewehrt, geschweige denn, mich an meinem Tun gehindert. Und wenn ich eines über ihn wusste, dann, dass es für ihn ein Leichtes gewesen wäre, mich aufzuhalten.

„Vielleicht wollte ich dich ja gar nicht aufhalten. Vielleicht habe ich es genau so gebraucht."

„Trotzdem. Es war nicht richtig", beharrte ich. „Und es ist auch gar nicht meine Art." Seit meine Karriere als Fighter an den Nagel gehängt wurde, war es nicht mehr vorgekommen, dass ich derart die Kontrolle über mich verlor. Okay, in den ersten Wochen nach Eintritt in die Army war es hin und wieder doch passiert, dass ich mit Kameraden aneinandergeriet. Ich nannte es ‚handfeste Diskussionen', mein Vorgesetzter ‚unkontrollierte Aggressionsausbrüche'. Es waren etliche extra Runden und einige Nachtmärsche durch strömenden Regen, die ich absolvieren musste. Doch so oft ich mich auch prügelte, niemals wieder ließ ich es zu, dass meine dunkle Seite die Oberhand bekam.

Bis ich Nolan traf. Er lockte das Schlimmste aus mir hervor.

„Hör auf, dir Vorwürfe zu machen", unterbrach er meine Grübeleien und sah mir in die Augen. „Das eben – das war absolut ehrlich. War es erbarmungslos? Ja. Und unerbittlich? Ja. Aber auch animalisch und – entschuldige, wenn ich das sage – auch überaus erotisch. Deine sogenannte ‚dunkle Seite', diese kämpferische, aggressive Seite, sie gehört genauso zu dir, wie dein Drang zu beschützen oder Gerechtigkeit zu fordern. Egal was du tust, du tust es mit ganzer Leidenschaft."

Zärtlich strich er mit dem Daumen über die Wangenknochen, berührte die winzige Narbe in meiner Braue, und fuhr dann hinunter bis zum Mund. Es schien, als prägte er sich jedes kleinste Detail ein. So, als sei es das letzte Mal, dass wir uns nahe sein würden.

Ich schloss die Augen wieder.

Warum machte ich mir etwas vor? Es *war* das letzte Mal.

Ich sollte Nolan nicht wiedersehen? Vielleicht war es wirklich das Beste, überlegte ich resigniert. Schließlich war da noch Greg. Und auch wenn er sich mit meinen gelegentlichen Seitensprüngen abgefunden hatte, eine dauerhafte Affäre konnte ich ihm niemals zumuten. Zumal ich ihm ja auch versprochen hatte, Nolan nicht wieder zu treffen, sobald der Fall abgeschlossen wäre.

Mit einem Anflug von Ironie stellte ich fest, dass es mir gar nicht schwerfallen dürfte, mein gegebenes Versprechen zu halten. Sie wollten mein Gedächtnis löschen, also würde ich gar nicht auf die Idee kommen,

wie ein ausgeflippter Junkie umherzulaufen, und mich nach dem nächsten Schuss – sprich, nach Nolan, seinen berauschenden Küssen, seinen erregenden Berührungen – zu verzehren. Ich würde gar nicht wissen, dass ich hochgradig süchtig war.
Vermutlich war eine kleine Amnesie doch gar nicht das Schlechteste.
Aber noch war Nolan ja hier. Hier bei mir. Also konnte ich mich meiner Sucht genauso gut hingeben. Ohne schädliche Nebenwirkungen. Ohne schlechtes Gewissen.
„Es war animalisch?“
„Sehr.“
„Erotisch?“
„Über alle Maßen“, murmelte Nolan, dabei presste er sein Gesicht dicht an meinen Hals. Langsam begann er, sich an meiner Brust herunter zu arbeiten. Doch das war nicht das, was ich jetzt wollte.
„Küss mich. Bitte.“
Nolan verstand – und gehorchte lächelnd. Seine Küsse waren langsam, fast schon bedächtig, gleichzeitig aber auch heiß und tief. Ein bedauernder Seufzer entwischte mir. Morgen würden diese Küsse nur noch eine Erinnerung sein. Weniger als eine Erinnerung, wenn ich es richtig betrachtete. Doch morgen war morgen und jetzt …
„Jetzt lass mich dich lieben“, flüsterte Nolan an meinen Lippen. „Uns bleibt nur noch dieser kurze Augenblick, und ich habe vor, ihn zu etwas Besonderem zu machen.“
Er löste sich von mir. Stumm sahen wir uns an. Sand klebte auf seiner verschwitzen Haut, ein Stück einer zerbrochenen Muschelschale hatte sich in seinen Brustmuskel gebohrt. Ich pulte das Stück heraus und legte meine Lippen auf die wunde Stelle. Strich mit der Zungenspitze darüber. Nolan gab ein leises Stöhnen von sich. Ein Lustvolles diesmal.
Weil ich schon mal dabei war, suchte ich einen seiner Nippel, biss hinein. Saugte, lutschte. Umkreiste ihn mit meinen Lippen. Solange, bis ich es hart und heiß an meinem Oberschenkel drängen fühlte. Erneut packte mich ein Anflug von schlechtem Gewissen. „Es tut mir wirklich leid. Du bist nicht …“
„Nicht auf meine Kosten gekommen?“ Nolan grinste frech und zuckte auf eine unnachahmliche Art die Schulter. „Ich habe vor, genau das zu ändern.“
Er bewegte sich von mir weg. Fast hätte ich protestiert. Doch schon kniete er sich breitbeinig über mich und begann, sich küssend und leckend einen Weg von meinen Lippen hinunter zu – nein, nicht bis zu

den Zehen. Er kam nur bis zu meinem Schwanz. Aber selbst auf dem verhältnismäßig kurzen Stück dorthin ließ er keinen Inch Haut aus. Er ließ sich dabei alle Zeit der Welt, und es machte mich verrückt. Schwach vor Verlangen.

Mit kreisender Zunge berührte er die Wurzel meines Schaftes, der sich im Takt meiner zuckenden Hüften bewegte. Heiße Schauer überliefen mich, als er mich tief in seinem Mund aufnahm. Die kleinen Bewegungen meines Körpers wurden fordernder, aber er ignorierte es und lachte nur leise. „Immer noch so ungeduldig?“ Als Antwort griff ich in sein dichtes Haar, riss daran, wollte, dass er mich über die Klippen katapultierte.

Nolan beugte sich vor und drückte mich mit dem Rücken in den Sand hinein. „Quinn.“

Ich erschauerte. Es gefiel mir, wie er es sagte. Seine dunkle Stimme rau vor Lust und Begehren, in seinen Augen das verheißungsvolle indigoblaue Funkeln. Doch nicht nur Verlangen stand dort. Auch Liebe. Nun sah ich es ganz deutlich.

Ohne das sein Blick mich losließ, nahm er mich.

Tiefer, als jemals zu vor. Bislang hatten wir uns nie viel Zeit dabei gelassen. Hatten uns jedes Mal wild und hemmungslos benommen, doch diesmal? Diesmal es war kein Herumgeficke, das nur darauf abzielte, schnell und hart und lustvoll zum Orgasmus zu gelangen. Nolan, der vor mir kniete, liebte mich sanft und zärtlich, er bewegte sich langsam, fast gemächlich. Seine Berührungen, seine Küsse waren unendlich gefühlvoll. Ich schloss die Augen und ergab mich. Ließ mich fallen, nahm an, was er mir schenken wollte. Sich. Seine Liebe.

Ein Schatten legte sich über uns, ich schaute auf, Nolan hatte seine Schwingen ausgebreitet, sie umschlossen uns wie ein schützender Kokon. Unsere Welt schrumpfte auf den Fleck Strand zusammen, auf dem wir lagen. Alles andere wurde unwichtig. Die Zeit, die uns noch blieb, der Schmerz, der mich am Ende zerstören würde, all das wurde bedeutungslos. Nichtig.

Ich bin bestimmt kein Romantiker, davon verstehe ich ungefähr soviel wie eine Kuh vom Schlittschuhlaufen.

Und doch …

Wenn ich es in Worte fassen sollte, dann war das, was ich gerade mit meinem Engel erlebte, das Ergreifendste, das *Emotionalste*, das mir jemals widerfahren war. Es war die Verkörperung all dessen, was ich unter Liebe verstand. Es berührte mein Herz. Und meine Seele.

Silbernes Licht tanzte über Nolans Haut. Es ließ ihn leuchten, ja geradezu strahlen. Noch niemals hatte ich Vergleichbares gesehen. Meine Hände versuchten, dieses Licht zu berühren, es einzufangen, doch es gelang mir nicht. Stattdessen verfingen sie sich in seinem Gefieder, ich vergrub meine Hände darin, genoss das sinnliche Gefühl, das die seidig weiche Berührung in mir auslöste – und dann war es, als würde ein Damm brechen. Unsere Gedanken, unsere Sinne, alles verschmolz miteinander, wurde eins.

Unterschwellig war diese Verbindung schon immer da gewesen, das hatte ich die ganze Zeit über gespürt. Doch nun – nun wurde aus zwei einzelnen Individuen ein Ganzes. Ich sah, was Nolan sah. Fühlte, was auch er fühlte. Da war die Schuld, die er sich gab, die Verzweiflung darüber, versagt zu haben. Ich klammerte mich mit ihm an die Hoffnung, meinen Tod rückgängig zu machen, und fühlte seine Qual, mit den Erinnerungen an uns leben zu müssen.

Und ich sah seine Liebe. Klar und rein überstrahlte sie alles.

„Ich liebe dich“, flüsterte ich rau und küsste ihn, während sich die Tränen, die wir nicht länger zurückhalten konnten, auf unseren Gesichtern vermischten. Die Zeit des Abschieds nahte unaufhaltsam, es ließ sich nicht länger verhindern.

„Ich liebe dich“, gab er leise zurück und bewegte sich schneller, immer schneller in mir. Jeder Nerv in unseren Körpern entzündete sich in wildem Begehren, bis wir förmlich explodierten. Ich, mein Innerstes, alles zersplitterte in tausend Teile – dann gab es keinen Gedanken mehr.

Wir flogen auf und davon, hinauf ins Paradies.

Einundzwanzig

Mein Blick schweifte über die dicht gedrängte Menschenmenge. Da war Tennessee. Sie stand neben Lars Svensson und stützte sich schwer auf den Arm ihres Mannes. Sie wirkte blass. Müde. Machte ihr die Schwangerschaft so sehr zu schaffen?
Ich sah Ballard und King. Beide sahen in ihren schwarzen Siebziger Jahre Anzügen aus, als wollten sie den Blues-Brothers ernsthaft Konkurrenz machen. Auf ihren geröteten Mienen lag etwas, das man nur sehr schwer als Betroffenheit bezeichnen konnte. Sie hielten sich hinter Keith Conelly und Paul Newman auf. King zog gerade einen silbernen Gegenstand aus der Innentasche, sah sich verstohlen um, und trank. Unglaublich. Selbst jetzt konnte er es einfach nicht lassen.
Ganz hinten in der letzten Reihe entdeckte ich ungefähr zehn alte Kameraden aus meiner Zeit bei der US-Army. Parker, Hobbs, Cutler – sie erkannte ich auf Anhieb. Beim Major war ich mir nicht ganz sicher. War das Fitzgerald?
Etwas abseits davon stand doch tatsächlich Mary-Jane neben Manuel, dem jungen Latino. Ich erkannte sie an ihrer Winterkappe, die durch die Menge blitzte. Ob sie mich sehen konnte? Fast hätte ich ihr zugewunken, um das zu überprüfen.
Unruhe machte sich in der Menschenmenge breit.
Mein Captain – beziehungsweise mein Ex-Captain – drängte durch die aufgereihten Cops nach vorne und stellte sich ans Rednerpult. Er riss am Kragen seiner Paradeuniform und machte ein ziemlich bekümmertes Gesicht. Er hasste es, in der Öffentlichkeit eine Rede zu halten. Aber um diese hier war er nicht herumgekommen.
Ich schmunzelte leicht, konnte mir gut vorstellen, wie Moore die vergangenen drei Tage versucht hatte, ein paar einigermaßen nette Worte über mich zu finden.
Er räusperte sich, fuhr mit einem blütenreinen Taschentuch über seine Halbglatze und dann legte er los.
Himmel, er trug wirklich dick auf.
Tapfer. Ehrenvoll. Achtenswert. Das waren nur einige der Schlagwörter, mit denen er mich beschrieb. Störrisch, eigensinnig und stur, das waren die Begriffe, die er geflissentlich unter den Tisch fallen ließ.
Bei ‚glänzender Karriere' und ‚lobenswertem Verhalten' klinkte ich mich erst einmal aus, und wandte mich endlich Greg zu. Bis jetzt hatte ich es bewusst vermieden, ihn anzusehen.

Er sah gefasst aus. Noch. Ich wusste, das würde sich ganz schnell ändern. Gerade schob er sich seine Designer-Sonnenbrille auf die Nase. Ben stand neben ihm und hatte seinen Arm um ihn gelegt. Mein Pflegevater sah kurz in meine Richtung, dann schaute er abwesend in den leicht bewölkten Himmel hoch.
Ich sah ebenfalls hinauf. Das Wetter war toll. Nicht so schwül wie an den vergangenen Tagen, niemand würde sich also in seinen schicken Klamotten zu Tode schwitzen. Dazu ging eine leichte Brise, die über die sanften Hügel strich. Der ideale Tag für eine Beerdigung.
Nicht für irgendeine, klar. Es war *meine* Beerdigung.

☆

Okay. Von vorne.
„Jungs, wir haben ein Problem."
Als die kleine goldene Gestalt bei uns am Strand auftauchte, waren Nolan und ich gerade wieder zurück von unserem Ausflug ins Paradies. Wir fuhren hoch und auseinander wie zwei ertappte Schuljungen. Während ich nach meinen Klamotten grapschte und eiligst versuchte, gleichzeitig in Hemd und Hose zu fahren, war Nolan schon vollständig bekleidet. Diesmal in schlichten Jeans und blauem Shirt.
„Wie machst du das bloß? Verrätst du mir das mal?", murmelte ich brummig. Ich hatte mich im Hosenbein meiner Jeans verheddert, hüpfte hilflos im Sand herum, und suchte unterdessen nach meinen Sneakers. Doch Nolan hörte mir gar nicht zu.
Er stand bei der kleinen goldglänzenden Lady, von der ich mal vermutete, dass sie ebenfalls ein Engel war. Sie war gut zwei Köpfe kleiner als Nolan und schimmerte im Licht der gerade untergehenden Sonne, als sei sie mit purem Gold überzogen. Geblendet schirmte ich die Augen mit der Hand ab, und blinzelte unter meinen Lidern hindurch. Ich sah genauer hin. Sie war nicht vergoldet. Es waren nur ihre Flügel und ihr blondes Haar, die diesen Eindruck erweckten. Das honiggelbe Kleid, Seide vermutlich, verstärkte den Anschein noch.
„Was für ein Problem? Was ist los?" Nolan klang alarmiert.
Die Antwort, die sie ihm gab, verstand ich nicht, denn die beiden steckten ihre Köpfe zusammen und begannen, leise zu tuscheln. Im Verlauf dieses kleinen Gespräches wurde Nolan immer aufgebrachter, ich konnte sehen, wie er seine Fäuste ballte und mir fortwährend schnelle Blicke zuwarf.

„Nein!", rief er plötzlich und warf frustriert den Kopf in den Nacken. „Das geht doch nicht! Das kann er nicht …"
Die Lady unterbrach ihn und redete beharrlich auf ihn ein. Versuchte sie, ihn zu beschwichtigen? Es schien ihr nicht zu gelingen, denn am Ende drehte Nolan sich herum und stapfte über den Strand davon.
Ich sah ihm nach. Unschlüssig, ob ich ihm folgen sollte. Doch noch, während ich überlegte, stand die goldene Gestalt vor mir und hielt mir ihre zarte weiße Hand entgegen. Vorsichtig ergriff ich ihre Finger und drückte sie leicht.
„Ich bin Alexxiel. Die Administratorin der Schutzengel", zwitscherte sie. „Würden Sie mich ins Headquarter of the Angels begleiten?"
Verwirrt sah ich auf sie herab.
„Hauptquartier der Engel? Ist das so was wie ein Police-Department?", fragte ich zurück. „Was soll ich da?"
Ihre Antwort war kurz und knapp. „Sie werden sehen."
Ich seufzte leise und zuckte die Achseln. Wenn ich eine Erklärung für das Ganze hier haben wollte, sollte ich sie wohl begleiten. „Okay. Warum nicht."
Alexxiel legte ihre Hand auf meinen Arm, lachte. „Festhalten!", und es wurde dunkel um mich herum. Ich weiß nicht, was die Lady mit mir veranstaltet hatte, doch als es wieder hell wurde, hatte ich das Gefühl, meine Eingeweide tanzten Rock 'n' Roll. Die Hardcore Version.
Schon mal mit dem Kinda Ka gefahren, dem zurzeit schnellsten Coaster in den USA? Mit dem Ding, das einen in dreieinhalb Sekunden auf Tempo zweihundert katapultiert, und dich dann im selben Atemzug aus gut hundertfünfzig Yard mit einer Beschleunigung von vier G in den Abgrund stürzt? Mehr muss ich wohl nicht erklären. Nur der pure Wille verhinderte, dass ich unerfreuliches Verhalten an den Tag legte.
„Portationen haben leider diesen störenden Effekt", hörte ich, während vor meinen Augen schwarze Punkte tobten wie Schneegestöber. „Das geht gleich wieder vorbei."
„Wenn Sie das sagen", keuchte ich, die Arme auf die Oberschenkel gestützt, den Kopf tief gesenkt, dem besten Mittel gegen einen Ohnmachtsanfall. Mühsam rang ich um Luft. Als die schwarzen Flocken sich endlich wieder legten, richtete ich mich auf und sah mich um.
Ich befand mich in einer Art Büro.
Da war ein großer Schreibtisch aus edlem Tropenholz vor einer raumbreiten, bodenhohen Fensterfront. Er stand auf der linken Seite, schräg

zur Fensterwand, ich befand mich rechts daneben. Mein Blick fiel hinaus.
Alles, was ich von meinem Standpunkt aus sehen konnte, war die beleuchtete Silhouette einer Stadt. Welche, konnte ich von so weit oben nicht erkennen.
„Willkommen in Los Angeles."
Los Angeles. Stadt der Engel. Hätte ich mir auch denken können, oder?
Ein dunkler Schatten bewegte sich vorbei. Unwillkürlich trat ich näher an die Scheibe heran – und staunte nicht schlecht.
„Auch für mich ist es immer wieder ein faszinierender Anblick", vernahm ich dieselbe kühle Stimme, die ich eben schon gehört hatte.
Ehrlich? Faszinierend war gar kein Ausdruck.
Über mir in der Luft schwebten Dutzende Engel. Sie glitten über uns hinweg, zogen mit weit ausgebreiteten Fittichen ihre Kreise über den schon dämmerigen Abendhimmel. Einige sahen aus, als tanzten sie mit dem Wind, schraubten sich ohne einen einzigen Flügelschlag hoch hinauf. Andere zogen über die Lichter der Stadt, die sich tief unter uns befand, hinweg und verschwanden bald darauf am Horizont.
Einer von ihnen war mein Engel.
Um das zu wissen, brauchte ich nicht die reglose Gestalt mit den weit ausgebreiteten Schwingen zu sehen, die wie festgewachsen in einiger Entfernung ausharrte. Dass Nolan in meiner Nähe war, wusste ich, tief in mir drin. Wie von selber legte sich meine Hand auf die kalte Scheibe. War er hier, um sich endgültig davon zu machen? Sollte dieses hier – ein letzter Blick, getrennt durch Glas und unüberwindbare Höhe – unser ganzer Abschied sein? Ohne ihn aus den Augen zu lassen, wünschte ich mir, ihn bei mir zu haben. Ich wollte ihn berühren, ihn küssen, ihn riechen, schmecken. Ihn ein letztes Mal lieben. Bevor ich ihn für immer verlieren würde.
Nolan hielt es nicht mehr länger regungslos in der Luft. Er trudelte leicht, hielt sich flügelschlagend oben, ein sicheres Zeichen, dass er jeden Gedanken von mir aufgefangen hatte. Und genauso empfand wie ich.
Geh nicht, sandte ich ihm verzweifelt und legte meine Stirn gegen die kühle Scheibe. *Du kannst nicht einfach so verschwinden.*

„Zu diesem Thema kommen wir noch. Zu einem späteren Zeitpunkt."
Peinlich berührt fuhr ich zusammen und fühlte, wie mir das Blut in die Wangen schoss. Ertappt.

Wer immer sich noch mit mir hier in diesem Raum aufhielt, vermochte meine Gedanken genauso leicht zu lesen, wie Nolan das konnte.
Widerstrebend sah ich über meine Schulter.
Hinter dem Schreibtisch saß ein kleiner Mann in einem bequem aussehenden Ledersessel. Er deutete auf einen Stuhl, der vor dem Schreibtisch stand. „Setzen Sie sich, bitte."
„Nein danke", lehnte ich höflich ab. Meine Hand lag noch immer auf der Scheibe, ich hatte die komische Vorstellung, so die Verbindung zwischen uns zu erhalten. Wenn ich sie wegnähme, dachte ich, dann würde das, was uns verband, für immer zerreißen. Der Gedanke war mir unerträglich.
„Was Sie beide verbindet, ist nicht so einfach zu durchtrennen. Sie können sich ruhig setzen." In dieser Stimme lag etwas, das mich ohne Kommentar gehorchen ließ. Ich sank also auf den Stuhl nieder, und sah mich kurz um.
Abgesehen vom Tisch und den beiden Sitzmöbeln war der große Raum leer. Keine Bilder an den Wänden, kein Computer, kein Telefon. Nicht mal Block und Bleistift lagen herum. Es sah sehr kühl und übersichtlich aus. Von der Decke kam warmes indirektes Licht, doch Lampen oder dergleichen waren nicht zu entdecken.
Bevor ich mir noch Gedanken darüber machen konnte, erhob sich der Mann und kam um den Schreibtisch herum. Er wirkte ziemlich ernst, als er sich mir vorstellte. „Ich bin Michael. Der Erzengel."
„Ein Erzengel? Oh, ich dachte, Sie seien größer!", entfuhr es mir enttäuscht, bevor ich die Worte aufhalten konnte. Früher, als kleiner Junge, hatte ich die Sonntagsschule besucht, dort bekamen wir Bildchen zum Ausmalen. Und der Erzengel, an den ich mich erinnerte, war groß und stattlich, mit zornigen Augen, flammenden Flügeln und langen wallenden Haaren. Dieser Mann, der da vor mir stand, sah eher aus wie Peter Drowning, der Chefbuchhalter der Spesenabrechnung vom Dezernat. Klein, schmächtig, mit nichtssagenden Gesichtszügen und undefinierbarer Haarfarbe, gekleidet mit beige-gestreiftem Button-down-Hemd, und brauner Bundfaltenhose. Keine flammenden Flügel.
Er zuckte verlegen die Achseln. „Ja, ich kenne diese Bildchen und die Vorstellungen der Menschen über mich. Doch ich lasse sie in ihrem Glauben. Es schadet niemandem."
Darauf hatte ich keine Antwort. Was wusste ich vom Glauben anderer.
Michael lehnte sich an die Kante des Tisches und sah mich eine Weile an. „Es gibt ein Problem mit Ihrem Tod."

Bei diesen Worten wurde mir ziemlich mulmig. Etwas in seinem Blick gefiel mir ganz und gar nicht. „Was für ein Problem? Nolan deutete an, dass ich … dass Sie mich …“, platzte ich heraus und biss mir dann schnell auf die Lippen. Der Erzengel sollte nicht glauben, ich hätte es eilig, von hier zu verschwinden.
„Dass wir Sie einfach wieder zum Leben erwecken, Ihr Gedächtnis löschen und Sie dann Ihrer Wege gehen lassen?“, beendete er den Satz. Milde lächelnd trat er langsam hinter den Schreibtisch zurück. Dort setzte er sich und sah mich an, ein Bild tiefster Ruhe und Gelassenheit.
„So was in der Art“, antwortete ich hoffnungsvoll.
„Es tut mir leid, doch so einfach, wie Sie sich das vorstellen, ist es nicht.“ Michael schüttelte den Kopf. „Ich werde versuchen, es Ihnen zu erklären. Alexxiel, die Administratorin der Schutzengel haben Sie ja schon kennengelernt, nicht wahr?“
Ich nickte bloß.
„Aus Gründen, die ich Ihnen nicht näher erläutern kann, gab ich ihr das Versprechen, einen Kandidaten ihrer Wahl, der gewaltsam zu Tode kommen würde, zu retten. Nun, Alexxiel hat sich in den Kopf gesetzt, dass Sie dieser Kandidat sind.“
„Und?“, fragte ich verwirrt. „Das ist doch gut! Wo ist jetzt das Problem?“ Ich sah an mir herunter. „Der Rest von mir liegt wohl immer noch in diesem verfluchten Hotelkorridor? Schicken Sie die Rettungskräfte, Notarzt, was auch immer, und lassen Sie die ihre Arbeit machen. Sie werden mich wiederbeleben, und alles ist wie zuvor.“
„Alexxiel ist leider immer etwas vorschnell in ihrer Eigenschaft als Schutzengel. Wenn es nach ihr ginge, dann würde überhaupt niemand mehr sterben.“ Michael zupfte bedächtig an den Bügelfalten seiner Hose, schlug ein Bein über das andere und hob in einer entschuldigenden Geste kurz die Hände. „Sehen Sie, Menschen haben nur ganz wenige Chancen, zurück ins Leben geholt zu werden, ohne ernsthaften Schaden zu nehmen. Viele Faktoren spielen eine Rolle. Die Zeit, die zwischen Tod und Wiederbelebung liegt, die Todesart, solche Dinge. Es ist jetzt eine ganze Weile her, seit der Schuss Sie getötet hat. Die Grenze zur erfolgreichen Reanimation liegt bei zwanzig Minuten. Und das nur bei ständiger Beatmung und Herzmassage. Aber auch dann ist der Erfolg nicht garantiert. Um Sie noch ohne Schaden wiederzubeleben, müsste ich ein Wunder wirken.“
Ernüchtert sackte ich auf meinem Stuhl zusammen. Also saß ich hier, damit dieser Erzengel mir mitteilen konnte, dass ich tot bliebe. Leben

konnte ich nicht, weil ich ein ernsthaftes Handicap davontragen würde, und für ein Wunder war ich wohl zu unwichtig. Prima Aussichten!
„Niemand ist zu unwichtig für ein Wunder!“, wies Michael mich zurecht. „Es bedarf nur einer guten Erklärung.“
Was eine gute Erklärung für ein Wunder wäre, erfuhr ich nicht, denn der Engel wechselte zum ursprünglichen Thema zurück. „Ich könnte die Zeit umkehren, die Realität verändern. Allerdings wären die Folgen absolut nicht vorhersehbar, nicht einmal für mich, denn es handelt sich immerhin um gut zwei Stunden, die angepasst werden müssten. Die Ressourcen und Energien, die dazu nötig wären, sind unvorstellbar!“
Na Klasse!
„Anstatt mir zu erzählen, was alles nicht geht, versuchen Sie es doch mal mit einer Theorie, die funktionieren könnte!“, forderte ich ungeduldig. Als Reaktion darauf zog der Erzengel nur die Augenbraue hoch, und erinnerte mich damit an einen anderen, sehr arrogant dahergekommenen Engel. Oh, Mann! War es wirklich erst fünf Tage her, dass Nolan ins Büro von Moore, und damit in mein Ex-Leben geschlendert kam?
„Wie gesagt, eine Realitätsanpassung ist auch nicht möglich. Allerdings …“ Der Erzengel legte eine Pause ein, sah auf die glattpolierte Schreibtischplatte und runzelte die Stirn. Überlegte er, wie und wohin er mich am besten loswerden konnte? Das konnte ich nachvollziehen. Wer hat schon gerne ein – was war ich jetzt? Ein Gespenst? Eine Leiche? – am Hals? Im Geiste sah ich mich mit einem Zettel am Zeh, abgeschoben in den himmlischen Wartesaal. Darauf wartend, dass im Himmel ein Plätzchen frei wurde. Obwohl – bei meinem Talent in Schwierigkeiten zu geraten, bekam ich höchstwahrscheinlich einen Platz im Untergeschoss.
Ich beschloss, es dem Erzengel einfach zu machen. Wieso sollte ich mir das hier noch länger antun?
„Sie wollen mir sicherlich mitteilen, dass ich in den ewigen Jagdgründen verschwinden werde, richtig?“ Ich sprang auf. „Okay. Bringen wir es hinter uns! Wo soll ich mich melden?“
Diesmal legte er die Fingerspitzen aneinander und sah mir direkt in die Augen. Sein strenger Blick ließ erkennen, dass er meinen Einwurf zur Kenntnis genommen hatte, ihn aber geflissentlich ignorieren würde. Außerdem deutete er erneut auf den Stuhl. Schleunigst setzte ich mich wieder.
„Allerdings“, fuhr er fort, „ist da dieses Versprechen Alexxiel gegenüber, und daran bin ich gebunden. Zudem sollte ich wohl Ihr überaus selbst-

loses Verhalten honorieren. Immerhin gaben sie Ihr Leben für einen Engel."
Unwillkürlich musste ich lächeln.
Nolan hatte das anders bezeichnet, erinnerte ich mich. Idiotisch war das Wort, das er am häufigsten benutzt hatte. Gefolgt von ‚völlig bescheuert'.
Der Erzengel war noch nicht fertig. „Die Sache hat gewissermaßen einen kleinen Haken."

☆

Der Haken war nicht klein. Er war so groß wie ein ausgewachsener Fleischerhaken, an dem man bequem eine ganze Rinderhälfte aufhängen konnte.
Dieser Haken war schuld, dass ich jetzt hier, auf dem St. Marys Friedhof stand, anstatt mir mit einem höllisch heißen Teufelchen die Ewigkeit zu vertreiben.
Immer noch betrachtete ich Greg.
Greg. Meine erste Liebe, zwanzig Jahre mein einziger, engster Vertrauter. Niemand kannte mich besser als er.
Er wirkte so unendlich verloren, wie er da stand, in der ersten Reihe, direkt hinter meinem Sarg. Versank fast zwischen all den Blumenkränzen und Gestecken, die rechts und links davon aufgebaut waren. War er schon immer so schmal und zerbrechlich gewesen, fragte ich mich unwillkürlich. Er versuchte tapfer zu sein, die Sonnenbrille hatte er abgenommen, und wischte sich andauernd über das Gesicht. Ich musste mich kurz abwenden, als ich seine riesigen traurigen Augen sah, mit denen er den Sarg anstarrte. Dieser Blick war genau derselbe, mit dem er mir am Sonntag in seiner Wohnung hinterher gesehen hatte.
Wer würde sich um ihn kümmern? Auf ihn aufpassen? Ihn trösten? Wenn ich mich doch wenigstens anständig von ihm verabschiedet hätte, statt ihm nur dieses kümmerliche ‚Ich muss los, ein Notfall' zuzurufen. Wenn ich nicht wie ein Idiot losgerannt wäre, sondern auf Verstärkung gewartete hätte. Ich seufzte. All die fruchtlosen ‚wenn ich doch bloß' und ‚hätte ich nur' Gedanken.
Wenn ich Nolan nie getroffen …
Das zu denken, verbot ich mir ganz schnell. Ihn traf keine Schuld an dem, was geschehen war. Irgendwann wäre ich bei meinen Nachforschungen sowieso auf Câmpeni gestoßen. Nein. Nolan hatte ich es zu

verdanken, dass ich mein Dasein nicht als willenloser Zombie-Sklave fristen musste. Ob diese Tatsache Greg trösten würde, wenn er davon wüsste, wagte ich allerdings zu bezweifeln.
Ich dachte an den ganzen Kummer, den Greg die letzten Tage durch mich hatte erleiden müssen, und das Herz wurde mir bleischwer.
Solange jedenfalls, bis ich den Kerl bemerkte, der jetzt an der rechten Seite von ihm auftauchte. Er war nicht viel größer als Greg, trug sein blondes Haar stylisch frisiert, und wirkte auf mich wie ein reicher Playboy im Maßanzug. Meine Cop-Instinkte schlugen prompt Alarm.
Dieser Stutzer zog Greg an sich, strich ihm diese – meine – besondere Locke aus der Stirn. Verdrießlich sah ich, wie sie wieder an ihren Platz schnellte, genau wie schon Hunderte Male vorher. Dieser Typ hielt ihn eine Spur zu lange, eine Winzigkeit zu innig, um nur ein tröstender Bekannter zu sein.
„Wer zum Teufel ist das?", knurrte ich sauer, war schon auf dem Weg durch die weißen Grabsteine, hin zu Greg. „Lass die Finger von ihm, Freundchen!"
Nolan hielt mich am Ellenbogen fest und riss mich zurück. „Was willst du tun? Du bist tot! Willst du, dass deine Kollegen einen Herzinfarkt bekommen, weil ein unsichtbarer Spuk einen Trauergast in dein Grab schubst?"
Das hatte ich eigentlich nicht vorgehabt. Mir schwebte eher ein Schlag aufs Maul vor, doch Schubsen – klang auch nicht schlecht. Ich drängelte mich an Nolan vorbei, prompt geriet ich ins Straucheln, weil einer meiner Flügel hinter einem der Steine hängen blieb.
„Verflucht noch mal!", polterte ich los, und blieb wieder stehen. „Diese Dinger sind einfach ständig im Weg!" Mit einem Ruck riss ich die festgeklemmte Schwinge hinter dem Stein hervor und breitete sie weit aus, um das Gefieder neu zu ordnen.
Ja. Richtig. *Meine* Flügel.
Nagelneu, sturmgrau, mit winzigen eisblauen Sprenkeln versetzt, die im Licht der Sonne funkelten wie billiger Strass-Schmuck, den es an jeder Straßenecke für zehn Dollar zu kaufen gab. Nolan fand sie toll, aber ich wäre auch mit weniger Auffallenden zufrieden gewesen.
Jedenfalls, diese Flügel waren der Haken, von dem der Erzengel gesprochen hatte.

Zweiundzwanzig

Während Michael mir klarzumachen versuchte, wie das mit dem Engel werden vonstattengehen sollte, plagten mich ganz andere Sorgen.
Wenn ich nicht wieder in mein Leben zurückkehren konnte, wer kümmerte sich dann darum, dass der Mondscheinfall ordnungsgemäß abgeschlossen wurde? So wie es aussah, saß ich hier fest. Und das ging gar nicht!
„Ja, ja, schon gut!“, unterbrach ich den Erzengel ungeduldig und sprang von meinem Stuhl auf. „Dass Sie mir so ein paar Flügel verpassen wollen, ist ja nicht schlecht, doch jetzt habe ich keine Zeit dafür.“
Den Blick, den der Erzengel mir diesmal zuwarf, konnte man nur als konsterniert bezeichnen. Wahrscheinlich hatte noch niemals jemand gewagt, ihn mitten im Satz zu unterbrechen. Aber wie konnte ich ihm begreiflich machen, was mein Problem war?
„Hören Sie“, bat ich, raufte mir frustriert die Haare und lief vor dem Schreibtisch auf und ab. „Ich habe da immer noch vier – nein fünf Leichen am Hals. Und nur ich weiß, wer sie getötet hat. Na ja, Nolan Blake weiß es auch, doch der wird meinem Captain kaum glaubhaft erklären können, was da auf dem Hotelflur los war, oder?“
Nolan sprach zwar davon, dass er eine Lösung finden konnte, doch wie wollte er das tatsächlich anstellen? Mein Serienkiller hatte sich buchstäblich in Rauch aufgelöst, das hatte ich wohl noch gesehen. Ich lag da, mit einer Kugel im Rücken. Und so wie ich Nolan kannte, hatte er auch meinen Mörder kurzerhand mit diesem Schwert zur Strecke gebracht. Dazu kam, dass es auf dem Korridor aussah, wie auf einem Schlachtfeld. Wie also zum Kuckuck sollten Newman, Conelly und Moore die vorhandenen Beweise jemals mit dem exakten Tathergang in Einklang bringen?
Ich musste befürchten, als ‚cold case‘ – als ungeklärter Fall zu enden.
„Das lassen Sie mal meine Sorge sein.“ Der Erzengel sah zur Tür und prompt öffnete sich diese nur eine Sekunde später. Herein trat ein riesenhafter Engel, gekleidet in einem schwarzen Ledermantel. Er trug eine schwarze Brille und besaß unglaublich gewaltige Flügel, die im Licht seidig schimmerten, wie das dunkle Fell von Greta.
Er erinnerte mich an jemanden, und als er sich die Sonnenbrille hoch in die Stirn schob, wusste ich auch sofort, an wen.
Blade.

Alles an ihm, sein glatter Gesichtsausdruck, die Körpersprache, alles war unglaublich cool. Undurchschaubar. Stahlhart.
Michael machte sich nicht die Mühe, uns einander vorzustellen.
„Ihr müsst Euch um einen Tatort kümmern“, befahl er von seinem Schreibtisch aus, noch während der andere Engel trotz seiner Größe geräuschlos über den Parkettboden herankam.
„Um den im Belvedere? War schon dort. Ist eine riesige Sauerei.“ ‚Blade‘ blieb mitten im Raum stehen, sein finsterer Blick fiel auf mich, glitt einmal uninteressiert über mich hinweg, und ich spürte, wie sich meine Nackenhaare aufstellten. Dieser Kerl, der so gar nichts Engelhaftes an sich hatte, war mir nicht geheuer, ihn durfte man mit Sicherheit nicht unterschätzen.
„Beide Blutsauger sind gerichtet und verbrannt. Die können nicht mehr als Sündenbock herhalten“, brummte er mit dunklem Bass und faltete die Schwingen hinter seinem Rücken zusammen.
Als Sündenbock? Ah, ich verstand. Sie brauchten jemanden, den sie als Serienkillerdouble an meine Kollegen verkaufen konnten. Da hatte ich doch jemanden in petto. Die Billardkugel! Es war ethisch vielleicht nicht korrekt, doch er war besser als gar kein Täter. Vorausgesetzt natürlich, er wäre noch genau dort, wo ich ihn zurückgelassen hatte.
„In Zimmer sechshundertdrei liegt noch so einer. Er ist jetzt nicht unbedingt die Idealbesetzung, vermutlich hat er ein wenig zu lange in der Sonne gespielt. Wenn man ihn allerdings wieder nett herrichten würde …“ Das meinte ich eigentlich mehr scherzhaft. Schließlich konnte man diesem Vampir keine Hauttransplantation und eine Zahnkorrektur verpassen, nur damit er einen einigermaßen glaubhaften Menschen abgab.
‚Blade‘ sah das wohl ebenso als Scherz. Über seine düstere Miene huschte ein winziges Lächeln, das in seinem rechten Mundwinkel kleben blieb. „Wir verpassen ihm eine Spezialbehandlung, niemand wird merken, was er mal war.“
„Und dann?“, wollte ich von ihm wissen. „Packt ihr ihn mit auf den Flur, und lasst es so aussehen, als hätte er mich getötet?“
„Nein. Es wird so aussehen, als hätten Sie ihn erschossen“, mischte sich der Erzengel ein. „Weil sich der Serienkiller seiner Verhaftung widersetzte.“
Hm. Das klang jetzt nicht nach Scherz. Meinten die beiden ernst, was sie da sagten? Ich war gespannt, was sie noch auf Lager hatten. „Und wer hat mich ermordet?“, fragte ich herausfordernd.

Beide Engel sahen sich an. Der Erzengel runzelte die Stirn, ‚Blades' Lächeln verschwand. Ich vermutete, sie kommunizierten, hielten sie so etwas wie Kriegsrat?
Wieder war es der Engel, den ich in Gedanken ‚Blade' getauft hatte, der mich aufklärte. „Ein Helfer des Serienkillers, der nach der Tat geflohen ist. Wenn die Spurensicherung an den Tatort kommt, wird alles darauf hindeuten. Niemand wird daran zweifeln."
Das konnte ich nicht so ganz glauben. Meine Kollegen waren weder blind noch blöd. Ein Detective war in Ausübung seines Dienstes gefallen. Sie würden den Tatort so gründlich untersuchen, da würden ihnen die Ungereimtheiten wie Leuchtdioden ins Auge springen.
„Caleb ist ein Meister seines Faches", warf der Erzengel ein. Er deutete auf ‚Blade'. Der stand immer noch regungslos da, die Hände lässig in den Taschen seines Ledermantels vergraben und sah mich an. Diesmal aber mit eindeutig mehr Interesse.
Es ging mir total unter die Haut. Unbehaglich zog ich die Schultern hoch. Irgendwie fühlte ich mich von seinem Blick geprüft und begutachtet, so, als versuchte er mich, mein Innerstes abzuklopfen.
Ich hob das Kinn und wich ihm nicht aus, versuchte nun meinerseits, ihn einzuschätzen. Er war ziemlich attraktiv, zugegeben, doch das ließ mich kalt. Ich musterte seine riesige Gestalt, die Breite seiner Schultern, die Muskeln, die der lederne Mantel nur unzureichend verhüllte. Registrierte die Pranke, die sich jetzt provokant ballte. Das Ergebnis meiner Musterung lag schnell vor. Freiwillig würde ich mit ihm nicht unbedingt in einen Käfig steigen wollen. Ein, zwei ordentliche Schläge würde ich anbringen können, auch ein paar kräftige Kicks, doch das wäre es auch schon für mich gewesen.
Für einige Sekunden hielt ich noch den Augenkontakt, dann war ich ausnahmsweise derjenige, der zuerst wegsah. Ich tat es ruhig, ohne hektisch zu blinzeln, oder gar verschämt auf den Boden zu starren. Ich sah es nicht als Schwäche, es gab nur keinen Grund, mich auf etwas einzulassen, das ich auf keinen Fall gewinnen konnte. Lieber widmete ich mich den Ausführungen des Erzengels.
„Mein Einsatzleiter macht das nicht zum ersten Mal. Und bislang hat seitens der Polizei noch niemand Verdacht geschöpft."
„Wie, es hat noch niemand Verdacht geschöpft?", fragte ich verwirrt. „Wogegen? Und was macht er nicht zum ersten Mal?" Das kapierte ich nicht. Hatte ich etwas nicht mitbekommen?

„Einen Tatort manipulieren", erklärte der Erzengel gelassen und lehnte sich in seinem Sessel zurück. „In der Regel richten wir Übergriffe von Vampiren oder Dämonen so her, dass sie wie Unfälle aussehen. Wie Raubüberfälle. Oder, wenn es gar nicht anders geht, wie Mord."
„Sie meinen …?" Das war kein Einzelfall? Die machten so was öfter? Ich hörte wohl nicht richtig! Sprachlos starrte ich von einem zum andern. Hatten die beiden überhaupt eine Ahnung, was es an einem Tatort alles zu untersuchen gab? Das fing bei den offensichtlichen Dingen wie einer Leiche an und hörte bei mikroskopisch winzigen Epithelien – also Hautschuppen auf! Wenn man eines davon manipulierte, zog das einen endlosen Rattenschwanz hinter sich her!
Ich deutete mit dem Finger auf diesen Caleb. „Sie wollen sagen, Engelchen hier verdreht mal eben so mir nichts, dir nichts ein paar Tatsachen und hofft, dass er damit durchkommt, keiner etwas merkt? Wie muss ich mir das vorstellen? Hier ein bisschen DNA verteilt, da ein paar Fasern verstreut, was nicht passt, wird passend gemacht?" Ich hatte ja schon vieles gehört, doch das schlug dem Fass doch glatt den Boden aus!
Der Erzengel lachte laut. „So dilettantisch, wie Sie es darstellen, ist es nicht. Wir arbeiten streng nach wissenschaftlichen Erkenntnissen", erklärte er stolz. „Wir beseitigen unerwünschte Spuren und legen neue. Hinterher stimmt jedes noch so winzige Detail. Wir hinterlassen einen perfekten Tatort und die Polizei ist somit in der Lage, diese Fälle in kürzester Zeit aufzuklären. Dafür haben wir eigens eine spezielle Abteilung."
Wie bitte? Es gab dafür eine eigene Abteilung? Wie nannte sie sich?
Abteilung für Beweisfälschung und manipulative Irreführung?
Diesmal blieb das kleine Lächeln in ‚Blades' linkem Mundwinkel hängen.
„Wir nennen uns Guardian."
Dass Nolan sich in meinen Gedanken wie zu Hause fühlte, okay. Daran hatte ich mich inzwischen gewöhnt. Doch dass hier anscheinend jeder in meinen Kopf sehen konnte, ging mir langsam auf den Keks.
„Von mir aus!", grummelte ich gereizt und überlegte kurz.
An keinem meiner vier Tatorte waren Spuren zu finden gewesen, die uns, also Newman und Conelly, einen Hinweis auf den Täter gegeben hätten, von dem Haar mal abgesehen. „Wie kommt es, dass wir keine Hinweise fanden?", warf ich ein.
„Wir hatten noch keine gelegt", antwortete Engelchen herablassend. „Sie suchten einen menschlichen Killer, eine Frau sogar, aber keinen Vampir. Sobald Sie diesen Verdacht geäußert hätten, wären wir aktiv geworden,

und Ihre Kollegen hätten beim nächsten Mal einen perfekt präparierten Tatort vorgefunden."
Ich konnte mir nicht helfen, aber ich kam mir gerade ziemlich verarscht vor. Das, was dieser Engel mir da erzählte, widersprach allem, was ich jemals über gute Ermittlung gelernt hatte. Nämlich, dass Beweise nicht lügen, ich ihnen vertrauen kann.
An wie vielen dieser perfekt hergerichteten Tatorte war ich wohl schon aufgelaufen? Wie oft schon hatte ich einen Mord aufgeklärt, eine Fall-Akte geschlossen, im festen Glauben, meine soliden Ermittlungen hätten dazu geführt?
Und nun? Pustekuchen!
Stattdessen musste ich mir sagen lassen, dass diese Guardian genau jene Beweise verfälschten und munter Tatorte manipulierten, als gäbe es kein Morgen. Spurensicherung, Rechtsmedizin, die zuständigen Detectives, alle wurden auf völlig falsche Fährten gelockt. Nur um zu vertuschen, dass es Vampire und andere Kreaturen gab?
„Da haben Sie Ihre Antwort." Der Erzengel nickte zustimmend. „Genau das tun wir. Wir verheimlichen die Existenz der Nachtgeschöpfe. Oder wollten Sie sich jedes Mal mit der ausbrechenden Panik und deren Folgen auseinandersetzen, wenn wieder ein blutdurstiger Vampir ausgerastet ist und ein furchtbares Gemetzel angerichtet hat?" Er legte die Arme vor sich auf die Tischplatte, lehnte sich im Sessel nach vorne und sah mich eindringlich an. Jeglicher Spaß war aus seinem Gesicht verschwunden, in seinen Augen flackerte für den Bruchteil einer Sekunde ein helles Licht, und es schien, als würde seine Statur irgendwie … größer. Machtvoller.
Mir stellten sich die Nackenhaare auf. Es fiel mir plötzlich nicht mehr schwer, in diesem so gutmütig wirkenden Mann den flammenden Erzengel meiner Kindheit zu erkennen.
„Die Menschen sind für die Wahrheit noch nicht bereit. Also belassen wir es dabei. Auch wenn es in Ihren Augen Vertuschung sein mag."
Oh. Okay. Ich musste zugeben, wenn man es von diesem Standpunkt aus betrachtete, dann machte die Abteilung durchaus Sinn. Wer brauchte schon hysterisch gewordene Menschen, die in psychiatrischen Einrichtungen landeten, weil sie von Vampiren faselten oder gar Massenpaniken verursachten? Niemand.
Ich seufzte und zuckte gleichmütig die Achseln. „Tun Sie, was Sie für richtig halten. Hauptsache, mein Captain hat eine logische und um-

fassende Erklärung für meinen Tod und die Gewissheit, dass es mir vorher noch gelungen ist, die Mondschein-Morde vollständig aufzuklären."
Das war mir persönlich das Wichtigste. Und wenn das nur mit Manipulation ging – bitte!
„Servieren Sie ihm von mir aus alles auf dem Silbertablett." Damit ließ ich mich auf den Stuhl vor dem Schreibtisch fallen und sah aus dem Fenster.
Inzwischen war es dunkel geworden, von den Engeln, die vorhin dort draußen herumgeflogen waren, konnte ich nichts mehr entdecken. Ich schloss die Augen, tastete nach meiner Feder und lauschte in mich hinein. Nolan war noch immer an seinem Platz, er hatte sich keinen Inch von der Stelle gerührt. Das war ermutigend. Ob ich ihn noch einmal sehen konnte? Durfte ich den Erzengel darum bitten?
Als ich den leichten Luftzug verspürte, der an mir vorbei strich, sah ich wieder auf. Caleb war neben mir aufgetaucht und sah mit unergründlicher Miene auf mich herab. „Cage-Fighter, hm?"
Noch bevor ich verstand, was er damit meinte, war er zur Tür hinaus.

☆

Auf meiner Trauerfeier stand jetzt der nächste Höhepunkt der Show an, Nolans leichter Rippenstoß brachte mich auf den Boden der Tatsachen zurück. Der Captain überreichte Greg gerade die gefaltete US-Flagge und salutierte feierlich. Nun wurde der Sarg langsam ins dunkle Erdreich hinunter gelassen, während ein Trompeter ruhig und getragen ‚Amazing Grace' intonierte.
Es ist schon verdammt schwer dabei zuzusehen, wie ein Kollege zu Grabe getragen wird. Doch zu wissen, dass es der eigene tote Körper war, der sich in dem Sarg befand – das war die pure Hölle.
Absurde Gedanken schossen mir durchs Hirn. Was hatten sie mir wohl angezogen? Einen schicken Nadelstreifen? Meine Uniform? Hoffentlich nicht! Greg wusste doch, dass ich Anzüge und jegliches Aufgebrezel hasste. Oft genug hatte ich Witze darüber gerissen, dass ich selbst auf meiner Beerdigung in abgewetzten Jeans auftauchen würde.
Scheiße.
Jetzt wurde es mir echt zu viel.
Ich biss die Zähne zusammen, schluckte und schluckte an dem dicken Kloß in meinem Hals und fixierte Greg aus brennenden Augen.

Der fremde Typ stand immer noch dicht bei ihm, und reichte ihm jetzt den Strauß dunkelroter Rosen, den Greg erst an sich drückte, und anschließend in mein Grab hinab warf. Er sagte etwas zum Abschied, trauernd und weinend, mit zitternder Stimme, warf mir einen letzten Kuss zu und suchte dann Trost bei dem Kerl, der ihn auch ohne zu zögern in die Arme schloss und an sich zog.
So wie Nolan mich jetzt in seine Arme nahm. Und mich so daran hinderte, doch noch für Aufruhr zu sorgen. Ich war hin und her gerissen, heiße Wut und lähmender Schmerz zwangen mich fast in die Knie. Greg sollte verdammt noch mal nicht in den Armen irgendeines Fuzzis liegen. Und er sollte nicht um mich trauern müssen.
„Der Typ heißt Marc“, versuchte Nolan mich abzulenken, während die Erde auf den Sargdeckel prasselte, die meine ehemaligen Kollegen jetzt der Reihe nach ins Grab warfen. Wie durch Watte hörte ich die Worte von Pater McDowell, dem Seelsorger meiner Gemeinde. Er hatte inzwischen Major Fitzgerald abgelöst und sprach ein Gebet.
„Die beiden sind gute Freunde. Sie kennen sich schon fast zwei Jahre, haben sich immer mal wieder bei Blues-Konzerten getroffen.“
Mein Kopf sank auf Nolans Schulter. Ich fühlte mich so schlecht, so schuldig. All die Konzerte, zu denen Greg so oft alleine gehen musste, weil mir dauernd meine Arbeit dazwischen kam. So viele verpasste Gelegenheiten. Warum, zum Teufel, hatte ich nicht mehr Zeit mit ihm verbracht? Nun war es zu spät.
„Du kannst es nicht ungeschehen machen. Es ist, wie es ist.“
„Ich weiß“, murmelte ich erstickt. „Das ist es auch gar nicht. Es ist nur so, dass …“ Ich brach ab, und klammerte mich an Nolan. Es machte mich einfach fertig, Greg so zu sehen. Aufgelöst. Verzweifelt. Er war so furchtbar sensibel, ich hatte Angst, dass er sich in etwas verlor, aus dem er nicht wieder herauskommen würde.
Wie immer verstand Nolan, was mich bewegte.
„Marc wird viel Zeit mit ihm verbringen, und sich um ihn kümmern. Er wird ihn trösten, ihm beistehen und ihm so über den ersten Schmerz hinweghelfen. Er wird nicht zulassen, dass Greg in Kummer und Verzweiflung versinkt. Marc ist gut für Greg.“
Das war eigentlich das Letzte, das ich jetzt hören wollte. Aber als ich einen Augenblick darüber nachdachte, musste ich wohl oder übel zugeben, dass Nolan im Prinzip recht hatte. Doch mein Herz …
Mein Herz sah nur, das Greg unglücklich und allein zurückblieb.

Now, I'll let you alone … Aus heiterem Himmel fiel mir diese Zeile aus einem alten Blues-Song ein. Wer diesen Song mal gesungen hatte, wusste ich nicht mehr, doch er passte gerade wie die Faust aufs Auge. Bekam ich den Rest wohl noch zusammen?

… Nothing but memories
Of bittersweet stories
You will forget me,
… Even, I said I love you
Said, love you forever …
And yet, I'll let you alone …

„Er ist nicht allein, glaub mir", unterbrach Nolan meine schwermütigen Gedanken. „Marc wird ihn wieder glücklich machen, ich weiß es. Die beiden werden eine gute, normale Beziehung haben, mit all ihren Höhen und Tiefen. Sicherlich", räumte er dann ein, „sicherlich wird Marc ihn nicht so sehr beschützen, wie du es getan hast, aber dazu besteht auch gar keine Notwendigkeit. Wenn es dich beruhigt, Alexxiel hat versprochen, ein Auge auf die beiden zu haben. Und auch du kannst dich hin und wieder davon überzeugen, dass alles in Ordnung ist."

Nolans Linke spielte mit den Strähnen in meinem Nacken, die andere strich mir langsam über den Rücken. Seine Anwesenheit allein war es, die es mir ermöglichte, mit all dem Mist fertig zu werden. Ich spürte seinen warmen Atem an meinem Hals. Fühlte seinen Herzschlag durch das schwarze Shirt hindurch. Seine Nähe, die sanften Berührungen, all das brachte mich wieder runter. Statt weiter haltlos durch den Sturm meiner Gefühle zu wirbeln, fühlte ich mich von meinem Engel sicher aufgefangen.

„Ich weiß, Greg wird immer einen besonderen Platz in deinem Herzen haben", flüsterte er mir leise zu. „Aber du musst ihn gehen lassen. Es geht nicht anders."

Er hatte ja recht. Aber konnte ich das? Zwanzig Jahre einfach so wegwischen? Mit Greg hatte ich nun mal den größten Teil meines Lebens verbracht …

Treffsicher brachte Nolan es auf den Punkt. „Exakt. Deines *Lebens.*"

Ich verstand. Und sperrte mich nicht länger. Noch einmal atmete ich tief durch. Dann nickte ich und löste mich entschlossen aus seiner Umarmung.

Ja, Gregs Leben ging weiter. Auch ohne mich. Er verdiente es, glücklich zu sein. Und wenn es mit diesem Marc sein sollte – meinen Segen hatte er.

An meinem Grab machten sich gerade alles bereit, mir zu Ehren Salut zu schießen. Die anwesenden Soldaten hatten sich dafür rechts, die Cops vom Dezernat links meines Grabes aufgebaut. Captain Moore und Major Fitzgerald standen vor Greg und salutierten. Beide machten sie feierliche Gesichter, ihre tadellosen Uniformen und die glänzenden Orden und Abzeichen wetteiferten miteinander. Es sah ziemlich beeindruckend aus.
Greg stand da, aufrecht und würdevoll. Ohne eine einzige Träne zu vergießen, nahm er die Ehrenbezeugungen an.
Wenn ich eines hasse, dann sind das lange, rührselige Abschiedsszenen. Also machte ich es kurz. „Leb wohl“, sagte ich nur, mitten in die krachenden Gewehrsalven hinein. „Leb wohl, alter Freund.“ Vertrauter. Geliebter.
Dann wandte ich mich ab und ging ein paar Schritte durch das kurze Gras, das zwischen den Gräbern wuchs. Mit jedem dieser Schritte, den ich tat, ließ ich Greg weiter hinter mir. Durchtrennte, was uns all die Jahre verbunden hatte, gab ihn somit unwiderruflich frei. Es gab kein Zurück.

Dreiundzwanzig

Ich saß auf der kleinen steinernen Bank oben auf dem Princeton-Tower inmitten von bunt blühenden Kräutern und sah zwei Bienen beim Honigsammeln zu. Unermüdlich flogen sie von Blüte zu Blüte. Nolan hätte sicherlich den Namen für das Kraut gewusst, das da zu meinen Füßen wuchs, doch ihn konnte ich nicht fragen, denn ich war alleine. An meine Ohren, die jetzt um ein Vielfaches schärfer waren, drang das gedämpfte Geschrei und Gejohle der Fans, die sich im nahen Stadion versammelt hatten. Die Philadelphia-Eagles trafen sich zu einem Freundschaftsspiel gegen die Washington Redskins. Normalerweise hätte ich dieses Spiel um keinen Preis der Welt versäumt, doch jetzt wartete ich auf Nolan. Gleich nach meiner Beerdigung war er abkommandiert worden. Von zwei finster dreinblickenden Typen. Zur Privataudienz beim Erzengel.

Um was es bei dieser Audienz gehen würde, glaubte ich genau zu wissen. Immer noch hing die drohende Trennung über uns, wie ein verfluchtes Damoklesschwert. Dass Nolan mich zu meiner Beerdigung begleitet hatte, war eine eigenmächtige Handlung gewesen. Er hatte gar nicht erst um Erlaubnis gefragt – also hatte es ihm niemand verwehren können. Dafür war ich ihm unendlich dankbar, doch jetzt befürchtete ich, dass er nun die Rechnung kassierte.

Seine Abkommandierung war genau zwei Tage her. Zwei Tage, in denen ich kein Wort von ihm gehört hatte und das regte mich irrsinnig auf. Eigentlich hatte ich Nolan begleiten wollen, wollte selber mit Michael über dieses Thema reden, doch das war mir verwehrt geblieben. Ohne Einladung keine Audienz.

Mehr aber noch als sein Schweigen regte mich meine Untätigkeit auf. Ich war es nicht gewohnt, herumzusitzen. Ich bin Mordermittler. War Mordermittler, sollte ich wohl sagen. Üblicherweise würde ich mich jetzt mit Leichen und Bergen von Akten beschäftigen. King und Ballard ärgern. Meinen Captain in den Wahnsinn treiben. Und nicht Löcher in die Luft starren, und darauf hoffen, dass Nolan zu mir zurückkam.

Gerade, als freudiger Jubel zu mir hinaufbrandete – ich vermutete, dass es das Team meiner Stadt war, das einen Touch-Down gelandet hatte – spürte ich, dass sich Nolan in meiner Nähe befand. Ich legte die Hand als Schirm über meine Augen, schaute in den strahlend blauen Himmel hoch, und da war er. Mit einem Anflug von Neid sah ich zu, wie er heranschwebte. Die Bewegungen seiner dunklen Schwingen wirkten wie immer mühelos und elegant, ohne erahnen zu lassen, wie anstrengend es in Wirklichkeit war.

Als er auf den Rasen herabsank, schloss ich sekundenlang die Augen. Mir war bis zu diesem Zeitpunkt nicht klar gewesen, wie sehr ich ihn vermisst hatte. Seine bloße Anwesenheit, die Umarmungen. Das Gefühl von seinen Händen auf meiner Haut. Seine Liebe. Alles. *Er* hatte mir gefehlt.

Mit einer lässigen Bewegung schüttelte er sein Gefieder und kam auf mich zu. Ich ging ihm langsam entgegen und versuchte, in seiner Miene irgendetwas zu erkennen. Hatte er gute Nachrichten? Oder schlechte? Es ging um unsere Zukunft.

Er sah ziemlich fertig aus, kleine Fältchen hatten sich in seine Augenwinkel gegraben. Dann aber lächelte er. Müde, doch es war eindeutig ein winzig kleines Lächeln, das sich auf seinem Gesicht abzeichnete.

Und das bedeutete doch hoffentlich, dass wir …

Nolan blieb vor mir stehen und hob abwehrend die Hand. „Nicht so voreilig! Es bedeutet, dass du einen Job hast. Du erinnerst dich an Caleb?“

„An Engelchen? Wie könnte ich den vergessen! Was ist mit ihm?“

„Er ist von deiner Vergangenheit ziemlich beeindruckt gewesen und hat dich für seine Guardian rekrutiert. Aus diesem Grund komme ich auch so spät. Caleb hat mich einer genauen Befragung unterzogen.“

Hm. Die Guardian? Diese Täuscher und Trickser? Na toll. Im Moment ging mir die Tatsache, dass ich endlich wieder etwas zu tun haben sollte, ziemlich am Arsch vorbei. Es war nicht das, was ich eigentlich hören wollte. Was war mit Nolan?

„Und? Was noch?“, rief ich ungeduldig und machte einen Schritt auf ihn zu. Gleich würde ich es aus ihm herausprügeln!

„Was zum Kuckuck ist mit …“

„Mit mir?“, beendete Nolan den Satz und kreuzte die Arme vor der Brust. Dabei sah er mal wieder furchtbar arrogant auf mich herab. Jetzt wurde mir ziemlich flau und ich wich zwei Schritte zurück. Diese Miene kannte ich. Nur zu gut. Also kam jetzt das dicke Ende. Ich holte tief Luft und biss dann die Zähne zusammen. Wappnete mich für seine nächsten Worte.

Die Worte des Abschieds.

„Du bist schon wieder so voreilig! Wer hat was von Abschied gesagt?“ Nolan stand da und schüttelte bloß den Kopf.

„Es wird dich freuen zu hören, dass Caleb uns für fähig hält, abtrünnige Dämonen und Nachtgeschöpfe aufzuspüren. Wir werden sie gemeinsam jagen und vernichten."
Oh Mann! Da war es! Dieses Wort, auf das ich die ganze Zeit gehofft hatte. Nein, nicht jagen und vernichten. Gut, das war besser als täuschen und tricksen, aber Nolan hatte *uns* gesagt. Engelchen wollte *uns beide* für seine Truppe. Erleichtert stieß ich den Atem aus und ließ meine geballten Fäuste sinken.
„Kein Abschied? Kein gelöschtes Gedächtnis?", hakte ich zur Sicherheit noch einmal nach. „Du und ich, wir beide, als himmlische Hüter von Gesetz und Ordnung?"
„Ja." Aus Nolans arroganter Miene wurde jetzt ein übermütiges Grinsen. „Michael hat seine Zustimmung gegeben. Er wird uns nicht trennen. Unter der Voraussetzung natürlich, dass wir unsere Pflichten nicht vernachlässigen." Damit zog er mich in seine Arme, heiße Küsse landeten auf meinem Gesicht.
„Wenn Engel lieben", hörte ich ihn flüstern, *‚dann ist es für die Ewigkeit. Das, was uns verbindet, ist so allumfassend, so komplex, dass sogar der Erzengel davor kapitulieren muss'*, beendete er den Satz in meinen Gedanken. *Ich bin für immer an deiner Seite.*
Ich schmiegte mich an ihn und genoss seine immer leidenschaftlicher werdenden Küsse. Gab mich für einen Moment dem guten Gefühl hin, endlich alles erledigt zu wissen. Nolan war bei mir und würde es auch bleiben, und ich hatte wieder eine Aufgabe. Eigentlich war alles gut.
Noch einmal erwiderte ich seine Küsse, dann seufzte ich leise und rieb mir die Stirn.
Eigentlich.
Ich hasse dieses Wort. Es bedeutete, dass eben doch nicht alles gut war. Es gab da noch etwas, eine Kleinigkeit nur, aber dem konnte ich mich nicht entziehen. Darum legte ich Nolan die Hand auf die Brust und wandte ich mich leicht von ihm ab.
„Lass mich, bitte. Nur einen Augenblick", bat ich, ohne ihm dabei in die Augen zu sehen. Er musterte mich aufmerksam, doch er stellte keine Fragen. Dann ließ er mich los, trat zurück und wandte sich den Rosen zu. Ich verkrümelte mich auf meine Steinbank und versuchte, die Ordnung in meinem Kopf wieder herzustellen. Das war gar nicht so einfach.
Mir war nicht klar gewesen, dass auch ich es jetzt vermochte, Gedanken zu lesen. Auf der Beerdigung konnte ich es noch nicht. Oder ich hatte es

nicht bemerkt, keine Ahnung. Doch jetzt konnte ich es – und genau da lag mein Problem.
Denn während Nolan mir die Worte von ewig währender Liebe, die nicht einmal ein Erzengel beenden konnte, übersandte, war in seinen Gedanken noch etwas anderes aufgetaucht. Ein Ding, das wie ein altes, kostbares Schatzkästchen aussah. Ich hatte nicht hineinsehen können, das war ja der Sinn des Kästchens – und doch wusste ich genau, was darin verborgen war.
Seine geheimsten Gedanken. Die Wahrheit.
Die Wahrheit über die Begebenheiten des siebzehnten Septembers 1990.
Dem Tag, an dem ich meine Eltern verlor – und selber starb.
Woher ich sie kannte?
Ganz einfach. In dem Augenblick, als sich unser beider Seelen zu einer einzigen verbanden, da am sonnenheißen Strand, da wurde ich für den Bruchteil eines winzigen Augenblicks zu Nolan.
Es war wie ein Blick ins Universum. Ich sah alles, hörte alles, wusste alles, was Noel de Clermont – oder Nolan Blake – jemals gesehen, gehört oder gesagt hatte.
Wirklich alles.
Nichts blieb vor mir verborgen. Sein früheres Leben nicht, nicht die Namen jeder einzelnen Seele, die er ins Jenseits begleitet hatte, und erst recht nicht jene kostbaren Minuten, in denen er dem tödlich getroffenen, verängstigten Teenager Adam Quinlan Geborgenheit und Frieden bot, um ihm das Sterben zu erleichtern.
Die meisten dieser Sequenzen hatte ich schon wieder vergessen. Doch nicht alle. So erinnerte ich mich immer noch an jenen köstlichen Zimtgeschmack seines Blutes auf meiner Zunge, an die Wärme, die sich in mir entzündete, an das goldene Licht, das mich wieder ins Leben zurückbrachte. Es hatte sich unauslöschlich in meinem Gedächtnis eingebrannt. Genauso fest, wie es das Band war, das Nolan damals zwischen uns schuf. Blutsbande, so stark, dass selbst ein Erzengel diese nicht zerstören konnte.
All das war Nolans Geheimnis – und dass ich es kannte, war meines. Fest verschlossen in einer stahlblauen Geldkassette, versteckt in dem hintersten Winkel meiner Gedanken.
Warum ich es für mich behalten wollte? Warum ich ihn nicht mit dieser Wahrheit konfrontierte?

Weil ich Nolan liebte. Weil ich fest daran glaubte – nein – mir zu hundert Prozent sicher war, dass das Schicksal in jener Nacht, in der ich das erste Mal starb, die Weichen für uns gestellt hatte.
Nolan war für mich ausersehen. Er war der Krieger, der für mich in die Schlacht zog, der Fels in der rauen Brandung, an dem ich mich festhalten konnte. Bei ihm konnte ich den Mantel des harten, unbesiegbaren Machos ablegen. Schwächen zeigen.
Er war meine Bestimmung. Schlicht und einfach – mein.
Ja, ich weiß. Um ihn zu bekommen, hatte ich sterben müssen. Zweimal sogar.
Ein hoher Preis? Sicherlich. Der Höchste, den ein Mensch zahlen konnte. Doch das war die Bedingung. Es gab nichts umsonst.
Ich erhob mich von der Bank, schritt langsam über den warmen Rasen und trat an die Dachkante. Lange sah ich auf die Stadt hinunter. Auf die Autos, klein wie Spielzeuge, die Menschen, winzig wie Ameisen. Immer auf der Jagd nach dem Glück. Nach Wohlstand. Auf der Suche nach der ganz großen Liebe.
Versonnen griff ich nach der Feder, meinem Talisman, den ich immer noch um den Hals trug. Da war es wieder. Jenes Gefühl von Trost und Zuflucht. Dieses Empfinden von absoluter Geborgenheit, das mich all die Jahre über begleitet hatte. All die Jahre, in denen ich auf meinen Engel wartete, ohne mir dessen bewusst zu sein. Diese Jahre, die ich mit Greg verbracht hatte.
Ja, Greg war die Liebe meines Lebens gewesen, und ihn zurückzulassen, war mit das Schwerste, das ich jemals hatte tun müssen. Doch das gehörte der Vergangenheit an. Das Kapitel war abgeschlossen.
Ich war frei. Frei für Nolan.
Er kam zu mir, legte schweigend seine Hand in meine und verflocht sie miteinander. So blieb er neben mir stehen. Wieder einmal wusste er genau, was ich brauchte. Seine Nähe. Seine Verbundenheit. Ihn.
Der nach Jasmin und Lavendel duftende Wind blies ihm einige Strähnen ins Gesicht, als er mich ansah. *Alles in Ordnung?*, fragte er leicht besorgt.
Ich nickte und lächelte. *Jetzt schon.*
Das war die Wahrheit. Es war alles in Ordnung.
Unsere Schwingen berührten sich, strichen seidig weich übereinander, verhakten sich kurz, um sich leise raschelnd wieder zu lösen. Längst vertraute Gefühle durchfluteten mich, hell umfing mich seine unendliche Liebe. Unsere Blicke verfingen sich und in seinen warm leuchtenden Augen sah ich meine – unsere – Zukunft. Wir würden zusammen sein.

Gemeinsam in diesem Dasein existieren, das bis in die Ewigkeit reichen würde.
Als Geliebte. Vertraute. Seelenverwandte.

Ende